여성과 남성에 대해 생각한다

이 도서의 국립중앙도서관 출판시 도서목록(CIP)은 e-CIP 홈페이지(http://www.nl.go.kr/cip.php)에
서 이용하실 수 있습니다. (CIP제어번호 : CIP2010003142)

여성과
남성에 대해
생각한다

송명희

푸른사상
PRUNSASANG

오랫동안 여성에 대해 생각하며 글을 써왔다. 여성에 대해 생각하다 보니 자연스레 남성에 대해서도 생각하지 않을 수 없었다. 젠더로서의 여성과 남성, 섹슈얼리티, 페미니즘 이런 것들은 내 글의 가장 중요한 화두였다. 나혜석, 김명순, 김일엽과 같은 한 세기 전의 신여성들도 바로 동일한 화두로 고민하고 글을 썼다는 것을 알 수 있다.

이 책에서 다루어진 문제들은 기본적으로 페미니즘의 관점을 견지하고 있다. 그런 의미에서 제1장에서 페미니즘이란 무엇인가를 정리해보았다. 제2장에서는 제1세대 페미니스트인 나혜석, 김명순, 김일엽의 문학세계를 조명해보고, 현대어로 번역한 대표작을 실어 그들의 문학세계를 직접 맛볼 수 있도록 했다. 그들의 글은 지금으로부터 한 세기 전의 문제와 오늘의 문제를 비교하는 데 있어 좋은 자료가 된다.

제3장과 제4장에서는 '성과 사랑' 그리고 '결혼과 이혼'과 같은 문제들을 다루었다. 이 문제들은 우리가 살아가는 데 있어 매우 중요한 문제임에도 불구하고 이것들에 대해 체계적으로 공부해본 적이 없기 때문에 우리는 사랑과 성에 어떤 태도로 임해야 하는지, 결혼과 이혼에 어떤 자세가 필요한지에 대한 가치관이 정립되어 있지 못하다. 에리히 프롬도 말했듯이 사랑에도 성공하려면 지식과 기술이 필요하다. 배우지 않으면 우리는 사랑, 성, 결혼, 이혼에 대해 성공할 수 없다. 우리 사회에 만연된 성폭력, 결혼률이 떨어지고 이혼율이 증가하게 된 데에는 여러 이유가 있겠지만 기본적으로 이것들에 대해서 우리가 제대로 알지 못하고,

올바른 가치관을 갖지 못한 데에도 큰 이유가 있다. 이창동 감독의 영화 〈시〉에 등장하는 소년은 자신이 저지른 성폭력으로 같은 학교에 다니는 소녀가 자살했음에도 자신이 무슨 일을 저질렀는지 아무런 의식이 없으며, 부모들은 돈으로 사건을 무마하기에 급급하다.

제5장에서는 21C에 부합되는 새로운 남성상을 정립해보았고, 제6장에서는 우리 한국인의 무의식 속에 자리 잡은 모성이란 무엇인가를 남녀 시인들의 작품을 통해서 분석해보았다. 제7장에서는 남성 소설가와 감독의 작품 속에 재현된 여성의 이미지를 통해서 작가들이 성차별적인 사회를 반영하고 만들어가는 데 어떻게 일조하고 있는지를 살펴보았다.

몇 개의 글들은 이번 여름의 폭염 속에서 땀을 뻘뻘 흘려가며 새롭게 썼다. 이 책에서 다룬 문제들을 분석하기 위해 문학 텍스트, 영상 텍스트를 비롯하여 바로 현실 텍스트를 직접 다루었다.

우리가 살아가는 데 있어 중요한 문제들에 대한 가치관 정립에 독자들에게 조금이나마 도움이 되기를 바란다.

2010년 여름의 폭염 속에서
송 명 희

제7장 남성작가와 여성 이미지

제1장
페미니즘이란 무엇인가

페미니즘이란 무엇인가

페미니즘(feminism)은 라틴어 페미나(femina, 여성)에서 파생한 말이다. 본래 이 말은 '여성의 특질을 갖추고 있는 것'이라는 의미로 사용되었다. 페미니즘(feminism)은 자유주의 페미니즘, 마르크스주의 페미니즘, 급진주의 페미니즘, 사회주의 페미니즘, 포스트모던 페미니즘, 탈식민주의 페미니즘, 에코페미니즘 등 다양한 관점과 이론체계를 가지고 있다. 하지만 특정의 관점을 떠나서 페미니즘은 기본적으로 여성 억압의 원인과 상태를 기술하고, 여성해방을 궁극적 목적으로 삼은 이념이나 실천운동을 가리킨다.

1) 자유주의 페미니즘

자유주의 페미니즘(liberal feminism)은 18C 자유주의 정치사상의 영향으로 형성된 가장 역사가 오래된 페미니즘이다. 월스톤크래프트(M. Wollstonecraft)는 『여성의 권리 옹호』(1792)에서 여성의 주체성 확립, 경제적 자립, 교육의 기회균등, 사회적 편견의 제거, 법 앞의 평등, 결혼에서의 불평등 제거, 직업 선택의 자유, 정치적 권리보장, 모성보호 등의 여성문제를 제기하며 영국 여성참정권운동의 시동을 걸었다.

자유주의 페미니즘의 중요한 정치적 이슈는 교육기회의 남녀평등과 참정권운동으로, 여성도 남성과 동등한 법적, 정치적, 사회적 권리를 획득하는 데 목표가 있다.

20C의 자유주의 여성운동은 노동시장에서의 차별대우, 재산권, 자녀에 대한 친권 등 법적 차별에 따른 법 개정과 제정을 목표로 삼았다. 미국의 베티 프리단(B. Friedan)은 여성이 가사와 육아에 적합하다고 주장하는 보수주의를 비판하며 교육, 경제, 정치 등 공·사의 모든 영역에서 양성의 권리확보와 기회균등을 주장했다.

자유주의 페미니즘은 제도적·법적 성차별을 점진적으로 개선해나감으로써 여성의 법적 지위를 높이는 데 크게 기여했다. 하지만 자유주의 페미니즘은 기존의 남성중심의 정치적 사회적 구조를 그대로 둔 채 기존의 틀 안에서 부분적 변화만을 시도해왔기 때문에 성차별적인 사회를 변화시키는 데에는 제한적이다.

2) 마르크스주의 페미니즘

마르크스주의 페미니즘(marxist feminism)은 19C 마르크스주의 인간관과 유물론적 세계관을 토대로 하여 여성 억압을 개인 행위의 결과가 아니라 자본주의와 연관된 정치, 사회, 경제의 산물로 이해하는 관점이다. 엥겔스(F. Engels)는 『가족·사유재산·국가의 기원』(1884)에서 여성에 대한 억압은 사유재산의 발달과 그에 따른 계급사회의 출현으로부터 나타났다고 주장했다.

이들은 가부장제를 남성에 의한 여성의 생산노동 및 재생산 노동의 전유로 이해하면서 성 지배에 나타난 물질적 기초를 핵심적 개념으로 삼는다. 따라서 여성이 남성으로부터 해방되기 위해서는 경제적 독립이 선결조건이다. 가사노동의 사회화, 여성의 생산노동 참여와 그 내부에서의 평등성 확보, 경제적 단위로서의 일부일처제 폐지가 마르크스주의 페미니즘의 주요한 이슈이다.

자본주의하에서 여성은 가정주부로 규정되지만 실제로는 생산노동에도 참여한다. 결국 자본주의는 여성을 생산영역으로 끌어들이는 한편 가사전담자로 규정함으로써 임금을 낮춰 이중의 이득을 취한다.

마르크스주의 페미니즘은 여성문제를 개별 남성의 지배가 아닌 사회 구조, 특히 자본주의 구조에서 발생하는 구조적 문제라는 인식을 불러일으키는 데 크게 기여했다. 하지만 계급만을 지나치게 강조함으로써 여성이 고유하게 겪는 생물학적 성으로서의 문제를 등한시했다는 한계를 지적받기도 한다.

3) 급진주의 페미니즘

1960년대 후반에 발생한 급진주의 페미니즘(radical feminism)은 가부장적 여성 억압은 모든 형태의 사회적 억압 가운데 가장 최초의, 가장 보편적인, 가장 뿌리 깊은 억압의 형태라고 파악한다. 남성들이 그들의 욕구와 필요에 따라 여성들의 육체를 통제해온 방법인 피임, 불임, 낙태, 포르노, 매춘, 성폭행, 여성구타 등 여성 육체에 가해지는 남성의 권력 행사가 급진주의자 페미니스트들의 주요 관심사이다.

이들은 자유주의 페미니즘처럼 제도 안에서 여성해방을 추구하는 것이 아니라 체제 전체를 문제 삼으며 가부장제의 철폐를 주장한다. 그리고 그 자리에 여성의 질서를 세우려 하기 때문에 '급진적(radical)'으로 불린다. 후기로 갈수록 급진주의 페미니스트들은 문화 분리주의를 고집하면서 레즈비언이즘(lesbianism)을 지향하며 동성애를 대안으로 내세운다. 이들에게 레즈비언이즘은 개인의 성적 취향이 아니라 가부장제에 대항하는 정치적 전략이다.

슐라미스 파이어스톤(Shulamith Firestone)은 페미니즘 혁명이란 곧 생물학적 혁명으로, 그것은 기술 발전, 즉 사이버네틱스에 의해 가능하다고 보았다. 여성의 생물학적 특수성에서 여성문제가 기인한다고 보며, 억압적인 성관계와 사회관계를 창출하는 기초가 되는 가부장제를 타파하기 위해서는 생물학적 특수성을 극복해야 한다는 주장을 폈던 것이다. 즉 사이버네틱스에 의한 생물학적 혁명을 주장했다.

케이트 밀레트(Kate Millett)는 『성의 정치학』에서 남녀관계는 지배－피지배의 권력관계, 즉 성의 정치학을 보여준다고 했다.

데일리(M. Daly), 리치(A. Rich)는 여성의 출산과 양육의 경험, 그리고 모성역할이 여성으로 하여금 타인을 배려하고 보호하는 감각을 갖게 하여 창조성, 직관력, 감성을 지니게 한다고 주장했다.

급진주의 페미니즘은 법적인 제도나 노동보다는 출산, 섹슈얼리티(sexuality), 성별 등과 연관되는 사적인 체계나 여성의 육체에 관심을 두면서 이를 정치적 지배 관계의 영역에 포함시켰으며, 여성 억압에 작용하는 심리적 기제를 규명하려 한 점에서 의의가 있다. 또한 '가부장제(patriarchy)'라는 용어를 일반화하면서 여성 대중의 광범위한 의식화를 이루려 했고, 이론적으로도 여성 억압체계에 대한 분석을 자극함으로써 여성문제를 연구하는 데 크게 기여했다.

4) 사회주의 페미니즘

사회주의 페미니즘(socialist feminism)은 1970년대 마르크스주의 페미니즘과 급진주의 페미니즘에 대한 반발로 제기되었다. 즉 마르크스주의 페미니즘은 성문제에 무관심했고, 급진주의 페미니즘은 생물학적 성에

만 관심을 두고 가부장제를 심리적 문화적 상부구조로서만 파악했다는
점에서 이 둘을 모두 비판하며, 여성 억압의 요인을 계급과 젠더 요인에
의해 설명한다.

이 관점은 마르크스주의와 급진주의를 결합한 이론으로 계급과 젠더
의 이중체계에 의해서 여성 억압을 설명하기 때문에 '이중체계론'이라
고도 불리며, 자본주의와 가부장제 모두가 넘어서야 할 극복 대상이다.

줄리엣 미첼(Juliet Mitchell)은 『여성의 지위』에서 여성 억압의 다면성
을 강조하면서 여성이 처한 생산적 직업, 재생산, 성관계, 자녀양육 등
각 영역에서 여성 억압의 기제들이 다르게 작동되어진다고 했다.

사회주의 페미니즘은 여성 억압의 다면성에 주목하고, 사회변화에 따
른 가부장제의 변형을 강조하며, 가정 밖의 기업과 국가영역에서의 성
차별을 가부장제의 틀에 넣어 이론화하는 등의 성과를 거두었다. 하지
만 무엇이 여성운동의 선결과제인지를 알기 어렵게 만들었다는 점에서
비판을 받고 있다.

5) 포스트모던 페미니즘

포스트모던 페미니즘(postmodern feminism)은 포스트모더니즘이 심리,
언어 분석에 근거하여 진리의 단일성을 해체하고 다원성을 강조하듯이
최근의 거대이론이나 특정한 주의를 배격하고 기존의 모든 가치와 체계
를 해체하고자 한다. 줄리아 크리스테바(J. Cristeva), 엘렌 식수(H.
Cixous), 뤼스 이리가레이(L. Irigaray) 등 프랑스 페미니스트들은 포스트
모던 철학자인 라캉(J. Lacan)과 데리다(J. Derrida)로부터 영향을 받아 언
어가 '여성적인' 것을 배제하는 방식에 주목하였다. 이들은 상상계의
회복과 재발견, 그리고 이 경험에 기초한 여성적 글쓰기를 제시한다.

또 이들은 모더니즘의 사고에서 우선시 되었던 이분법적 사고를 해체

한다. 즉 나/타자, 이성/감성, 중심/주변, 정상/비정상, 문화/자연, 공/
사, 제1세계/제3세계 등의 이분법을 해체하고 그 경계선을 없앴다.

포스트모더니즘의 다원주의적 관점은 여성들 간에는 인종, 민족, 학력,
지역 등 복수적인 차이가 존재한다고 주장하며, 분열적 이슈와 주제를 전
제하는 전면적인 차이의 정치를 주장한다. 또한 포스트모더니즘은 경제
패러다임에서 문화 패러다임으로의 관심을 확대시켰다. 이리가레이는 정
신분석학과 언어분석이 페미니즘의 전략의 하나가 될 수 있다고 밝혔다.

하지만 여성문제의 다원주의와 복수화를 주장하는 포스트모던 페미
니즘은 페미니즘을 분열시키는 결과를 초래할 수도 있다. 또한 문화·
심리적 측면을 지나치게 강조함으로써 권력관계를 지나치게 분산적으
로 만들 수 있을 뿐만 아니라 언어분석에 치중하는 이 이론 자체가 지나
치게 추상적이고 불명료함으로써 이론의 대중화가 어렵고, 실천적인 측
면에서도 힘이 미약하여 실용주의로 변질될 우려 등을 지적받고 있다.
또한 이들은 남성보다는 여성을, 남성적인 것보다는 여성적인 것을 우
위에 둔다는 비난을 받고 있으며, 이들의 총체적 다원성, 다양성, 풍부
함이 인류를 무질서 상태에 빠뜨릴 것이라는 점에서도 비판을 받고 있
다. 하지만 이들의 담론이 보여준 무, 부재, 변두리, 주변부, 억압당한
자에 잠복하고 있는 가능성에 대한 새로운 인식은 신선한 문제제기라
하지 않을 수 없다.[1]

6) 에코페미니즘

에코페미니즘(ecofeminism)이란 용어는 1974년 프랑스 작가 프랑수아
즈 도본느(Francoise d' Eauvonne)가 처음으로 사용했다. 도본느는 자연파

---

1 로즈마리 통, 이소영 역, 『페미니즘 사상』, 한신문화사, 1995, 341~368면 참조.

괴와 환경오염의 원인이 남성중심적인 사회제도에 있다고 주장했다. 에코페미니즘은 포스트모더니즘과 포스트구조주의, 여성신학, 신화학, 노르웨이의 철학자 아르네 네스가 주장한 심층생태학과 미국의 사회학자 북친이 주장해온 사회생태학으로부터 큰 영향을 받으며 형성되었다.[2]

에코페미니즘은 남성에 의한 여성 억압을 사회 내부에 존재하는 주요 지배유형으로 보고, 사회의 지배와 자연의 지배는 깊은 연관성이 있다고 전제하며 여성해방과 자연해방을 동시에 추구한다.

오스트레일리아의 생태학자 밸 플름우드(Val Plumwood)는 이론적으로 약한 에코페미니즘의 이론을 정립하고, 에코페미니즘적 관점에서 심층생태학과 사회생태학 사이의 쟁점을 풀어냈다. 플름우드는 이성과 자연이라는 이항대립을 이해해야 생태론과 페미니즘이 통합적으로 설명될 수 있다고 주장한다. 그녀는 남성과 여성은 모두 자연에 속해 있으면서 동시에 문화에 속해 있다고 보고 대립관계에 있는 종래의 두 입장을 변증법적으로 통합하여 제3의 입장을 펼친다. 따라서 그녀는 무비판적으로 남성중심의 문화에 참여하는 자유주의, 여성성을 무조건적으로 찬양하는 급진주의를 모두 비판의 대상으로 삼는다.[3]

독일 사회학자 마리아 미스(Maria Mies)와 인도 물리학자 반다나 시바(Vandana Shiva)는 『에코페미니즘』에서 페미니즘의 관점에서 자본주의적 가부장제의 정치·경제 구조에 의해 파생된 생태 위기에 대하여 강하게 비판하며 대안을 제시한다. 이들은 여성과 자연은 개발에 의한 희생자이며, 최근의 유전공학 및 생식공학은 여성의 자궁과 식물의 종자를 최신의 식민지로 만들었다고 지적한다. 이들은 자급생존의 관점에서 시장

---

2 김욱동, 『문학생태학을 위하여』, 민음사, 1998, 348~350면.
3 위의 책, 409~410면.

경제의 개발 관점도 거부한다. 또한 이들은 여성의 자유도 재정의한다. 이들에 의하면 여성의 자유란 육체를 초월하여 남성에 영역에 들어가는 것이 아니라, 남성도 인간의 일상적 생존활동의 책임을 지고, 기억함으로써 가능하다.[4]

급진적 에코페미니즘은 자연을 지나치게 신비화하며 여신 종교의 부활을 주장한다. 하지만 여성이 남성보다 자연에 가까우며 특별한 능력이 있다는 주장은 다시 생물학적 이원론에 빠질 수 있으며, 남성을 생존의 책임 관계망에서 제외하는 우를 범할 수 있다.

7) 탈식민주의 페미니즘

제3세계적 관점은 기존 서구중심의 페미니즘은 그 주체가 백인 중산층 여성이 중심이었기 때문에 흑인이나 아시아·아프리카의 제3세계 여성이 주변으로 소외되고, 페미니즘 담론에서마저 배제되었다는 인식에서 논의를 출발한다.

스피박(Gayatri Spivak)은 기존의 페미니즘 이론의 한계를 극복하기 위해서는 문화연구에서 젠더와 계급과 인종의 문제들을 동시에 보아야 한다고 주장하며, 유물론적 관점에서 젠더·계급·인종의 세 범주에 예민하게 반응하는 독법을 제안했다.[5]

탈식민주의 페미니즘(post-colonial feminism)은 탈식민주의(post-colonialism)에 영향을 받아 형성된 이론이다. 탈식민주의 비평은 식민지 지배를 받은 경험이 있는 제3세계의 민족, 유색인종, 소수인종을 중심으로 인종 억압이나 식민주의에 대한 비판적 시각을 통해 과거 피식민지

---

4 마리아 미스·반다나 시바, 손덕수·이난아 역, 『에코페미니즘』, 창작과 비평사, 2000, 365~395면.
5 태혜숙, 『탈식민주의 페미니즘』, 여이연, 2004, 82~85면.

의 역사나 문학을 재조명한다. 따라서 식민주의가 끼친 왜곡이나 오류를 정정하면서 희생자들이 그 동안 당했던 침묵과 모략을 '되받아 쓰는 (write back)' 대응담론을 구사하게 된다. 되받아 쓴다는 것은 식민주의에 대응하는 반대적 위상을 가정하고 비평적 거리를 두면서 식민지 지배문화를 '다시 쓰는' 것이기에 식민지의 문화가 지배문화에 의해 지배당해온 과정을 주로 다루게 된다.[6]

탈식민주의는 형식적인 독립과 해방의 이면에서 우리의 의식구조를 더욱 근원적으로 틀 지워온 식민담론을 비판하고 그것에 저항하고자 한다.[7] 프란츠 파농(Frantz Fanon), 에드워드 사이드(Edward W. Said), 호미 바바(Homi Jehangir Bhabha), 압둘 잔모하메드(A. JanMohamed) 등은 식민지 이후 시대의 탈식민의 문제를 제기하여왔다. 이들은 제국과 식민지, 서양과 동양, 중심과 주변부 사이의 권력관계에서 다양하게 관철되는 식민성을 문제 삼는다. 따라서 탈식민주의는 식민시대에 대한 재해석뿐만 아니라 미국중심의 지구화 논리가 신식민주의를 재편성하고 강화하고 있는 현실, 제1세계 사람들조차 소비문화에 의해 식민화되고 있는 현실에 대한 인식을 강화한다.[8]

하지만 대다수의 남성 탈식민주의 이론가들은 민족 논의를 비롯하여 식민주체/피식민주체의 개념에서 여성의 범주를 간과하고 있다. 따라서 탈식민주의를 페미니즘화하는 작업이 필요해진다. 한편 영미 페미니즘과 프랑스의 페미니즘도 여성들 사이의 '차이들'을 간과한 채 백인중심의 사유에 빠져 있기 때문에 서구 백인중심의 페미니즘을 탈식민화하는 작업이 필요해진다. 탈식민주의 페미니즘은 페미니즘의 탈식민화와 탈식민주의의 페미니즘화라는 이중적 과제를 수행하는 가운데 형성된 이

---

6 김성곤, 「탈식민주의(Post-Colonialism) 시대의 문학」, 《외국문학》 1992년 여름호, 20면.
7 태혜숙, 앞의 책, 33면.
8 위의 책, 44면.

론이다.[9]

　탈식민주의 페미니즘은 남성중심사회에서 타자로 인식되어온 여성, 그리고 여성 중에서도 서구의 백인 여성이 아닌 흑인 및 제3세계의 여성, 즉 주변부 여성의 문제를 다룬다. 에드워드 사이드의 말대로 '식민지인'이라는 용어에는 문자 그대로의 뜻을 초월해서 여성, 억압받고 있는 하층민, 소수인종들 심지어는 주변으로 밀려난 학문의 세부분야도 포함될 수 있기 때문이다.[10] 즉 탈식민주의와 페미니즘은 억압적 지배사회 속에서 주변화되어온 '타자들'을 복원하는 것을 공동의 목표로 삼아왔다. 이들은 포스트구조주의를 수용하면서 젠더/인종, 가부장제/식민주의의 위계와 이항대립을 거부하고 전복시키려는 공통점을 보인다.[11]

　인종의 차이뿐만 아니라 성차로 인해서 역사에서 소외된 타자인 제3세계 여성을 복원하기 위해서는 탈식민주의 이론만으로는 부족하며 여기에 페미니즘의 시각이 필요해지는 것이다. 즉 탈식민주의 페미니즘은 식민지시대 여성의 삶과 역사를 발굴하고 재해석하는 데서부터 오늘날 전지구적 자본주의 가부장제 사회를 변혁할 수 있는 페미니스트 주체를 생산하는 데로 나아가야 한다.[12]

8) 실존주의 페미니즘

　실존주의적 입장에서 페미니즘(existential feminism)을 폈던 시몬 드 보봐르(Simone de Beauvior)는 『제2의 성』에서 여성해방이란 남성들이 타자로서 살도록 강요하는 수동의 세계에서 벗어나 여성이 자기를 발견하고

---

9 위의 책, 45~46면.
10 김미현, 『한국여성소설과 페미니즘』, 신구문화사, 1996, 27면.
11 유제분 외 편역, 『탈식민페미니즘과 탈식민페미니스트들』, 현대미학사, 2001, 14면.
12 태혜숙, 앞의 책, 42면.

자주적으로 자신을 선택하는 것을 의미한다고 역설하며, 여성이 자기초월을 통하여 주체성을 확립할 것을 주장했다.[13] 가부장제 이데올로기는 여성을 내재성(immanence)으로, 남성은 초월성(transcendence)으로 표현하며, 이런 가정이 사회적, 정치적, 문화적 삶의 모든 국면을 지배해왔을 뿐만 아니라 여성 스스로도 이를 내면화하여 끝없는 비진실성과 거짓 믿음 속에서 살아왔다고 비판했다.[14]

보봐르는 여성 억압에 대한 전통적인 생물학적, 심리학적, 경제적 설명들에 만족하지 못하고, 여성의 '존재'에 근거한 본체론적인 설명을 추구하였다. 우리가 우리 자신을 "주체이자 자유로운 존재"임을 주장한 순간에 타자의 개념이 생겨나며, 그 날부터 타자와의 관계는 극적이다. 왜냐하면 타자의 존재는 위협이고, 위험이기 때문이라고 그녀는 주장했다.[15]

여성들이 타자성을 극복해내기 위해서는 반드시 같은 처지에 있으며, 공감대를 형성할 수 있고, 동일한 일상생활을 공유하고 있는 여성들과 연대해야만 한다.

9) 정신분석학적 페미니즘

정신분석학적 페미니즘은 성정체성에 대한 우리의 주관적 의식이 어떻게 형성되는가에 대한 관심으로부터 촉구되었다. 특히 정신분석학의 아버지인 프로이트(Sigmund Freud)가 설명한 여성성, 즉 나르시시즘, 수동성, 허영심, 초자아의 결핍이 남근의 부재로부터 야기되었다는 생물학적 결정론에 대해서 분노를 느꼈다. 베티 프리단(B. Friedan), 슐라미스

13 송명희, 『문학과 성의 이데올로기』, 새미, 1994, 10~11면.
14 토릴 모이, 임옥희 · 이명호 · 정경심 공역, 『성과 텍스트의 정치학』, 한신문화사, 1994, 106면.
15 로즈마리 통, 앞의 책, 320~322면.

파이어스톤(Shulamith Firestone), 그리고 케이트 밀레트(Kate Millett) 등은 여자들의 낮은 사회적 위치와 무력함은 여성의 생물학과는 거의 관계가 없고, 여성성의 사회적 구성과 상당히 깊은 관계가 있다고 주장했다.[16]

하지만 줄리엣 미첼(Juliet Mitchell)은 『정신분석학과 페미니즘』에서 프로이트의 정신분석학을 가부장적 사회를 옹호하려는 시도라기보다는 그것을 분석하는 시도로 보았다. 미첼에 의하면 프로이트의 이론 중 페미니즘에 특별히 중요한 영향을 끼친 이론은 성(sexuality)이 생물학적인 것이 아니라 사회적으로 구성되는 것이라는 것과 무의식에 대한 이론이다.

페미니스트들은 프로이트의 이론 중 성정체성이 안정된 것이 아니라는 설명을 환영했으나 그것이 남녀의 생물학적 차이로부터 기인한다는 설명에는 반감을 나타냈다. 아이가 사회적 정체성을 획득할 수 있도록 해주는 기제는 남근(penis)이며, 사회질서 속에서 여성이 상대적으로 열등한 위치를 차지하는 것도 남근 부재 때문이라는 프로이트의 설명에 의한다면 여성은 남근을 소유하지 않았기 때문에 계속해서 남성에게 종속되어야 한다. 이는 결코 페미니스트로서 동의할 수 없는 견해인 것이다.[17]

프로이트와 라캉은 모두 성이 타고난 운명이 아니라 사회적 구성물이라고 주장했다. 라캉의 이론은 여성들을 생물학으로부터 해방시키는 것 같지만 사실은 또 다른 형태의 결정론, 즉 프로이트의 남근 대신 상징계를 이론화함으로써 생물학적 결정론과 마찬가지로 여성의 종속을 요구한다. 그는 아버지의 질서를 나타내는 상징 또는 기표인 남근(phallus)이 실제 남근(penis)과 일치하는 것이 아니라고 주장했다. 그럼에도 불구하

---

16 위의 책, 223면.
17 팸 모리스, 강희원 역, 『문학과 페미니즘』, 문예출판사, 1999, 159~171면.

고 결핍을 가능하게 하는 거세라는 개념은 궁극적으로 남성들이 남근을 실제로 소유하고 있는 데서 비롯된 것이다.[18]

여성이 상징계의 주변으로 밀려나 있다는 라캉의 설명은 이미 많은 여성들이 말해왔듯이 여성들이 언어나 문화로부터 극단적으로 소외되어 있다는 사실을 깨닫게 해준다.[19] 페미니스트들은 프로이트와 라캉처럼 금지하는 아버지와 아이가 맺는 오이디푸스적 관계에 주목하기보다는 아이가 어머니에게 강한 애착을 느끼는 전오이디푸스 단계에 초점을 맞춘다. 페미니스트들은 언어라는 대립적 질서가 어머니와의 최초의 애정관계에 토대를 두고 있다는 것을 보여주고 이를 통해 프로이트의 남근중심주의와 라캉의 상징계에 도전했다.[20]

여성 억압에 대한 정신분석학적 설명은 여성의 종속에 대한 총체적 설명을 제공해주지는 못한다. 여성의 종속을 제대로 설명하기 위해서 법적, 정치적, 그리고 경제적 제도와 구조가 동시에 고려되어야 한다. 정신분석학적 페미니즘은 여성들로 하여금 자기 자신을 새롭게 생각할 공간을 갖게 하고, 자신이 되고자 하는 능력 있는 사람이 될 수 있도록 만드는 데 도움을 줄 수 있다.[21]

(2010)

---

18 위의 책, 171~188면.
19 위의 책, 183면.
20 위의 책, 189~190면.
21 로즈마리 통, 앞의 책, 271면.

제2장
신여성 · 문학 · 페미니즘

신여성 나혜석의 페미니즘

1. 머리말

나혜석(1896~1948)은 근대 초기에 동경유학을 경험한 대표적 신여성이요, 페미니스트로서 1914년부터 페미니즘에 입각한 글—논설, 시, 소설, 수필, 희곡 등—을 발표하기 시작했다. 최초의 여성 서양화가로서 선전鮮殿에서의 특선은 물론이며, 동경에서 열린 제전帝殿에서의 입상 등 서양화가로서 탁월한 재능을 발휘했다. 또한 나혜석은 김명순, 김원주(일엽)와 함께 근대 초기의 대표적 여성문인이다.

나혜석은 소설과 시, 희곡, 논설, 수필에 이르기까지 다양한 장르에서 비교적 많은 문학작품을 발표했음에도 불구하고 그녀의 생애는 작가로서나 서양화가로서 진지하게 연구되기보다는 선각적 신여성이면서 동시에 실패한 신여성의 모델로서, 그녀의 화려하면서도 파란만장한 생애가 더 자주 호사가의 입에 오르내려왔다.

본고는 나혜석을 근대 초기의 대표적 페미니스트요, 페미니스트 문학가로 파악하여 그의 페미니즘의 특징과 변화과정을 고찰하고자 한다.

나혜석의 페미니즘은 1914년에 《학지광》에 발표된 논설 「이상적 부인」으로부터 드러나기 시작하여 부르주아 여성의 입장에서 자유주의적 페미니즘을 주장하였으나 이혼을 전후한 1930년대를 전환점으로 하여 성해방에 관한 진보적 개방적 태도를 표명하는 급진적 페미니즘으로 변화하고 있다.

　　따라서 1914년부터 1920년대까지를 전기로, 이혼을 전후한 1930년대 이후를 후기로 구분하여 나혜석의 페미니즘을 고찰하겠다.

2. 전기의 페미니즘과 단편소설 「경희」

　　나혜석은 활달한 성격과 명석한 두뇌로 일찍부터 뛰어난 재능을 보이기 시작했는데, 부유하고 개화된 집안의 분위기와 외국유학을 경험한 오빠들의 권유로 1913년(17세)에 동경유학(동경여자미술전문학교)의 길에 오른다. 당시 근대적 지성을 대표하는 이광수 등과 활발한 교류가 동경에서 이루어졌으며, 최승구와의 열렬한 자유연애, 그의 사망, 상처한 김우영의 집념어린 구애와 결혼, 외교관의 부인으로 우리나라 여성으로서는 최초로 구미여행과 파리유학을 한 점, 파리에서 천도교의 교령이며 민족지도자였던 최린과의 연애사건 등이 나혜석이 전기에 경험한 대표적 사건들이다.

　　그녀는 당시 동경 유학생들의 기관지인 《학지광》에 근대적 여성의 권리를 부르짖은 「이상적 부인」(1914)을 발표하여 페미니스트로서 두각을 나타내기 시작했다. 또한 여자 유학생들로 구성된 '조선여자친목회'를 조직하여 잡지 《여자계》를 발간하기도 했다. 「이상적 부인」은 양처현모의 부덕을 강조하고, 여성을 노예화하는 차별적 교육을 비판한 논설로, 이 글 속에 나혜석의 전기 페미니즘의 싹이 잘 엿보인다고 하겠다.

남자는 부夫요, 부父라. 양부현부良夫賢父의 교육법은 아직도 듣지 못하였으니, 다만 여자에 한하여 부속물된 교육주의라. 정신 수양상으로 언하더라도 실로 재미없는 말이라. 또 부인의 온양유순으로만 이상이라 함도 필취할 바가 아닌가 하노니, 운하면 여자를 노예 만들기 위하여 차 주의로 부덕의 장려가 필요하였었도다.

— 「이상적 부인」에서[1]

나혜석은 이 글에서 이상적 부인의 전형으로 "혁신으로 이상을 삼은 카츄샤, 이기利己로 이상을 삼은 막다, 진眞의 연애로 이상을 삼은 노라 부인, 종교적 평등주의로 이상을 삼은 스토우부인, 천재적으로 이상을 삼은 라이죠 여사, 원만한 가정을 가진 요사노 여사" 등을 예거한다. 그리고 이상적 부인이 되기 위해서는 지식과 지예枝藝라는 실력과 권력이 필요하다고 역설한다. 자신의 예술에 대한 노력도 이상을 실현하기 위한 과정임을 천명한다.

이 글은 마치 여성을 해방시키기 위해서는 보다 더 평등주의에 입각한 교육이 필요하다고 합리주의에 입각하여 여권론을 폈던 월스톤크래프트의 주장을 듣는 것 같다. 나혜석의 페미니즘은 초기에서부터 성차의 근원을 성역할 사회화 과정에 있다고 가정하여 사회화의 변화를 추구하는 실천운동을 통해 평등사회를 구현할 수 있다고 보는 자유주의 페미니즘의 입장을 분명하게 드러냈다.

「잡감雜感」(1917)에서 나혜석은 K언니에게 보내는 서간체 형식을 통하여 "언니! 어서 공부해서 사업합시다"라고 말하고 있는데, 이때의 사업이란 말할 필요도 없이 남녀평등적 사회 구현을 의미한다. 그녀는 20C야말로 여자의 무대요, 조선 여자도 무대상에 참여할 욕심을 내야할 시대임을 역설한다. 그리고 여자가 사업을 하기 위해서는 전통적인

---

1 김종욱 편, 「라혜석 — 날아간 청조」, 신흥출판사, 1981, 193면.

여성성에서 탈피하여 나가야 할 것을 역설하는데, 20C의 자각한 사람에게는 "그 색시 안존하다, 말이 없다, 공손하다, 남자를 보면 잘 피한다"라는 성차별적인 여성성을 강요하는 무가치한 칭찬보다는 "그 계집이 활발하다, 그 여자 말도 많다, 건방지기도 하다, 남자와 교제가 많다"와 같은 가치 있는 욕이 귀하다고 역설한다. 또한 그녀는 월스톤크래프트가 「옹호론」에서 여성들이 남성들과 똑같이 합리적인 인간본성을 공유한다는 주장을 표명했듯이[2] 남녀의 본성 동질론을 펴기도 한다. "남자가 이해할 수 있는 모든 일을 여자도 능히 이해할 수 있다. 일로 추리해볼진대 여자의 본성적 이론, 즉 심리적 작용에는 조금도 남자와 다름이 없다. 일용의 직분에 지포(至포)하여서는 혹 차별이 생길지는 모르겠다. 여자들아! 껍데기만 살지 말고 영혼이 있을지어다"라고 역설하며 여성으로서의 바른 정체성의 확립, 나아가 조선인으로서의 바른 정체성의 확립과 역사적 사명을 강조한다. 또한 나혜석은 이 글에서 양성주의적 입장을 개진하기도 한다.

> 우리는 남자를 구수(仇讐)같이 알고 남녀 양성간은 육으로만 결합되는 줄 아는데, 남들은 남자를 이해하여 남성의 특징을 내가 취하기도 하고 여성의 장처(長處)를 그에게 자랑도 하여 남녀 양성 간에 육 외에 영의 결합까지 있는 줄을 압니다.
>
> ― 「잡감」에서[3]

즉 여자의 본성을 차별적 여성성으로 규정짓는 고정관념과 삼종지도의 숙명론을 벗어나 남녀의 본성이 동일함으로 여성도 남성성을 공유함으로써, 또는 남성도 여성성을 공유함으로써 완전한 인간이 될 수 있으며, 이

---

2 로즈마리 통, 이소영 역, 『페미니즘 사상』, 한신문화사, 1995, 23면.
3 김종욱 편, 앞의 책, 200면.

상적 남녀관계를 이룰 수 있다는 것이다. 또한 20C의 역사 전면에 여자도 적극적으로 참여하여 역사적 역할을 해야 할 것을 역설한 것이다.

「인형의 집」(1921)은 〈매일신보〉에 번역 연재되었던 입센의 「인형의 가」를 소재로 한 일종의 패러디 시로서 매우 강렬한 톤으로 삼종지도를 비판하고, 여성의 인간으로서의 주체성을 주장하고 있다. 그런데 「인형의 집」은 〈매일신보〉(1921.4.3)에 실린 것과 출전 미상의 두 편이 있는 바, 그 내용은 거의 흡사하지만 출전미상의 「인형의 집」이 훨씬 강렬한 톤으로 페미니즘 사상을 고취한다.

> 나는 사람이라네
> 남편의 아내 되기 전에
> 자녀의 어미 되기 전에
> 첫째로 사람이라네
>
> (후렴)
> 노라를 놓아라
> 순순히 놓아다고
> 높은 장벽을 헐고
> 깊은 규문閨門을 열고
> 자유의 대기 중에
> 노라를 놓아라
>
> 나는 사람이라네
> 남편의 아내 되기 전에
> 자녀의 어미 되기 전에
> 첫째로 사람이라네
>
> —「인형의 집」 1 · 2 · 3연[4]

---

4 위의 책, 335면.

이 시는 여성이 아버지, 남편, 자식의 종속적 삶, 인형화된 삶으로부터 벗어나서 사람으로서의 주체성을 바로 세울 것을 주창한 시이다. 아버지, 남편, 자식과의 관계에서 파악되는 삼종지도하에서의 여성의 삶이란 바로 여성의 사회적 지위나 신분의 예속성을 극명하게 드러내준다. 삼종지도란 인간으로서의 독립적이고 주체적인 삶이 아니라 인형화된 부속물로서의 예속적 무주체적 삶이므로 그러한 구속된 삶으로부터의 해방과 자유를 부르짖으며, 선각자적 의식에서 소녀들에게 페미니즘 사상을 따르라고 고취하고 있다.

여성의 인간으로서의 주체성과 자아존엄성의 확립이 여성해방의 기초임을 역설한 논설로서 「나를 잊지 않는 행복」(1924), 「생활개량에 대한 여자의 부르짖음」(1926) 등이 있는데, 「생활개량에 대한 여자의 부르짖음」에서 그녀는 여성도 생명이 있는 인간임을 선언하며, 따라서 자신에 대한 사랑과 주체성을 가져야 한다고 강조한다. 한편, 인간은 남녀의 상호결합에 의해서 전인격적 실현이 이루어지며, 사회의 단위인 가정도 구성된다는 견해를 피력함으로써 남녀의 상호보완적 의존적 관계를 이상으로 간주한다. 하지만 현실에서 나타나는 남녀차별 현상에 대해서는 비판적 시각을 견지한다.

> 요사이 남녀문제를 들어 말하는 중에 여자는 남자에게 밥을 얻어먹으니 남자와 평등이 아니요, 해방이 없고, 자유가 없다고 흔히들 말합니다. 이는 오직 남자가 벌어오는 것만 큰 자랑으로 알 뿐이요, 남자가 벌어지도록 옷을 해 입히고 음식을 해먹이고, 정신상 위로를 주어 그만한 활동을 주는 여자의 힘을 고맙게 여기지 못하는 까닭입니다.
>
> ─「생활개량에 대한 여자의 부르짖음」에서[5]

---

5 위의 책, 223면.

이 글에서 보면 남성의 가계부담자로서의 역할분담, 여성의 가사노동자로서의 역할분담을 인정함을 알 수 있다. 즉 성별분업에 입각한 가정생활을 주장하며 단순히 경제적 사회적 능력 여부에 의해서 남녀의 차별을 할 수 없다는 입장을 분명히 한다. 그리고 개개인에게서 나타나는 남녀차별은 사회제도와 교육, 또한 여성들에게 내면화된 아들과 딸의 차별의식으로부터 발생되는 것이라고 진단한다. 밖에서 일하는 여성이 별로 없던 그 시절에 이와 같은 의식은 아무리 진보적 페미니스트라고 하더라도 어쩔 수 없는 한계라고 생각되며, 계층적으로 자유주의 페미니스트가 될 수밖에 없었던 나혜석의 입장을 잘 나타내주는 바라고 할 수 있다.

결국 나혜석은 결혼제도를 인정하는 가운데, 남녀의 역할분담 및 성별분업을 당연시한다. 20C 초반의 페미니즘 사상으로서는 남녀차별이 고정적인 성별분업에서 기인된다는 사실을 통찰하기는 어려울 수밖에 없다. 남녀의 성별분업 해소가 여성해방의 과제가 된다는 이념은 20C 후반에 와서야 형성된 것으로, 1975년 세계여성대회에서 "가정 및 사회 속에서 전통적으로 할당된 기능 및 역할을 재검토해야 한다"[6]고 선언한 데서 출발하였기 때문이다. 크리스틴 델피에 의하면 여성을 억압하는 성계급의 본질은 결혼에서의 여성의 가부장적 착취를 통해 이루어진다. 즉 여성의 가사일과 자녀양육 책임은 성계급 관계의 뿌리로 표현된다.[7] 따라서 자유주의 여성해방론은 공사의 분리가 그들의 정치적 전략 내에서 재생산되는 것을 인식하지 못하고 공적 세계에 여성이 포함되어야 한다고 주장했던 것이다.[8] 즉 루소, 존 로크 같은 자유주의적 민주주의

---

6 수전주지, 『여성해방사상의 흐름을 찾아서』, 백산서당, 1983, 175~176면.
7 질라 R. 아이젠슈타인, 김경애 역, 『자유주의 여성해방론의 급진적 미래』, 이대출판부, 1988, 23면.
8 위의 책, 20면.

자들이 주장한 공사의 성별분업과 남녀분리가 자유주의 페미니즘의 남녀분리의 출발점이 된다.

아무튼 나혜석은 여성의 경제적 자립을 통한 여성해방의 추구에는 관심을 두지 않았으며, 여성의 자아와 인간적 주체성에 대한 자각을 강조하며, 남녀차별의 사회현상을 비판하고, 그 원인을 잘못된 사회제도와 교육에서 발견하고자 하지만 결혼제도를 통한 남녀의 역할분담과 성별분업을 인정한다. 따라서 나혜석 초기의 사상은 초계급적 입장에서 부르주아 여성의 자유주의적 성격을 띤 페미니즘으로 성격지울 수 있을 것 같다. 또한 나혜석은 3·1독립운동에 김활란, 박인덕 등과 함께 주동자로서 활약하다가 비밀집회와 독립만세 참가모의 혐의로 검거되어 5개월간의 감옥생활까지 하였고, 남편 김우영이 만주 안동의 부영사로 있을 때에도 독립운동에 적극 가담한 것으로 알려지고[9] 있지만 그의 논설 및 문학작품에서 민족해방의 문제가 뚜렷한 이슈로 제기되지는 않고 있다.

나혜석의 전기의 페미니즘은 단편소설 「경희」(《여자계》 2호, 1918)를 통해서 설득력 있게 형상화된다. 이 작품은 나혜석 전기의 페미니즘을 집대성한 작품이며, 그녀의 소설작품 6편 중에서 가장 압권에 속하며, 동시에 1910년대 후기의 문학사적 가치면에서도 매우 탁월성을 보여주는 작품으로서 최근 여성평론가들에 의해서 집중적으로 조명되어지고 있다. 이 작품은 동경유학생인 지식인 여성 '경희'를 주인공으로 설정한 소설로, 부모가 강요하는 결혼보다는, 또한 여성으로서의 삶보다는 인간으로서의 자각과 주체성 확립이 중요하며, 이를 위해서는 교육을 받는 것이 선결과제라는 주장을 담고 있는 나혜석의 자전적 요소가 강하게 반영된 작품이다.

---

9 전미정, 「나혜석의 삶과 여성의식」, 안숙원 외, 『한국여성문학비평론』, 개문사, 1995, 353~354면.

이 작품의 제1장은 여자=결혼이라는 구시대적 가치관의 소유자인 사돈마님과 근대적 가치관의 소유자인 경희 모와 경희 사이의 갈등을 통하여 여자도 남자와 동등한 교육이 필요하다는 근대적 가치관이 설득력 있게 제시된다. 제2장은 수남어머니와 며느리와의 갈등적 관계를 통하여 교육받지 못한 여성의 문제, 중매결혼의 폐단 등이 드러나는데, 이 문제가 개인적 불행이 아니고 민족 전체의 집단적 문제이며, 불행으로 제시되며 이 문제 해결을 위한 민족적 사명감을 일깨우고 있다. 제3장은 경희 부모의 대화를 중심으로 경희의 결혼문제가 구체적으로 거론되는데, 경희의 부가 나이, 문벌, 재산 등을 결혼의 중요한 조건으로 인식하는 데 비하여 어머니는 당사자의 의사가 더 중요하다는 인식의 차이를 드러낸다. 당사자의 의사가 존중되어야 한다는 것은 당시 이광수 등에 의해서 역설된 소위 자유연애사상의 핵심이다. 물론 이 작품은 자유연애를 주제로 삼은 작품이 아니다. 제4장은 외적 인물 간의 갈등이 아니라 경희의 자아 내부에서 갈등이 일어나는데, 전통적 여성의 안일한 길과 독립적이고 근대적 신여성으로서의 정체성 선택을 놓고 겪는 내적 갈등을 다루고 있다. 이때의 내적 · 심적 갈등은 이 작품의 클라이맥스를 이루며, 결혼보다는 교육을 선택하고, 여자로서보다는 인간으로서의 주체성을 각성해야 한다는 결말로 작품이 끝나고 있다.

이 작품에서 보여준 갈등은 당시 나혜석 자신의 개인적 실존적 갈등의 반영이기도 하지만 동시대의 신여성이 겪어야 했던 갈등의 한 전형이며, 나아가 나혜석이 당대의 조선여성과 사회를 향해서 외치고 싶었던 여성해방의 명제라고 할 수 있다. 「경희」는 지식인 여성의 주체성 자각, 남성과 동등한 교육권 보장을 요구하며, 근대적 교육이 결코 여성으로서의 역할(가사노동과 정서적 역할 수행자로서)과 상치되지 않는다는 점을 실용주의적 관점에서 설득하고 있다. 그리고 근대교육이 여성의 취업에 긍정적으로 작용한다는 견해가 제시되지만 여성의 경제적 자립과 직업의 문제가 본격적으로 다루어지지는 않았다. 따라서 「경희」는 나혜석 초기의 부르주아 여성으로서의 교육권 요구와 남녀평등의 추구라는 부르주아적이고 자유주의적인 페미니즘을 형상화한 작품이다.

더욱이 나혜석의 소설 「회생한 손녀에게」(1918), 「원한」(1926), 동시대의 김명순의 소설인 「의심의 소녀」(1917) 등이 미칠 수 없는 높은 미학적 완결성을 보여준다는 점에서 작품적 가치 또한 크다고 하지 않을 수 없다.

3. 후기 페미니즘과 희곡 「파리의 그 여자」

1930년 최린과의 연애사건이 폭로되어 남편 김우영으로부터 이혼을 당함으로써 11년 간의 결혼생활에 종지부를 찍게 된 후, 나혜석의 페미니즘은 급진적이고 과격한 성격을 띠게 된다. 후기 페미니즘은 「우애결혼·시험결혼」(1930, 대담), 「이혼고백서」(1934, 논설), 「독신여성의 정조론」(1935, 논설), 「그 뒤에 얘기하는 제 여사의 이동좌담회」(1935, 좌담) 등에서 집중적으로 표출된다.

나혜석은 1927년에 외교관이 된 남편을 따라 세계여행의 길에 오르게 된다. 그녀는 1년 6개월 동안 서구의 가정과 사회를 체험하면서 화가로서, 페미니스트로서의 시야를 넓히고 돌아오지만 파리에서의 체류기간 동안 민족지도자요, 전 매일신보 사장이었으며, 천도교 교령이던 최린과의 연애사건이 빌미가 되어 이혼을 당하게 된다.

「우애결혼·시험결혼」은 요즘 개념으로 계약결혼에 대한 찬성을 보여주는 글로서 나혜석은 이혼 이전부터 서구의 가정과 결혼제도에 대한 직접 견문을 통해서 결혼과 이혼 그리고 성문제에 대한 개방적 입장을 취하게 된다. 기자와의 대담을 통해서 부부중심의 결혼관, 계약결혼, 성교육의 필요성 등을 주장하는 내용은 당시로서는 매우 혁신적인 것이라고 하지 않을 수 없다. 특히 그녀는 생리적 측면의 성교육보다도 산아제한, 시험결혼이 어떤 것인지 하는 도덕상 사상상의 계몽을 시키는 것이 더욱 필요하다고 주장하고 있다.

「이혼고백서」는《삼천리》에 최린과의 연애사건과 이혼의 과정과 이에 대한 자신의 견해를 피력한 글로서, 남녀의 정조와 성에 대해서 작용하는 이중규범과 불평등을 '이 어이한 미개명의 부도덕이냐' 고 통렬하게 비판한다.

> 조선남성의 심사는 이상하외다. 자기는 정조관념이 없으면서 처에게나 일반 여성이게 정조를 요구하고 또 남의 정조를 빼앗으려고 합니다. 서양에서나 동경사람쯤 하더라도 내가 정조관념이 없으면 남의 정조관념이 없는 것을 이해하고 존경합니다. 남에게 정조를 유린하는 이상 그 정조를 고수하도록 애호해 주는 것도 보통 인정이 아닌가. 종종 방종한 여성이 있다면 자기가 직접 쾌락을 맛보면서 간접으로 말살시키고 저작시키는 일이 불소하외다. 이 어이한 미개명의 부도덕이냐.
>
> —「이혼고백서」에서[10]

또한 결혼한 부부 사이에서도 개방적이고 진보적인 남녀관계가 필요하다는 이상을 제시하는데, 나혜석이 주장하는 개방결혼과 같은 진보적 결혼관계는 당시 사회에서 도저히 용납하기 어려웠고, 특히 이해 당사자인 남편 김우영으로서는 더욱 수용하기 어려웠으리라 생각된다.

> '다른 남자나 여자와 좋아 지내면 반면으로 자기 남편이나 아내와 더 잘 지낼 수 있지요' 하였습니다. 그는 공명하였습니다. 이와 같은 생각이 있는 것은 필경 자기가 자기를 속이고 마는 것인 줄은 모르나 나는 결코 내 남편을 속이

---

10 김종욱 편, 앞의 책, 126면.

고 다른 남자, 즉 C를 사랑하려고 한 것은 아니었나이다. 오히려 남편에게 정이 두터워지리라고 믿었사외다. 구미 일반 남녀 부부 사이에 이러한 공공연한 비밀이 있는 것을 보고, 또 있는 것이 당연한 일이요, 중심되는 본 남편이나 본처를 어찌하지 않는 범위내의 행동은 죄도 아니요 실수도 아니라 가장 진보된 사람에게 마땅히 있어야 할 감정이라고 생각합니다.

— 「이혼고백서」에서[11]

여행을 통해서 바라본 구미의 외적 현상과 근대 초기의 우리나라의 구체적 현실과의 차이를 이해하지 못한 데서 나혜석은 혼외의 성적 자유의 추구가 가능했고, 거기에 그녀의 불행은 존재했다고 볼 수 있다.

폐쇄적인 결혼생활에 대한 비판은 「독신여성의 정조론」에서도 반복된다. 폐쇄적인 결혼제도와 가정내에서 부부가 서로의 감정을 이해하지 못하는 데서 권태가 생기고 무미건조한 가정생활이 영위될 수밖에 없음을 강조하고, 결혼한 부부들은 개방적인 모임을 통해서 결혼생활의 권태를 극복해나가야 한다고 주장한다. 어쩌면 나혜석은 폐쇄적인 결혼의 권태로부터 어떤 출구를 최린과의 연애에서 찾고자 했는지도 모른다. 같은 글에서 독신자들이 "정조관념을 지키기 위하여 신경쇠약에 들어 히스테리가 되는 것보다 돈을 주고 성욕을 풀고 명랑한 기분으로 살아가는 것이 아마 현대인의 사고상 필요할 걸요"라고 주장하며, 여자 공창과 마찬가지로 남자 공창의 필요성까지 제기하는 등 남녀의 성적 자유와 평등에 대한 급진적 태도를 거듭 천명하고 있다.

결혼과 성에 대한 급진적 사상으로의 변화도 「이혼고백서」에서 잘 드러나고 있는데, 그녀는 조선의 유식계급의 남녀가 똑같이 불행한 사람들이라고 논평한다. 그 이유는 개인적 문제가 아니라 사회적이며 민족적 문제라고 원인을 분석하는데, 남성의 경우, 사회적으로 남성적 자아

---

11 위의 책, 107면.

실현이 차단된 식민지적 현실로부터 사랑으로 도피하고자 하지만 가족제도에 얽매인 가정과 몰이해한 처자로 인해 향락적인 생활에 몸을 내맡긴다고 진단한다. 여성의 경우에는 봉건적인 가족제도의 억압과 구속 속에서 현실과 이상의 극심한 격차와 사랑이 부재하는 부부관계로 인해서 신경쇠약에 걸리고 독신여성을 선망하게 된다는 것이다. 즉 일제강점하의 민족적 상황과 봉건적 가족제도로 인한 남녀의 불행 타개의 대안으로 결혼과 성에 대한 개방적 진보적 변화를 제시한 것이다.

그리고 그녀는 부부간에는 연애의 시기, 권태의 시기, 이해의 시기의 세 단계가 있는데, 이 세 시기를 잘 보내야만 정말 새로운 사랑의 의미 있는 부부생활이 가능하다고 말한다. 인생은 가정만도 예술만도 전부가 아닌 둘의 조화가 필요하고, 모성애는 최고의 행복인 동시에 최고의 불행, 즉 자신의 인생에 구속을 주는 갈등적 존재임을 피력한다.

또한 나혜석은 「그 뒤에 얘기하는 제 여사의 이동좌담회」에서 인생의 창작성은 남녀교제에서 나오지만 조선의 결혼생활은 이중삼중의 부담과 구속, 자기희생과 개성의 상실을 초래하기 때문에 결혼생활로 돌아가고 싶지 않다는 견해를 표명하며, 단지 인간으로서의 자유스러움과 예술창작에의 정진이 그의 소망일 뿐이라고 말한다.

나혜석의 후기 페미니즘은 성의 이중규범에 대한 통렬한 비판, 남녀의 공평한 성적 자유, 폐쇄적이고 가부장적인 결혼제도의 문제점 등에 집중적 관심을 표명하며, 그 대안으로 개방결혼과 독신주의 등을 제시함으로써 성의 해방을 주요한 주제로 삼은 급진적 페미니즘으로 변화해갔다. 이는 혼외의 성적 자유를 추구한 대가로 이혼을 했고, 이러한 실존적 삶의 경험으로부터 여성 억압의 구체적 현실을 보다 극명하게 파악하게 된 데 따른 결과라고 할 수 있다. 그는 현대의 급진주의 페미니즘이 추구하는 가부장적 가족의 폐기, 동성애와 같은 대안을 제시하는 단계까지 나아가지는 않았지만 당시로서는 매우 혁신적이고 급진적인 성적 자유를 추구했음을 알 수 있다.

「파리의 그 여자」는 1935년 《삼천리》에 발표된 3막 희곡으로 작품성보다는 주제전달에 목적을 둔 단순한 작품이다. 제1막은 파리 시내 한호텔에서 친구관계의 두 남성 C와 D가 파리를 떠난 A의 아내인 B에 대해서 대화하는 장면으로 구성되어 있다. 여기에서 C는 이미 파리를 떠난 유부녀인 B의 재능을 아깝게 여기며, 그녀가 런던에 들러 여성문제를 더 연구해갔더라면 조선사회에 유익이 되었을 것이라 아쉬워한다. C의 B에 대한 태도에서 결혼의 유무를 초월한 남녀 간의 우정이랄까 애정을 확인할 수 있다. 제2막은 뉴욕의 한 아파트로서 A의 친구들이 모여 A와 B 부부에 대한 이야기를 나누는 장면으로 구성되었는데, 똑똑한 아내에 대한 야유적 태도, 소화되지 않은 지식의 문제점이 친구들의 대화를 통해서 드러나며 간접적으로 B와 A의 성격이 표출된다. 제3막은 원산해수욕장을 배경으로 중년의 유부녀인 B와 그녀의 애인 J가 해변을 산책하는 장면이 제시되면서 중년기 사랑의 가치가 주된 대화로 떠오른다. 이 작품은 기혼여성 B를 둘러싼 C의 우정, 그리고 J와의 사랑 등 결혼의 유무를 떠난 개방적 남녀교제의 이상이 주제로서 제시되고 있다. 이 작품은 결혼제도 그 자체를 전면적으로 부정하지는 않았지만 결혼제도의 폐쇄성을 벗어난 남녀의 자유로운 교제가 이상으로 제시되며, 이를 실천하는 B라는 여성이 일탈적 시각에서가 아니라 조선사회를 이끌 선각적 여성으로 긍정적으로 제시되었다는 점에서 작가의 후기 페미니즘의 특성을 반영한 작품으로 읽혀진다.

4. 결론

나혜석의 페미니즘은 남녀가 모두 공적 노동에 참여함으로써 차별을 벗어날 수 있다는 주장을 편, 1920년대 중반에 우리나라를 강타했던 마르크스주의 페미니즘과는 그 성격을 달리한다. 일찍이 마르크스가 『경제학비판』에서 인간의 의식이 존재를 규정하는 것이 아니라, 그들의 사회적 존재가 의식을 규정한다고 했듯이 그녀는 부유한 부르주아 집안 출신의 예술가였고, 자유연애의 이상에 따라 지식인 남성과 결혼하였으며, 화가로서 또는 외교관의 부인으로 부족함이 없는 생활을 영위했던 부르주아 여성으로서의 계급적 기초는 그대로 그녀의 페미니즘 사상의 형성에 영향을 미친 것으로 보여진다. 일반적으로 부르주아 또는 뿌띠부르주아적 페미니즘에서 추구하는 자아의 확립, 연애의 자유, 결혼의 자유에 대한 추구의 맥락에서 나혜석 역시 크게 벗어나지 않은 것으로 파악된다. 그리고 나혜석의 페미니즘은 일본유학의 산물이었을 것으로 추정되는 근대 초기 페미니즘의 한 흐름이던 부르주아적 자유주의 페미니즘과 연결되어 있다.

나혜석은 전기에 여성 자아의 주체성에 대한 자각을 강조하며, 남녀차별의 사회현상을 비판하고, 그 원인을 잘못된 사회제도와 교육에서 발견하고자 하며, 결혼제도를 통한 남녀의 역할분담과 성별분업을 인정하는 부르주아적 여성의 입장에서 자유주의적 성격의 페미니즘을 개진했다.

하지만 1930년대를 전환점으로 하여 성의 이중규범에 대한 통렬한 비판, 남녀의 공평한 성적 자유, 폐쇄적 결혼제도의 문제점 등에 대해서 집중적으로 관심을 표명하며, 그 대안으로 개방결혼과 독신주의, 개방적 남녀교제 등을 제시함으로써 온건성을 벗어나 보다 급진적이고 과격한 성의 해방을 주제로 삼는 급진적 페미니즘으로 변화해갔음을 알 수 있다. 이는 서구여행 및 파리에서의 생활과 혼외의 성적 자유를 추구한 대가로 이혼을 했던 실존적 삶의 경험으로부터 여성 억압의 현실을 보다 극명하게 파악하게 된 데 따른 결과라고 할 수 있다.

나혜석은 이혼 후 1933년에 '여자미술학사'를 열어 미술연구생을 모집하여 경제적 자립을 추구한 바 있으나 성공하지 못했다. 나혜석의 실존적 삶의 기반이 노동을 통한 자립과는 거리가 멀었으므로 마르크스주의 페미니즘과는 차이가 있는 자아의 확립, 급진적 성의 해방 등을 주장하며 이를 추구했다. 하지만 이혼으로 부르주아적 계급의 기반이 무너져버리자 해방은커녕 여성으로서는 물론 모성까지 거부당하는 등 인생 자체가 점차 황폐해져 이름 없는 행려병자로 죽어갔다. 너무 선각자였기에 너무나 불행했던 신여성의 쓸쓸한 종말이었다.

(1996)

연애지상주의자 김명순

　나혜석, 김원주(일엽)와 함께 근대문학 1세대 여성문인인 김명순金明淳은 1896년 1월 20일에 평남 평양군 용덕면에서 평양갑부인 아버지 김희경과 그의 소실로 혼인한 어머니 김인숙의 장녀로 태어났다. 그는 기생출신 소실의 서녀로 태어난 사실에 대해서 깊은 콤플렉스를 느꼈다고 한다.[1] 1907년 서울 진명여학교 보통과에 입학한 그는 1911년에 우수한 성적으로 졸업한 후 1913년(18살)에 첫 번째 일본 유학길에 오른다. 시부야의 국정여학교 3학년에 입학해 4학년 2학기까지 다닌 후 1915년에 귀국한 김명순은 1916년 4월에 숙명여자고등보통학교에 편입하여 1917

---

1 드라마 작가 구봉석이 1981년 김명순의 넷째 동생 김기성金箕成(77세, 서울 거주)과 셋째 여동생 김영순金英淳(78세, 부산 거주)을 직접 만나 확인한 것으로, 김명순은 퇴기 첩의 외딸이 아니고 평양 명문가정에서 엄연히 8남매의 맏딸로 태어났고, 그의 아버지 김희경金羲庚도 감영의 이속이 아닌 평안남도 참사였으며, 그의 숙부인 김희선金羲善도 일본 육사를 졸업한 뒤 1920년 상해임시정부 시절 군무총장 노백린 장군 밑에서 차장을 지내는 등 뼈대 있는 집안에서 부모의 귀염을 받고 당당하게 유학을 떠났으며, 김동인의 「김연실전」의 모델이 아니므로 오해가 없기를 바란다는 내용의 기사가 〈동아일보〉 1981년 10월 8일자 6면에 실린 적이 있다.

년 3월에 졸업한다. 그는 1920년 7월에 두 번째 일본유학을 하여 음악을 전공한 것으로 알려져 있다.[2] 유학 후의 자세한 행적 및 귀국 시기는 알려지지 않았지만 1921년 말부터 《개벽》에 작품발표를 한 것을 보아 1921년에는 귀국해 문단활동을 재개했던 것 같다. 그리고 1939년에 다시 도일한 후 1951년에 일본 청산 뇌병원에서 사망한 것으로 추정된다.

근대교육을 받고 몇 차례 일본유학까지 경험하여 전형적인 신여성이 된 김명순은 1917년에 「의심의 소녀」[3]를 《청춘》에 발표함으로써 문단에 등단했다. 그의 작품발표는 근대소설의 효시로 평가되는 이광수의 『무정』과 같은 해로서 「의심의 소녀」가 비록 단편소설이고, 작품성 면에서 『무정』에 못 미친다고 하더라도 역사적 의의만큼은 크게 부여해야 할 것이다.

김명순은 한때 《창조》와 《폐허》의 동인으로 활동한 바 있으며, 1925년에는 〈매일신보〉 기자를 역임한 적도 있다. 이 시기를 전후한 몇 년 동안에 그는 가장 활발한 창작활동을 전개했다. 나혜석, 김원주와는 달리 그는 논설은 쓰지 않았으며, 소설, 시, 수필, 희곡 등 전 장르에 걸친 순수 창작행위를 통해서 자신의 예술적 감수성을 유감없이 발휘했다. 그는 〈조선일보〉, 〈동아일보〉, 〈매일신보〉 등의 신문과 《청춘》, 《창조》, 《개벽》, 《폐허이후》, 《신여성》, 《조선문단》, 《문예공론》, 《별건곤》 등의 잡지를 발표매체로 삼았다. 그리고 1925년 4월에는 한성도서주식회사에서 『생명의 과실』이란 창작집도 발간했다. 시 25편, 소설 2편, 수필 4편 등을 수록한 『생명의 과실』은 지금까지 그의 유일한 창작집으로 알려져 왔으나 『애인의 선물』이란 제2의 창작집을 회동서관에서 발간한 것으로 서정자에 의해 밝혀졌다. 하지만 이 창작집은 책의 뒷부분이 파손되어

---

2 최혜실, 『신여성들은 무엇을 꿈꾸었는가』, 생각의 나무, 2000, 349~351면.
3 「의심의 소녀」가 일본작품의 표절이라는 설이 있으나 확인된 사실은 없다.

발행연도가 미상이다.[4]

　기존에 김상배에 의해서 묶여져 나온 창작집 『김탄실 — 나는 사랑한
다』(솔뫼, 1981)는 전집의 성격을 띠고 있지만 자료적 가치는 매우 떨어
지는 것으로서 원전에 충실한 전집의 출간은 김명순 연구에 있어 무엇
보다도 시급한 일이라고 하지 않을 수 없다.

　김동인은 「김연실전」(《문장》, 1939~1941)에서 조선 여류문사 제1기생
들에 대해 작품 없는 문학생활을 하고, 남성편력을 일삼은, 성적으로 타
락한 신여성이라고 악의적으로 매도하고 있지만 제1세대 여성문인인 김
명순, 나혜석, 김원주 중 그 누구도 작품 없이 문사연 한 사람은 없다.
그들은 모두 남성 못지않게 활발한 작품활동을 했고, 나혜석은 동경여
자유학생 중심의 《여자계》를, 김일엽은 《신여자》를 발간하면서 열정적
으로 문학활동을 전개했다. 그리고 김명순은 1925년에 작품집 『생명의
과실』을 발간했다. 또한 그들은 모두 신념에 찬 페미니스트였다.

　문제는 그들이 대표적인 신여성이자 페미니즘의 전도사로서 남녀평
등을 부르짖고, 자유연애론을 설파했으며, ‘신정조론’을 주장한 데 있
었다. 신남성을 자처했으면서도 여전히 봉건적 가부장주의에 사로잡힌
남성문인들에게 그들의 시대를 앞지르는 첨단적 주장은 거부감을 넘어
서서 인간적 혐오감을 유발시키고, 적대감을 불러일으킨 듯하다. 그렇
지 않고서야 김기진이 재판관이라도 된 양 「김명순 · 김원주에 대한 공
개장」(《신여성》, 1924.11)을 통해 그들의 문학을 매도하고, 김명순을 불
순 부정한 혈액을 지닌 ‘히스테리’로, 김원주를 이성 간의 성욕 같은 것

4　서정자, 「김명순의 창작집 『애인의 선물』」, 《여성문학연구》 7, 한국여성문학회, 2002.1,
　 385~402면 : 이 책에 실린 작품의 집필 날짜가 1927년으로 되어 있고, 회동서관이 1937년까
　 지 책을 출간하였기 때문에 1927년에서 1937년 사이에 출간된 것으로 추정된다고 했다. 하지
　 만 남은혜는 「김명순문학연구」(서울대대학원 석사논문, 2008.2)에서 1928~1929년 5월로 추
　 정된다고 했다.

도 부끄럼 없이 말하는 부르주아 개인주의자로 공개적 인신공격을 해댔을 리가 없는 것이다. 또한 염상섭이 「감상과 기대」(《조선문단》, 1925.7)에서 여류문사를 자유연애의 진의를 왜곡하는 타락한 자유연애의 사도로 비난을 해댔을 리도 없는 것이다. 도저히 동료문인에 대한 상식을 갖춘 태도라고는 볼 수 없는, 납득할 수 없는 비난이 유독 김명순에게 가혹하게 쏟아졌던 사실을 어떻게 해석해야 할 것인가.

1920년대에 나혜석은 결혼제도 속으로 편입하고, 김원주는 이혼 후에 불교에 귀의했다. 하지만 김명순은 세간의 비난과 공격으로부터 방패막이가 되어줄 빵빵한 집안이나 남편조차 없는―그의 부모는 이미 세상을 떠났고, 결혼도 하지 않은―상태였다. 경제적으로 자존심을 지키며 살아갈 수 없는 상태가 된 데다 기생출신 소실의 딸이라는 신분적 한계와 임노월 등과의 동거설, 강간사건을 둘러싼 소문 등 그를 둘러싼 스캔들은 끊이지 않았다. 이 모든 상황들이 불리하게 작용한 나머지 유교적 가부장주의에 사로잡힌 남성문인들은 함부로 김명순을 매도하는 데 열을 올리고 있었던 듯하다. 그렇지만 이미 조혼으로 유부남이 되어 있던 신남성들, 그들이야말로 신여성들과 스캔들을 일으킨 장본인들이지 않은가. 그리고 김명순은 강간사건의 피해자였을 뿐 그로 인해 그가 비난받아야 할 이유는 없다. 그럼에도 그에게 모든 비난이 쏟아졌던 것은 그만큼 그 시대가 여성이 인간답게 살아갈 수 없는 비인간의 시대였음을 반증한다.

이처럼 남성문인들의 악의적인 사실왜곡과 매도에도 불구하고 여성문학연구자들에 의해서 여성문인 1세대에 대한 문학연구가 꾸준히 축적되고 있다. 그리고 이들의 문학활동에 대한 공정한 평가가 뒤늦게나마 이루어지고 있는 것은 페미니즘 문학비평의 중요한 성과라고 하지 않을 수 없다.

최초작인 「의심의 소녀」(《청춘》 17호, 1917.11)에서 주인공 가희의 어머니는 남편의 잇단 외도에 자살로써 항거한다. 가희는 아버지의 눈을 피해 외조부와 외롭게 살아가는 불행한 소녀이다. 이 작품은 가부장주의에 대한 일종의 고발문학인 셈이다. 「칠면조」(《개벽》 18, 19호, 1921.12~1922.1)는 순일이라는 가난한 조선인 여학생이 일본 K부의 여학교에 입학하러 오면서 일어나는 사람들과의 관계에 대한 심리묘사에 주력한 작품이다. 같은 조선인 사이에서도 빈부의 격차에서 오는 심리적 갈등을 그리고 있는데, 「의심의 소녀」에 이어 외적 서사보다는 내면적 심리묘사에 치중하는 작가의 개성이 드러난다.

「돌아다볼 때」는 〈조선일보〉(1924.3.29~4.19)에 연재한 후 개작하여 『생명의 과실』(1925)에 싣고 있다. 첩 소생인 류소연은 유부남인 송효순에게 사랑을 느끼지만 애정도 없이 다른 남자와 결혼한다. 따라서 자유연애혼의 이상은 현실에서는 이루어질 수 없는 관념적 사랑에 불과하다.

「외로운 사람들」(〈조선일보〉, 1924.4.20~6.13)은 순희와 순철 남매의 여러 인물들과 얽히고 설킨 연애사건과 결혼문제를 다룬 중편소설이다.

「탄실이와 주영이」(〈조선일보〉, 1924.6.14~7.16)는 자전적 소설로서 주인공 '탄실彈實'은 김명순의 아명兒名이자 필명이다.[5] 이 소설은 그의 출신과 사생활을 두고 쏟아지던 세간의 비난에 대해 자신의 결백을 입증하기 위해 의도적으로 창작한 작품이다. 즉 조선 젊은이의 삶을 다룬 일본작가 나카니시 이노스케가中西伊之助가 쓴 「너희들의 배후에서汝等の背後より」(1923)에서 일본남자와 연애한 창부 같은 계집으로 묘사된 여주인공 권주영이 김명순을 모델로 했다는 소문이 진실이 아니라는 것을 이 작품으로 증명하고자 했다. 「너희들의 배후에서(汝等の背後より)」는 조선어로 번역되기 이전부터 많은 사람들에게 읽혔는데, 이익상에 의해 번

---

5 이밖에도 김명순은 기정箕貞이란 아명과 망양초望洋草, 范洋草, 망양생望洋生 등의 필명을 사용하였다.

역되어 1924년 6월 24일부터 11월 8일까지 〈매일신보〉에 연재된다. 그런데 「탄실이와 주영이」는 7월 16일로 돌연 연재가 중단된다. 따라서 탄실과 주영 두 인물의 차이를 밝히고자 한 김명순의 의도는 제대로 달성되지 못한 채 두 인물의 공통점만을 부각시킨 결과를 초래하고 말았다.[6]

「꿈 묻는 날 밤」(《조선문단》 8호, 1925.5)은 "바람도 잔 5월 밤은 아무소리 없이 땅 위에서 음울하게 흠칠거리는 것 같았다."처럼 서정성 넘치는 시적 문체로 시작하는데, 동경유학생 출신의 문학을 전공하는 여주인공 남숙의 내적 갈등을 다룬 매우 짧은 소설이다. 그는 세 아이의 아버지에다 친구의 남편인 유부남을 사랑하는 데 따른 내면적 갈등을 겪고 있다. 하지만 이 사랑은 명시적 사건으로 그려지지 않고 있다. 작품의 결말은 밤 산책을 통하여 자신의 문학적 태도를 어떻게 할 것인가로 맺고 있다. 즉 개인적 단꿈을 그대로 쓰는 시보다는 "절벽 틈이라도 기어 올라갈 만할 신앙信仰과 그 자신의 거룩한 순정純情을 옮겨서 그 자신의 위엄을 떨어치지 않을 이상적 대상을 확실히 알아놓고 그 사랑을 곱게 펴서 무리 앞에 놓도록 장하고 용감한 정조情調로 쓸 것"을 주인공은 깨닫는다. 다른 작품들에서 연애감정의 표출이 그 무엇보다 중요하게 제시된 것과는 달리 자신의 감정을 고백함으로써 빚어질 사회적 파장을 우려하여 개인적 욕망을 억누름으로써 겪는 내적 갈등이 잘 포착되어 있고, 그 갈등을 문학적으로 승화시키려 한 심리적 균형감각이 돋보인다.

「손님」(《조선문단》 15호, 1926.4)은 세 자매와 남동생이 집안청소를 직접 하는 장면으로부터 발단된다. 이 작품은 사회주의자이자 사업가인 주인성이라는 남자와의 대화를 통해서 동경유학에서 음악을 전공한 을순과 삼순 자매가 주씨의 직조공장에 여공으로 들어가 그들의 친구가

---

6 신지연, 「1920년대 여성담론과 김명순의 글쓰기」, 《어문논집》 48, 민족어문학회, 2003.1, 331~332면.

되겠다는 각오를 보이는 작품이다. 집안청소와 같은 노동, 사회주의자, 직조공장, 여공 등의 소재는 김명순의 작품에서는 매우 특이한 것이다. 러시아 작가 투르게네프의 소설 『처녀지』에 러시아 혁명운동기의 견실한 점진주의자로 그려진 인물 '쏘로민'이라는 이름이 작품에 등장하는 것은 특히 주목을 요한다. 작품에서 을순과 삼순 자매의 손님으로 초대받은 주인성은 쏘로민과 동격의 인물로 제시된다. 그는 귀족이면서도 민중의 설움을 알고, 시인이면서도 시를 안 쓰고, 천지가 사라져가도 사람의 마음속에 자유를 구하며, 무엇보다도 성질이 너그러워서 공장사람들을 잘 지도하는 인물이다. 이런 인물의 제시는 이 시기에 김명순이 사회운동에 어느 정도 관심을 보였을 가능성을 암시한다. 그리고 이것은 KAPE의 조직 등 1920년대 중반 전 세계를 강타한 사회주의 문학운동과 연관이 있을 것으로 추정된다. 하지만 김명순의 사회주의에 대한 이해는 매우 피상적 수준에 불과했을 것으로 판단된다. 아무튼 「손님」은 자유연애를 주제로 삼지 않았으며, 김명순의 문학이 매우 현실에 다가섰다는 것을 느끼게 해주는 작품이다.

「나는 사랑한다」(〈동아일보〉, 1926.8.17~9.3)의 박영옥과 최종일은 순간적으로 사랑의 감정을 느끼지만 최종일의 유학으로 두 사람은 헤어진 후 각각 다른 상대와 결혼한다. 그리고 두 사람은 세월이 흐른 후에 우연히 다시 만나 사랑의 감정에 빠지게 된다. 결국 두 사람은 "애정 없는 부부생활은 매음"이라 규정하며 결혼이라는 제도보다는 사랑이라는 감정을 선택한다. 결말에서 영옥의 남편인 서병호의 방화로 추정되는 불이 나서 최종일의 산정山亭을 태우는데도 두 사람은 오로지 '사랑한다'는 절규를 할 뿐이다. 연애지상주의라는 주제의식이 가장 뚜렷이 제시된 작품이다.

「모르는 사람같이」(《문예공론》 1호, 1929.3)의 순실과 창일은 결혼을 앞두고 순실에 대한 왜곡된 헛소문 때문에 결혼 전날 파혼하고 만다. 다른 여자와 결혼한 창일은 순실에 대한 소문이 거짓임을 알게 되어 관계를 회복하고자 매달리지만 순실은 이를 냉정히 거절한다.

김명순의 소설은 심리묘사가 탁월하고, 시적 서정에 넘치는 문체가 매우 돋보이며, 자유연애의 이상과 제도적 결혼 사이의 갈등을 반복하여 다루었다. 그는 자유연애의 근대적 이상을 종교처럼 신봉하였고, 자신의 작품을 통하여 집요하게 추구하였다. 남녀 문인을 통틀어서 김명순만큼 철저하게 연애지상주의를 주창한 작가는 없었다. 그리고 그의 작품에서 구여성은 아예 등장하지 않으며, 신여성이 주인공으로 등장한다. 그리고 그 인물들은 어김없이 연애지상주의 신봉자이다. 하지만 그의 작품에서 자유연애혼의 이상이 제대로 성취된 경우는 단 한 번도 없다. 미혼의 여주인공이 연애감정을 느끼는 상대는 유부남이라서 결혼할 수 없고, 이미 결혼한 여주인공은 남편 아닌 다른 남성에게 연애감정을 느끼며 결혼이라는 제도를 벗어던진다. 이것이 김명순이 살았던 시대의 신여성들이 겪어야 했던 가장 큰 갈등이었고, 딜레마였다.

그런데 이광수의 이혼과 허영숙과의 재혼, 그리고 『무정』의 주인공 '이형식'에게서도 확인할 수 있듯이 이 시기에 자유연애를 주창한 것은 신여성들만이 아니었다. 그럼에도 유독 여성들에게만 비난이 쏟아졌던 것은 무엇 때문일까. 그것은 여자가 자유연애를 언급하거나 그것을 실천하거나 작품화하는 것을 금기시하는 유교적 가부장주의가 근대초기에도 강력하게 작동하고 있었기 때문이다.

김명순, 나혜석, 김원주 등의 페미니스트들이 정치적, 경제적 여성해방보다는 성의 해방에 집착했던 것은 일제 식민주의의 폭압적인 정치상황에서 정치적, 경제적 여성해방을 추구한다는 것이 근본적으로 불가능했기 때문이었다. 따라서 이들은 개개인이 실천할 수 있는 사적 영역에서의 성의 해방을 주 이슈로 삼았을 것이다. 하지만 그들은 개인의 섹슈얼리티에 작용하는 남성지배의 거대한 권력체계를 제대로 통찰하지 못했다. 그만큼 그들이 이해한 페미니즘은 피상적 수준이었다. 더구나 그들은 아직 이십대에 불과한, 모든 면에서 관념성을 벗어나기 어려운 인생 자체에 미숙한 연령이었다. 아니, 그들이 살았던 시대 자체가 모든 면에서 설익은 시대였다. 그렇지만 그들이 아니고서는 근대화를 부르짖고 추진할 세대가 없었던 것이 근대 초기 우리나라의 적나라한 모습이고 현실이었다.

김명순, 나혜석, 김원주, 그들이 시대의 첨단에 서서 용감하게 여성해방을 부르짖지 않았다면, 봉건적 가부장주의와 온몸으로 맞서 싸우지 않았다면, 그들의 피투성이가 된 희생이 없었다면 오늘날 호주제가 완전 철폐된 남녀평등의 시대를 우리가 과연 살아갈 수 있었을까.

(2008)

이혼을 불사하는 자존심과 인격적 자각

― 김일엽

김일엽金一葉(1896~1971)은 1896년 평남 용강군 삼화면 덕동리에서 목사인 아버지 김용겸과 어머니 이마대의 사이에서 맏딸로 태어났다. 개화한 어머니의 덕택으로 9세에 구세학교에 들어가게 되었고, 11세에는 진남포 삼숭보통여학교에 입학하여 정식교육을 받았다. 12세 때 어린 동생의 죽음, 연이어 세 동생과 어머니, 아버지를 차례로 잃게 되어 17세 때에는 천애고아의 몸이 되고 말았다. 외할머니의 배려로 1913년 이화학당에 입학하여 1918년에 졸업하였다. 1918년 연희전문의 화학 교수로 있던 40대의 남성 이노익과 결혼했으나 이혼했다. 그녀는 두 차례 일본에 유학한 바 있고, 이혼 후 두 번째 도일했을 때에는 일본인 남성 오다 세이조(太田淸藏)와의 사이에서 아들(김태신)을 낳고 귀국하였다. 도일시대 일엽은 시인 임노월과 한때 동거를 한 적도 있는데 이때의 정황은 염상섭의 소설 「너희는 무엇을 얻었느냐」에 유사하게 그려져 있다. 염상섭의 「해바라기」, 김동인의 「김연실전」 등도 신여성 문인에 대한 야유가 가득 담긴 소설이다.

김일엽의 본명은 원주元周로서 '일엽一葉'은 이광수가 붙여준 이름이다.[1] 일엽은 1928년에 금강산에서 비구니계를 수계하고 1933년에는 덕숭산 수덕사 견성암의 만공스님 문하로 입산한다. 목사의 딸로서 기독교 신자였던 일엽이 불교에 입문하여 승려가 된 것은 독일 부르크스부르크 대학에서 철학박사 학위를 받고 귀국한 백성욱의 영향이었다.

김일엽은 당시의 남성 지식인들과 교류하면서 잡지 《폐허》의 동인으로 활동했고, 우리나라 최초의 페미니즘 잡지 《신여자》를 남편 이노익의 지원으로 1920년 3월에 발간했으나 이 잡지는 같은 해 6월, 4권을 마지막으로 폐간되었다. 김일엽은 시 72편, 소설 19편, 수필 및 평론 61편, 희곡 1편, 생전에 발간된 『어느 수도인의 회상』(1960), 『청춘을 불사르고』(1962), 『행복과 불행의 갈피에서』(1964)를 비롯하여 단행본 10권이 있다.

불가에 입문하기 전까지 김일엽은 문학가뿐만 아니라 페미니스트로서 크게 두각을 드러냈다. 「여자교육의 필요」, 「여자의 자각」, 「우리 신여자의 요구와 주장」, 「먼저 현상을 타파하라」 등의 논설에서 그녀는 여성의 자각과 해방을 촉구하였다. 특히 그의 논설 「나의 정조관」(〈조선일보〉, 1927.1.8)은 세간에 큰 파문을 불러일으켰다.

> 재래의 정조관으로 말하자면 정조를 물질시하여 과거를 가진 여자의 사랑은 신선미가 없는 진부한 것으로 생각하여 왔습니다. 다시 말하면 어떤 여자가 어떤 남자와 한 번이라도 성적 관계가 있었다면 그 여자는 벌써 정조를 더럽힌 버린 여자라 하였습니다.

김일엽은 이 글에서 육체적 정조가 아니라 정신적 정조를 주장하였다. 여자의 정조를 한 번 깨어지면 못 쓰는 그릇에 비유해온 가부장제의 순결 이데올로기에 정면으로 도전장을 냈던 것이다. "정조라는 것도 연

---

1 일본의 여성문인 히쿠치 이치요[桶口 一葉]에서 일엽을 따서 지었다는 설과 일엽편주一葉片舟에서 따왔다는 설이 있다.

애 감정과 마찬가지로 유동하는 것이라 볼 수 있는 동시에 항상 새로운 것"이라는 혁명적 주장에 당시 가부장제 사회는 아연 실색을 표명하였다. 일엽은 자유연애주의자로서 여러 남성들과 연애관계를 가질 때마다 항상 새로운 감정으로 처음인 듯 그 남성들을 순결한 마음으로 사랑했던 것이 아닌가 생각한다.

김일엽뿐만 아니라 당시의 신여성들이 정조에 대하여 얼마나 혁신적인 사고를 가졌었는가 하는 것은 나혜석의 글에서도 찾아볼 수 있다. 그녀는 "정조는 도덕도 법률도 아무것도 아니요, 오직 취미다. 밥 먹고 싶을 때 밥 먹고, 떡 먹고 싶을 때 떡 먹는 거와 같이 임의용지任意用志로 할 것이요, 결코 마음의 구속을 받을 것이 아니다."라고 「신생활에 들면서」(《삼천리》, 1935.2)에서 주장했다.

정조는 여성에게 강요된 남성들의 차별적인 육체의 통제요, 성적 억압이자, 가부장제의 횡포였으므로 신여성들은 당연히 순결 이데올로기의 허위의식을 꿰뚫어보며 이에 대한 저항을 보였던 것이다. 하지만 보수적인 가부장제 사회에서 그녀들의 반란, 혁명적 사고와 행동은 결코 받아들여질 수 없었기에 그들의 선구적이고 혁명적 이상은 현실에서 쓰디 쓴 실패를 맛볼 수밖에 없었다.

김일엽의 「자각」(〈동아일보〉, 1926.6.19~26)은 구여성에서 신여성으로 자각해나가는 여성을 그린 서간형식의 고백체 소설이다. 주인공 임순실은 시댁의 온갖 구박에도 불구하고 일본으로 유학을 떠난 남편을 그리워하며 그가 금의환향할 날만을 기다리고 시집살이를 견뎌나간다. 그런데 임신 8개월이 된 그녀에게 '사형선고' 같은 편지 1통이 도착한다. 내용인즉 다음과 같다.

> 그대와의 혼인은 전연부모의 의사로만 성립된 것으로 내게는 책임이 없으며, 지금까지 부부관계를 지속해온 것은 인습에 눌리고 인정에 끌리었던 것이니 미안하지만, 나를 생각지 말고 그대의 전정을 스스로 결정하라는 것이었나

이다. 그리고 이어서 이러한 소문을 들었었나이다. 그가 일본 유학하는 자기보다 나이 많은 어떤 노처녀와 연애를 한다는데 그가 그 처녀 앞에서는 자기에게 이름만의 아내가 있지만 애정이 본래부터 생기지가 않아서 번민하다가 그 처녀를 보고 비로소 사랑이라는 것을 알았노라고 속살거린다 하더이다.

이 편지에 자존심이 상한 임순실은 울며불며 매달리는 대신 즉각 "먼저 그런 편지 주심이 얼마나 다행한지 모르겠나이다. 여자의 몸이라고 그래도 환경을 벗어나지 못해서 이상에 안 맞는 남편과 억지로 지내면서도 남다른 고생을 겪지 않으면 아니 되는 자기 불행을 언제나 한탄하고 있었나이다."라고 답장을 보낸다. 그리고 친정으로 가서 아이를 낳아 시댁으로 보내고 아이에 대한 그리움을 억제한 채 독한 결심으로 학교를 다녀 우수한 성적으로 졸업하게 된다.

그녀가 남편의 이혼 제의를 순순히 받아들인 것은 자존심과 인격을 더럽히면서까지 사랑을 구걸하고 싶지 않았기 때문이다. 그녀는 자존심과 인격을 지키면서 살아가기 위해 뒤늦게나마 신교육을 받게 되고, 구여성에서 신여성으로 거듭나게 된다.

이 소설의 제목이자 주제인 '자각'은 바로 한 인간으로서 여성의 인격적 자각을 의미한다. 여성 역시 자존심과 인격을 가진 존귀하고도 주체적인 존재라는 인식이 여성해방에서 중요하며, 이를 자각하기 위해서는 여성도 교육을 받아야 한다는 것이다. 그리고 굴욕적인 결혼생활보다는 과감하게 이혼을 하며 자존심을 지키고, 자존심과 인격에 장애가 될 때에는 모성 이데올로기부터도 자유로울 수 있어야 한다는 것, 이것이 소설 「자각」의 주제이다. 소설 「자각」은 자유주의 페미니즘을 주제로 담고 있으며, 형식적으로는 고백체의 여성소설이다. 그리고 김일엽은 자유주의 페미니스트이다.

특히 이 소설에서 주목되는 것은 모성애의 집착으로부터 벗어난 주인공의 냉정한 태도라고 하겠다. 임순실은 아이로 인해 아이의 아버지와 또 다시 인연이 맺어진다면 그것은 자신의 자존심과 인격이 여지없이 깨어질 것이기에 아예 아이에 대한 그리움의 싹을 과감하게 자른 것이다. 이런 임순실의 태도에는 일본인 오다 세이조와의 사이에서 낳은 아들 김태신을 아버지에게 주어버리고 귀국해버린 것, 그 뒤 아들 김태신이 어머니 일엽이 수덕사의 승려가 된 것을 알고 찾아 갔을 때 '나를 어머니라 부르지 말라' 라고 냉정하게 뿌리쳐버린 것들이 오버랩 된다.

이후 남편이 여러 차례 사과편지를 보내며 합치기를 원하자 주인공은 다음과 같은 문학사적 명언으로 이를 단호히 거절한다.

> "나를 끈에 맨 돌멩이인 줄 아느냐. 오라면 오고 가라면 가게⋯⋯. 백 계집을 하다가도, 10년을 박대하다가도 손길 한 번만 붙잡으면 헤헤 웃어버리는 속없는 여자로 아느냐."
> 죽어도 이 집 귀신이 된다고 욕하고 때리는 무정한 남편을 비빗비빗 따라 다니는 비루한 여자인 줄 아느냐. 열 번 죽어도 구차한 꼴을 보지 않는 성질을 알면서 다시 갈 줄 바라는 그대가 생각이 없지 않는가 하다고—

한국 페미니즘 소설에서 이처럼 속 시원하게 배신한 남자를 뿌리쳐버린 구절이 또 있을까? 작가는 여자를 사람으로 알아주지 않는 결혼생활을 노예생활로 규정하며, 한 개의 완전한 사람이 되어 값 있고 뜻 있는 생활을 할 것과 "남성답지 못하고, 줏대가 없고, 여자를 사랑하기는 하지만 인격적으로 대하지 아니하고, 이왕 상냥한 아내를 둔 이상 절대로 정조를 지키어야 하겠다는 자각이 없는" 이전의 남편 같은 남자가 아니라 진정 여자를 사람으로 알아주는 사람을 찾겠다고 다짐한다.

(2010)

경희

나혜석

1

"아이고 무슨 장마가 그렇게 심해요"

하며 담배를 붙이는 뚱뚱한 마님은 오래간만에 오신 사돈마님이다.

"그러게 말이지요. 심한 장마에 아이들이 병이나 아니 났습니까. 그동 안 하인도 한 번도 못 보냈어요"

하며 마주앉아 담배를 붙이는 머리가 희끗희끗 하고 이마에 주름살이 두어 줄 보이는 마님은 이 이철원 댁 주인마님이다.

"아이고 별말씀을 다하십니다. 나 역시 그랬어요. 아이들은 충실하나 어멈이 어째 수일 전부터 배가 아프다고 하더니 오늘은 일어나 다니는 것을 보고 왔어요."

"어지간히 날이 더워야지요. 조금 잘못 하면 병나기가 쉬워요 그래서 좀 걱정이 되셨겠습니까?"

"인제 나았으니까요 마음이 놓여요. 그런데 애기가 일본서 와서 얼마 나 반가우셔요."

하며 사돈마님은 잊었던 일을 깜짝 놀라 생각하는 듯이 말을 한다.

"먼 데다가 보내고 늘 마음이 놓이지 않다가 그래도 일 년에 한 번씩이라도 오니까 집안이 든든해요"

주인마님 김 부인은 담뱃대를 재떨이에 탁탁 친다.

"그렇다마다요. 아들이라도 마음이 아니 놓일 텐데 처녀를 그러한 먼 데다 보내시고 그렇지 않겠습니까. 그런데 몸이나 충실했었는지요."

"네, 별 병은 아니 났나 보아요. 제 말은 아무 고생도 아니 된다 하나 어미 걱정시킬까 보아 하는 말이지 그 좀 주리고 고생이 되었겠어요. 그래서 얼굴이 꺼칠해요."

하며 뒷곁을 향하여

"아가, 아가, 서문안 사돈마님이 너 보러 오셨다."

한다.

"네."

하는 경희는 지금 시원한 뒷마루에서 오래간만에 만난 오라버니댁과 앉아서 오라버니댁은 버선을 깁고 경희는 앉은재봉틀에 자기 오라버니 양복 속적삼을 하며 일본서 지낼 때에 어느 날 어디를 가다가 하마터면 전차에 치일 뻔 하였더란 말, 그래서 지금이라도 생각만 하면 몸이 아슬아슬하다는 말이며, 겨울이 오면 도무지 다리를 펴고 자본 적이 없고 그래서 아침에 일어나면 다리가 꼿꼿했다는 말, 일본에는 하루 걸러 비가 오는데 한 번은 비가 심하게 퍼붓고 학교 상학시간은 늦어서 그 굽 높은 나막신을 신고 부지런히 가다가 넘어져서 다리에 가죽이 벗겨지고 우산이 모두 찢어지고 옷에 흙이 묻어 어찌 부끄러웠었는지 몰랐었더란 말, 학교에서 공부하던 이야기, 길에 다니며 보던 이야기 끝에 마침 어느 때 활동사진에서 보았던 어느 아이가 아버지가 장난을 못하게 하니까 아버지를 팔아 버리려고 광고를 써서 제 집 문밖 큰 나무에다가 붙였더니 그 때 마침 그 아이 만한 6, 7세 된 남매가 부모를 잊어버리고 방황하다가 꼭 두 푼 남은 돈을 꺼내들고 이 광고대로 아버지를 사려고 문을 두드리던 양을 반쯤 이야기하는 중이었다. 오라버니댁은 어느덧 바느질을 무릎 위에다가 놓고 "하하 허허" 하며 재미스럽게 듣고 앉았던 때라. "그래서 어떻게 되었소." 묻다가 눈살을 찌푸리며

"얼른 다녀오." 간절히 청을 한다.

옆에 앉아서 빨래에 풀을 먹이며 열심으로 듣고 앉았던 시월이도 혀를 툭툭 찬다.

"아무렴 내 얼른 다녀오리다."

경희는 이렇게 대답을 하고 제 이야기에 재미있어 하는 것이 기뻐서 웃으며 앞마루로 간다.

경희는 사돈마님 앞에 절을 겸손히 하며 인사를 여쭈었다. 일 년 동안이나 잊어버렸던 절을 일전에 집에 도착할 때에 아버지 어머니에게 하였다. 하므로 이번에 한 절은 익숙하였다. 경희는 속으로 일본서 날마다 세로가로 뛰며 장난하던 생각을 하고 지금은 이렇게 얌전하다 하며 웃었다.

"아이고 그 좋던 얼굴이 어쩌면 저렇게 못 되었니, 오죽 고생이 되었을라고."

사돈마님은 자비스러운 음성으로 말을 하다 일부러 경희의 손목을 잡아 만졌다.

"똑 심한 시집살이 한 손 같구나. 여학생들 손은 비단결 같다는데 네 손은 왜 이러냐."

"살성이 곱지 못해서 그래요."

경희는 고개를 수그린다.

"제 손으로 빨래 해 입고 밥까지 해 먹었다니까 그렇지요."

경희의 어머니는 담배를 다시 붙이며 말을 한다.

"저런 그러면 집에서도 아니 하던 것을 객지에 가서 하는구나. 네 일본학교 규칙은 그러냐?"

사돈마님은 깜짝 놀랐다. 경희는 아무 말 아니한다.

"무얼요. 제가 제 고생을 사느라고 그러지요. 그것 누가 시키면 하겠습니까. 학비도 넉넉히 보내 주지마는 그 애는 별나게 바쁜 것이 재미라고 한답니다."

김 부인은 아무 뜻 없이 어제 저녁에 자리 속에서 딸에게서 들은 이야기를 한다.

"그건 왜 그리 고생을 하니."

사돈마님은 경희의 이마 위에 너펄너펄 내려온 머리카락을 두 귀 밑에다 끼워주며 적삼 위로 등의 살도 만져보고 얼굴도 쓰다듬어 준다.

"일본에는 겨울에도 불도 아니 땐대지 그리고 반찬은 감질이 나도록 조금 준다지 그것 어찌 사니?"

"네, 불은 아니 때나 견디어나면 관계치 않아요. 반찬도 꼭 먹을 만치 주지 모자라거나 그렇지는 아니해요."

"그러자니 모두가 고생이지 그런데 네 형은 그동안 병이 나서 너를 못 보러왔다. 아마 오늘 저녁 꼭 올 터이지."

"네 좀 보내주셔요. 벌써부터 어찌 보고 싶었는지 몰라요."

"암 그렇지. 너 왔다는 말을 듣고 나도 보고싶어 하였는데 형제끼리 그렇지 않으랴."

이 마님은 원래 시집을 멀리 와서 부모 형제를 몹시 그리워해 본 경험이 있는 터라. 이 말에는 깊은 동정이 나타난다.

"거기를 또 가니? 인제 그만 곱게 입고 앉았다가 부잣집으로 시집가서 아들 딸 낳고 재미있게 살지 그렇게 고생할 것 무엇 있니?"

아직 알지 못하여 그렇게 하지 못하는 것을 일러주는 것같이 경희에게 대하여 말을 하다가 마주 앉은 경희 어머니에게 눈을 향하여 "그렇지 않소. 내 말이 옳지요." 하는 것 같았다.

"네, 하던 공부 마칠 때까지 가야지요."

"그것은 그리 많이 해 무엇 하니. 사내니 고을을 간단 말이냐? 군주사郡主事라도 한단 말이냐. 지금 세상에 사내도 배워가지고 쓸데가 없어서 쩔쩔 매는데……."

이 마님은 여간 걱정스러워 아니한다. 그리고 대관절 계집애를 일본까지 보내어 공부를 시키는 사돈영감과 마님이며 또 그렇게 배우면 대체 무엇하자는 것인지를 몰라 답답해 한 적은 오래 전부터 있으나 다른 집과 달라 사돈집 일이라 속으로는 늘 '저 계집애를 누가 데려가나' 욕을 하면서도 할 수 있는 대로는 모른 체하여 왔다가 오늘 우연한 좋은 기회에 걱정해 오던 것을 말한 것이다.

경희는 이 마님 입에서 "어서 시집을 가거라. 공부는 해서 무엇 하니." 꼭 이 말이 나올 줄 알았다. 속으로 '옳지 그럴 줄 알았지' 하였다. 그리고 어제 오셨던 이모님 입에서 나오던 말이며 경희를 보실 때마다 걱정하시던 큰어머니 말씀과 모두 일치되는 것을 알았다. 또 작년 여름에 듣던 말을 금년 여름에도 듣게 되었다. 경희의 입술은 간질간질 하였다.

'먹고 입고만 하는 것이 사람이 아니라 배우고 알아야 사람이에요. 당신댁처럼 영감 아들 간에 첩이 넷이나 있는 것도 배우지 못한 까닭이고 그것으로 속을 썩이던 당신도 알지 못한 죄이에요. 그러니까 여편네가 시집가서 시앗을 보지 않도록 하는 것도 가르쳐야 하고 여편네 두고 첩을 얻지 못하게 하는 것도 가르쳐야만 합니다.' 하고 싶었다. 이외에 여러 가지 예를 들어 설명도 하고 싶었다. 그러나 이 마님 입에서는 반드시 오늘 아침에 다녀가신 할머니의 말씀과 같은 "애, 옛날에는 여편네가 배우지 않아도 수부다남壽富多男하고 잘만 살아왔다. 여편네는 동서남북도 몰라야 복이 많단다. 애, 공부한 여학생들도 보리방아만 찧게 되더라. 사내가 첩 하나도 둘 줄 모르면 그것이 사내냐?" 하던 말씀과 같이 꼭 이 마님도 할 줄 알았다. 경희는 쇠귀에 경을 읽지 하고 제 입만 아프고 저만 오늘 저녁에 또 이 생각으로 잠을 못 자게 될 것을 생각하였다. 또 말만 시작하게 되면 답답하여서 속이 불과 같이 탈 것 자연 오랫동안 되면 뒷마루에서는 기다릴 것을 생각하여 차라리 일절 입을 다물었다. 더구나 이 마님은 입이 걸어서 한 말을 들으면 열 말쯤 거짓말을 보태여 여학생의 말이라면 어떻든지 흉만 보고 욕만 하기로는 수단이 용한 줄을 알았다. 그래서 이 마님 귀에는 좀처럼 한 변명이라든지 설명도 조금도 곧이들리지 않을 줄도 짐작하였다. 그리고 어느 때 경희의 형님이 경희더러 "애, 우리 시어머니 앞에서는 아무 말도 하지 마라. 더구나 시집이야기는 일절 말아라. 여학생들은 예사로 시집 말들을 하더라. 아이고 망측한 세상도 많아라. 우리 자라날 때는 어디서 처녀가 시집 말을 해보아 하신다. 그뿐 아니라 여러 여학생 험담을 어디 가서 그렇게 듣고 오시는지 듣고만 오시면 똑 나 들으라고 빗대놓고 하시는 말씀이 정말 내 동생이 학생이어서 그런지 도무지 듣기 싫더라. 일본 가면 계집애 버리느니 별별 못 들을 말씀을 다 하신단다. 그러니 아무쪼록 말을 조심하라." 한 부탁을 받은 것도 있다. 경희는 또 이 마님 입에서 무슨 말이 나올까 보아 마음이 조릿조릿 하였다. 그래서 다른 말 시작되기 전에 뒷마루로 달아나려고 궁둥이가 들썩들썩 하였다.

"이따가 급히 입을 오라범 속적삼을 하던 것이 있어서 가보아야겠습니다."

고 경희는 앓던 이가 빠진 만큼 시원하게 그 앞을 면하고 뒷마루로 나서며 큰 숨을 한 번 쉬었다.

"왜 그리 늦었소? 그래서 그 아버지를 어떻게 했소."

오라버니댁은 그동안 버선 한 짝을 다 기워놓고 또 한 짝에 앞볼을 대이다가 경희를 보자 무릎 위에다가 놓고 바싹 가까이 앉으며 궁금하던 이야기 끝을 재우쳐 묻는다. 경희의 눈살은 찌푸려졌다. 두 뺨이 실쭉해졌다. 시월이는 빨래를 개키다가 경희의 얼굴을 눈결에 슬쩍 보고 눈치를 채었다.

"작은 아씨 서문안댁 마님이 또 시집 말씀을 하시지요?" 아침에 경희가 할머니 다녀가신 뒤에 마루에서 혼잣말로 "시집을 갈 때 가더라도 하도 여러 번 들으니까 인제 도무지 싫어 죽겠다." 하던 말을 시월이가 부엌에서 들었다. 지금도 자세히는 들리지 않으나 그런 말을 하는 것 같았다. 그래서 작은 아씨의 얼굴이 저렇게 불량하거니 하였다. 경희는 웃었다. 그리고 바느질을 붙들며 이야기 끝을 연속한다.

안마루에서는 여전히 두 마님은 서로 술을 전하며 담배도 잡수면서 경희의 말을 한다.

"애기가 바느질을 다 해요?"

"네, 바느질도 곧잘 해요. 남정의 웃옷은 못하지오마는 제 옷은 꿰매어 입지요."

"아이고 저런, 어느 틈에 바느질을 다 배웠어요? 양복 속적삼을 다 해요. 학생도 바느질을 다 하나요?"

이 마님은 과연 여학생은 바늘을 쥘 줄도 모르는 줄 알았다. 더구나 경희와 같이 서울로 일본으로 쏘다니며 공부한다 하고 덜렁이고 똑 사내 같은 학생이 제 옷을 꿰매어 입는다 하는 말에 놀랐다. 그러나 역시 속으로는 그 바느질 꼴이 오죽할까 하였다. 김 부인은 딸의 칭찬 같으나 묻는 말에 마지못해 대답한다.

"어디 바느질이나 제법 앉아서 배울 새나 있나요. 그래도 차차 철이 나면 자연히 의사가 나나 보아요. 가르치지 아니해도 저절로 꿰매게 되더구면요. 어려운 공부를 하면 의사가 트이나 보아요."

김 부인은 말끝을 끊었다가 다시 말을 한다. 이 마님 귀에는 똑 거짓말 같다.

"양복 속적삼은 작년 여름에 남대문 밖에서 일녀가 와서 가르치던 재봉틀 바느질 강습소에를 날마다 다니며 배웠지요. 제 조카들의 양복도 해서 입히고 모자도 해서 씌우고 또 제 오라비 여름 양복까지 했어요.

일어를 아니까 선생하고 친하게 되어서 다른 사람에게는 가르쳐 주지 않는 것까지 다 가르쳐 주더래요. 낮에는 배워 가지고 와서는 밤이면 똑 열두 시 새로 한 시까지 앉아서 배운 것을 보고 그대로 그리고 모두 치수를 적고 했어요. 나는 그게 무엇인가 하였더니 나중에 재봉틀 회사 감독이 와서 그러는데 "이제까지 일어로만 한 것이어서 부인네들 가르치기에 불편하더니 따님의 만든 책으로 퍽 유익하게 쓰겠습니다." 하는 말에 그런 것인 줄 알았어요. 좀 가르치면 어디든지 그렇게 쓸데가 있던구먼요. 그뿐 아니라 그 점잖은 일본 사람들에게서도 어찌 존대를 받는지 몰라요. 그 애가 왔단 말을 어디서 들었는지 감독이 일부러 일전에 또 찾아왔어요. 일본서 졸업하고는 기어이 자기 회사의 일을 보아 달라고 하더래요. 처음에는 월급 일천 오백 냥은 쉽대요. 차차 오르면 3년 안에 이천 오백 냥은 받는다는데요. 다른 여자는 제일 많은 것이 칠백쉰 냥이라는데 아마 애는 일본까지 가서 공부한 까닭인가 보아요. 저것도 그 애가 재봉틀에 한 것입니다."

하며 맞은편 벽에 유리에 늘어 걸어놓은, 앞에 물이 흐르고 뒤에 나무가 총총한 촌村 경치를 턱으로 가리킨다. 경희의 어머니는 결코 여기까지 딸의 말을 하려고 한 것이 아니었다. 한 것이 자연 월급 말까지 하게 된 것은 부지중에 여기까지 말하였다. 김 부인은 다른 부인네들보다 더구나 이 사돈마님보다는 훨씬 개명開明을 한 부인이다. 근본 성품도 결코 남의 흉을 보는 부인은 아니었고 혹 부인네들이 모여 여학생들의 못된 점을 꺼내어 흉을 보든지 하면 그렇지 않다고까지 반대를 한 적도 많으니 이것은 대개 자기 딸 경희를 몹시 기특히 아는 까닭으로 여학생은 바느질을 못 한다든가, 빨래를 아니 한다든가, 살림살이를 할 줄 모른다든가 하는 말이 모두 일부러 흉을 만들어 말하거니 했다. 그러나 공부해서 무엇 하는지 왜 경희가 일본까지 가서 공부를 하는지 졸업을 하면 무엇에 쓰는지는 역시 김 부인도 다른 부인과 같이 몰랐다. 혹 여러 부인이 모여서 따님은 그렇게 공부를 시켜서 무엇 하나요? 질문을 하면 "누가 아나요, 이 세상에는 계집애라도 배워야 한다니까요." 이렇게 자기 아들에게 늘 들어오던 말로 어물어물 대답을 할 뿐이었다. 김 부인은 과연 알았다. 공부를 많이 할수록 존대를 받고 월급도 많이 받는 것을 알았다. 그렇게 번질한 양복을 입고 금 시곗줄을 늘인 점잖은 감독이 조그마한 여자를 일부러 찾아와서 절을 수없이 하는 것이라든지, 종일 한 달 30일을 악을 쓰고 속을 태우는 보통학교 교사는 많아야 육백스무 냥이고 보통 오백 냥인데 "천천히 놀면서 일 년에 병풍 두 짝 만이라도 잘만 놓아주시면 월급을 꼭 사십 원씩은 드리지요" 하는 말에 김 부인은 과연 공부라는 것은 꼭 해야 할 것이고, 하면 조금 하는 것보다 일본까지 보내서 시켜야만 할 것을 알았다. 그러고 어느 날 저녁에 경희가 "공부를 하면 많이 해야겠어요. 그래야 남에게 존대를 받을 뿐 아니라 저도 사람 노릇을 할 것 같애요." 하던 말이 아마 이래서 그랬던가보다 하였다. 김 부인은 이제부터는 의심 없이 확실히 자기 아들이 경희를 왜 일본까지 보내라고 애를 쓰던 것, 지금 세상에는 여자도 남자와 같이 많이 가르쳐야 할 것을 알았다. 그래서 김 부인은 이제까지 누가 "따님은 공부를 그렇게 시켜 무엇 합니까?" 물으면 등에서 땀이 흐르고 얼굴이 벌겋게 취해지며 이럴 때마다 아들만 없으면 곧이라도 데려다가 시집을 보내고 싶은 생각도 많았었으나 지금 생각하니 아들이 뒤에 있어서 자기 부부가 경희를 데려다 시집을 보내지 못하게 한 것이 다행하게 생각된다. 그러고 지금부터는 누가 묻든지 간에 여자도 공부를 시켜야 의사가 나서 가르치지 아니한 바느질도 할 줄 알고 일본까지 보내어 공부를 많이 시켜야 존대를 받을 것을 분명히 설명까지라도 할 것 같다. 그래서 오늘도 사돈마님 앞에서 부지중 여기까지 말을 하는 김 부인의 태도는 조금도 주저하는 빛도 없고 그 얼굴에는 기쁨이 가득하고 그 눈에는 '나는 이러한 영광을 누리고 이러한 재미를 본다.' 하는 표정이 가득하다.

사돈마님은 반신반의로 어떻든 끝까지 들었다. 처음에는 물론 거짓말로 들을 뿐만 아니라, 속으로 '너는 아마 큰 계집애를 버려놓고 인제 시집보낼 것이 걱정이니까 저렇게 없는 칭찬을 하나보구나' 하며 이야기하는 김 부인의 눈이며 입을 노려보고 앉았다. 그러나 이야기가 점점 길어질수록 그럴 듯하다. 더구나 감독이 왔더란 말이며, 존대를 하더란 것이며, 사내도 여간한 군주사君主事 쯤은 바랄 수도 없는 월급을 이천 냥까지 주겠더란 말을 들을 때는 설마 저렇게까지 거짓말을 할까 하는 생각이 난다. 사돈마님은 아직도 참말로는 알고 싶지 않으나 어쩐지 김 부인의 말이 거짓말 같지는 아니하다. 또 벽에 걸린 수繡도 확실히 자기 눈으로 볼 뿐 아니라 쉴 새 없이 바퀴 구르는 재봉틀소리가 당장 자기 귀에 들린다. 마님 마음은 도무지 이상하다. 무슨 큰 실패나 한 것도 같다. 양심은 스스로 자복自服하였다. '내가 여학생을 잘못 알아 왔다. 정말 이집 딸과 같이 계집애도 공부를 시켜야겠다. 어서 우리 집에 가서 내외시키던 손녀딸들을 내일부터 학교에 보내야겠다.'고 꼭 결심을 했다. 눈앞이 아물아물해 오고 귀가 찡한다. 아무 말 없이 눈만 껌뻑껌뻑 하고 앉았다. 뒤꼍으로 불어 들어오는 시원한 바람 중에는 젊은 웃음소리가 사沙접시를 깨뜨릴 만치 재미스럽게 싸여 들어온다.

2

"이 더운데 작은 아씨, 무얼 그렇게 하십니까?"

마루 끝에 떡 함지를 힘없이 놓으며 땀을 씻는다. 얼굴은 억죽억죽 얽고 머리는 평양머리를 해서 얹고 알록달록한 면주수건을 아무렇게나 쓴 나이가 한 사십 가량 된 떡 장사는 으레 하루에 한 번씩 이 집을 들른다.

"심심하니까 장난 좀 하오."

경희는 앞치마를 치고 마루 끝에 서서 서투른 칼질로 파를 썬다.

"어느 틈에 김치 담그는 것을 다 배우셨어요. 날마다 다니며 보아야 작은 아씨는 도무지 노시는 것을 못 보았습니다. 책을 보시지 않으면 글씨를 쓰시고 바느질을 아니 하시면 저렇게 김치를 담그시고……."

"여편네가 여편네 할 일을 하는 것이 무엇이 그리 신통할 것 있소."

"작은 아씨 같은 이나 그렇지 어느 여학생이 그렇게 마음을 먹는 이가 있나요."

떡 장사는 무릎을 치며 경희의 앞으로 바싹 앉는다. 경희는 빙긋이 웃는다.

"그건 떡 장사가 잘못 안 것이지. 여학생은 사람 아니오? 여학생도 옷을 입어야 살고 음식을 먹어야 살 것 아니오?"

"아이고, 그러게 말이지요, 누가 아니래요. 그러나 작은 아씨같이 그렇게 아는 여학생이 어디 있어요?"

"자 칭찬 많이 받았으니 떡이나 한 스무 냥어치 살까!"

"아이고, 어멈을 저렇게 아시네, 떡 팔아먹으려고 그런 것은 아니에요."

변덕이 뒤룩뒤룩한 두 뺨의 살이 축 처진다. 그리고 너는 나를 잘못 아는구나 하는 원망으로 두둑한 입술이 삐죽한다. 경희는 곁눈으로 보았다. 그 마음을 짐작하였다.

"아니요, 부러 그랬지. 칭찬을 받으니까 좋아서……."

"아니에요. 칭찬이 아니라 정말이에요."

다시 정다이 바싹 앉으며 허허…… 너털웃음을 한판 내쉰다.

"정말 몇 해를 두고 날마다 다니며 보아야 작은 아씨처럼 낮잠 한 번도 주무시지 않고 꼭 무엇을 하시는 아씨는 처음 보았어요."

"떡 장사 오기 전에 자고 떡 장사 가면 또 자는 걸 보지를 못하였지."

"또 저렇게 우스운 말씀을 하시네. 떡 장사가 아무 때나 아침에도 다녀가고 낮에도 다녀가고 저녁때도 다녀가지 학교에 다니는 학생같이 시간을 맞춰서 다니나요! 응? 그렇지 않소."

하며 툇마루에서 맷돌에 풀 갈고 있는 시월이를 본다. 시월이는,

"그래요. 어디가 아프시기 전에는 한 번도 낮잠 주무시는 일 없어요."

"여보, 떡 장사 떡이 다 쉬면 어찌 하려고 이렇게 한가히 앉아서 이야기를 하오."

"아니 관계치 않아요."

떡 장사의 말소리는 아무 힘이 없다. 떡 장사는 이 작은 아씨가 "그래서 어쨌소." 하며 받아만 주면 이야기할 것이 많았다. 저의 집 떡방아 찧던 일꾼에게서 들은, 요새 신문에 어느 여학생이 학교 간다고 나가서는 며칠 아니 들어오는 고로 수색을 해보니까 어느 사내에게 꼬임을 받아서 첩이 되었더란 말이며, 어느 집에는 며느리로 여학생을 얻어왔더니 버선 깁는 데 올도 찾을 줄 몰라 삐뚜로 대었더란 말, 밥을 하였는데 반은 태웠더란 말, 날마다 사방으로 쏘다니며 평균 한마디씩 들어온 여학생의 험담을 하려면 부지기수이었다. 그래서 이렇게 신이 나서 무릎을 치고 바싹 들어앉았으나, 경희의 말대답이 너무 냉정하고 점잖으므로 떡 장사의 속에서 뻗쳐오르던 것이 어느덧 거품 꺼지듯 꺼졌다. 떡 장사의 마음은 무엇을 잃은 것같이 공연히 서운하다. 떡 바구미를 들고 일어설까말까 하나 어쩐지 딱 일어설 수도 없다. 그래서 떡 바구미를 두 손으로 누른 채로 앉아서 모른 체하고 칼질하는 경희의 모양을 아래위로 훑어도 보고 마루를 보며 선반 위에 얹은 소반의 수효도 세어보고 정신없이 얼빠진 것같이 앉았다.

"흰떡 댓 냥어치하고 개피떡 두 냥 반어치만 내놓게."

김 부인은 고운 돗자리 위에서 부채질을 하면서 드러누웠다가 딸 경희의 좋아하는 개피떡하고 아들이 잘 먹는 흰떡을 내놓으라 하고 주머니에서 돈을 꺼낸다. 떡 장사는 멀거니 앉았다가 깜짝 놀라 내놓으라는 떡 수효를 몇 번씩 되풀이해 세어서 내놓고는 뒤도 돌아보지를 않고 떡

바구니를 이고 나가다가 다시 이 댁을 오지 못하면 떡을 못 팔게 될 생각을 하고 "작은 아씨, 내일 또 와요. 허허허" 하며 대문을 나서서는 큰 숨을 쉬었다. 생삼팔生三八 두루마기 고름을 달고 앉았던 경희의 오라버니댁이며 경희며 시월이며 서로 얼굴들을 쳐다보며 말없이 씽긋씽긋 웃는다. 경희는 속으로 기뻐한다. 무엇을 얻은 것 같다. 떡 장사가 다시는 남의 흉을 보지 아니하리라 생각할 때에 큰 교육을 한 것도 같다. 경희는 칼자루를 들고 앉아서 무슨 생각을 곰곰이 한다.

"참 애기는 못할 것이 없다."

얼굴에 수색愁色이 가득하여 시름없이 두 손을 마주잡고 앉았다가 간단히 이 말을 하고는 다시 입을 꾹 다물며 한숨을 산이 꺼지도록 쉬는 한 여인에게는 아무도 모르는 큰 걱정과 설움이 있는 것 같다. 이 여인은 근 이십 년 동안이나 이 집과 친하게 다니는 여인이라, 경희의 형제들은 아주머니라 하고 이 여인은 경희의 형제를 자기의 친 조카들같이 귀애貴愛한다. 그래서 심심하여도 이 집으로 오고 속이 상할 때에도 이 집으로 와서 웃고 간다. 그런데 이 여인의 얼굴은 항상 검은 구름이 끼고 좋은 일을 보든지 즐거운 일을 당하든지 끝에는 반드시 휘 한숨을 쉬는 쌓이고 쌓인 설움의 원인을 알고 보면 누구라도 동정을 아니 할 수 없다.

이 여인은 소년 과부라. 남편을 잃은 후로 애절복통을 하다가 다만 재미를 붙이고 낙樂을 삼는 것은 천행만행天幸萬幸으로 얻은 유복자 수남壽男이 있음이라. 하루 지나면 수남이도 조금 크고 한 해 지나면 수남이가 한 살이 는다. 겨울이면 추울까, 여름이면 더울까, 밤에 자다가도 곤히 자는 수남의 투덕투덕한 볼기짝을 몇 번씩 뚜덕뚜덕 하던 세상에 둘도 없는 귀한 아들은 어느덧 나이 십육 세에 이르러 사방에서 혼인하자는 말이 끊일 새 없었다. 수남의 어머니는 새로이 며느리를 얻어 혼자 재미를 볼 것이며 남편도 없이 혼자 폐백 받을 생각을 하다가 자리 속에서 눈물도 많이 흘렸다. 그러나 행여 이렇게 눈물을 흘려 귀중한 아들에게 사위스러울까 보아 할 수 있는 대로는 슬픔을 기쁨으로 돌려 생각하고 눈물을 웃음으로 이루려 하였다. 그래서 알뜰살뜰히 돈이며 패물 등속을 며느리 얻으면 주려고 모았다. 유일무이唯一無二의 아들을 장가들이는 데는 꺼리는 것도 많고 보는 것도 많았다. 그래 며느리 선을 시어머니가 보면 아들이 가난하게 산다고 하는 고로 수남이 어머니는 일체 중매에게 맡기고 궁합이 맞는 것으로만 혼인을 정하였다. 새 며느리를 얻고 아들과 며느리 사이에 옥 같은 손녀며 금 같은 손자를 보아 집안이 떠들썩하고 재미가 퍼부을 것을 날마다 상상하며 기다리던 며느리는 과연 오늘의 이 한숨을 쉬게 하는 원수이다. 열일곱에 시집온 후로 팔 년이 되도록 시어머니 저고리 하나도 꿰매어서 정다이 드려보지 못한 철천지한을 시어머니 가슴에 안겨준 이 며느리라. 수남의 어머니는 본래 성품이 순하고 덕스러우므로 아무쪼록 이 며느리를 잘 가르치고 잘 만들려고 애도 무한히 쓰고 남모르게 복장도 많이 쳤다. 이러면 나을까 저렇게 하면 사람이 될까 하여 혼자 궁구窮究도 많이 하고 타이르고 가르치기도 수없이 하였으나 어제가 오늘 같고 내일도 일반이라. 바늘을 쥐어주면 곧 졸고 앉았고, 밥을 하라면 죽을 쑤어 놓으나 거기다가 나이가 먹어 갈수록 마음만 엉뚱해가는 것은 더구나 사람을 기가 막히게 한다. 이러하니 때로 속이 상하고 날로 기가 막히는 수남의 어머니는 이 집에 올 때마다 이 집 며느리가 시어머니 저고리를 얌전히 하는 것을 보면 나는 이 며느리 손에 저렇게 저고리 하나도 얻어 입어보지 못하나 하며 한숨이 나오고, 경희의 부지런한 것을 볼 때는 나는 왜 저런 민첩한 며느리를 얻지 못하였는가 하며 한숨을 쉬는 것은 자연한 인정이리라. 그러므로 이렇게 멀거니 앉아서 경희의 김치 담그는 양을 보며 또 떡 장사가 한참 떠들고 간 뒤에 간단한 이 말을 하는 끝에 한숨을 쉬는 그 얼굴은 차마 볼 수가 없다. 머리를 숙이고 골몰히 칼질하던 경희는 이미 이 아주머니의 설움의 원인을 아는 터이라 그 한숨소리가 들리자 온몸이 찌르르 하도록 동정이 간다. 경희는 이 자극을 받는 동시에 이와 같이 조선朝鮮 안에 여러 불행한 가정의 형편이 방금 제 눈앞에 보이는 것 같았다. 힘 있게 칼자루로 도마를 탁 치는 경희는 무슨 큰 결심이나 하는 것 같다. 경희는 굳게 맹세하였다. '내가 가질 가정은 결코 그런 가정이 아니다. 나뿐 아니라 내 자손 내 친구 내 문인門人들이 만들 가정도 결코 이렇게 불행하게 하지 않는다. 오냐, 내가 꼭 한다.' 하였다. 경희는 껑충 뛴다. 안 부엌에서 땀을 뻘뻘 흘리며 풀 쑤는 시월이를 따라간다.

"얘. 나하고 하자. 부뚜막에 올라앉아서 풀막대기로 저으랴? 아궁이 앞에 앉아서 때랴? 어떤 것을 하였으면 좋겠니? 너 하라는 대로 할 터이니. 두 가지를 다 할 줄 안다."

"아이고, 고만 두셔요. 더운데."

시월이는 더운데 혼자 풀을 저으면서 불을 때느라고 끙끙하던 중이다.

"아이고, 이년의 팔자" 한탄을 하며 눈을 멀거니 뜨고 밀짚을 끌어 때고 앉았던 때라, 작은 아씨의 이 한마디는 더운 중에 바람 같고 괴로움에 웃음이다. 시월이는 속으로 '저녁 진지에는 작은 아씨의 즐기시는 옥수수를 어디 가서 맛있는 것을 얻어다가 쪄서 드려야겠다' 하였다. 마지못하여,

"그러면 불을 때셔요. 제가 풀을 저을 것이니······."

"그래, 어려운 것은 오랫동안 졸업한 네가 해라."

경희는 불을 때고 시월이는 풀을 젓는다. 위에서는 푸푸, 부글부글 하는 소리, 아래에서는 밀짚의 탁탁 튀는 소리, 마치 경희가 도쿄음악학교 연주회석에서 듣던 관현악 연주소리 같기도 하다. 또 아궁이 저 속에서 밀짚 끝에 불이 댕기면 점점 불빛이 강하게 번지는 동시에 차차 아궁이까지 가까워지자 또 점점 불꽃이 약해져 가는 것은 마치 피아노 저 끝에서 이 끝까지 칠 때에 붕붕 하던 것이 점점 땡땡 하도록 되는 음률과 같

아 보인다. 열심히 젓고 앉은 시월이는 이러한 재미스러운 것을 모르겠구나 하고 제 생각을 하다가 저는 조금이라도 이 묘한 미감美感을 느낄 줄 아는 것이 얼마큼 행복하다고도 생각하였다. 그러나 저보다 몇 십 백 배 묘한 미감을 느끼는 자가 있으려니 생각할 때에 제 눈을 빼어버리고도 싶고 제 머리를 뚜드려 바치고도 싶다. 뻘건 불꽃이 별안간 파란 빛으로 변한다. 아, 이것도 사람인가, 밥이 아깝다 하였다. 경희는 부지중 "재미도 스럽다" 하였다.

"대체 작은 아씨는 별것도 다 재미있다고 하십니다. 빨래하면 땟국물 흐르는 것도 재미있다고 하시고 마루 걸레질을 치시면 아직 안 친 한편 쪽마루의 뿌연 것이 보기 재미있다 하시고, 마당을 쓸면 티끌 많아지는 것이 재미있다고 하시고, 나중에는 무엇까지 재미있다고 하실는지, 뒷간에 구더기 끓는 것은 재미있지 않으세요?"

경희는 속으로 '오냐, 물론 그것까지 재미있게 보여야 할 것이다. 그러나 내 눈은 언제나 그렇게 밝아지고 내 머리는 어느 때나 거기까지 발달될는지 불쌍하고 한심스럽다' 하였다.

"얘, 그런데 말끝이 나왔으니까 말이다, 빨래 언제 하니?"

"왜요? 모레는 해야겠어요."

"그러면 저녁때 늦지?"

"아마 늦을 걸이요."

"일찍 끝이 나더라도 개천에 게 살아라. 그러면 건넌방 아씨하고 저녁해 놀 터이니 늦게 돌아와서 잡수어라. 내 손으로 한 밥맛이 어떤가 보아라. 히히히."

시월이도 같이 웃는다. 어쩌면 사람이 저렇게 인정스러운가 한다. '누가 나 먹으라고 단 참외나 주었으면, 저 작은 아씨 갖다 드리게' 속으로 혼잣말을 한다. 과연 시월이는 이렇게 고마운 소리를 들을 때마다 황송스러워 어찌할 수가 없다. 그래서 입이 있으나 어떻게 말할 줄도 모르고 다만 작은 아씨가 잘 먹는 과실은 아는지라, 제게 돈이 있으면 사다가라도 드리고 싶으나 돈은 없으므로 사지는 못하되 틈틈이 어디 가서 옥수수며 살구는 곧잘 구해다가 드렸다. 이렇게 경희와 시월이는 사이가 좋을 뿐 아니라 이번에 경희가 일본서 올 때에 시월의 자식 점동點童이에게는 큰댁 애기네들보다 더 좋은 장난감을 사다가 준 것은 뼈가 녹기 전까지는 잊을 수가 없다.

"애, 그런데 너와 일할 것이 꼭 하나 있다."

"무엇이에요?"

"글쎄 무엇이든지 내가 하자면 하겠니?"

"아무렴요, 하지요!"

"너, 왜 그렇게 우물뚜껑을 더럽게 해놓니. 도무지 더러워서 볼 수가 없다. 그러니 내일부터 설거지 뒤에는 꼭 날마다 나하고 우물뚜껑을 치우자. 너 혼자만 하라는 것은 아니다. 그렇게 하겠니?"

"네, 제가 혼자 날마다 치우지요."

"아니 나하고 같이해…… 재미스럽게 하하하."

"또 재미요? 하하하하."

부엌이 떠들썩하다. 안마루에서 들으시던 경희 어머니는 '또 웃음이 시작 되었군.' 하신다.

"아이 무엇이 그리 우슨지 그 애가 오면 밤낮 셋이 몰려다니며 웃는 소리에 도무지 산란해 못 견디겠어요. 젊었을 때는 말똥 구르는 것이 다 우습다더니 그야말로 그런가 보아요."

수남 어머니에게 대하여 말을 한다.

"웃는 것밖에 좋은 일이 어디 있습니까. 댁에를 오면 산 것 같습니다."

수남 어머니는 또 휘…… 한숨을 쉰다. 마루에 혼자 떨어져 바느질하던 건넌방 색시는 웃음소리가 들리자 한 발에 신을 신고 한 발에 짚신을 끌며 부엌 문지방을 들어서며,

"무슨 이야기요? 나도……."
한다.

3

"마누라, 주무시오?"

이철원李鐵原은 사랑에서 들어와 안방 문을 열고 경희와 김 부인 자는 모기장 속으로 들어선다. 김 부인은 깜짝 놀라 일어나 앉는다.

"왜 그러셔요, 어디가 편치 않으셔요?"

"아니, 공연히 잠이 아니 와서……."

"왜요?"

이때에 마루 벽에 걸린 자명종은 한 번을 땡 친다.

"드러누워서 곰곰 생각을 하다가 마누라하고 의논을 하러 들어왔소!"

"무얼이오?"

"경희 혼인 일 말이오. 도무지 걱정이 되어 잠이 와야지."

"나 역시 그래요."

"이번 혼처는 꼭 놓치지를 말고 해야지 그만한 곳 없소. 그 신랑 아버지 되는 자하고 난 전부터 익숙히 아는 터이니까 다시 알아볼 것도 없고, 당자當者도 그만하면 쓰지 별 아이 어디 있나. 장자이니까 그 많은 재산 다 상속될 터이고 또 경희는 그런 대갓집 맏며느리감이지……."

"글쎄, 나도 그만한 혼처가 없는 줄 알지마는 제가 그렇게 열 길이나 뛰고 싫다는 것을 어떻게 한단 말이요, 그렇게 싫다고 하는 것을 억제抑制로 보내었다가 나중에 불길한 일이나 있으면 자식이라도 그 원망을 어떻게 듣잔 말이오……."

"아……니, 불길한 일이 있을 까닭이 있나. 인품이 그만하겠다, 추수를 수천 석 하겠다, 그만하면 고만이지 그러면 어떻게 하잔 말이요. 계집애가 열아홉 살이 적소?"

김 부인은 잠잠히 있다. 이철원은 혀를 톡톡 차며 후회를 한다.

"내가 잘못이지, 계집애를 일본까지 보내다니 계집애가 시집가기를 싫다니 그런 망측한 일이 어디 있어. 남이 알까 보아 무섭지. 벌써 적합한 혼처를 몇 군데를 놓쳤으니 어떻게 하잔 말이야. 아이……."

"그러면 혼인을 언제로 하잔 말이오?"

"저만 대답하면 지금이라도 곧 하지. 오늘도 재촉 편지가 왔는데……. 이왕 계집애라도 그만치 가르쳐 놓았으니까 옛날처럼 부모끼리로 할 수도 없고 해서 벌써 사흘째 불러다가 타이르나 도무지 말을 들어 먹어야지. 계집년이 되지 못한 고집은 왜 그리 센지[1]. 신랑 삼촌은 기어이 조카며느리를 삼아야겠다고 몇 번을 그러는지 모르는데……."

"그래 무엇이라고 대답하셨소?"

"글쎄, 남이 부끄럽게 계집애더러 물어본다나 무엇이라나. 그러지 않아도 큰 계집애를 일본까지 보냈느니 어떠니 하고 욕들을 하는데. 그래서 생각해 본다고 했지."

"그러면 거기서는 기다리겠소 그려."

"암, 그게 벌써 올 정월부터 말이 있던 것인데 동네집 시악시 믿고 장가 못 간다더니……."

"아이, 그러면 속히 좌우간 결정을 내야겠는데 어떻게 하나. 저는 기어이 하던 공부를 마치기 전에는 죽어도 시집은 아니 가겠다 하는데. 그리고 더구나 그런 부잣집에 가서 치맛자락 늘이고 싶은 마음은 꿈에도 없다고 한다오. 그래서 제 동생 시집갈 때도 제 것으로 해놓은 고운 옷은 모두 주었습니다. 비단치마 속에 근심과 설움이 있느니라고 한다오. 그 말도 옳긴 옳아."

---

1 원문에는 '시운지'로 되어 있다.

김 부인은 자기도 남부럽지 않게 이제껏 부귀하게 살아왔으나 자기 남편이 젊었을 때 방탕하여서 속이 상하던 일과 철원 군수鐵原郡守로 갔을 때도 첩이 두셋씩 되어 남몰래 속이 썩던 생각을 하고 경희가 이런 말을 할 때마다 말은 아니 하나 속으로 딴은 네 말이 옳다 한 적이 많았다.

"아이 아니꼬운 년, 그러기에 계집애를 가르치면 건방져서 못 쓴다는 말이야…… 아니 철을 몰라서 그렇지……. 글쎄 그것도 그렇지 않소, 오죽한 집에서 혼인을 거꾸로 한단 말이오. 오죽 형이 못나야 아우가 먼저 시집을 가더란 말이오. 김 판사 집도 우리 집 내용을 다 아는 터이니까 혼인도 하자지 누가 거꾸로 혼인한 집 시악시를 데려 가려겠소. 아니, 이번에는 꼭 해야지……."

부인의 말을 들으며 그럴 듯하게 생각하던 이철원은 이 거꾸로 혼인한 생각을 하니 마음이 급작이 좋여진다. 그리고 생각할수록 이번 김 판사집 혼처를 놓치면 다시는 그런 문벌 있고 재산 있는 혼처를 얻을 수가 없는 것 같다. 그래서 두말할 것 없이 이번 혼인은 강제로라도 시킬 결심이 일어난다. 이철원은 벌떡 일어선다.

"계집애가 공부는 그렇게 해서 무엇해? 그만치 알았으면 그만이지. 일본은 누가 또 보내기는 하구? 이번에는 무관無關내지. 기어이 그 혼처하고 해야지. 내일 또 한 번 불러다가 아니 듣거든 또 물을 것 없이 곧 해버려야지……."

노기怒氣가 가득하다. 김 부인은 "그렇게 하시오"라든지 "마시오"라든지 무엇이라고 대답할 수가 없다. 다만 시름없이 자기가 풍병風病으로 누울 때마다 경희를 시집보내기 전에 돌아갈까 보아 아슬아슬 하던 생각을 하며,

"딴은 하나 남은 경희를 마저 내 생전에 시집을 보내 놓아야 내가 죽어도 눈을 감겠는데."

할 뿐이다.

이철원은 일어서다가 다시 앉으며 나직한 소리로 묻는다.

"그런데 일본 보내서 버리지는 않은 모양이오?"

"아니오. 그 전보다 더 부지런해졌어요. 아침이면 제일 먼저 일어납니다. 그래서 마루 걸레질이며 마당이며 멀겋게 치워놓지요. 그뿐인가요. 떡하면 떡방아 다 찧도록 체질해 주지……. 그러게 시월이는 좋아서 죽겠다지요……."

김 부인은 과연 경희가 일하는 것을 볼 때마다 큰 안심을 점점 찾았다. 그것은 경희를 일본 보낸 후로는 남들이 비난할 때마다 입으로는 말을 아니 하나 항상 마음으로 염려되는 것은 경희가 만일에 일본까지 공부를 갔다고 난 체를 한다든지 공부한 위세로 사내같이 앉아서 먹자든지 하면 그 꼴을 어떻게 남이 부끄러워 보잔 말인고 하고 미상불 걱정이 된 것은 어머니 된 자의 딸을 사랑하는 자연한 정情이라. 경희가 일본서 오던 그 이튿날부터 앞치마를 치고 부엌으로 들어갈 때 오래간만에 쉬러 온 딸이라 말리기는 하였으나 속으로는 큰 숨을 쉴 만치 안심을 얻은 것이다.

경희 가족은 누구나 다 아는 바와 같이 경희의 마루 걸레질, 다락, 벽장 치움새는 전부터 유명하였다. 그래서 경희가 서울 학교에 있을 때 일년에 세 번씩 휴가에 오면 으레 다락 벽장이 속속까지 목욕을 하게 되었다. 또 김 부인의 마음에도 경희가 치우지 않으면 아니 맞도록 되었다. 그래서 다락이 지저분하다든지 벽장이 어수선하게 되면 벌써 경희가 올 날이 며칠 아니 남은 것을 안다. 그리고 경희가 집에 온 그 이튿날은 경희를 보러오는 사촌 형님들이며 할머니, 큰어머니는 한 번씩 열어보고 "다락 벽장이 분紛을 발랐구나" 하시고 "깨끗하기도 하다" 하시며 칭찬을 하시었다. 이것이 경희가 집에 가는 그 전날 밤부터 기뻐하는 것이고 경희가 집에 온 제일의 표적이었다.

김 부인은 이번에 경희가 일본서 오면 연년年年 세 번씩 목욕을 시켜주던 다락 벽장도 치워주지 아니할 줄만 알았다. 그러나 경희는 여전히 집에 도착하면서 부모님에게 인사 여쭙고는 첫 번으로 다락 벽장을 열었다. 그리고 그 이튿날 종일 치웠다.

그런데 이번 경희의 소제掃除 방법은 전과는 전혀 다르다. 전에 경희의 소제 방법은 기계적이었다. 동쪽에 놓았던 제기며 서쪽에 걸린 표주박을 쓸고 문질러서는 그 놓았던 자리에 그대로 놓을 줄만 알았다. 그래서 있던 거미줄만 없고 쌓였던 먼지만 털면 이것이 소제인 줄만 알았다. 그러나 이번 소제 방법은 다르다. 건조적建造的이고 응용적이다. 가정학에서 배운 질서, 위생학에서 배운 정리, 또 도화圖畵 시간에 배운 색과 색의 조화, 음악 시간에 배운 장단의 음률을 이용하여, 지금까지의 위치를 전혀 뜯어고치게 된다. 자기磁器를 도기陶器 옆에다도 놓아보고 칠 첩 반상을 칠기漆器에도 담아본다. 주발 밑에는 주발보다 큰 사발을 받쳐도 본다. 흰 은쟁반 위로 노르스름한 종골 방아치도 늘어놓아본다. 큰 항아리 다음에는 병瓶을 놓는다. 그리고 전에는 컴컴한 다락 속에서 먼지 냄새에 눈살도 찌푸렸을 뿐 아니라 종일 땀을 흘리고 소제하는 것은 가족에게 들을 칭찬의 보수를 받으려 함이었다. 그러나 이번에는 이것도 다르다. 경희는 컴컴함 속에서 제 몸이 이리저리 운동케 하는 것이 여간 재미스럽게 생각되지 않았다. 일부러 빗자루를 놓고 쥐똥을 집어 냄새도 맡아보았다. 그리고 경희가 종일 일하는 것은 아무 바라는 보수도 없다. 다만 제가 저 할 일을 하는 것밖에 아무것도 없다.

이렇게 경희의 일동일정一動一靜의 내막에는 자각이 생기고 의식적으로 되는 동시에 외형으로 활동할 일은 때로 많아진다. 그래서 경희는 할 일이 많다. 만일 경희의 친한 동무가 있어서 경희의 할 일 중에 하나라도 해 준다면 비록 그 물건이 경희의 손에 있다 하더라도 그것은 경희의 것이 아니라 동무의 것이다. 이러므로 경희가 좋은 것을 갖고 싶고 남보다 많이 갖고 싶을진대 경희의 힘으로 능히 할 만한 일은 행여나 털끝만한 일이라도 남더러 해 달라고 할 것이 아니다. 조금이라도 남에게 빼앗

길 것이 아니다. 아아, 다행이다. 경희의 넓적다리에는 살이 쪘고 팔뚝은 굵다. 경희는 이 살이 다 빠져서 걸을 수가 없을 때까지 팔뚝의 힘이 없어 늘어질 때까지 할 일이 무한이다. 경희가 가질 물건도 무수하다. 그러므로 낮잠을 한 번 자고 나면 그 시간 자리가 완연히 턱이 난다. 종일 일을 하고 나면 경희는 반드시 조금씩 자라난다. 경희의 갖는 것은 하나씩 늘어간다. 경희는 이렇게 아침부터 저녁까지 얻기 위하여 자라갈 욕심으로 제 힘껏 일을 한다.

이철원도 자기 딸이 일하는 것을 날마다 본다. 또 속으로 기특하게도 여긴다. 그러나 이렇게 자기 부인에게 물어본 것은 이철원도 역시 김 부인과 같이 경희를 자기 아들의 권고에 못 이겨 일본까지 보내었으나 항상 버릴까 보아 염려되던 것은 사실이었다. 그러므로 오늘 저녁에 부부가 앉아서 혼처에 대한 걱정이라든지 그 애 버릴까 보아 염려하던 것을 안심하는 부모의 애정은 그 두 얼굴에 띤 웃음 속에 가득하다. 아무러한 지우知友며 형제며 효자인들 어찌 이 부모가 염려하시는 염려, 기뻐하시는 참 기쁨 같으리오. 이철원은 혼인하자고 할 곳이 없을까 보아 바짝 졸였던 마음이 조금 누그러졌다. 그러나 마루로 내려서며 마른기침 한 번을 하며 "내일은 세상 없어도 하여야지" 하는 결심의 말은 누구의 명령을 가지고라도 깨뜨릴 수 없을 것같이 보인다.

새벽닭이 새날을 고한다. 까맣던 밤이 백색으로 활짝 열린다. 동창東窓의 장지 한편이 차차 밝아오며 모기장 한 끝으로부터 점점 연두색을 물들인다. 곤히 자던 경희의 눈은 뜨였다. 경희는 또 오늘 종일 제 일을 시작할 기쁨에 취하여 벌떡 일어나서 방을 나선다.

4

때는 정히 오정이라 안마루에는 점심상이 벌어졌다. 경희는 사랑에서 들어온다. 시월이며 건넌방 형님은 간절히 점심 먹기를 권하나 들은 체도 아니하고 골방으로 들어서며 사방 방문을 꼭꼭 닫는다. 경희는 흑흑 느껴 운다. 방바닥에 엎드리기도 하다가 일어앉기도 하고 또 일어나서 벽에다 머리를 부딪친다. 기둥을 불끈 안고 핑핑 돈다. 경희는 어찌할 줄 몰라 쩔쩔 맨다. 경희의 조그마한 가슴은 불같이 타온다. 걸린 수건 자락으로 눈물을 씻으며 이따금 하는 말은 "아이고, 어찌하나……" 할 뿐이다. 그리고 이 집에 있으면 밥이 없어지고 옷이 없어질 터이니까 나를 어서 다른 집으로 쫓으려나 보다 하는 원망도 생긴다. 마치 이 넓고 넓은 세상 위에 제 조그마한 몸을 둘 곳이 없는 것같이도 생각난다. 이런 쓸데없고 주체스러운 것이 왜 생겨났나 할 때마다 그쳤던 눈물은 다시 비 오듯 쏟아진다. 누가 와서 만일 말린다 하면 그 사람하고 싸움도 할 것 같다. 그리고 그 사람의 머리를 한 번에 잡아 뽑을 것도 같고, 그 사람의 얼굴에서 피가 냇물과 같이 흐르도록 박박 할퀴고 쥐어뜯을 것도 같다. 이렇게 사방 창이 꼭꼭 닫힌 조그마한 어두침침한 골방 속에서 이리 부딪고 저리 부딪는 경희의 운명은 어떠한가!

경희의 앞에는 지금 두 길이 있다. 그 길은 희미하지도 않고 또렷한 두 길이다. 한 길은 쌀이 곳간에 쌓이고 돈이 많고 귀염도 받고 사랑도 받고 밟기도 쉬운 황토黃土요, 가기도 쉽고 찾기도 어렵지 않은 탄탄대로이다. 그러나 한 길에는 제 팔이 아프도록 보리방아를 찧어야 겨우 얻어먹게 되고 종일 땀을 흘리고 남의 일을 해주어야 겨우 몇 푼 돈이라도 얻어보게 된다. 이르는 곳마다 천대뿐이오, 사랑의 맛은 꿈에도 맛보지 못할 터이다. 발부리에서 피가 흐르도록 험한 돌을 밟아야 한다. 그 길은 뚝 떨어지는 절벽도 있고 날카로운 산정山頂도 있다. 물도 건너야 하고 언덕도 넘어야 하고 수없이 꼬부라진 길이요, 갈수록 험하고 찾기 어려운 길이다. 경희 앞에 있는 이 두 길 중에 하나를 오늘 택해야만 하고 지금 꼭 정해야 한다. 오늘 택한 이상에는 내일 바꿀 수 없다. 지금 정한 마음이 이따가 급변할 리도 만무하다. 아아, 경희의 발은 이 두 길 중에 어느 길에 내놓아야 할까. 이것은 교사가 가르칠 것도 아니고 친구가 있어서 충고한대도 쓸데없다. 경희 제 몸이 저 갈 길을 택해야만 그것이 오래 유지할 것이고 제 정신으로 한 것이라야 변경이 없을 터이다. 경희는 또 한 번 머리를 부딪고 "아이고, 어찌하면 좋은가!" 한다.

경희도 여자다. 더구나 조선 사회에서 살아온 여자다. 조선 가정의 인습에 파묻힌 여자다. 여자란 온량유순溫良柔順해야만 쓴다는 사회의 면목面目이고 여자의 생명은 삼종지도三從之道라는 가정의 교육이다. 일어서려면 압박하려는 주위周圍요, 움직이면 사방에서 들어오는 욕이다. 다정하게, 손 붙잡고 충고 주는 동무의 말은 열 사람 한 입같이 "편하게 전前과 같이 살다가 죽읍세다." 함이다. 경희의 눈으로는 비단옷도 보고 경희의 입으로는 약식 전골도 먹었다. 아아 경희는 어느 길을 택하여야 당연한가? 어떻게 살아야만 좋은가? 마치 길가에 탄평으로 몸을 늘여 기어가던 뱀의 꽁지를 지팡이 끝으로 조금 건드리면 늘어졌던 몸이 바짝 오그라지며 눈방울이 대룩대룩하고 뾰족한 혀를 독기 있게 자주 내미는 모양같이 이러한 생각을 할 때마다 경희의 몸에 매달린 두 팔이며 늘어진 두 다리가 바짝 가슴 속으로 뱃속으로 오그라들어 온다. 마치 어느 장난감 상점에 놓은 대가리와 몸뚱이뿐인 장난감같이 된다. 그리고 십삼 관貫의 체중이 급자기 백지 한 장만치 되어 바람에 날리는 것 같다. 또 머릿속은 저도 알 만치 띵하고 서늘해진다. 눈도 깜짝거릴 줄 모르고 벽에 구멍이라도 뚫을 것 같다. 등에는 땀이 흠뻑 고이고 사지는 죽은 사람과 같이 차디차다.

"아이고, 어찌하면 좋은가."

경희는 벙어리가 된 것 같다. 아무 말도 할 줄 모르고 꼭 한마디 할 줄 아는 말은 이 말뿐이다.

경희는 제 몸을 만져본다. 왼편 손목을 바른편 손으로, 바른편 손목을 왼편 손으로 쥐어본다. 머리를 흔들어도 본다. 크지도 않고 조그마한 이 몸…… . 이 몸을 어떻게 서야 할까. 이 몸을 어디로 향하여야 좋은가…… . 경희는 다시 제 몸을 위에서부터 아래까지 훑어본다. 이 몸에 비단 치마를 늘이고 이 머리에 비취옥잠翡翠玉簪을 꽂아볼까. 대가댁 맏며느리 얼마나 위엄스러울까. 새 애기 새색시 놀음이 얼마나 재미있을까? 시부모의 사랑인들 얼마나 많을까. 지금 이렇게 천둥이던 몸이 부모님에게 얼마나 귀염을 받을까. 친척인들 오죽 부러워하고 우러러볼까. 잘못하였다. 아아 잘못하였다. 왜, 아버지가 "정하자" 하실 때에 "네" 하지를 못하고 "안 돼요" 했나. 아아 왜 그랬나. 어떻게 하려고 그렇게 대답을 하였나! 그런 부귀를 왜 싫다고 했나. 그런 자리를 놓치면 나중에 어찌하잔 말인가. 아버지 말씀과 같이 고생을 몰라 그런가 보다. 철이 아니 나서 그런가 보다. "나중에 후회하리라" 하시더니 벌써 후회막급인가 보다. 아아 어찌 하나. 때가 더 되기 전에 지금 사랑에 나가서 아버지 앞에 자복할까 보다. "제가 잘못 생각하였습니다"고. 그렇게 할까? 아니다. 그렇게 할 터이다. 그것이 적당한 길이다. 그리고 귀찮은 공부도 고만둘 터이다. 가지 마라시는 일본도 또다시 아니 가겠다. 이 길인가보다. 이 길이 밟을 길인가보다. 아, 그렇게 정하자. 그러나…… .

"아이고, 어찌하면 좋은가…… ."

경희의 눈은 말똥말똥하다. 전신이 천근만근이나 되도록 무거워졌다. 머리 위에는 큰 동철銅鐵 투구를 들씌운 것같이 무겁다. 오그라졌던 두 팔 두 다리는 어느덧 나와서 척 늘어졌다. 도로 전신이 오그라진다. 어찌하려고 그런 대담스러운 대답을 하였나 하고. 아버지가 "계집애라는 것은 시집가서 아들딸 낳고 시부모 섬기고 남편을 공경하면 그만이니라" 하실 때에 "그것은 옛날 말이에요, 지금은 계집애도 사람이라 해요, 사람인 이상에는 못할 것이 없다고 해요, 사내와 같이 돈도 벌 수 있고, 사내와 같이 벼슬도 할 수 있어요. 사내가 하는 것은 무엇이든지 하는 세상이에요" 하던 생각을 하며, 아버지가 담뱃대를 드시고 "뭐 어쩌고 어째, 네까짓 계집애가 하긴 무얼 해. 일본 가서 하라는 공부는 아니 하고 귀한 돈 없애고 그까짓 엉뚱한 소리만 배워가지고 왔어?" 하시던 무서운 눈을 생각하며 몸을 흠칠 한다.

과연 그렇다. 나 같은 것이 무얼 하나. 남들이 하는 말을 흉내내는 것이 아닌가. 아아 과연 사람 노릇 하기가 쉬운 것이 아니다. 남자와 같이 모든 것을 하는 여자는 평범한 여자가 아닐 터이다. 사천 년래의 습관을 깨뜨리고 나서는 여자는 웬만한 학문, 여간한 천재 아니고서는 될 수 없다. 나폴레옹 시대의 파리의 전 인심을 움직이게 하던 스타엘 부인과 같은 미묘한 이해력, 요설饒舌한 웅변雄辯, 그런 기재機才한 사회적 인물이 아니고서는 될 수 없다. 살아서 오를레앙을 구하고 사死함에 프랑스를 구해낸 잔 다르크 같은 백절불굴의 용진勇進, 희생이 아니고서는 될 수 없다. 달필達筆의 논문가論文家, 명쾌한 경제서經濟書의 저자로 이름을 날린 영국 여권론의 용장勇壯 포드 부인과 같은 어론語論에 정경精勁하고 의지가 강고한 자가 아니고서는 될 수 없다. 아아 이렇게 쉽지 못하다. 이만한 실력, 이러한 희생이 들어야만 되는 것이다.

경희가 이제껏 배웠다는 학문을 톡톡 털어 보아도 그것은 깜짝 놀랄 만치 아무것도 없다. 남이 제 앞에서 춤을 추고 노래를 하나 참으로 좋아할 줄을 모르고 진정으로 웃어줄 줄을 모르는 백치 같은 감각을 가졌다. 한마디 대답을 하려면 얼굴이 벌게지고 어서語序를 찾을 줄 모르는 둔설鈍舌을 가졌다. 조금 괴로우면 싫어, 조금 맞기만 하여도 통곡을 하는 못된 억병臆病이 있다. 이 사람이 이러는 대로 저 사람이 저러는 대로, 동풍 부는 대로 서풍 부는 대로 쓸리고 따라가도 고칠 수 없이 쇠약한 의지가 들어앉았다. 이것이 사람인가. 이것을 가진 위인이 사람 노릇을 하잔 말인가. 이까짓 남들 다 하는 ㄱ, ㄴ쯤의 학문으로, 남들도 지을 줄 아는 삼시 밥 먹을 때 오른손에 숟가락 잡을 줄 아는 것쯤으로는 벌써 틀렸다. 어림도 없는 허영심이다. 만일 고금古今 사업가의 각 부인들이 알면 코웃음을 칠 터이다. 정말 엉뚱한 소리다. "아이고, 어찌하면 좋은가……."

여기까지 제 몸을 반성한 경희의 생각에는 저를 맏며느리로 데려가려는 김 판사집도 딱하다. 또 저 같은 천치가 그런 부귀한 댁에서 데려가려면 고개를 숙이고 네네, 소녀를 바치며 얼른 가야 할 것이 당연한 일인데 싫다고 하는 것은 제가 생각하여도 괘씸한 일이다. 그리고 아버지며 어머니며 그 외 여러 친척 할머니 아주머니가 저를 볼 때마다 시집 못 보낼까 보아 걱정들을 하는 것이 당연한 일인 것도 같다.

경희는 이제까지 비녀 쪽진 부인들을 보면 매우 불쌍히 생각하였다. '저것이 무엇을 알고 저렇게 어른이 되었나. 남편에게 대한 사랑도 모르고 기계같이 본능적으로만 저렇게 금수와 같이 살아가는구나. 자식을 귀애貴愛하는 것은 밥이나 많이 먹이고 고기나 많이 먹일 줄만 알았지 좋은 학문을 가르칠 줄은 모르는구나. 저것도 사람인가' 하는 교만한 눈으로 보아왔다. 그러나 웬일인지 오늘은 그 부인네들이 모두 장하게 보인다. 설거지하는 시월이 머리에도 비녀가 꽂힌 것이 저보다 훨씬 나은 것도 같이 보인다. 담 사이로 농민의 자식들의 우는 소리가 들리는 것도 저보다 훨씬 나은 딴 세상 같다. 아무리 생각하여도 저는 저 같은 어른이 될 수 없을 것 같고 제 몸으로는 저와 같은 아이를 낳을 수가 없는 것 같다. '저와 같이 이렇게 가기 어려운 시집을 어떻게 그렇게들 많이 갔고 저와 같이 이렇게 어렵게 자식의 교육을 이리저리 궁리하는 것을 저렇게 쉽게 잘들 살아가누' 생각을 한즉 저는 아무것도 아니다. 그 부인들은 자기보다 몇십 배 낫다.

'어떻게 저렇게들 쉽게 비녀로 쪽 찌게 되었나? 어쩌면 저렇게 자식들을 많이 낳아가지고 구순이들 잘 사누. 참 장하다.'

경희는 생각할수록 그네들이 장하다. 그리고 저는 이렇게도 시집가기가 어려운 것이 도무지 이상스럽다. '그 부인네들이 장한가? 내가 장한가? 이 부인네들이 사람일까? 내가 사람일까?' 이 모순이 경희의 깊은 잠을 깨우는 큰 번민이다. '그러면 어찌하여야 장한 사람이 되나' 하는 것이 경희의 머리가 무거워지는 고통이다.

"아이고, 어찌하나. 내가 그렇게 될 줄 알았을까……."

한마디가 늘었다. 동시에 경희의 머리끝이 우쩍 위로 올라간다. 그리고 경희의 뻔뻔한 얼굴, 넙적한 입, 길쭉한 사지의 형상이 모두 스러지고 조그마한 밀짚 끝에 깜박깜박 하는 불꽃같은 무엇이 바람에 떠 있는 것 같다. 방만은 후끈후끈하다. 부지중에 사방 창을 열어 제쳤다.

뜨거운 강한 광선이 별안간에 왈칵 대드는 것은 편싸움꾼의 양편이 육모방망이를 들고 "자……" 하며 대드는 것같이 깜짝 놀랄 만치 강하게 쪼여 들어온다. 오색이 혼잡한 백일홍 활년화活年花 위로는 연락부절連絡不絕히 호랑나비 노랑나비가 오고 가고 한다. 배나무 위의 까치 보금자리에는 까만 새끼 대가리가 들락날락하며, 어미 까마귀가 먹을 것을 가지고 오는 것을 기다리고 있다. 댑싸리 그늘 밑에는 탑실개가 쓰러져 쿨쿨 자고 있다. 그 배는 불룩하다. 울타리 밑으로 굼벵이 잡으러 다니는 어미닭의 뒤로는 대여섯 마리의 병아리가 줄줄 따라간다. 경희는 얼빠진 것같이 멀거니 앉아서 보다가 몸을 일부러 움직이었다.

저것! 저것은 개다. 저것은 꽃이고 저것은 닭이다. 저것은 배나무다. 그리고 저기 매달린 것은 배다. 저 하늘에 뜬 것은 까치다. 저것은 항아리고 저것은 절구다.

이렇게 경희는 눈에 보이는 대로 명칭을 불러본다. 옆에 놓인 머릿장도 만져본다. 그 위에 개어서 얹은 명주이불도 쓰다듬어 본다. "그러면 내 명칭은 무엇인가? 사람이지! 꼭 사람이다."

경희는 벽에 걸린 체경體鏡에 제 몸을 비추어본다. 입도 벌려보고 눈도 끔쩍여본다. 팔도 들어 보고 다리도 내어놓아 본다. 분명히 사람 모양이다. 그리고 드러누운 탑실개와 굼벵이 찍으러 다니는 닭과 또 까마귀와 저를 비교해 본다. 저것들은 금수, 즉 하등동물이라고 동물학에서 배웠다. 그러나 저와 같이 옷을 입고 말을 하고 걸어 다니고 손으로 일하는 것은 만물의 영장인 사람이라고 배웠다. 그러면 저도 이런 귀한 사람이다.

아아, 대답 잘했다. 아버지가 "그리로 시집가면 좋은 옷에 생전 배불리 먹다 죽지 않겠니?" 하실 때에 그 무서운 아버지 앞에서 평생 처음으로 벌벌 떨며 대답하였다. "아버지 안자顔子의 말씀에도 일단사一單食와 일표음一瓢飮에 낙역재기중樂亦在其中이라는 말씀이 없습니까? 먹고만 살다 죽으면 그것은 사람이 아니라 금수禽獸이지요. 보리밥이라도 제 노력으로 제 밥을 제가 먹는 것이 사람인 줄 압니다. 조상이 벌어놓은 밥 그것을 그대로 받은 남편의 그 밥을 또 그대로 얻어먹고 있는 것은 우리 집 개나 일반이지요." 하였다. 그렇다. 먹고 죽으면 그것은 하등동물이다. 더구나 제 손가락 하나 움직이지 않고 조상의 재물을 받아가지고 제가 만들기는 둘째 쳐놓고 받은 것도 쓸 줄 몰라 술이나 기생에게 쓸데없이 낭비하는, 사람이 아니라 금수와 같이 배 뚜드리다가 죽는 부자들의 가정에는 별별 비참한 일이 많다. 태(殆 : 거의)히 금수와 구별을 할 수도 없는 일이 많다. 그런 자는 사람의 가죽을 잠깐 빌어다가 쓴 것이지 조금도 사람이 아니다. 저 댑싸리 그늘 밑에 드러누우려 하여도 개가 비웃고 그 자리가 아깝다고 할 터이다.

그렇다. 괴로움이 지나면 낙이 있고 울음이 다하면 웃음이 오고 하는 것이 금수와 다른 사람이다. 금수가 능치 못하는 생각을 하고 창조를 해내는 것이 사람이다. 사람이 번 쌀, 사람이 먹고 남은 밥찌꺼기를 바라고 있는 금수, 주면 좋다는 금수와 다른 사람은 제 힘으로 찾고 제 실력으로 얻는다. 이것은 조금도 모순이 없는 사람과 금수와의 차별일 것이다. 조금도 의심 없는 진리이다.

경희도 사람이다. 그 다음에는 여자다. 그러면 여자라는 것보다 먼저 사람이다. 또 조선 사회의 여자보다 먼저 우주 안 전 인류의 여성이다. 이철원 김 부인의 딸보다 먼저 하나님의 딸이다. 여하튼 두말할 것 없이 사람의 형상이다. 그 형상은 잠깐 들씌운 가죽뿐 아니라 내장의 구조도 확실히 금수가 아니라 사람이다.

오냐, 사람이다. 사람으로 보이지 않는 험한 길을 찾지 않으면 누구더러 찾으라 하리! 산정山頂에 올라서서 내려다보는 것도 사람이 할 것이다. 오냐, 이 팔은 무엇 하자는 팔이고 이 다리는 어디 쓰자는 다리냐?

경희는 두 팔을 번쩍 들었다. 두 다리로 껑충 뛰었다.

빤빤한 햇빛이 스르르 누그러진다. 남치마빛 같은 하늘빛이 유연히 떠오른 검은 구름에 가리운다. 남풍이 곱게 살살 불어 들어온다. 그 바람에는 화분花粉과 향기가 싸여 들어온다. 눈앞에 번개가 번쩍번쩍 하고 어깨 위로 우레 소리가 우루루루 한다. 조금 있으면 여름 소나기가 쏟아질 터이다.

경희의 정신은 황홀하다. 경희의 키는 별안간 이(飴 : 엿) 늘어지듯이 부쩍 늘어진 것 같다. 그리고 목目은 전 얼굴을 가리우는 것 같다. 그대로 푹 엎드리어 합장으로 기도를 올린다.

하나님! 하나님의 딸이 여기 있습니다. 아버지! 내 생명은 많은 축복을 가졌습니다.

보십쇼! 내 눈과 내 귀는 이렇게 활동하지 않습니까?

하나님! 내게 무한한 광영光榮과 힘을 내려 주십쇼.

내게 있는 힘을 다하여 일하오리다.

상을 주시든지 벌을 내리시든지 마음대로 부리시옵소서.

《여자계》 2호, 1918.3 : 번역 송명희)

파리巴里의 그 여자女子

나혜석

제1막

장소 : 파리 시내 모 호텔

인물 : A   그녀의 남편

B   그녀

C   친구

D   친구

(누가 D 있는 호텔 방문을 뚝뚝 두드린다.)

D   누구요? 들어오시오.

(도어를 급히 열고 C가 쑥 들어온다.)

D   이게 누구요, 그런데 언제 왔소?

(두 사람은 손이 으스러져라 하고 악수를 한다.)

C   지금 오는 길이야.

D   엽서라도 한 장 할 것이지. 어쨌든 매우 반갑소. (다시 손을 흔들며)

(다 각각 의자에 걸터앉는다.)

D 그런데 웬일이오? 방학 때도 아닌데 별안간에.

C 차차 이야기하지.

(두 사람은 잠시 말이 없다. C는 우선 숨을 돌린다.)

D 그런데 그동안 재미가 어땠소?

C 객지에 홀아비 생활이 재미가 다 무엇이오. 일상무미하지.

D 왜 색시 동무 하나도 없어, 그 고집이 그냥 있군.

C 그것들 아양이나 부리고 해서 돈이나 빨아 먹으려고 하는 것들 백 개가 있으면 내게 무슨 소용이야.

D 자네 말과 같이 경우와 처지가 같아야 진정한 사랑이 생기고 할 것도 있다고 하지만 사랑도 자네 사랑은 과학적일세.

C 그럼 사랑도 다 시대를 따라서 다른 것이야. 20C에 앉아서 19C나 18C 사랑을 하면 되겠나.

D 아니 여보게. 사랑에도 무슨 시대가 있나? 사상이 있고 이상이 있는 것인가. 사랑은 오직 열熱과 정情 그것밖에 없는 것 아닌가.

C 아니 그건 잘못 알았네. 사랑에 왜 사상과 이상이 없겠나.

D 그러면 그 사랑은 벌써 타산적 사랑일세.

C 타산적 아니고 계속 할 수 있나.

D 좀 섭섭한 말인걸.

C 다 골치 아파. 한 번이나 맛을 보았어야 이러고저러고 할 자격이 있지.

D 딴엔 그래 재미도 있고 속도 상해.

C 그런데 여보게 A 부부가 지금 어느 호텔에 있나?

D 그들은 어제 떠났네.

C 바로 어제(깜짝 놀라는 기색으로)? 아차차 그러면 B도 갔지?

D 물론이지. 바늘 가는 데 실 아니 갈까. 그런데 왜 그리 놀라나?

C 아니 글쎄.

(잠시 아무 말 없이 턱을 받치고 마룻바닥을 보며 실심失心해한다.)

C 어디로 갔나. 미주로 갔겠지?

D 그런 모양이야.

C 여러분들이 전송이나 했나?

D 모르지 나는 아니했으니까.

C 그게 무슨 말이야?

D 아니 여보게 그런 방면 다니는 사람과 우리와 무슨 상관이 있단 말인가.

C (C는 잠깐 입을 다물어 D의 의사를 존중한다)

아니 그렇게 대접할 사람이 아니니까 말이야. 그런데 떠나기 전날 A 부부를 만나보았어?

D 떠나기 전날 만나보았지.

C 그런데 B의 태도가 어떻던가?

D 그렇게 쾌활하던 B가 웬일인지 실심했던걸.

C 흥 불쌍한 여자지.

D 왜 그래?

C 재주가 너무 있어서 걱정이야.

D 그러면 왜?

C 그 재주로 해서 한 가지에 용단성이 없어. 아까운 기회를 다 놓치 니 말이지.

D 재주는 무슨 재주. 그만한 재주가 누구는 없으려고. 말 한마디 똑 똑히 못하던데.

C 말재주는 한 부분이지.

D 왜 그래.

C 말이란 여러 말끝이 연락해야 하는 것이니까 한 가지에 정신이 집

중한 사람은 잘 못할 것이지.

D 하여간 경험은 상당하렷다.

C 암 상당하지. 더구나 그의 지난 일이 모두 독창적이오. 예술적이
지. 하여간 경솔히 볼 여자는 아니야.

D 무얼 다 그렇고 그렇지. 제가 나면 얼마나 날까. A도 잘못이지. 여
편네는 살림이나 하라고 두고 혼자 올 것이지.

C 그럴 사람이 따로 있지.

D 무얼. 여자가 화려한 것 보면 허영심이나 늘지 쓸 데가 무어야.

C 조선 사람은 남녀 물론하고 허영심이 많이 늘어야 해.

D 자네는 그렇게 남 아니하는 말을 하데그려.

C 겉말은 인습 형식이오. 속말은 진리 생명이지.

D 또 철학이 나온다. 자네를 만나면 빡빡 하면서도 재미있어.

C 그런 줄 아니 고마워.

D 그런데 B는 왜 그리 굉장히 추나?

C 추는 것이 아니라 알아주는 것이니 사랑스러운 여자야.

D 그런데 자네는 언제 그렇게 B를 알았나. 암만해도 의심스러운걸.

C 그의 언어 행동 문자로 충분히 알 점이 많지.

D 아니 A 부부가 전번에 영국 갔을 때 필경 무슨 좋은 일이 있었던
거야.

C 아니 천만에 큰일 날 말일세.

D 큰일은 무슨 큰일. 여기가 어디라고 구라파인데.

C 물론 서로 이해는 하고 존경을 가졌지만.

D 옳지 거의 다 나온다.

C 그런데 이번에 만나 보지 못한 것은 큰 낭패인걸. (D의 말은 들은
체 만 체하고)

D 그래서 왔군. 런던서 일부러. (인제 확실히 안 것같이)

C 실상 말이지 B를 일 년만 더 파리나 런던에 두어 공부 시키라고 A
　　에게 권하고 싶어서 불시에[1] 떠나온 것이야.

D 그럴 필요가 있을까. 지금 공부할 나이도 아니고 남편 떨어져 있
　　는 것이 재미없지. 대관절 학비문제가 아닌가.

C 학비는 미국으로 돌아갈 돈으로 넉넉히 되니 A만 허락하면 되겠
　　는 것을 그랬어.

D 더 있을 필요가 무엇이야.

C 소위 전문을 가진 사람으로 불과 몇 달에 얼마나 배웠겠나. 이 오
　　기 어려운 곳을 왔다가 하나 완성해 가지고 못 가면 개인으로나
　　사회적으로나 손이 아닌가.

D 그러면 B가 파리에 있었으면 있었지 런던은 왜?

C B가 영국 왔을 때 여자 문제에 대하여 흥미를 가졌으니까 말이지.
　　얼마간 런던에 들러 여성 문제를 연구해 갔더라면 무엇을 써 낸다
　　하더라도 조선 사회에 유익이 될 것 아닌가. 하여간 하루만 일찍
　　이 왔더라도 되든 아니 되든 말이나 해볼 걸 그랬어.

D 내 생각 같아서는 B가 남편 따라 잘 간 줄 아네. 남녀 간에 중년
　　때가 제일 어려운 것일세. 이것도 아니오, 저것도 아닌 중간처가
　　되어서 남모르는 고통이 많을 것일세. 자네 맘과 같이 B가 총명한
　　여자라면 이런 곳에 있어서 한참 질정을 못할 것일세. 거기서 꿋
　　꿋한 줄을 잡을 것 같으면 더 말할 것 없는 사람이 하나 되지만 그
　　렇게 되기가 쉬운가. 그대로 흐르다가는 버리는 여자가 될 뿐이
　　지. 그 고비에 이곳을 떠나간 것이 다행이지.

C 그러게 말일세. 나는 B가 그 고비를 넘기는 것을 보기 원했던 것
　　일세. 그리하여 말할 수 없는 귀한 여성이 조선에도 하나 생겼으

---

1 원문은 '불시듯'.

면 하는 희망을 가졌던 것일세. B는 그런 가능성이 있으니까 아깝
단 말일세.

D 암만 해도 의심스러워, 다 말하게.

C 그런 쓸데없는 말 말게. 남의 아내와 연애가 무엇인가.

D 그만한 건 초월해야지.

C 그건 그렇지만 그래도.

D 지금이라도 비행기를 타고 쫓아가면 만나볼 수 있겠지. 그만한 용
기는 없나?

C 있지만 참지.

D 그러렷다. 조금씩 말만 비치지 말고 남자답게 다 말을 하란 말이야.

C 할 말이 있어야지. 그런데 대관절 무슨 증거로 나를 이렇게 놀리나.

D 남녀 간의 관계란 칼로 벤 듯이 두 가지로 나눌 수가 있어.

C 옳지, 그래서 어떻게?

D 남녀 간이란 하나는 서로 좋아하는 것, 하나는 서로 싫어하는 것
밖에 없어. 그리하여 서로 흠질하는 것은 사랑이 없는 것이요, 칭
찬하는 것은 서로 사랑하는 까닭이야. 그것을 보고 눈치 채어 짐
작하는 것이지.

C 그러면 우정이나 동지니 하는 것은 없게?

D 그것이 다 한 사랑 속에 파묻히는 거지.

C 그것은 너무 간단 명백한걸.

D 그러니까 말이야. 자네와 B 사이에 사랑 정도를 짐작할 수 있단
말일세.

C 그래 얼마만한 정도인가.

D 사닥다리로 치면 반쯤 올라갔지.

C 백 퍼센트까지 될 가망이 없을까. 하하하하.

D 그야 될 수도 있겠지만 상대자가 갔으니 될 수 있나.

D B의 칭찬이나 좀 더 하지.

C 이것 보게 누구든지 일껏 돌아다니다가도 먼저 앉았던 자리에 무의식적으로 도로 앉지 않나. 나는 이것을 퍽 이상스럽게 생각하네. 사람은 본질적으로 보수적 마음이 꼭 있는 것일세. B도 필경은 제 환경을 벗어나지 못하고 도루묵이가 되고 마는 것이지.

D 그것은 간단한 문제가 아니야. 사람에게는 일신 외에 가정 사회 또 생활이 있으니 혼자 고집대로만 살 수 없겠지.

C 그러면 모두 도루묵이가 되고 보면 사회의 진보가 어디 있겠나. 고집을 부리고 나가는 자밖에 있나. 껑충 뛰는 자가 있어야지.

D 자네 같은 지독한 사람 말이지.

C 아니 딴 말일세. 내가 그렇다는 것이 아니라 차지도 않고 덥지도 않고 실미지근한 청년을 보면 속이 상해.

D 그래 B도 실미지근하단 말이지. 뜨거운 사랑을 아직 못 받은 모양이군.

C 여자란 나이 먹어 물정이 알아지면 아무 맛이 없는 것이야.

D 남자는 안 그런가?

C 여자는 속하고 일러. 그러나 B는 다르지.

D 어지간히 되었군.

C 온 천만에.

D 왜 이리 시치미를 떼? 다 짐작하는 수가 있는데.

C 공연히 이러지 마라. 다만 유감 되는 것은 A 부부가 떠나기 전에 만나 보지 못한 것일세. B를 일 년만 더 있게 했더라면 좋았을걸.

D 자네 말을 들으니 그럴 듯해.

C 영어라도 똑똑히 알면 좋은 책을 보아 소개할 수 있는 것 아닌가.

D 그건 그래. 어학이란 먼저 배워가지고 쓸 줄 알고 말할 줄 알아야 비로소 읽기가 쉬운 일이야.

C 그것은 그렇지만 이것저것 다 잘할 수 있나. 박물관에 가보면 한 구석에 진열해 놓은 자기 전문을 보면 사람 아는 것이란 극히 적은 것이야. 아인슈타인을 만나서 이야기해 보면 자기 전문 외에는 천치 바보야.

D 현대인은 그런 것이야.

C 그렇지. 현대문화는 넓게만 아는 것보다 깊게도 알아야 하는 것이니까.

D 그래 한 가지 전문 가진 사람처럼 천치 바보는 없어.

C 그래 조금 아는 것을 아는 체 하지 못할 세상이야.

D 벌써 새로 한 실세. 고만 자세.

(두 사람은 한 침대 속에 드러눕더니 서로 등을 지고 꿈나라로 들어갔다.)

제2막

장소 : 뉴욕 E의 아파트먼트 일 실室
인물 : E
　　　F E의 아내
　　　G 친구
　　　H 친구

E, F, G, H가 된 대로 여기저기 걸터앉아 한가히 이야기를 내놓는다.

G 여보 A에게서 편지 또 왔소, H씨.

F A 부부가 지금은 어디 있나요?

H 아마 지금쯤은 태평양 바다 위에 있으리다. 샌프란시스코를 떠나면서 한 편지를 오늘 아침에 받아 보았으니까.

E 무슨 별말 없습디까?

H 여러 감상이 많다고 샌프란시스코에서 신한민보에 이번 당한 자기 기사를 다 본 모양이야.

E 그래, 보니 어떻다고?

H 우리에게 미안스럽다고 그랬던고.

E 세상이 무서운 줄을 알고 좀 정신 차리라지.

G 사람이 너무 좋아서.

H 그래 그 사람 뒤에는 똑똑한 사람이 있어서 늘 일침을 하여야 해.

E 똑똑한 아내 B가 있는데 무슨 걱정. (좀 비웃는 듯이)

G 똑똑하면 이번 사건을 일으켰을까.

F 참 그래, 그게 무슨 꼴이야. 남편을 잘 보호하지를 아니하고.

H 여자들이 학문 좀 배웠다면 그런 낭패가 종종 있는 것이지. (농담 비스듬)

F 무얼 다 그럴라구요.

G 참 이번 일은 A와 B가 대실책이야.

E 실책이고말고. B는 왜 남편만 두고 친구를 데리고 가고 A는 왜 가지 않고 그 좌석에 참예했단 말이오.

H 아따 그건 다 지난 일이니 고만두고 장차 할 일이나 생각해야지.

E A를 유지자로 우리가 변명한다면 점점 일이 커질 뿐이니 K를 추어주고 우리가 재미 조선인에게 사죄하는 수밖에 없지.

H 그러면 A 부부는 버려지는 것 아닌가.

E 무얼, 한때 와−하다가 조선 사람의 일이니 흐지부지할 것이지.

H 그도 그렇지마는 A 부부는 어느 점으로 보든지 애호해야 할 사람

들이야. 하여간 일을 한 사람이고 일을 할 사람들이니까.

G 그렇고말고. 여기서 떠드는 것과 내지에 가서 일하는 것과 판이 다를 거니까.

H 그렇고말고.

G 하여간 잘 해결했으면 좋겠네.

E B는 아직 진정치 못한 모양이더구먼.

G 공자의 말씀에도 삼십이립三十而立한다는데 아직도 진정을 못하면 어떻게 하나.

H 좀 배웠다는 것이 큰 탈이지. 학문이란 배워서 삼켜서 소화를 해야 하는 것인데 목구멍에서 오르락내리락하니 답답하고 빽빽하고 거치적거치적하지. 사람이란 탁 트인 맛이 있어야 말할 맛도 생기고 훈련도 되는 것인데, 그런 사람에게 성경이 필요하지만.

G 예술가에게 종교가 필요한가?

H 예수가 전 인류를 위하여 십자가에 못 박힌 것같이 셰익스피어나 톨스토이 같은 예술가는 전 인류와 전 우주를 가지고 번민하고 고통하고 해결하려고 한 것이 아닌가. 참 그들의 마음은 크고 예술은 아름답고 또 위대하였어.

H 그러기에 학문보다 사람 문제야. 조선 사람은 모두 길을 한 곱 찔러서 살아야 해요. 무엇이고 하나 꽉 붙잡는 것을 찾아 가지고 그 힘으로 살아가야해. 조선 사람이 이렇게 타락을 하다가는 그 정신이 다 죽고 마는 것이야.

(일동은 잠잠하다)

사람도 가고, 천지도 변하고, 상주하여 움직이지 않는 것이 없는[2] 이 세상에 우리가 무엇을 바라고 무엇을 의지하고 살까. 한갓 우리

---

2 원문은 '잇는'.

속 사람에게 빛이 되는 그 빛 하나만을 굳게 붙잡고 이에서 기쁨을 얻고, 힘을 얻고, 무한한 가치를 얻는 것이 얼마나 아름다운 것인가.

G 옳은 말이오.

늦었으니 갑시다.

(일동은 일어선다.)

제3막

장소 : 원산 해수욕장

인물 : J B의 애인

       L J의 제자

       M L의 아내

B 경치가 매우 좋아요.(해안을 나란히 걸으며)

J 그래 본국을 돌아오니 감상이 어때요?

B 다시 외국 온 것 같아요.

J 그럴 것입니다. 그런데 왜 그리 편지가 없었어요?

B 믿는 사람에게는 편지 안 하는 법이야.

J 웅변이거든.

B 이 바닷물을 보십쇼. 이 같이 푸르고 깊고 많으나 그 원인은 여러 산골짜기 물이 흘러 합한 데 있겠지요.

J 그래서요?

B 그러니까 말이에요. 이 바닷물과 같이 구미 만유한 후에 내 맘이 그래요.

J 아주 전도유망한걸.

B 왜요?

J 저 바다와 같이 깊고 많고 푸르다니 속에 들은 것이 무진장일 터이지.

B 그렇다는 것이 아니에요. 뒤죽박죽이란 말이에요.

J 비빔밥이란 말이지?

B 말하자면 그렇지요.

J 비빔밥의 맛만 알면 기가 막히지만.

B 꽤게요.

J 저렇게 알아듣는 것이 꽤란 말이야.

B 샌님은 좀만 업신여긴다나.

J 그렇게 말할 것은 아니고.

B 그래.

J 하여간 소득이 많으렷다.

B 마치 비 온 뒤에 산천의 빛이 명랑하듯이 앞길에 꽉 붙잡는 것이 생기게 되었지요.

J 누구시라고.

B 그렇지요.

   (J를 보며 생긋 웃는다. J는 B의 뺨을 살짝 만진다.)

B 선생님의 감상은 어때요?

J 나는 구미 만유하기 전에는 무한한 희망이 있었던 것이 갔다 오니 무한한 실망이 생기겠지요.

B 무엇이 그래요?

J 조선은 구라파 각국에 비하면 한 가지도 없어요. 황무지요 사막이에요. 거기 씨를 뿌려 가지고자 할 때까지가 까맣고 그동안 그들은 쉬지 않고 진보할 것이지요. 조선에도 한 걸음 두 걸음 걸어가야 할 사람도 있어야 하겠지만 한 번 엄청나게 껑충 뛰는 사람이 있었

으면 좋겠어요. 그러기에 과도기에 인물이란 기회는 좋으나 뛰기가 퍽 어려운 것이에요. 더구나 앞뒤에서 꼭꼭 묶어 구렁텅이에 빠지려는 민중이 있으니까요.

J 당신부터 한 번 뛰어 보지요.

B 그러면 쾌게요.

J 전에 당신이 내게 말하기를 "내 생활이 걸작이 되고 싶어요." 하였지요?

B 네, 그랬어요. 현재의 생활이 그러하고 장래 내 생활이 그럴 것입니다.

J 어떻게요?

B 세상에는 작을 듯하나 큰 것이 있으며 약한 것 같으나 강한 것이 있고 평범한 듯하나 위대한 것이 있으며 이상스러우면서도 내용 없는 것이 얼마라도 있습니다. 조선 사람 일반은 아직 작으면서 강한 것, 평범하면서 위대한 것을 깨닫지 못하고 서양 사람은 벌써 수천년 전 희랍 로마 문명 뒤에 그것을 깨달았습니다. 그리하여 그것을 기초를 삼아 밟아온 것이 금일의 문명입니다. 그러므로 그들의 사상은 공상이 아니요 조직적이며, 그들의 행동은 허영이 아니요 실제적이올시다.

J 그건 그래요. 동감이외다.

B 너무 건방진 말이지요?

J 아니요.

B 참 그때가 좋았었지요.

J 그래요. 나도 그때가 제일 좋았어.

B 그때처럼 모든 조건과 기분이 자유스러웠을[3] 때는 없었어.

---

3 원문에는 '自山스러윗슬' 로 되어 있음.

J 지금은 외부에서 조려주는 것이 심하니 그때처럼 행복스러울 수 있나요.

B 참 행복스러웠지요. 더욱이 중년기 사랑이란 무서운 것이야.

J 어떻게?

B 청년기 사랑은 맹목적이요 중년기 사랑은 의식적이야. 열과 정에 는 차이가 없겠지만 제 행동을 아는 것처럼 재미있고 힘이 나고 멋진 것이 없는 것 같아요.

J 이 욕심꾸러기야.

B 욕심을 부리는 것이 아니라 운명이 그렇게 만듭니다그려. 나도 욕심꾸러기지만 선생님도 욕심쟁이야, 나이 잡숫고.

J 그래요, 나는 퍽 행복하지요. 지금까지 내 마음대로 기백 번 기천 번 기만 번 생각했어요. 그러나 현실은 그 모든 것을 사정없이 날 려 버려요. 나는 그리해도 쉬지 않고 공상을 하였어요. 아무리 해 도 그것은 공상이요, 현실이 아니었어요. 그러다가 당신을 보았어 요. 나는 당신을 또 다시 볼 때는 나의 환경은 없어지리라고 생각 하였어요. 그러던 그이가 지금 내 앞에 있고 내가 사랑한다는 말을 하니 이것이 너무 의외에 일이요, 너무 엄청난 현실이 아니에요.

B 나는 무엇이라고 말씀 드릴 말이 없사외다. 우리 저 물에 빠져 죽 을까. (J의 팔짱을 끼고)

J 그 말을 들으니 나는 더 기쁘오. 살아 있다는 것이 환등과 같고 눈 을 뜨면 죽어 있는 것이 정말 알려져요.

B 눈이 뜨인즉 죽은 것 같아.

J 살아 있는 것이 꿈과 같고 죽지요, 죽어요. 죽음을 무서워하는 것을 부끄러워하는 것같이 생 을 무서워하는 것도 부끄러워해요.

B 아, 바람도 시원하다.

(바닷바람을 쏘이면서)

J   물이란 좋은 것이야.

B   좋고말고요. 언제 보아도 반가운 것은 물이지요.

J   물은 친근한 맛을 주는 것이에요.

B   그래요. 바닷물과 같이 영원성을 가졌으면 좋겠어요.

J   마음먹기에 달린 것이지.

B   그렇지요만, 인심人心은 조석변朝夕變이니 무슨 살맛이 있어야지.

J   당신부터 그러지 않도록 실행하면 아니 되겠소.

B   글쎄요.

J   저기 L 부부가 오는구려.

B   글쎄.

    (L, M은 이곳을 향하여 급히 온다.)

L M   선생님 안녕합쇼.

    (J, B를 향하여 인사한다.)

J   야 재미있구려. 단란한⁴ 부부가.

L   선생님이야말로 재미있으십니다그려.

J   늙은 사람들이 무슨 재미요. 그대들같이 청춘시절이 재미있지.

L   무얼요, 멋쟁이 선생님, 멋쟁이 B 선생 재미있지 않고 어때요.

J   멋이 지나치면 도리어 싱거운 것이야.

M   목욕 많이들 하셨습니까. 저기는 조개가 많던데 여기도 있어요.

B   우리도 이만치 잡았다오. (수건에 싸든 조개를 보이며)

J   우리 합동하여 국 끓여 먹읍시다.

L   찬성입니다. 좋지요.

M   아마 그럼 더 맛있을걸.

---

4 원문에는 '단락한' 으로 되어 있음.

J 덥소. 물에 좀 들어가야겠소.
B 저희들도 들어가지요.

반나체의 해수욕복을 입은 네 사람은 물결이 출렁출렁하는 바다로 들어가 혹 익숙하게 혹 서투르게 헤엄치고 있다. 물결소리에 합하여 합창소리가 울려 나온다.

에헤라 데헤라
에헤에라
어기어차 배 떠난다.
나는 가오 나는 가오.

(《삼천리》, 1935.11 : 번역 송명희)

나는 사랑한다

김명순

1

반갑게 오던 비가 반갑게 그치었다.

숲속마다 생기가 넘쳐흐르는 듯이 푸른 그늘을 지어서 거기 우는 새 소리조차 새로이 좋았다.

칠월 모일 아침에 동숭동 최종일 정자 지키는 돌이 할아범은 일찍 일어나서 앞뜰을 쓸어 놓고 후원을 쓸려고 수정정水晶亭이라는 육모로 생긴 다락모퉁이를 돌아서다가 후원으로부터 이상한 인기척을 들은 듯해 그 발걸음을 멈칫하였다.

때마침 청량한 대기 속에서 청청한 무량수의 나뭇가지들이 비 개인 아침 바람에 흔들리어서는 상쾌한 큰 소리를 냈다. 고만 들리던 발소리는 사라졌다.

돌이 할아범은 그 손길로 귀밑까지 세차게 불어오는 바람결을 밀어 헤치는 듯이 하면서 들리던 인기척을 분명히 들으려 하였으나 바람은 그 시연한 장난을 선뜻 그치어 주지 않았다.

마침내 큰 물질이 잔잔하여지듯이 큰 바람이 산들산들 하여졌을 때 놀라지 마라! 좀 크고 좀 적은 두 사람의 발소리가 하나는 달아나고 하나는 쫓아가는 듯이 들리었다. 그런데 돌이 할아범은 의심쩍다는 듯이 머리를 갸웃거리다가 또 아니라는 듯이 그 머리를 좌우로 흔들었다. 그러나 그 발소리들이 점점 가까운 곳으로 들리어 올 때 할아범은 다시 한번 그 머리를 기울이지 않을 수 없었다. 그리고

　'저 나막신 소리는 서방님의 발소리이고, 저 마른신 소리는 저─편 후원에 한 채 빌려 있는 젊은 아씨의 발소리일 터인데 괴이한 일도 많아? 그 남편은 나막신을 신는 법이 없었는데 혹 엊저녁에 저 아씨가 음악회라도 갔다 오다가 사 오셨나? 그러고 보면 이상해…. 서방님도 음악회에를 가시고?! 또……'

하고 의심은 하였으나 돌이 할아범은 퍽 대범한 위인인 고로 흐리마리하고 있을 때 쫓아가던 발소리는 바위 위에서 달아나던 소리는 복도覆途 속에서 제각기 들리는 것을 알았다. 그래서 저는 아주 안심까지 하였었다. 험한 산비탈을 이용하여 지은 이 산정山亭에는 옛날 어느 음모 많은 황족의 은소隱所이었던 듯하여 아득하기 쉬운 숲속이 많고 달아나기 쉬운 복도가 많아서 같은 속도로 달아나더라도 붙들리기 어렵거든. 하나는 나막신을 신고 뚜걱뚜걱 소리 먼저 내고, 하나는 마른신을 신고 다람쥐와 같이 발 빠르게 달아남이겠느냐. 할아범은 왕자와 같이 인품 있어 보이는 젊은 주인을 의심하는 것보다는 후원에 한 채 빌려 있는 젊은 부부의 소위이리라 하고 짐작하여 버렸다. 그러나 그 짐작하는 한편으로는

　'뒤채에 계신 젊은 부부는 평생 재미없이 사는데 이 이른 아침부터 숨바꼭질이야 하시려고……. 혹이 그때 모양으로 달아나다가 붙들리시는 것인지도 모르지. 그같이 얌전하고 싹싹한 아씨가 부부 정의를 몰라보고도 살아가시지…….' 하는 생각도 하였다.

2

그러나 할아범은 저의 늙은 눈을 의심치 않을 수 없었다. 저는 그 눈 앞에 어느덧 와 서있는 젊은 주인의 아주 딴 사람이 된 듯이 평화스럽고 활발한 모양을 이윽히 우러러본 것이다. 열심과 기쁨으로 충만한 그 주인에게

"서방님 벌써 기침했습쇼." 하고 할아범은 늙은 얼굴에 의심을 가득히 머금고 허리를 굽혀서 절하는 대신 눈을 부비며 청년의 행동을 보살피었다. 그러나 저는 들은 체 못 들은 체하면서 그 두 손을 가슴 위에 얹고

"아—니 할아범 이 뒤채에는 젊은 처녀가 들어 있었었나. 그 물고기와 같이 생기 찬 처녀말이야……!" 하고 희망에 드넘치는 심정을 완연히 보이면서 거푸 물었다. 할아범은 곧이곧대로 대단히 머뭇거리면서

"아니올시다. 그는 성조차 그 남편의 성을 따른 서영옥이라는 부인이랍니다. 그 남편은 아무것도 하는 일 없지마는 평안도에서 몇째 가지 않은 재산가이라던가요. 한데 그 아씨가 두 달 전에 대단히 이 정자를 좋게 보시고 처음에는 한 간 방만 빌려서 혼자 와 계시겠다던 일이 그렇게 내외분이 오셔서 살림까지 하시게 되었답니다." 하고 어느덧 재미있는 이야기처럼 한다. 그 기운차던 청년은 볼 동안에 낯빛이 변하여 버리면서 실심失心한 듯이

"그래 그 부부는 대단히 재미 많으시지" 하고 다시는 뒤도 안 돌아보겠다는 듯이 '수정정' 마루로 올라가 버렸다.

돌이 할아범은 또 한 번 그 머리를 갸웃거릴 수밖에 없었다.

여름날이라 아침결에 청량하던 것도 거짓말처럼 오정부터 따가운 볕이 대지를 내려쪼였다. 젖었던 대지가 태양열에 증발됨으로 씻는 듯한 습기조차 있었다.

신대新垈 우물가에는 한 모금의 물을 얻어 내 생명을 축이자고 사람들

이 모여왔다. 그중에는 트레머리한 미인 두서넛이 물을 한 모금씩 얻어 먹고 우물가에 섰다가 그들에게 인사하는 돌이 할아범에게

"박영옥 씨 계십니까?"

"아니 서영옥 씨요?" 하고 물었다.

돌이 할아범은 물을 꿀꺽꿀꺽 들이마시면서

"네 어서 들어가 보십시오." 하고 늘 쓰던 친절한 어조로 대답을 하였다. 하지만 그들은 머뭇머뭇 거리다가 그중에 제일 키가 작은이가

"여기는 이따금씩 오건마는 올 적마다 길을 찾아 들어갈 수가 없어요." 하고 돌이 할아범에게 이번에도 길 인도를 해달라는 듯이 청하였다.

3

할아범은

"네 할아범이 또 앞서지요." 하고 앞서서 산정 안으로 들어갔다. 녹음의 푸른 길을 한참 걸어 들어갔을 때 전부 유리로 장식한 수정정에서 풍채 늠름한 청년이 "돌이 할아범ー"을 낭랑한 음성으로 부르다가 할아범이 그 높은 층대 아래 가 설 때 "할아범 오늘 저녁으로 개성 갈 터인데 그 전에 이 뒤채에 계신 주인어른에게 만나도록 말해두어요." 하고는 뒤미처 오는 여자들을 보고 외면하여 버렸다. 수정정 모퉁이를 돌아서서 서북으로 산길을 한참 더듬노라면 수음이 캄캄한 곳에 집 한 채가 동남을 향하고 ㄱ자로 놓여 있었으니 해묵은 밤나무 그늘이 그 창자에 햇빛을 비취지 않는 삼간 방 속에는 그 주인 서병호가 무엇을 지키는 듯이 아랫목 보료 우에 앉아 있고, 그 안에 영옥이가 윗목 책상 앞에 앉아서 돌부처가 된 듯이 두껍다란 책을 보고 앉았다.

ー아내의 독서하는 모양을 독한 눈빛으로 꿰뚫어지도록 바라보던 병호는 좀 노한 음성으로

"여보 당신 아침 또 안 잡수쇼. 아이고 저 얼굴색 봐라. 세포 하나하나가 다— 새파랗게 죽는 것 같구려. 제발 하루바니 할께 그 책 좀 있다가 보아요." 하고 키 작은 통통한 몸집을 일으켜 윗목으로 올라오면서 까무잡잡한 얼굴에 약간 상냥한 빛을 올리고 달래었다. 아내는 그 말을 들었는지 말았는지 한참 가만있다가

"할멈 밥상 들여오오! 내 수저는 내려놓고!" 하였다. 지난날의 백모란 같았던 화려한 얼굴에 초초한 심사를 간신히 낮빛에만 올리지 않은 그는 불쌍한 정을 자아내도록 여위고 수척한 여자였다.

"당신 또 아침 안 먹으려고?" 하고 주인은 퍽 근심스럽게 다시 물었다. 아내는 공연한 동정이라는 듯이

4

"아이 그러지 말고 어서 당신만 잡수세요. 그래도 나는 누구의 동정을 받을 감이 남았습니까?" 하고 검은 눈을 엄하게 뜰 때

"영옥아" 하는 그 동무의 음성이 들리었다. 아내는 창백하던 얼굴을 잠깐 붉히고 동무들을 말없이 맞으면서 할아범을 보고는 부드러운 음성으로

"할아범 또 수고해 주셨구려." 하였다. 할아범은

"저 우리 주인이 이 댁 서방님께 오늘 저녁때까지 뵈올 수 없겠습니까, 하고 여쭈어 와요, 하였습니다." 그 말을 들은 서병호 씨는 서슴지 않고

"이제 곳 가뵙는다고 말하여 두게" 하였다. 할아범은 서 씨의 답을 얻어 가지고 지금 온 길로 돌아가 버렸다. 일행 3인은 방 안에 들어와 좌정하였다. 손님들 중에 눈치가 밝은 키 작은 이가 서 씨에게

"이 댁에 또 부부 싸움 하셨습니까. 서 선생님? 어젯밤에 영옥이가 저

혼자만 음악회에 갔었지요? 그 일이 지금 불화한 원인이 아닙니까? 호호" 하고 묻는지 비웃는지 말하였다. 서 씨는 아주 승세한 듯이

"원 그런 일이 어디요. 그 비 오는데 음악회에 간다고 나더러는 가잔 말도 없이 자기 혼자 갔다 오는구려. 그게 남의 아내 된 버릇입니까" 하고 지금에야 골을 내본다는 듯이 하였다.

"그런 아내는 쫓아내시지요." 하고 우습지도 않게 먼저 말하던 이가 대답하였다. 서 씨는 퉁명스럽게 "그도 내 돈 없이 한 것이 아까워서 못 하겠쉐다." 하고 그 고향 어조로 본심本心을 토하였다.

"영옥이는 그렇게 당신에게 놓여나지 못하도록 당신의 빚을 졌습니까. 호호" 하고 그이는 또 말하였다. 그리고 용서치 못하겠다는 듯이 입을 꼭 다물었다. 영옥이는 더러운 것을 보는 듯이 눈살을 찡그리었다. 다른 이들은 눈치로 만류하려 하였다. 이때에 바깥어멈이 건넌방에 밥상을 차려놓고 주인을 부르러 갔다. 주인은 잠깐 인사하고 이내 갔었다.

"이 댁에 조반이요 점심이요." 하고 그중 나이 많은 친구가 영옥에게 물었다. 또 키 작은 이가 활발하게

"영옥아 너 정신 있니 없니" 하고 한편으로는 나이 많은 이에게 대답도 되게 "아침을 여태껏 안 먹었지! 공부고 무엇이고 살아서야 하지 않니?" 하였다.

5

"순희야 너 오늘도 그러면 또 이야기 못한다. 사람 귀찮게 굴려고 너더러 오랬니?" 하고 비로소 입을 열면서 영옥은 큰 눈에 눈물이 핑 돌았다. 눈물겨운 영옥의 표정을 본 순희란 이는 깔깔 웃으며 두 친구에게

"이 애 좀 보아요. 무슨 이야긴지 한다고 나를 세 번째 오라고 하는데 올 적마다 나더러 가볍다고 하면서 정말 이야기는 안 하는구려. 그래서

나는 이 계집애가 정말 동무가 그리워 그러나 하고 무심히 동무 삼아서 숙정이와 영혜까지 데리고 왔더니 또 이 모양이구려." 하고 또다시 웃었다.

두 친구는 먼저 돌아간 뒤에 주인은 쓸쓸한 표정으로 오늘 신문지를 들고 저편 송림 속으로 보이지 않게 가버렸다.

영옥의 동무 순희는 영옥이가 건넌방으로 무엇을 가지러 간 동안에 영옥이가 읽던 안리 푸앙카레의 『만근輓近의 사상思想』이라는 책장을 뒤적였다. 그 책 속에는 책장마다

'너희들 어떻게 곤란하더라도 희망 하여라' 하는 푸앙카레의 격언이 연필로 씌어 있었다. 감각이 민활한 순희는 그 동무가

'무엇을 이렇게 희망하누' 하고 그 심정을 암연히 헤아려보았다. 그는 생각하였다.

'이 애가 변하여졌다. 혼인 안할 때보담! 또 엊저녁 일도 변조變調가 아닐까? 의복을 잘 선택해 입기로 유명한 애가 시꺼먼 더러운 흑모시 치마를 왜 입고 왔었나? 그래도 음악을 잘 들을 줄 아는 청중의 하나이었으니까 고마웠지마는. 필경 내가 아직 몰랐던 비밀을 저 혼자 가지고 있는 것이다. 옳지! 그 애가 왜 내가 우연한 일로 감정을 상하여서 일 년간 절교 상태에 이르렀던 일이 있었었다. 그 동안에 그 애는 고학한다고 하던 일이 기연가미연가하게 아직 내 기억에 남아 있는 듯하다.'

6

이렇게 천만 리나 먼 칠 년 전의 상상의 날개를 펼칠 때 꿈인가 놀라게 한 만주 파는 여자 고학생이 하얀 숄로 그 얼굴 윤곽을 가리고 방으로 들어오면서

"저는 고학생이올시다. 이것을 좀 팔아주십시오. 당신 같은 어른이 이것을 잡수리라고는 생각지 못합니다마는, 저를 도우시는 줄 아시

고······." 하였다. 그 여자 고학생은 여름에 검은 치마와 자주 저고리를 입었다. 그 앞에 내려놓는 목판에는 만주의 그림자도 없었다. 순희는 눈을 날카롭게 떠보았다. 대리석으로 깎은 듯이 콧날이 서고, 그 검은 보석 같은 두 눈, 젖을 빨고 싶어 하는 작은 입, 그것은 영옥의 것이었다. 누가 서울 안에 하나이라고 칭찬한 아름다운 조건이었다.

"이 애가 더운데 무슨 장난이냐. 너 그 전에 고학한다고 하더니 그 모양이냐? 호호." 하고 웃을 수밖에 없었다.

"아니야 애! 내가 그중 희망에 찾던 왕녀 시대이란다. 나는 이때 누구를 만났었다. 나는 그이를 못 잊고 있다. 그때 만났던 이를 나는 사랑한다. 그러나 나는 칠 년 간이나 그이를 남모르게 지키고 있었지마는 고만 낙심되어서 그 더러운 학교장의 음모를 입게 되자 팔 개월 전에 이 서씨와 결혼하였다. 그런데 그이는 며칠 전에 귀국하셨다고 신문에 씌었더니 어제 아침에 개성에 오셔서 이 정자에 계시다가 공교하게 내가 음악회에 갈 때 동행하여 주셨다. 서로 아는지 모르는지 말도 하지 않으면서 내가 이 정자 문을 나설 때 같이 나서서 보조를 같이 하시다가 같이 전차에 올라서 갔었다. 그이는 내가 칠 년 전에도 이 꼴을 하고 뵈었으니까 분명히는 나를 모르실 터인데, 아마 내 모양이 그이의 마음속에 숨어 있는 무엇을 이끌어낸 듯한지 나를 퍽 주목하시더라. 여기 있는 할아범에게 들으니까 그이의 아내는 이 년 전에 세상을 떠나고 그이는 본래 손 적은 집에 태어나서 친척도 많지 않으신 터인데 죽은 처가에서 그 재산을 정리하신다더라. 그렇지만 나는 할 수 있는 대로 그이를 모르는 체하려고 하는데 내 마음속 밑으로 솟아오르는 내 순정純情이 그이를 향하고 넘쳐흐르는 듯하다. 내가 이후에 더 어찌하면 좋으랴? 나는 서병호씨를 퍽 사랑하려고 힘을 써왔다. 하지만 더 이상 나를 학대할 수가 없어졌다" 하고 창연히 말을 끊었다.

7

"그렇더라도 그 누더기 옷이나 벗고 이야기하려무나. 이 더위에" 하고 순희는 측은한 눈물을 흘리었다. 그는 더 감격한 음성으로 호소하듯이

"아니다! 내게야말로 이 옷은 곤룡포란다. 나는 그 전에 교사 노릇할 때는 그렇게까지 안하였지만 서 씨와 결혼한 뒤로는 방향 잃은 동경에 내 마음이 아플 때마다 이 옷을 입어보고 위로를 삼았다. 내가 칠 년 전 겨울에 그 이듬해 겨울이면 졸업할 학교 월사금이 밀리어서 학교에 못 가게 되었을 때 나는 하는 수없이 나는 지금 이 모양을 하고 정거장 앞에 섰었다. 그 때 외국으로 가노라고 하던 이십삼사 세의 학생에게 나는 먼저 하던 모양을 하였더니 그이는 동행하던 이에게 말을 해서 돈 오원을 얻어주었다. 돈을 주면서 그이는 공부 잘하라고 거듭 말하였다. 그 돈 오원으로 얼만한 결박을 드리웠겠니. 그 봄에 나는 아주 좋은 성적으로 졸업하지 않았니? 그때 그는 내게 생기를 불어넣었던 것이다. 그이가 막 떠나려고 할 때 나는 플랫폼까지 갔더니 아무쪼록 나더러 공부 잘하라고 하면서 오륙 년 후에는 내가 돌아올 테니 그 때까지 공부 잘하여서 사회를 위하여 일 많이 하는 여자가 되라고 하더라. 그러면서 나중에 나더러 고운 얼굴 전체를 못 보았으니까 혹 이후에 아는 체하여 주지 않으면 자기는 모를지 모른다고 내가 얼굴 가린 것을 섭섭히 알더라. 그러자 종이 울리어서 우리는 점점 떠나서 보이지 않게 되었다.

순희야, 내가 지금 어찌하면 좋으냐. 나는 시방 앉으나 서나 편안치 못할 뿐이다. 그는 지금에도 나를 퍽 주목은 하시지만 그렇다고 내가 그의 마음 전부야 어찌 알겠니. 또 그 때만 하더라도 그이가 돈 많은 이어서 나를 동정하여 주셨는지 나는 도무지 헤아릴 수 없다. 그러면서도 내가 그이를 못 잊고 있는 것은 사실이다. 아 아 그이를 나는 사랑한다. 또 그이가 나를 사랑하도록 희망한다." 하고 영옥이는 한곳에 이른 흥분으

로써 하소하였다.

"영옥아, 영옥아 너는" 하고 순희는 그 벗을 위하야 울면서 "너는 서 씨에게서 나와야 한다. 애정 없는 부부생활은 매음이 아니냐." 하고 그 는 그 벗에게 의리부터 가르쳤다.

이때 마침 저편 길로 이들의 무대를 향하고 걸어오는 청년 두 사람이 있었다. 인사를 잊을만치 흥분된 그들은 그 놀라운 인기척을 살필 수가 없었다.

8

"아차 저 색시다! 내가 칠 년 전에 남대문 역에서 보았던 그이다!" 하 고 영옥이와 순희가 사람 몰래 의논하고 있던 곳을 처 들어온 괴한 이 명이 있었다.

"영옥이는 어데 갔습니까?" 하고 또 한 명이 말하였다.

순희는 무엇을 결심한 듯이 알맞은 작은 얼굴을 말갛게 하여 가지고

"서 선생 미안합니다마는 이후로는 다시 영옥이를 찾지 마십시오. 그 는 영원히 선생님의 곁을 떠나버리었습니다. 부디 저 하늘 나는 작은 새 에게 자유를 주는 자연의 마음과 같이 영옥에게도 자유스럽게 하여 주 십시오. 그는 한 가난한 여자로서 얼어 죽는 것을 제 죽는 것보다 무섭 게 알았던 여자입니다. 그는 불행한 경우에 선생님의 열정에 속았던 것 입니다. 아니 그이의 마음속 밑에 있던 동경조차 일시 그를 잊었던 것입 니다. 그러나 인류의 영원을 계통해 온 우리의 이상이 끊어질 듯 끊어질 듯하게 이어오는 것같이 외부의 사정으로 실현 못되던 일들도 내부의 반항으로 불순한 연결은 끊어버리고 다시 순화純化되어서 목적지를 향 하여 싸워 나가라고 수단을 다하여 봅니다." 하였다.

이 광경을 본 풍채 좋은 청년은 좌우 손을 맞잡고 기쁨과 두려움이 서

로 어우러지는 듯이 손을 비비었다. 영옥이는 돌아와서 숙인 머리를 들지 못하고 있었다. 서병호는 노기등등하여서

"무어요. 영옥이가 나를 버리고 가겠습니까. 믿고 갈 데가 없어서 내게로 왔던 영옥이가 병으로 나를 싫어하면 했지 당신이 꾀어낸 것이구려." 하고 순희에게 도전하였다.

"이것 보십시오." 하고 순희는 음성을 높이면서 "사람은 언제든지 자기를 믿고 사는 것입니다. 외롭고 갈 데 업는 사람일수록 자유를 구하는 마음은 더욱 커지는 것입니다. 내가 꾀어냈다는 그런 말씀을 하시는 당신은 적어도 영옥이와 나와의 두 사람의 인격 외에 세기와 시대도 자기도 모욕하신 것입니다." 하고 더 빨갛게 되었다. 서 씨는 도전하듯이 "아니요." 하고 부르르 떨다가

"여자 된 버릇이 남자 앞에서 어려운 문구를 늘어놓는다고 장한 것이 아니요. 어서 내 아내를 찾아내시오. 설마 저기 돌아서 있는 저 거지 계집이 서영옥이는 아니지요." 하였다.

순희는 부르쥐었던 작은 주먹을 더 딴딴히 쥐고 다시 떨리는 입술을 열어

"여기 서 있는 처녀는 박영옥이라는 저— 칠 년 전에 남대문 역에서 만주를 팔다가 외국 가던 학생에게 구원을 받은 거지 계집애입니다. 서徐 무엇이라는지 독한 청혼에 속아서 몸을 팔고 그 종이 된 이는 결코 아니지요." 하고 순희는 번개같이 그 몸을 움직이며 영옥을 돌려세우며

"자— 저기는 칠 년 전에 너와 만났던 어른이 계시다. 너는 지금 저 어른에게 네 생사를 물어라." 하였다. 청년은 용맹스럽게

"얼마나 오래 고생하셨습니까. 저는 공부하는 것만 목적이 아니었겠지마는 약한 종족의 하나이었으니까 공부할 책임도 커서 귀국하기까지 지체되었습니다.

9

저는 그때에 프랑스에서 조선서 오는 ××일보를 보고 당신이 박영옥이라는 재원인 줄을 알았지요. 실례되지만은 당신은 내게 빼어내지 못할 무엇을 주시었습니다. 그러나 나는 수학하는 신세인고로 또 당신의처지를 분명히 몰랐었으므로 이런 난경에 서게 되었습니다. 영옥 씨 아니 가장 아름다운 이! 봉상한 당신을 나는 사랑합니다. 그러므로 나는 어젯밤과 오늘 아침에 당신을 괴롭힌 것입니다. 자— 지금은 그 숄을 벗으시오." 하였다. 영옥은 돌아서서 숄을 벗고 최 씨에게 정면하고 섰다. 그 얼굴은 기쁨 설움에 질려 있다.

"이 음란한 것들 나가거라!" 하고 청년의 태도를 이상하게 보던 서병호 씨는 광인같이 소리쳤다.

"여기는 최종일의 집이 아닙니까? 여기 모인 사람들 중에는 당신밖에 이 집을 속히 나가야 할 사람은 없습니다." 하고 웃으면서 "저 이름도 모르던 처녀는 내 마음속에서 우러나는 가장 아름다운 말씀들을 다 드려야 할 내 영원한 동경입니다. 자 왕녀 같은 처녀가 아닙니까. 저이더러 누가 정조 잃은 처녀라 하겠습니까. 더군다나 저 이의 팔 개월 간 사람을 금전으로 사는 줄 아는 누구와의 부부생활이 더 저 이를 깨끗하게 하였을 것입니다. 그것은 지옥에 빠진 자들에게 하늘 높이가 뵈어지듯이 잃고 우는 어린 여자에게는 지키고 기뻐하는 일이 한껏 부러웠을 것입니다." 하고 최종일 씨가 말을 맞출 때 지난날의 흰 목단 같았을 영옥의 얼굴이 여지없이 수척하야 흑요석 같은 눈을 달고 사랑 초초한 처녀의 얼굴이 분명하였다. 그 이튿날 눈이 점점 흐리어 그만 뜨거운 눈물을 흘리었다.

서병호 씨는 미끼를 잃은 동물같이 중얼거리며 욕심에 흐린 눈으로 영옥을 보고

"흥 너도 스물다섯이나 되어서 말라빠진 꼴하고." 하였다. 영옥은 입을 비죽비죽하면서

"나는 당신을 불쌍히 여기어서 사람 하나 살리는 줄 알고 당신을 부조하였던 것입니다. 저 최종일 씨가 내가 가리킨 온정溫情¹이었습니다" 하고 비로소 말하였다. 한참 가만히 있던 순희는 서 씨를 보고 비웃는 듯이

"흥 사람은 생명 있는 유기체有機體라나." 하였다.

그들은 서로 생명을 걸고 오래 싸웠었다. 서 씨는 실패할 수밖에 없었다.

10

이날 저녁에 동숭동 최종일의 산정에는 큰불이 일어났다. 좋은 집이 탄다고 사람들은 서러워하였다. 그러나 그 불더미 속에 소리 들리어 이르되 "사랑하는 이여 아름다운 말 전부는 너의 이름이다." 하고

"나는 사랑한다!"

"나는 사랑한다!"

하더라.

−이 글을 7月 9日 음악회에 동반하여 준 YS에게 준다− 퍽 곤란한 초고이었다. 작가(7월 16일 초고)

(〈동아일보〉 1926.8.17~9.3 : 번역 송명희)

---

1 원문에 '정온溫情'으로 되어 있다.

자각自覺

김일엽

1

하두 의외이고도 허망한 일이어서 차라리 입을 다물려고 하였지만, 동무가 굳이 물으시니 사실대로 적어 볼까 하나이다.

그가 처음 일본을 떠나던 때는 재작년 이맘때였는데 날짜까지도 잊혀지지 아니합니다.

입학 준비인가 한다고 일자보다 몇 달 앞서서 일본으로 들어가려던 일이 그의 아버지 생신을 지나서 떠나려다가 그가 또 감기에 걸리고 하여서 12월 그믐께가 되어서 떠나게 되었었나이다.

떠나기 전날 밤은 그의 친구들이 송별회를 하느니 어쩌느니 하느라고 그는 새로 두 시나 되어서 먹지도 못하는 술을 다 마셨는지 얼굴이 빨개서 열적은 웃음을 띠고 들어와서는

"왜 이 때까지 안 자우? 밤이 퍽 늦었는데!"

하고는 모자와 두루마기만 벗어 던지고는 깔아 놓은 자리 속으로 그냥 들어갔었나이다.

자리에 누운 그는 붉은 내 눈을 쳐다보더니 자기도 친연한 빛을 띠우며

"인제 옷 벗고 어서 이리 드러누—"

하며 그는 누운 채로 손을 내밀어 내 저고리 고름을 끄르더이다.

나는 참던 울음이 다시 터져서 그만 그에게 엎드러지며 흑흑 느끼었나이다.

그는 반쯤 일어나서

"왜 이리 우? 남 좋은 공부하러 가는데……. 그리고 내가 집에 있어야 당신에게 무슨 도움이 되겠소. 마음으로 암만 동정한대야 무슨 소용이오. 내가 어서 공부를 마치고 돌아와야 내가 번 돈으로 당신을 먹이고 입히고 할 터이고 그리고 또 이 복잡하고 귀찮은 부자유한 이 가정에서 당신을 구원해 낼 수도 있지 않소? 그러니 한 3, 4년만 눈 딱 감고 참아 주구려. 자 어서 이리 드러누워요."

하고 힘 있게 나를 껴안더이다.

그날 저녁은 이별의 설움보다도 뼈 속까지 느껴지는 그의 따뜻한 정이 더욱 나에게 그치려야 그칠 수 없는 눈물을 자아내었나이다. 어쨌든 그날 저녁은 이별의 애처로움과 사랑의 속삭임과 희망의 이야기로 그만 밤을 지새우고 말았나이다.

그 이튿날 아침에는 마지막으로 좀 더 같이 누워 있자는 그의 붙잡음도 뿌리치고 일찍이 일어나서 일본 가면 조선 음식을 구경 못하게 될 것을 생각하고 정성껏 아침을 차리어 시간이 늦을까 하여 급급히 상을 내어 보냈나이다.

마음껏 먹고자 하고 차려간 조반상이 별로 없어진 것이 없이 나왔을 때 퍽 섭섭하였으나, 시간이 바빠서 그랬나 보다 하고 말았었나이다.

그이를 떠나보낼 준비는 부모의 허락을 받기 전부터 내가 혼자서 하고 있었나이다.

객지의 몸으로는 아쉬운 것이 많을 것을 생각하고 내 정성으로 미칠

일은 무엇이나 다하려 하였나이다.

그리하여 으레 장만하여야 할 것은 물론이고, 일본은 온돌이 없어서 춥다는 말을 듣고, 뜨뜻하게 할 것은, 그는 필요치 않다는 것까지 다 장만하였나이다. 그리고 조선 음식을 여러 가지 만들어서 새지 않는 그릇에 넣어 그의 짐에 넣어 놓았었나이다.

짐은 다 내어 실리고 그의 아버지, 그의 어머니, 그의 친구 모두 나섰는데 나는 나갈 수도 없고, 혼자 내방 모퉁이에서 울고 있는데 그가

"뭐 잊어버린 것 있는데……."

하며 통통 방문 앞으로 오더이다. 나는 얼른 눈물을 거두고

"무얼—잊었수?"

하니까, 그는 싱그레 웃으며

"잊어버리긴 무얼 잊어 버려. 당신 한 번 더 보려고 들어왔지. 자 한 번 악수나 합시다! 그리고 나 없는 동안에도 내 맘 하나만 믿고 모든 것을 참아 주—"

하며, 내 손을 힘 있게 흔들고는 다시 나가더이다.

사람들 없는 사이에 나는 뒷문으로 빠져 나가서니 윗집 담 모퉁이에 숨어 서서 그의 가는 뒷모양이라도 한 번 더 바라보려 하였나이다.

2

눈은 부슬부슬 떨어져 쓸면 또 깔리고 또 깔리고 하여서 사람의 발자국을 메이는데, 그는 자기와 제일 친하다고 늘 말하던 K라는 이와 함께 골고루 깔린 눈길에 새로 발자국을 내며 터벅터벅 걸어가는데, 그를 몹시 따르는 집에서 기르는 개가 자꾸 그의 뒤를 따라가더이다.

그는 친구와 무슨 이야기를 그리하는지 개가 따라 가는 줄도 모르고 돌아보지도 않고 그냥 가고 말았더이다. 시누이가 개를 자꾸 부르면 개

는 힐끗 돌아보고는 따라가고, 따라가고 하더이다. 나중에는 그가 돌멩이를 던져 개를 쫓더이다. 나는 쫓겨서 타달거리고 돌아오는 개가 얼마나 불쌍한지 개를 껴안고 실컷 울고 싶었나이다. 그리고 그가 집들이 많은 틈으로 없어진 뒤에 나는 답답하고 무거운 가슴을 하고 그래도 시어머니가 찾지나 않나 하고 빨리 집으로 돌아왔나이다. 텅 빈 듯 집안은 왜 그렇게 구중중하게 늘어놓았는지 모르겠으나, 일이 손에 걸리지 않는 고로 방에 들어가서 얼빠진 사람 모양으로 우두커니 앉았는데.

"이애, 어디 갔니? 집안이 이렇게 지저분한데 칠 줄 모르고……"
하는 째어지는 듯한 시어머니 소리에 소스라쳐 놀라서 얼른 일어나서 치우는 것처럼 하고는 다시 방으로 들어가서는 다시 그를 생각하기 시작하였나이다.

겨울이 되어 문을 닫고 있게 된 것이 어떻게 다행한지 몰랐나이다. 일을 하는지, 잠을 자는지 들여다보는 이도 없어 암만이라도 멀거니 앉아서 그를 생각할 수가 있는 까닭이었나이다. 결혼 당초부터 그가 졸업하고 나와서 사회적으로 지위를 얻고 경제적으로 완전히 독립이 되어 아름답고 새 가정을 이룰 그 때까지를 죽—그려 보았나이다.

그러고는 다시 나의 영靈은 지금의 그를 따라 차를 타고 배를 타고 물을 건너고 산을 넘어가는 것이었나이다.

어쨌든지 먹지도 말고, 일도 하지 말고, 움직이지도 말고, 꼭 그대로 앉아서 그를 따라가는 영靈에게 장애가 되지 않았으면 하지만 말썽부리는 시어머니가 있고, 내가 밥 지어 바쳐야 먹는 다른 식구가 많아서 가만히 앉아 있을 수가 없는 것이 성가시었나이다.

영을 떠나 보면 육신이 기계적으로 하는 일이 어찌 변변히 될 리가 있습니까? 시부모 옷을 제때 못 지어 놓고 반찬을 간 맞게 못하여 날마다 몇 차례씩 시어머니께 야단만 사고, 그릇 깨뜨려 시어머니 몰래 개천에 버리기 같은 일이 많았나이다. 다만 그를 생각하는 것이 그 때 나의 생활에 전체였나이다. 자나 깨나, 앉으나 서나 그의 생각뿐이었나이다.

3

그의 좋아하던 음식을 만들 때나, 수 천리 타국인 일본과 조선이 어찌 기후가 똑같을 수가 있으오리까마는, 겨울의 일기가 추워도 그가 객지에서 추워할 것이 염려요, 여름에 비가 와도 그가 학교 가기 고생되겠다는 걱정이었나이다. 그의 친구가 찾아 올 때는 더욱 애처롭도록 그가 그리웠나이다. 옷 그릇을 뒤지다가도 그의 옷이 보이면 반가워서 한 번 쓰다듬어 보았나이다. 그리고 일본 유학이라는 말만 들어도 무심치가 않고, 일본 갔다 온 사람이라면 공연히 반가워서 문틈으로라도 한 번 더 내다보아졌나이다. 그리고 시부모가 그에게 돈을 부쳐 주었나, 그의 요구하였다는 것을 보내 주었나? 하는 일을 애가 쓰이도록 알고 싶었나이다.

그를 생각하기에 밤을 새우다가 새벽녘에 겨우 잠이 들었다가 시어머니 부르는 소리에 일어나서는 연자질을 하는 나귀같이 시어머니의 책망의 채찍과 눈살의 칼을 맞으며, 또 종일 일을 하지 않으면 아니 되었나이다. 그러나 겉으로나마 힘껏 복종하고 참고 일을 하며, 몸이 아무리 피곤하고 괴로워도 한 번 누워 보지는 않건마는, 시어머니 부르는 소리에 대답만 더디 하여도 서방 없이 지내는 자세라고 야단야단을 하며

"시쳇것들은 서방 계집이 밤낮 붙어 앉았어야 되는 줄 알더라. 우리네들은 젊었을 때 남편이 벼슬살이 시골을 가든지, 작은집을 얻어 몇 십 년을 나가 살든지 시부모 곱게 섬기고 시집살이 잘하였다."
는 말은 저 소리 또 나온다 하도록 늘 하였나이다.

시집살이하던 이야기를 어찌 다하겠나이까. 좁쌀 한 섬을 쌓아 놓아도 못 다 계산하겠나이다.

아! 동무여! 정신은 사람 그립기에 초초하고, 육신은 부림을 받기에

고되고, 마음은 시어머니에 쪼들리게 되는 그 때 나의 고통이 과연 어떠하였겠나이까. 본래 살이 많지 못하던 나는 그만 서리 맞은 국화잎같이 시들어졌었나이다.

그러나 그런 듯한 고통 중에는 단번에 즐거움을 주고 활기를 주는 것은 그에게서 오는 편지였나이다. 부모 시하 사람이라 직접 하지도 못하고 누이동생 이름 쓰인 봉함 속에 편지를 넣어 보내었나이다. 빈정거리는 듯한 웃음을 띠고

"난 언니 좋아할 것 가져왔지!"

하면서 까부는 시누이에게서 편지를 받아서는 부끄러워서 바느질고리 앞에다 그냥 놓아두었나이다. 시누이가 악의가 섞인 농담으로 몇 마디 하다가는 그만 나가 버리면, 나는 곧 편지를 뜯었었나이다.

그는 문학을 좋아하고 재주가 있고, 편지도 별로 정답고 재미있고 고맙게 써 보내었었나이다. 그리고 가장 자상하게도 자기 지내는 일동일정과 자기가 가는 곳의 경치 같은 것을 하나도 빼지 않고 적어 보내었나이다. 그 때 내 생각에는 세상에는 그와 같이 다정하고 편지 잘 쓰는 이는 없을 것 같았나이다. 그리고 그 때 그의 편지 중에도 제일 내게 힘을 주고 용기를 내게 하는 것은 가끔 이러한 의미의 편지를 보냄이었나이다.

4

「나의 사랑하는 아내여! 아무 이해와 동정이 없는 나의 부모형제를 섬기기에 뼈골이 빠지도록 애쓰는 당신에게 과연 무엇이라 말을 하리까. 미안하다 할까요, 고맙다 할까요. 그저 할 말은 당신을 위하여 쉬지 않고 배움이니, 당신을 위하여 꾸준히 수양하고 있습니다 할 뿐입니다. 그러나 그리운 아내여! 웃지 마소서. 당신이 정말 보고 싶을 때는 공부를 며칠만 쉬고라도……하고 생각하는 때가 한두 번이 아니었나이다. 어쨌든 나도 당신보다 못지않게 희생적 정신

을 가진 것만 알아주소서. 그리고 당신의 편지가 지금 나의 적막한 생활의 생명수임을 잊지 마소서.」

참말 그 때는 한 주일에 세 번이나 네 번 오는 그의 편지만 아니면 목을 빼어서라도, 강물에 빠져서라도 죽었을는지 몰랐나이다.

그의 편지가 올 날 아니 오면 그 날은 자연 어깨가 축 늘어지고, 공연히 맥이 탁 풀려서 견딜 수 없으리만치 되었었나이다.

어쨌든 그가 없는 그 때는 그에게서 편지가 오고 아니 오는 것으로 나에게는 희망과 낭만과 반가움과 섭섭함이 정하여졌었나이다.

그리고 여름이 되면 짧은 동안이지만 그가 귀국하여 우리 두 사람에게는 더할 수 없이 달고 즐거운 밤과 낮이 되었었나이다.

그를 위하여 곱게곱게 지어 두었던 조선옷을 지어 입히면 시원하고 편하다고 슬슬 만져 보는 것이었나이다. 그를 위하여 아끼고 간직하여 두었던 과자나 과일을 그가 고맙게 맛있게 먹는 것을 보는 것도 작은 기쁨은 아니었나이다.

그와 앉아 놀던 곳이거니 하고 혼자 올라가 보고 한숨 쉬던 뒤꼍 느티나무 밑에를 둘이서 많이 올라가서 정다운 이야기로 밤 기간을 보낼 때도 있었나이다. 그 때에 선물로 그가 갖다 준 시어머니도 시누이도 모르는 비밀의 귀중품은 몇 가지씩 내 장롱 속에 감추어졌나이다. 그 때도 그의 친구 중에도 구식 여자라고 무단히 본처와 이혼한다는 말을 가끔 들었건마는

"공연히 그럴 리는 없겠지, 무슨 까닭이 있는지 누가 알아!"
하고 속으로 생각하는 뿐이었나이다.

어쨌든 나는 천하가 바뀌는 변절의 괴변은 있을지언정 그의 마음이야 어떠랴 하였었나이다. 그러니 내가 그를 취맥하는 일 같은 일은 더구나 없었나이다. 그러나 그는 혼자서 이런 말을 하였었나이다.

자기 친구 중에는 여학생을 부러워하지 않는 이가 없는 모양이나, 자기는 허영심이 많고 아는 것도 없이 건방지고 고생을 견디지 못하는 여학생들에게 결코 마음이 쏠리지 않는다고 하며, 자기 아내인 나는 신식 학교는 아니 다녔더라도 여학생만 못지않게 아는 것이 있고, 이해가 있다고 하며 더할 수 없이 나를 만족해하고, 내게만 단순한 정을 주는 듯하였나이다.

그래서 친척들 가운데도 품행이 방정하다고 칭찬받고, 나는 내 동무들의 부러움의 대상이 되었었나이다.

그러니 나 자신이 남편을 얼마나 만족해하고 고마워했겠나이까! 그래서 나를 그만 그 사랑하는 보람이 있게 하려고 원망스러운 시집 식구를 정성껏 위하고 섬기고, 또 그의 말 한마디라도 알아듣도록 되어 볼까 하고 학교에서 배운다는 책들을 사다 놓고 틈틈이 열심히 배웠었나이다.

그 때는 시집살이에 고생은 무던히 겪으면서도 그래도 그렇게 희망 많고 긴장된 세월이 2년은 계속되었었나이다.

그러나 어찌 뜻하였으리까. 한 달이 하루같이, 일 년이 한 달같이 세월이 어서어서 지나서 그가 졸업하고 금의환향할 기쁜 때를 손을 꼽아 기다렸나이다.

그러나 기다리던 졸업이 시일은 오기도 전에 그 때 내게는 사형 선고 같은 놀라운 기별이 왔나이다.

10년 공든 탑이 하루아침에 무너진다는 식으로 내가 출가한 지 6, 7년 동안 쌓아 논 공적은 하루아침에 그만 산산이 부서지고 말았나이다.

5

동무여, 오랫동안 편지를 끊었나이다. 지금은 내 심리와 생활이 아주 일변하였나이다. 지금 생각 같아서는 전에 적은 말이 그같이 장황히 늘어놓을 가치조차 없는 것이 되었나이다. 그러나 요령을 알게 하기 위하여 전에 하던 말을 계속하나이다.

그 때 내게는 불행이 거듭하느라고 임신 8개월이나 되었었나이다. 몸은 무겁고 괴로워서 그 집에 참고 견디어 가던 시집살이에, 모든 고통이 더욱 절실히 느껴져서, 짜증만 드럭드럭 나서 부엌 모퉁이에서 머리를 혼자 잡아 뜯으며 애쓸 때도 많았고, 남 다 자는 밤에 홀로 누워서 사족이 쑤시는 몸을 비틀며 느껴 울기도 여러 번 하던 때였었나이다. 더구나 야박하게 몹시 무엇이 먹고 싶을 때에 고통도 눈물도 흘리며 견디어 가던 때였었나이다. 그러면서도 남편과 같이 살게 될 때는……하고 유일의 희망을 두었었나이다. 그런데 어쩔 셈인지 그에게서는 여러 달을 두고 편지조차 끊어지었나이다. 별별 생각을 다하면서도 그래도 오늘이나 내일이나 하고 하루같이 기다리고만 있었나이다. 그렇게 기다리던 편지는 오기는 왔었나이다. 그러나 그 편지 내용은 그 전과는 전연 반대의 사연이었었나이다. 말하자면 절연장絕緣狀이었었나이다.

가뜩이나 신경이 예민하고 몸이 극도로 약하여졌던 내가 과연 얼마나 놀라고 슬퍼하였으리까. 그 때 기절하지 않은 것이 이상하였나이다.

그 편지의 의미는 대개 이러하였나이다. 그대와의 이혼은 전연 부모의 의사로만 성립된 것으로 내게는 책임이 없으며, 지금까지 부부 관계를 계속해 온 것은 인습에 눌리고 인정에 끌리었던 것이니 미안하지만, 나를 생각지 말고 그대의 전정을 스스로 결정하라는 것이었나이다. 그리고 이어서 이러한 소문을 들었었나이다. 그가 일본 유학하는 자기보다도 나이 많은 어떤 노처녀와 연애를 한다는데 그가 그 처녀 앞에서는 자기에게 이름만의 아내가 있지만 애정이 본래부터 생기지를 않아서 번민하다가 그 처녀를 보고 비로소 사랑이라는 것을 알았노라고 속살거린다 하더이다. 그리고 그 여자는 구식 여자인 나는 덮어 놓고 무식하고 못나고 속없는 여자로 아는 모양이라 하더이다. 분노와 원한이 앞을 서지마는 입을 악물고 정신을 차리었나이다. 이미 세상을 알고 인심을 헤아린 이상 한시라도 머뭇거리고 있을 수가 없다 하고 단연히 한술 더 뜨는 답장을 쓰기로 하였었나이다.

> 「주신 편지의 의미는 잘 알았나이다. 먼저 그런 편지 주심이 얼마나 다행한지 모르겠나이다. 여자의 몸이라고 그래도 환경을 벗어나지 못해서 이상에 안 맞는 남편과 억지로 지내면서도 남다른 고생을 겪지 않으면 아니 되는 자기 불행을 언제나 한탄하고 있었나이다. 아이는 남녀 간에 낳는 대로 돌려보내겠나이다. 나는 아이를 데리고는 전정을 개척하는 데 거리끼는 일이 많을까 함이외다. 그러나 아이의 행복을 누구보다도 제일 간절히 바라는 사람이 이 세상에 또 하나 있음을 아이에게 알려 주소서. 이만
>
> 6월 18일 任淳實

6

곧 나의 행장을 수습하여 가지고 떠나려 하였으나, 의리보다도, 인정보다도 체면을 존중히 여기는 시부모의 간절한 만류로 행장을 그대로 두고 몸만 억지로 떠나 친정으로 왔나이다.

동무여, 나의 이러한 일을 듣고 내가 남편을 깊이 사랑하지 않았던 것이 아닐까 하고 의심하리다마는, 내 속이 아무리 쓰리더라도 자기 인격을 더럽히면서 치근치근하게 사랑을 받으려 애쓰기는 결코 싫음이었나이다.

친정에서는 큰 변이 난 것처럼 야단이셨지만, 나는 조용하고 침착하게 전후 사실을 자세하게 설명하였나이다. 그리고 해산이나 한 후에는 공부나 할 결심이라 하였나이다.

아버지는 그래도 옛날 예의와 도덕을 늘어놓고, 귀밑머리 맞춘 남편을 떠난 여자는 이미 버린 여자라고 준절히 타이르더이다.

그러나 이미 결심이 있는 나는 귀로만 들을 뿐이었나이다.

　더구나 어머니는 나이 많고 구식이면서도 완고하지 않고 적이 이해가 있어서, 아버지에게

　"자식이 많기를 한가, 계집애라고 하나 있는 것을 공부도 안 시키고 자기가 끼고 가르치네 하다가 그냥 시집을 보내 놓고, 지금도 공부를 안 시키려느냐."

고 야단야단을 쳐서 겨우 나는 학교에를 다니게 되었나이다. 그 때가 벌써 3년이 지났나이다. 나는 오는 봄에는 졸업하나이다. 독한 결심을 가지고 하는 공부라 성적은 매우 좋은 편이었나이다. 이제는 옛날 남편, 시집살이 모두 시들해서 언제 꾼 꿈인가 하게 생각되나이다.

　그러나 어린것의 소식을 들을 때마다 가슴이 뭉클하오이다. 지금 네 살인데 총명하고 잘 생긴 아이로 말도 썩 잘한다 하나이다.

　어떤 때는 몹시도 어린것이 보고 싶어서 그 집 문간에라도 몰래 가서 그것의 얼굴이라도 잠깐 보고 올까 생각할 때도 있지마는 스스로 억제하나이다. 보고 싶다고 한 번 만나면 두 번 만나고 싶고, 두 번 만나면 자주 만나고 싶고, 자주 만나면 아주 곁에다 두고 떠나지 않게 되기를 바라게 될 것이니, 그렇게만 되면 아이 아버지와 또 인연이 맺어진다면 내 자존심과 인격은 여지없이 깨어질 것이외다. 나는 자식의 사랑으로 인하여 내 전 생활을 희생할 수는 절대로 없나이다. 자식의 생활과 나의 생활을 한데 섞어 놓고 헤매일 수는 없나이다. 물론 남의 부모가 되어 자식을 기르고 교육시켜서 한 개 완전한 사람을 만드는 것이 당연한 직무이겠지요. 그러나 부모의 한 사람인 아이의 아버지가 아이의 양육을 넉넉히 할 수 있음에도 불구하고 여지없는 모욕을 당하면서 자식 때문에 할 수는 없나이다.

　그러니까 아이가 자라서 어미라고 찾으면 만나고 아니 찾으면 그만일 것이외다.

7

나의 자존심을 위하여, 인격을 위하여 당연한 행동을 취하기는 하였
건만 몇 해를 두고 절기를 따라 때를 따라 남모르게 고민을 무던히도 하
고 있었나이다. 내 글을 읽고 동무도 짐작하였으리다. 처음 그 때 동무
에게 편지할 때에도 정직하게 말하면 그에게 대한 미련이 없다고는 하
지 못할 때였나이다. 그래서 그와 정답게, 재미있게 지내던 이야기를 중
언부언 늘어놓았었나이다. 그러나 그것이 언제 사라져 버린 꿈같이 생
각될 지금에 와서는 동무에게 다시 편지 쓸 흥미가 없어서 오랫동안 소
식을 끊었었나이다.

"어쨌든 지금 생각하니 내가 이상하는 이성은 그이와 같은 이는 아니
었나이다. 남성답지 못하고, 줏대가 없고, 여자를 사랑하기는 하지만 인
격적으로 대하지 아니하고, 이왕 상냥한 아내를 둔 이상 절대로 정조를
지키어야 하겠다는 자각自覺이 없는 그이였나이다."

내가 처음에 그를 사랑한 것은 이성이라고는 도무지 접촉해 보지 못
하다가 부모의 명령으로 눈 감고 시집을 가서 친절하게 구는 이성을 대
하니 자연 정다워진 데 지나지 않은 것이었나이다.

그가 처음 내가 나온 후에도 사과 편지를 보내고 다시 오라고 몇 번일
지 같은 말을 써 보내오니 답장도 하기 싫어서 내버려 두었다가 하도 성
가시게 굴기에 이러한 의미의 편지를 하였나이다.

"나를 끈에 맨 돌멩인 줄 아느냐. 오라면 오고 가라면 가게…… 백 계
집을 하다가도, 10년을 박대하다가도 손길 한 번만 붙잡으면 헤헤 웃어
버리는 속없는 여자로 아느냐."

죽어도 이 집 귀신이 된다고 욕하고 때리는 무정한 남편을 비빗비빗
따라 다니는 비루한 여자인 줄 아느냐. 열 번 죽어도 구차한 꼴을 보지
않는 성질을 알면서 다시 갈 줄 바라는 그대가 생각이 없지 않는가 하다

고—

　그 후에는 내게 직접, 무슨 말을 건네지는 못하고 혼자서 열광을 한다
고 하는 소문을 들었나이다. 아무려나 그것은 문제될 것이 없나이다.

　"이왕 사람이 아닌 노예의 생활에서 벗어났으니 인제는 한 개 완전한
사람이 되어 값있고 뜻있는 생활을 하여야겠나이다. 그리고 사람으로
알아주는 사람을 찾으려 하나이다."

(〈동아일보〉, 1926.6.19~26 : 번역 송명희)

제3장

우리시대의 성담론

우리시대의 성담론

1. 머리말

오랫동안 우리 사회는 성에 관한 논의가 금기시되어 왔다. 학문적으로도 성문제를 논의하는 것은 점잖은 학자가 할 행동이 아니며, 그것은 수치스럽거나 부도덕한 행위로까지 여겨져 왔다. 이것은 단순히 성담론에 대한 금기나 억압이 아니며, 더 근본적으로는 성에 대한 억압과 금기에 다름 아니다. 유교적 전통하에 놓여 왔던 우리나라는 말할 필요도 없고, 서양의 경우에도 성에 대한 억압은 여성에 대한 성차별과 더불어서 오랜 역사를 갖고 있다.

최근 우리 사회는 '성(sexuality)'에 관한 관심이 부쩍 고조되면서, 그간 금기시되어 오던 성담론性談論에 대한 논의도 다양하게 활성화되고 있다. 이는 오랜 역사 속에서 억압되고 금기시되던 성에 대한 억압과 금기가 느슨해지는, 즉 성의 자유화 물결의 한 현상으로 일단은 받아들일 수 있을 것이다.

하지만 성에 대한 우리 사회의 태도가 반드시 자유화라는 일정한 방향으로의 흐름을 형성하고 있는 것만은 아니라고 할 수 있다. 오히려 가치관의 혼란 내지 혼미 현상을 빚고 있다고 말하는 것이 정확할지 모른다. 가령, 미국 국적의 누드스타 이승희가 매스컴의 화려한 조명과 상업주의의 물결을 타고 안방 깊숙이까지 파고들었는가 하면 소설, 연극, 만화 등 작가의 창작물을 음란물로 처단하는 도덕적 보수주의가 그 어느 때보다도 성행하여 작가가 사법 처리되는 등 혼란스러운 양태를 빚어내고 있다. 즉 마광수의 『즐거운 사라』에 이어 장정일의 『내게 거짓말을 해봐』가 음란물로 분류되어 작가가 형사적 처벌을 받게 되었고, 연극과 만화까지 사회통념과 미풍양속을 저해한다 하여 규제 대상이 된 것은 일백 년 전의 일이 아니고 최근 몇 년 사이의 일인 것이다.

이로 인해 정작 해당 작품의 예술성 여부에 대한 평가는 뒷전인 채로 작가의 창작의 자유와 법적 규제에 따른 양분화된 공방만이 문화계와 법조계 사이에서 뜨겁게 이루어졌다. 성문제를 다룬 예술에 대한 공권력의 개입은 성이 개인적 자유의 표현이 아니라 정치권력과 연결된 문제라는 것을 명백하게 입증해준다.

그런데 마광수와 장정일의 작품을 음란물로 단죄하는 보수적 법률이든 이에 항변하는 작가든 그 어느 쪽에서도 이들 작품이 여성의 육체를 대상으로 한 성의 정치학, 즉 성의 영역에 반영된 젠더(gender)의 불평등을 표현하고 있다는 데에는 관심을 돌리지 않는다.

법률이 이들 작품을 보는 시각은 단지 도덕주의적 관점이다. 즉 대중에게 특히 청소년에게 그것이 '유해한가 그렇지 않은가', 또는 '좋은가 나쁜가'와 같은 잣대에 의한 판단만이 존재한다.

작가 측에서도 성해방, 특히 정치권력의 지배하에 놓인 성의 자유와 민주화를 표방하면서도 정작 그것이 여성의 종속을 토대로 한 남성중심적 성욕의 해방일 뿐이라는 것을 인식하지 못한다. 이들의 성해방의 목표와 전략 속에 남성권력의 지배하에 놓인 여성의 성해방은 포함되어 있지 않다. 그들에게 양성의 불평등은 양성의 차이로 인정될 뿐이다. 즉 생물학적 결정론에 근거를 둠으로써 섹슈얼리티의 영역에 작용하고 있는 여성의 성적 예속과 정치학은 보이지 않는다. 오히려 이들의 작품은 남성의 성욕에 자발적이고 적극적으로 반응하는 '해방된' 여성을 창조함으로써 성적 불평등에 관한 문제를 희석시켜버리고 만다.

성해방을 주장하는 급진적인 작가들은 나름대로의 논리로 무장하고 자신들의 작품에 대한 외설시비와 사법적 판결에 항변한다.

즉 마광수는 "'성의 자유'는 이제 '음란'이나 '퇴폐' 같은 애매모호한 말이나 수구적 봉건윤리에 의한 '모럴 테러리즘'으로는 막을 수 없는, 이 시대의 당당한 화두話頭가 되어가고 있다. 성은 이제 쾌락의 문제이기 이전에 '인권'의 문제요, '문화적 민주화'를 추진시킬 수 있는 '합리적 지성'에 관련된 문제이다. 또한 성은 '창조적 상상력'의 원천이 된다는 점에서 정치·경제·문화 발전의 원동력 역할을 해줄 수 있다."(『성애론』 서문에서)라고 주장한다.

장정일은 "한 나라의 문화라는 것이 성인의 세계로 표현되는 것이 성숙한 모습이지, 어린이 키에 맞추어 재단하는 것이 온당한 것인가"(〈한국일보〉, 1997년 1월 6일자 18면)라고 자신의 작품에 대한 청소년 유해론을 일축한다. 또한 "청소년이 읽고 이해할 수 있느냐의 여부로 음란물을 판정하고, 청소년을 악영향에 빠뜨릴 위험성 때문에 음란물이 단속되어야 한다"는 논리를 '유치하고 우스운 논리'(《상상》, 1997년 봄호, 「『내게 거짓말을 해봐』에 대해 바로 말함」에서)라고 반박한다. 그는 『내게 거짓말을 해봐』는 자기모멸의 극점을 보여주는 작품으로 작품의 포로노라는 형식과 주인공의 마조히스트라는 역할이 자기모멸을 표현하는 데 최상의 것이라고 여겨졌기 때문에 취한 형식이라고 진술한다.

한편, 성에 대한 담론을 다루는 것은 여성작가나 시인의 경우에 보수적 입장의 견지나 금기시하는 태도가 일반적이었다. 하지만 90년대 이후 일부 신세대 여성시인과 작가들의 경우—최영미, 신현림, 진수미, 한명희와 같은 여성시인, 신이현, 송경아, 김별아, 배수아, 차현숙, 전경린, 은희경, 서하진 등의 소설가—는 이러한 보편적 신화를 깨뜨리는 용기를 발휘하는 데 조금도 주저하지 않는다.

최영미는 베스트셀러가 됐던 시집『서른, 잔치는 끝났다』에서 여성화자의 입을 통해서 '그것을 했다'나 '마지막 섹스', 그리고 '씹'이란 시어까지 등장시키는 등 기존 시문법의 관행을 과감하게 깨뜨리고 있다. 그리고 신현림은 그녀의 시집『세기말 부르스』에서 과감하게 성담론을 다룰 뿐만 아니라 자신의 몸을 찍은 누드사진까지 수록하는 파격적 행동을 보이기까지 했다. 나아가 신현림은 '왜 옷을 벗어야 하는가'라는 화두를 당당하게 세상을 향해 던지기도 한다. "여기 성적 노이로제가 심한 이 땅의 속 좁은 자들은 편견과 선입견을 버려야 한다. 성과 누드를 죄악시하는 비뚤어진 세계관에서 탈출해야 한다. 옷을 벗든 말든, 잘났거나 못났거나 그것이 무슨 상관인가. 무엇을 어떻게 표현했느냐가 중요하다. 있는 그대로의 모습, 나신을 통해서 인간존재의 본질에 다가설 수 있다. 사회통념이나 자신을 포장하는 모든 것을 벗고 정신의 해방과 함께 인간의 거짓 없는 모습을 표현하고 싶다. 그러나 일상적인 것과 멀리 떨어진 방법으로 나는 내 사진에 힘과 생명을 주려고 한다. 이런 나의 생각도 무시하고 작품을 보이는 그대로 느껴보시라"(〈한국일보〉, 1997년 2월 10일자 16면)라고 성과 누드를 죄악시하는 보수주의적 세계관을 비뚤어진 세계관이라고 규정하기도 한다.

최영미나 신현림에게 있어 성과 누드는 기존질서에 대한 반항이란 문화적 의미를 공통적으로 담고 있다. 특히, 남성중심문화의 여성에 대한 문화적 성적 억압에 대한 도전과 야유를 시적 금기에 대한 과감한 파괴를 통해 표현하고 있다. 이들은 자신들의 문학적 소재로 성담론을 다룸으로써 더 이상 성이 남성의 전유물일 수 없다는 점, 즉 여성의 성적 주체성을 당당하게 선언한 신세대 여성시인인 셈이다.

연극 〈미란다〉의 외설시비, 김승근 댄스그룹의 누드공연 〈전쟁〉이나 젊은 행위예술가 이불과 이윰의 신체를 이용한 퍼포먼스 등은 우리 사회의 성적 금기의 벽에 도전하는 예술행위들의 예이다.

성에 관련된 책은 외국서적의 번역물을 비롯하여 국내의 저서들도 심심치 않게 발간되고 있다. 성담론의 고전이라고 할 수 있는 미셸 푸코의 『성의 역사』 3권은 이미 몇 해 전에 번역되었으며, 조르쥬 바타이유의 『에로티즘』, 보드리야르의 『섹스의 황도』, 기든스의 『현대사회의 성 · 사랑 · 에로티시즘』, 필립 아이에스의 『성과 사랑의 역사』, 자크 솔레의 『성애의 사회사』, 플랑드렝의 『성의 역사』, A. 드워킨의 『포르노그래피』, 휘트니 챠드윅의 『쉬르 섹슈얼리티』, 윅스의 『섹슈얼리티의 정치』 등 수많은 성담론에 관한 번역서들이 쏟아지고 있는 것도 저간의 우리의 성담론에 대한 증대된 관심을 반영하고 있다.

국내의 경우에 정신과 의사 양창순의 『표현하는 여자가 아름답다』 (1996), 역시 정신과 의사 김정일의 『아하, 프로이트 1』(1996), 『아하, 프로이트 2』(1997)나, 이정숙의 『살아보고 결혼합시다』(1997), 마광수의 『성애론』(1997), 김진만의 『섹스 마인드』(1997), 서동진의 『누가 성정치학을 두려워하랴』(1996) 등의 저서는 사랑, 성, 결혼, 동거, 오르가슴, 동성애와 같은 담론들을 취급하고 있다.

이러한 서적의 발간은 우리 사회의 빠른 속도로 변화하고 있는 성문화와 성풍속을 나름대로 담아내려는 노력, 또는 새로운 성문화와 성규범을 창출해보려는 의도의 일환으로 해석할 수 있을 것이다. 즉 은폐되고 억압되고 금기시되어 온 성을 공적 영역으로 끌어내고 이를 담론화하여 대중과 함께 공유해보고자 한 데서 가장 큰 의의를 찾을 수 있다.

본고는 국내의 필자들에 의해서 간행된 성담론에 관한 대표적 서적을 통해 우리시대의 성담론이 어떤 방향에서 전개되고 있으며, '성'이 어떻게 자리매김 되고 있는가를 살펴보고자 한다.

2. 성에 관한 논의와 성해방의 관점

성에 관한 논의는 크게 본질론과 구성론의 오래된 이원적 관점을 생각할 수 있다.

본질론은 인간의 성을 생물학적 본능이나 생물학적 차이에 기반한, 문화독립적이고 객관적이며, 내재적이고, 고정불변의 것으로 인식하여 성을 과학적 탐구대상으로 파악한다. 이들은 호르몬이나 생식기능의 차이, 유전자 등의 생물학적 요소, 인간의 정신 및 심리구조에 대한 과학적 탐구를 통해 성에 관한 정보를 밝히려 하며, 성을 인간의 내재적 본능으로 파악한 결과 사회·역사·문화 등과 분리된 초사회적 초역사적 초문화적인 객관적 사실로 취급하며 남성의 성에 성차를 인정할 뿐만 아니라 이성애를 규범으로 인식하는 특징을 가진다.

반면에 구성론은 성과 사회와의 연관성을 주장하며 성은 인간에 내재하는 본질적 속성이 아니라 개인과 사회의 상호작용을 통해 구성되는 것으로 파악한다. 따라서 구성론자들에게 성은 문화의존적이고, 관계적이며, 비객관적인 자질로 인식된다. 인간의 성적 정체성, 성적 욕망, 성적 관행들은 고정된 본질이나 본능에 의해 좌우되는 것이 아니라 사회문화적 관계망 속에 어떻게 놓여지느냐에 따라 구성되는 것으로 파악한다. 특히 푸코는 성적 정체성, 성적 욕망, 성적 관행과 실천을 가치중립적인 과학의 영역이 아니라 사회세력들이 각축을 벌이면서 구성되는 정치의 장으로 개념화한다.

또한 퀴어이론(Queer theory)은 후기구조주의와 포스트모더니즘의 관점에서 동성애의 역사적 형성, 동성애제도와 이성애제도의 역사적 구성 간의 관계를 다루며, 성이 사회적으로 구성되어질 뿐만 아니라 성의 영역에 작용하는 본질주의적 개념과 범주들을 해체하고 기존의 담론을 전복시키고자 한다.

페미니즘에서 성담론은 구성론의 영향을 받고 있다. 즉 남성의 성이 규범이 되는 것에 반대하며, 성의 영역에서도 젠더 불평등과 권력관계가 작용되는 것으로 파악한다. 여성에 대한 사회적 불평등은 가부장제를 통하여 여성을 성적으로 통제하고 지배해왔다고 보는 것이다. 하지만 루빈(Rubin)은 젠더 억압을 곧바로 섹슈얼리티의 억압으로 동일시하는 것은 한계가 있다며 젠더와 섹슈얼리티를 구분해야 한다고 주장하기도 한다.

루빈과 같은 이론이 한편에 존재함에도 불구하고 페미니즘에서 성은 자연에 의해서 고정된 생물학적 결정론에 반대하며 역사적 · 사회적 · 문화적 구성물로 이를 이해하고 있다. 그래야 여성에 대한 성적 억압을 종식시킬 수 있는 변화 가능성의 토대를 찾을 수 있기 때문이다.

성해방에 대한 이론적 입장은 보수주의, 자유주의, 전통적 마르크스주의, 사회주의, 급진주의가 있다.

보수주의는 남녀의 생물학적 결정론을 토대로 남성의 성적 능동성과 여성의 수동성을 바탕으로 한 이성애와 생식중심, 성기중심, 나아가 남성중심의 쾌락을 정상적인 것으로 간주하며, 성의 자유화, 레즈비언이즘, 호모섹스를 비정상적이고 불건강한 것으로 거부한다.

자유주의는 양성의 역할에 대한 보수주의자들의 규정을 반대하며 양성의 권리는 자기표현과 자기충족에 있음을 강조한다. 이들은 섹스가 개인의 사생활로서 사회적 규범에 종속되어서는 안 된다는 입장을 취하며 성적 욕구는 개인적 관심사로서 그것이 타인에게 피해를 주지 않는 한 어떤 방식으로 성적 충족을 추구한다고 하더라도 사회적으로 이를 간섭할 권리는 없다고 주장한다. 이들은 레즈비언이즘이나 호모섹스에 대해서 관용적 태도를 취하며, 다양한 실험을 통한 개인적 충족, 양성의 역할에 구애됨이 없는 쾌락추구의 균등한 기회를 강조한다.

전통적 마르크스주의는 엥겔스가 주장했듯이 성적 관계가 상호충족적이고 비착취적인 것으로 정의되기 위해서는 권력 및 부의 격차가 사라져야 한다고 주장한다.

사회주의는 마르크스주의에서 주장하는 권력과 부의 격차가 추방되어야 할 뿐만 아니라 전통적 성정체성을 초월하는 양성론적인 새로운 성정체성을 요구한다. 급진주의에서 성적 파트너 선택의 자유는 중요한 정치적 문제로서 취급되며, 이들은 남성과의 종속적인 이성애가 얼마나 억압적인가를 밝힌다. 그리고 동성애를 이상적인 대안으로 제시한다.

우리나라 페미니스트들은 학문적 차원의 성담론을 성에 작용하는 가부장제의 권력, 성폭력, 포르노그래피, 매매춘을 통한 성의 상품화라는 문제에 논의의 초점을 맞추어왔다.

가령, 1989년도 한국여성학회는 성(sexuality) 연구를 테마로 설정하여 「현대 서양철학에서의 성」, 「성에 관련한 여성해방론의 이해와 문제」, 「성일탈과 여성」, 「성폭력의 실태와 법적 통제」, 「여성노동과 성적 통제」와 같은 문제를 다루었다. 여기서 발표된 논문들은 가부장제, 젠더 불평등, 남성중심적 성규범에 관한 비판이 기조를 이루면서 도덕주의적 입장을 취하고 있다. 1988년에 열린 한 심포지엄에서 한 남성학자는 성해방이 없이 진정한 여성해방은 있을 수 없다고 하자 '누구 좋으라고 성해방을 하냐' 란 여성학자들의 예민한 반응은 우리나라 페미니스트들의 성에 대한 금욕주의 또는 엄숙주의를 잘 드러냈다고 할 수 있다.

한국여성학회의 1997년도 춘계학술대회(97.6.21~22)에서 '한국의 성문화와 성교육에 대한 여성주의적 접근' 이란 대주제하에 발표된 논문은 「성, 여성주의, 윤리」, 「대중문화와 성적 주체의 구성」, 「결혼제도를 통해 본 성문화」, 「직장생활과 성문화」, 「청소년의 성문화」, 「성교육에 나타난 성 : 성교육의 내용, 방법, 담당자를 중심으로」, 「왜 성의 상품화가

문제인가」 등이었다. 한편 추계학술대회(97.11.15)에서 성담론에 관한 논문은 「본질론과 구성론의 논쟁」, 「서구 성연구의 흐름과 쟁점」, 「한국 여성학에서의 성연구의 쟁점과 의의」와 같은 것들로서 추상적 이론적 차원의 논의에 머물러 있다. 10여 년의 세월이 흐르는 동안 본격적인 '섹슈얼리티', '에로티시즘'과 같은 문제에는 침묵과 무관심으로 일관하는 등 한국여성학회는 80년대와 큰 변화 없는 연구태도를 견지해왔다고 보아야 할 것이다.

반면에 여성연구회의 1997년도 학술발표회(97.11.14)는 '외설과 에로티시즘'을 주제로 다루면서 「외설물과 표현의 자유」, 「외설과 에로티시즘의 경계」, 「현대문학에 나타난 성폭력 모티프」 등 보다 현실적 접근을 시도하며, 발제자 정순진은 "오늘날 성적 쾌락의 상품화에서 기인하는 성의 만연은 외설과 에로티시즘의 경계를 불분명하게 만든다. 쾌락을 극대화하고자 하는 남성적 에로티시즘은 결국 외설과 닿게 마련이기 때문이다. 따라서 외설과 에로티시즘의 경계를 가를 수 있는 것은 여성적 시각이다. 여성의 성과 육체를 여가와 오락을 위한 소비상품으로 만들면 남성과 여성 모두 성의 노예가 되어 비인간화될 뿐이다. 성을 소비하도록 부추기는 것은 궁극적으로 무기력하고 탈정치화된 존재를 양산하려는 자본주의와 남성중심의 지배체제이다"(「외설과 에로티시즘의 경계」에서)와 같은 결론을 내어놓기도 했다.

3. 우리시대의 성담론

1) 정신과 의사의 온건 보수주의

정신과 의사 양창순은 『표현하는 여자가 아름답다』에서 이 시대의 성적 자유주의에 대해 제동을 건다. 그녀는 "최근 신세대 사이에 유행하는 풍조 가운데 하나로 사랑과 성의 분리를 들 수 있다. 사랑 없이도 섹스는 얼마든지 가능하며 심지어 결혼까지도 해치워버릴 수 있다는 이 위험천만하고도 왜곡된 가치관은 여러 가지 부작용과 문제를 일으키고 있다"라고 진단한다. 그녀는 프로이트의 이론적 토대 위에서 '성'을 단순한 '섹스'가 아닌 삶의 의지로 파악하며, 말초적 쾌락에 탐닉하는 '섹스'와 '아름다운 성'을 구분한다. 그는 "아름다운 성이란 도취와 환희를 경험하게 한다. 사랑하는 사람끼리 서로 일치감을 경험하게 하고 살아가는 기쁨을 느끼게 한다. 그러나 아름답지 않은 성은 오히려 사랑을 파괴시키며 삶의 기쁨도 소멸시킬 뿐이다"라고 성의 아름다움이라는 정신성을 강조한다. 그리고 사람들이 아름다운 성에 몰두하는 이유를 다음과 같이 적고 있다. 첫째, 육체적인 만족을 가져다준다. 둘째, 사랑하는 사람과 성을 나누는 행위는 자신이 특별히 가치 있고 보호받고 있다는 느낌을 갖게 한다. 셋째, 건강한 성은 자존심을 발전시키며, 진정한 성적 에너지란 생생하게 살아있다는 표현이며, 삶에 대한 열정 그 자체다. 그리고 진정으로 섹스어필하다는 것은 단순히 육감적인 몸매만을 이야기하는 것이 아니라 먼저 생을 기꺼이 받아들이고 자신의 삶과 일에 대해 열정을 가지고 있으며 남에 대해 따뜻한 배려를 할 수 있어야 한다. 또한 오르가슴에 대해서도 정신과적 의미에서 건강한 성이란 이성 간에 사랑을 전제로 공포와 갈등을 최소한으로 줄인 상태에서 충분한 전희로 두 사람이 흥분을 느낀 후 성기결합이 이루어지며 서로 오르가슴을 느끼는 것을 말한다. 이 모든 것이 적절하게 조화를 이루지 못한다면 그것은 온전한 성이라고 할 수 없다. 따라서 남성들이 성관계를 일방적으로 주도해야 한다는 것 자체가 편견이고 고정관념인 것이다. 진정한 오르가슴은 서로 사랑한다는 감정과 서로에게 자신을 열어 보이는 것을 뜻하는 것이지 반드시 성기의 오르가슴만을 뜻하는 것은 아니다, 라는 견해를 피력한다.

양창순은 프로이트를 수용하지만 프로이트 이론의 일부를 확대해석하는 오류를 경계한다. 그녀는 마치 성이 인격발달의 전부이며 그것만이 삶의 진정한 기쁨인 양 확대 해석하는 것을 경계할 필요가 있다고 충고한다. 그녀는 "완전한 성적 만족은 서로 마음을 열고 감정을 공유하지 않는 한 얻어질 수도 없고 존재하지도 않는다. 오로지 페니스와 버자이너의 결합만이 가득 찬 포르노그래피가 우리에게 도움이 되지 않는 것은 그 때문이다."라고 성과 사랑의 정신주의적 요소를 거듭 중요시한다.

> 성적 환상이나 포르노그래피가 다 나쁘다는 것은 아니다. 그것은 일시적으로 정체된 부부관계에 어느 정도는 활력소나 치료제로 작용할 수도 있다. 그러나 앞서 예를 든 부인의 남편처럼 지나치게 몰두하는 것은 부부생활에 오히려 악영향을 미치며 파탄까지도 불러올 수 있다.
> 성적 환상도 심한 경우에는 과거 애인을 넘어서 리처드 기어처럼 섹시한 영화배우를 상상하는 사람도 있다. 이 역시 일시적인 성적 만족에 너무 집착해 생기는 결과이다. 완전한 성적 만족은 서로 마음을 열고 감정을 공유하지 않는 한 얻어질 수도 없고 존재하지도 않는다. 오로지 페니스와 버자이너의 결합만이 가득 찬 포르노그래피가 우리에게 도움이 되지 않는다는 것은 그 때문이다.
>
> —『표현하는 여자가 아름답다』에서

그녀는 혼전순결에 대해서 성의 주체는 자신임으로 상대편의 요구에 의해서가 아니라 주체적인 의지에 따라 선택해야 하며, 이 경우에도 물리적인 피임을 철저히 하여 임신이나 낙태와 같은 상처의 후유증을 남겨서는 안 된다고 충고한다.

양창순은 동성애에 대해 "과거에는 모든 동성애를 정신질환으로 간주했다. 그러나 지금은 자신이 동성애자임을 받아들이는 데 갈등이 없고 그것을 고치고 싶어하지 않는 한 질환으로 보지 않는다. 다양한 삶의 한 형태로 받아들이자는 것이다"라고 정신과의 변화된 입장을 나타낸다. 동성애를 단지 다양한 성적 지향 내지 취향의 하나로 보는 해석의 일반화가 이루어지고 있음을 보여주는 대목이다.

결론적으로, 양창순은 섹스가 육체적 만족뿐만 아니라 사랑이란 정신적 친밀성의 교환, 건강한 생의 열정의 표현, 파트너에 대한 배려, 여성의 주체성의 표현이 되어야 할 것을 강조했다.

역시 정신과 의사인 김정일은 『아하, 프로이트 1』에서 기본적으로 프로이트 이론을 받아들이며, 인간문명의 발달은 성의 억압에서 비롯되었다고는 하지만 성은 생명을 이어가는 에너지이기 때문에 억압만으로는 해결되지 않는다. 특히, 성충동이 왕성한 청소년에게 억압의 이데올로기만이 능사가 아니다. 따라서 맹목적 억압보다는 성교육도 적절히 하고, 성 에너지를 발전적 방향으로 돌릴 수 있는 놀이 문화, 문화적인 승화의 방식도 많이 개발해야 한다고 주장한다. 하지만 놀이를 통한 대체든 예술적 승화든 억압의 한 양상임은 부인할 수 없고, 이 점에서 김정일은 성의 자유보다는 절제와 억압에 더 가치를 두고 있다고 해석할 수 있다. 그는 남녀의 성본능에는 차이가 있으며, 이는 성 호르몬의 차이에서 기인한다고 이해한다. 이 점에서 그는 프로이트 이론의 수용자이다. 그러나 다시 남성 안의 여성성, 여성 안의 남성성과 같은 칼 융의 이론을 통하여 생물학적 결정론에 토대를 둔 본질론을 피해간다. 또한 그는 정신적인 요소가 가미된 사랑과 육체적 요소에 불과한 욕정을 구분하기도 한다. 현대사회가 아무리 성적으로 개방되고 인스턴트 사랑이 난무한다고 하지만 인간의 마음에 부합되는 하나만의 사랑을 강조한다. 따라서 서로 사랑하는 사람은 순결과 믿음을 지키는 것이 좋다고 순결과 신뢰를 사랑에서 중요한 조건으로 제시한다. 결혼에 대해서도 기본적 본능으로 여길 만큼 중요시한다. "현대에 이르러 합리주의가 발달하면서 결혼이나 가정의 구속보다는 개인의 자유, 다양한 만남, 이상적인 상대를 선택하고 싶은 욕망이 당연한 듯 설득력을 발휘하고 있지만 이것은 일시적인 과도기이고, 결국에 사람들은 기본적인 본능의 흐름을 찾아 결혼과 가정에 순응할 것으로 본다. 외로운 인간의 삶이 그 이상의 대안은 없기 때문이다"라고 결혼과 가정을 옹호하는 보수적 가치관을 보여준다.

전 언론인 이정숙의 『살아보고 결혼합시다』는 제목만으로는 결혼에 대해 매우 전위적이고 급진적인 태도를 나타내고 있다.

> 우리는 아직도 혼전동거를 정당하게 보는 사람들이 드물다. 그러나 이혼율의 증가를 사회적으로 내버려둘 수만은 없는 일이다. 그것은 이혼의 가장 큰 후유증이라 할 수 있는 자녀문제 때문이다. 부모의 이혼은 자녀에게 있어선 가족의 해체를 의미하는 것이고 그만큼 간단치 않은 일이다.
>
> 물론 동거에 대한 나의 생각은 단호하다. 이혼율을 낮추고 해체되는 가족 수를 줄이기 위한 방안으로 수용되어야 한다는 것이다. 따라서 미국의 사례처럼 동거커플의 경우 아이를 낳아선 안 된다. 서로에 대해 함께 늙어갈 수 있다는 확신이 섰을 때 아이는 그 때 낳아야 한다. 혼전동거는 개인적으로는 성공적인 결혼을 위한 것이며, 한 사회의 이혼율을 낮추기 위한 방법론이지 그 자체가 결혼제도의 전위적인 대안은 아니기 때문이다.
>
> —『살아보고 결혼합시다』에서

순결 이데올로기를 중시하는 우리 사회의 가치관에 비추어볼 때에 '살아보고 결혼하자'는 명제는 전위적이라고 할 수도 있을 것이다. 하지만 그녀는 결혼제도를 옹호하며 가족의 해체에 동의하지 않고, 혼전동거마저도 이혼율을 줄이고 성공적인 결혼을 유지하기 위한 방편으로 채택했다는 점에서는 보수주의적 입장을 나타냈다고 말할 수도 있다.

2) 성 자유주의자 마광수

작품이 사회적 통념에 반하는 음란성이 있다 하여 사법적 처벌을 받은 바 있는 마광수는 최근 발간한 저서 『성애론』에서 이 시대를 '성에 대한 표현의 자유' 조차 억압받고 있는 척박한 상황으로 요약한다. 그는 우리나라가 '식욕중심의 시대'에서 '성욕중심의 시대'로 넘어가는 전환기에 있다고 진단하며, 한국사회에 만연한 성에 대한 이중 잣대와 위선적 도덕주의를 공격한다. 그는 한마디로 사랑과 성의 정신주의적 입장 내지 신성시에 반기를 들며, 육체중심의 쾌락주의 성애론을 전개한다.

에로스는 그 속에 아가페의 신적 요소의 사랑, 필리아의 우애적 요소의 사랑을 모두 포함한 것으로 육체적 아름다움에 바탕 한 미적 숭경崇敬이 바로 동성 간이든 이성 간이든, 그리고 신과 인간 사이에든 똑같이 적용되는 사랑의 본질이다. 뿐만 아니라 사랑에는 에로스밖에 없고, 필리아나 아가페는 인간이 에로스적 사랑을 달성하지 못했을 때 그 대용물로 취하게 되는 자위적 성격의 사랑이라고 볼 수밖에 없다. 그는 사랑을 '성애'의 의미로 사용해야 하며, 이때의 성이란 생식적 성 이전의 관능적 감성과 관능적 감각을 가리킨다. 그는 특히 성기중심의 성, 생식중심의 성적 집착에 대해 반기를 든다. 당연히 성은 결혼과는 분리된, 에로틱한 쾌감중심의 육체주의적 성이다. 따라서 "에로틱한 쾌감은 성교에 의한 사정과 수정에 있지 않다. 진정한 쾌감은 '페팅(petting)'에서 오는 것"이라고 주장한다.

> 사랑이 마침내 끝장을 보는 투쟁으로서의 사랑이 돼서는 안 된다. 다시 말해서 따먹고 따먹히는 사랑이어서는 안 된다. 또 '결혼'을 종착점으로 하는 소유와 결박으로서의 사랑이 돼서는 안 된다. 사랑은 '서로가 즐기는 놀이'가 돼야 하고, 서로의 관능적 감성을 자극하여 각자의 '생명의 약동'에 활기를 불어넣는 것이어야 한다.
>
> 그렇게 되기 위해서는 먼저 사랑의 뿌리가 정신이 아닌 '육체'에 있다는 사실을 자각하는 것이 무엇보다도 필요하다.
>
> ―『성애론』에서

그는 페티시즘, 오럴섹스, 마스터베이션, 관음증, 노출증과 같은 대리

만족을 변태성욕으로 취급하지 않는다. 오히려 그와 같은 비생식적 성이야말로 정력에 약한 현대인들에게 가장 적합한 미적인 쾌감을 제공한다. 특히, 페티시즘(fetishism)은 변태성욕이 아니라 까다로운 심미안을 가진 유미주의로 격상된다. 페티시즘을 통해서 인간은 신의 피조물로서의 숙명과 자연법칙에 종속된 생식적 성의 장벽을 뛰어넘을 수 있으며, 나아가 창조적 아름다움과 성이 일체화되는 기쁨을 맛볼 수 있다고까지 주장한다. 그는 자신이 손톱에 대한 페티시스트라고 고백하기도 한다. 그는 성이란 그저 '단순한 행위'에 지나지 않으며, 두 사람의 남녀가 서로의 육체를 즐기는 가장 즐거운 '도락'이요, '스포츠'로 여기고 있다. 따라서 '낭만적 연애'와 같은 것은 촌스러운 것으로 격하되고 만다.

마광수는 자신의 문학적 학문적 관심을 일관되게 성에 집중시키고 있으며, 『나는 야한 여자가 좋다』에서부터 최근작에 이르기까지 남성중심적 성의 자유에 대한 일관된 태도를 나타내고 있다. 하지만 2년간의 집행유예를 선고받은 이후 발간된 『성애론』에서 그의 관점은 기존의 남성중심적 태도로부터 중립적이고 온건한 태도로 변화된 것처럼 보인다. 즉 "남자와 여자는 확연한 변별적 특징을 갖고 있지 않다. 남성은 남성대로 여성적 요소를 함께 지니고 있고, 여성은 여성대로 남성적 요소를 함께 지니고 있다"라고 인식한다. 또한 "이 시대는 남녀차별 시대가 아니라 남녀평등 시대이고, 남녀 간의 변별적 특성이 적어지고 각자의 역할 분담까지도 없어져가는 시대이다. 이른바 '유니섹스'의 시대이고 또는 '양성애'의 시대가 도래한 것이다. 이 시대는 유성생식의 시대를 뛰어넘어 '무성생식'의 시대로 점점 줄달음쳐가고 있는 것 같다"고 말하기도 한다. 그는 성적 자유에 있어서도 남녀평등을 주장한다. "남자든 여자든, 보다 당당하고 적극적으로 성에 덤벼들 수 있어야 한다. 절대로 내숭떨지 말고 타고난 본능을 스스럼없이 드러내야 한다. 그래서 성을 한시바삐 음지에서 양지로 이끌어내야 한다. 성을 미끼로 남성에게 생색내려 들거나 책임을 덮어씌우지 않는 여자, 성적 능력을 억지로 과장하지도 않고 성적 열등감을 억지로 감추려 들지도 않는 남자, 그런 남녀들이 늘어날 때 우리 사회는 비로소 이중적 도덕주의의 깊은 수렁에서 헤어나올 수 있다"라고 남녀의 대등한 성적 욕망의 인정과 주체성을 강조하기도 한다.

그러나 그의 여성에 대한 태도가 평등주의적으로 일관성을 유지하는 것은 아니다. 그가 추구하는 지고지순의 여성인 '야한 여자'란 결국 '순한 여자', '편한 여자'이다. 마치 제2의 어머니와 같은 모성애로 남자를 편안하게 해주면서도 섹스에 있어서만은 개방적인 여자이다. 즉 기존의 성차별적인 순종적 여성관에다가 성적으로는 개방적이어서 남성의 성적 접근을 용이하고 편안하도록 해주는 여자가 야한 여자인 것이다. 이 때의 여성의 성 개방은 여성의 주체적 감정과 욕망의 표현이 아니라 남성의 성욕을 충족시키기 위한 것이다. 즉 심리적 성적으로 철저히 불평등한 위계관계를 구현하고 있는 여성이 '야한 여자'이다. 마치 캐서린 맥키논이 포르노는 남성이 성적으로 원하는 것에 따라 여자의 본성을 만들고 구성함으로써 이 세계에서 남성과 여성은 완벽하게 상호보완적이고 완벽하게 양극적이며, 균형잡힌 조화로운 '성적 평등의 세계'를 그려 보인다고(이명호 역, 「포르노·민권·언론」, 《세계의 문학》 1997년 봄호) 비판한 것과 마찬가지이다.

현재 상황으로는, 남자들이 평생 동안 찾아 헤매는 여성은 결국 '제2의 어머니'라는 사실을 잊지 말아야 한다. 남자 없이 혼자 살아가겠다고 결심한다면 또 몰라도, 아름다운 사랑을 하고 싶고 행복한 결혼생활을 원하는 경우라면 '순한 여자'나 '편한 여자'의 이미지를 사랑의 '무기'로 삼을 수 있도록 노력해야 한다. 그런 노력에 섹스 문제에 대한 '개방적 사고방식'이 뒤따라야 하는 건 물론이다.

'야한 여자'는 결국 '순한 여자'이다. 야한 여자는 기가 센 여자고 순한 여자는 바보 같은 여자라고 생각하는 이들이 많은 것 같은데, 절대로 그렇지 않다.

— 『성애론』에서

그는 성교육의 개방도 주장하는데, 성교육의 내용은 과거의 생물학적 성에 대한 교육에서 훨씬 나아가 구체적으로 성적 기교를 가르쳐야 한다고 주장한다. 즉 "구체적인 피임방법이나 성희방법을 가르쳐야 하고, 성행위의 광경이나 성적 공상의 내용을 시청각 교재를 통해 공개해야 한다. 성교육은 이제 성에 대한 긍정적 사고를 심어주는 쪽으로 나가야 하고 일단 성교육을 실시하게 되면 더 이상 아무것도 숨길 필요가 없다"고 주장한다.

결론적으로, 마광수는 결혼과 생식 그리고 사랑이 전제조건이 된 기존의 억압적 성규범을 거부한다. 그는 기존의 도덕주의로부터의 성적 자유를 주장하며, 흔히 변태라고 간주되어 오던 페티시즘, 오럴섹스, 사도-마조히즘, 관음증과 노출증, 마스터베이션 등 다양한 성적 충족을 통한 쾌락적 성을 강조한다. 이 점에서 마광수를 성적 자유주의자라고 규정할 수 있을 것이다.

3) 성해방담론의 김진만

김진만의 『섹스 마인드』는 성담론을 다루기보다는 성해방담론을 다루었다고 말하는 것이 보다 정확한 표현이 될 것이다. 삼십대 초반의 신세대인 김진만의 성에 대한 태도는 매우 과격한 급진주의적 태도를 나타낸다. 그는 기존의 모든 성적 권력과 억압으로부터의 해방을 주장한다. 따라서 10대의 성적 향유를 주장하는가 하면 철저한 페미니스트이고, 혼전의 성과 결혼제도 밖의 성에 대해서도 개방적이며, 사이버섹스와 동성애에 대해서도 우호적이다. 그는 지배하려는 자에게 성은 권력의 수단이며, 성의 해방이 정치적 제 관계를 파탄시키는 것은 곧 그만큼 성이 정치적 문제라는 것을 뜻한다. 더러운 것은 섹스가 아니라 섹스를 통제, 지배, 억압, 조종하면서 더럽고 추잡한 것으로 만드는 지배권력

그 자체라는 것이다. 그는 권력이 누리는 섹스는 쾌락이고 합법이고 보호받고, 지배받는 자가 누리는 섹스는 타락이고 불법이고 보호받지 못하는데, 이는 권력의 성을 통한 지배력의 향유라고 비판한다.

그는 궁극적으로 권력에 갇힌 섹스를 구출해내는 것도 역시 섹스 그 자체라는 주장을 펴는데, 성의 자율적 감정표현과 의사결정, 그리고 자율성에 기반한 마인드를 가장 중요시한다. 심지어 그는 '마인드가 없는 섹스, 테크닉만 있는 섹스는 강간'이며, 마인드, 자율성, 그리고 자유가 유지된다면 혼전과 혼외의 섹스, 즉 결혼제도 밖의 섹스와 개방결혼과 같은 형태에 대해서도 동의한다. 그러나 자율성을 가졌다는 점에서 이를 난잡한 성적 난교와는 구분한다.

> 결혼, 그리고 부부, 서로가 서로의 자율성을 잉태하지 못하고 양육하지 못한다면, 서로가 나름대로 만날 수 있는 부부 이외의 상대방의 존재를 인정하지 못한다면 부부 관계는 이미 파멸이다. 부부 이외의 상대방과의 사랑과 자율적인 섹스를 수용할 수 있는 자율성(개방결혼, 혼외정사 등등)은 자기 자신과 상대방의 욕망과 본능에 대한 자유를 선포하는 것이다. 제도에 얽매인 결합이 아닌 애정과 신뢰에 기초한 독자성과 독자성의 마당인 연방제적 사랑과 섹스, 아무하고나 닥치는 대로 치르는 난잡함이 아니라, 어느 누구하고도 부담없이 만나 얘기하고 떠들고 웃고 나누는 연애처럼, 자율성과 자율성이 만나는 결혼 밖에서의 섹스와 사랑은 용납될 수 있다. 사랑과 섹스는 의무가 아닌 자율성에 근거한 자유이기 때문이다. 바로 그 자유와 자율성이 동지적으로 만남과 결합을 가능케 하는 것이다.
>
> ─『섹스 마인드』에서

그는 10대의 성적 향유 및 성교육에 대해서도 개방적인 태도를 취한다. 즉 "10대들이 성을 접하고 표현하고 누릴 수 있도록 금기가 아닌 교육이 필요하다"라고 주장한다. 특히, 분리, 격리, 통제의 교육이 아니라 책임감과 자율성을 길러주는 적극적인 교육이 필요하다는 것이다.

10대들을 성으로부터 분리하고 격리하는 교육이 아니라, 결국엔 "하지 말라"는 협박으로 결말나는 통제가 아니라, 성에 대해 기초부터 알아가고 스스로의 판단과 책임감과 자율성을 길러주는 적극적인 교육이 필요하다. 섹스를 하느냐 안하느냐 따위의 저급한 이분법에서 나오는 금기는 결코 필요하지 않다. 자율성에 기반한 성 마인드가 요구될 따름이다.

— 『섹스 마인드』에서

그는 신세대의 섹스관에 대해 "섹스는 섹스일 뿐, 사랑과도 과감히 분리시키고 결혼과도 명확하게 선을 긋는다"라고 규정한다. 이들에게는 당연히 순결 이데올로기는 타파되며, 남성중심성도 배제된 성의 평등성이 주장되며, 결혼이라는 부자유하고 불평등한 억압적 관습과 제도로부터 자유로운 성을 추구하며, 사랑과 섹스도 분리될 수 있다는 태도를 보여준다는 것이다.

그는 소위 '낭만적 사랑' 이란 이데올로기가 숨기고 있는 성의 정치학을 '자본을 앞세우고 뒷받침한 강제이식된 각본', 또는 '가부장제의 구렁텅이 속에 이식된 미국식 낭만주의라는 사랑의 각본' 으로 비판하고, 낭만적 사랑의 결과인 일부일처제 결혼을 '매매의 궁전' 으로 매도한다.

여자가 남자를 사랑할 때 남자는 살찐다. 남자가 여자를 사랑할 때 여자는 살을 뺀다. 남자가 사랑을 통해 보이거나 얻는 것은 이기심, 지배, 획득, 소유 등이다. 여자가 사랑을 통해 보이거나 얻는 것은 희생, 봉사, 복종 등이다. 그것이 낭만적 사랑의 결과다. 서로 상반되는 결과만을 가져오는 불평등 구조 만들기와 그 구조의 공고화는 지칠 줄 모르는 정력으로 각광받는 우리시대의 호화스런 각본이다.

— 『섹스 마인드』에서

동성애에 대해서는 "동성애는 병도 아니고 유행도 아닌, 오랜 역사를 통해서 보듯 사람과 사람 사이에 존재하는 성적인 성향이고 자기 자신이 스스로 택한 사랑의 한 방식일 따름이다. 자신의 성적 정체성을 찾아나가는 동성애자들, 그들 역시 당당하게 이루어진 가족(families)이다"라고 동성애를 일종의 성적 성향과 취향으로 규정하며, 동성애가족도 가족의 한 형태로 인정해야 할 것을 주장한다.

그는 사이버섹스의 미래를 예언하면서 임신과 출산이 여자만의 책임과 임무나 권리가 아닌 사이버네틱스에 의한 출산혁명을 예고하기도 한다. 마치 급진주의 페미니스트 슐라미스 파이어스톤이 『성의 변증법』에서 주장했던 것과 동일한 논리로……. 하지만 그는 그 미래에 대해서 반드시 낙관적이지만은 않다.

> 생식 기능의 기계화가 우리들의 자연스러운 정서와 환경이 되는 것은 당연한 미래의 모습니다. 반드시 그럴 것이다. 더불어 그 풍경이 인간을 하나의 조건으로 치부해버리는 상황을 불러올 것이라는 것도 당연한 미래의 모습이다. 조건으로부터 탈피한다는 것은 인간이 인간의 주인으로 선다는 것이지 조건이 인간의 주인이 된다는 것은 아니다. 그 조건 중 가장 위력적인 핵인 자본은 인간을 여전히 압도할 것이다. 생식으로부터의 해방이 가져올 여성의 해방은 인간을 자본화시키고 상품화시키는 자본과의 싸움(지배에 맞서는 예방적이고 준비적인 저항)을 동시에 요구하고 있다. 그 싸움에서 인간이 승리할 것이라는 낙관은 나에게 없다. 그저 승리하고 있다고 스스로를 마취해가며 살 것이다.

> —『섹스 마인드』에서

김진만의 "권력에 갇힌 섹스를 구출해내는 것도 역시 섹스"라는 성해방에 의한 권력에의 저항과 해체는 혁명적인 시각이다. 그리고 그것은 부분적으로는 권력을 해체하는 힘을 가질 것이다. 하지만 정치적 경제적 평등과 자유가 전제되지 않은 섹스 그 자체만의 평등과 자유란 유토피아적 환상에 불과할 것이다.

왜냐하면 그의 견해처럼 섹스가 권력의 지배를 받는 것이 사실일진대, 권력의 지배하에 놓인 인간이 과연 절대적 자유의 상태에서 섹스만의 자율성과 자유를 진실로 향유할 수 있을 것인가? 또한 남성중심적 성인지배사회의 피지배계층인 여성이나 십대는 섹스 그 자체의 자율성과 자유를 추구하기도 어려울 뿐만 아니라 그것이 가능하다고 해서 그들이 지배권력으로부터 진정으로 자유로운 평등한 존재가 될 수 있을 것인가? 그가 추구하는 완전한 성의 민주화란 명제는 남성과 여성, 그리고 성인과 청소년을 동일시함으로써 정치권력 이외에 남성권력과 성인의 권력이 여성과 청소년에 작용하는 정치학을 면밀히 살피지 못했다고 할 수 있다.

4) 남성동성애주의자 서동진

스스로를 남성동성애주의자로 밝힘으로써 사회적 충격을 불러일으킨 서동진은 『누가 성정치학을 두려워하랴』에서 성정치학에 관한 본격적 작업이 없는 상황, 국내 여성해방운동의 성정치학에 관한 이론적 정치적 무관심 내지 무능, 최근의 성 보수주의를 개탄하면서 이성애적 성, 성인의 성, 생식중심의 성만이 보편적이고 나머지의 성은 모두 병리적, 신경증적, 변태적, 퇴폐적, 범죄적이라는 기존관념에 저항하고 도전한다. 그는 동성애를 글쓰기의 핵심적 담론으로 취급하며, 성적 정치적 민주주의를 부르짖는다.

그는 '낭만적 사랑은 일종의 파시즘이다' 라는 명제로 이성애주의의 이데올로기성을 해체한다. '낭만적 사랑' 의 이데올로기가 온갖 사회적 권력관계를 교직하고 그것을 체제 내부의 여러 사회적 관계내로 편재시킨다. 그래서 우리는 한 명의 남성 · 여성인 점만으로도 자신과 타인의 육체와 정신에 관한 지배와 학대를 수행할 수 있게 된다고 비판한다. 그는 급진주의자 애트킨슨(T. G. Atkinson)을 인용하며 낭만적 사랑이란 여성 억압의 심리적 발판이라 규정한다.

또한 그는 성은 출산을 위한 경제적 활동이나 공적 세계로부터의 긴장과 억압을 해소하는 심리적 피난처가 아니라고 주장한다. 성은 삶의 즐거움이고, 자신을 관리하고 지배하는 삶의 기술이어야 한다는 것이다.

그는 우리시대를 동성애공포증(homophobia)의 시대로 규정한다. 그런데 이 동성애공포증이야말로 이성애주의 자체에 대한 분노와 혐오일 수도 있다는 것이다.

> 동성을 사랑한다는 것, 그 투명한 성적 지향을 제외한다면 그것은 항상 역사적으로 형성되는 현실이다. 따라서 그것을 어떤 초역사적이고 보편적인 대상으로 탈바꿈시키는 것은 끝없이 좌절할 뿐이다. 동성애공포증, 그것은 바로 이성애주의 자체에 대한 분노와 혐오일 수도 있다. 다시 말해 동성애공포증은 동성애라는 성적 지향성을 겨냥한 것이 아니라 이성애자들이 직면하고 있는 자신들의 성담론의 위기를 극적으로 상연하는 것일 수도 있다는 것이다. 동성애공포증은 비합리적인 폭력에 대한 의지이고 그것은 근대자본주의가 합리적 사회체계를 출현시켰음에도 결국은 그 합리성의 빛이 장악하지 못했던 성이라는 사회적 제도의 파탄을 보여준다. 따라서 이성애주의에 의해 끊임없이 시도되는 동성애의 대상화는 이성애주의의 위기를 내부적으로 해결할 수 없는 데 뒤따르는 외부적인 가상의 적이며, 증오의 표적이다.
>
> — 『누가 성정치학을 두려워하랴』에서

그는 근대 자본주의의 탄생은 이성애를 보편화하면서, 그것을 가족이라는 사회적 제도와 그를 구성하는 인물들에 투사한 것으로 파악한다. 즉 아버지라는 이름의, 생식적 성만을 목표로 여성을 사랑하는 남성을 절대화하였으며, 동성애를 병리화·심리화하게 되는데, 이에 정신분석, 성생물학, 의학과 같은 성과학들이 동원되었다는 것이다. 그는 동성애가 오이디푸스 콤플렉스의 좌절과 유아적 성단계에서의 고착, 유전자적 기형이라는 식의 담론들은 모두 가족주의와 성차별주의를 양축으로 하는 이성애주의적 담론의 산물일 뿐으로 규정한다.

"게이, 그것은 페니스를 단 여성도, 남성을 사랑하는 남성도 아니다. 그들은 전혀 다른 삶의 정체성을 가지고 있는 사람들이다. 이들은 가부장제와 그것이 생산하는 여러 가지 권력관계 내에서, 여성과 더불어 가장 억압당하고" 있는 집단으로 파악한다. 그들에겐 남성성에도 전일적으로 귀속시킬 수 없고, 여성성에도 전일적으로 귀속시킬 수 없는 어떤 확정된 제3의 성적 정체성이 필요하다고 말한다. 게이 성정치학은 이성애주의에 의해 주조된 남성적 정체성을 거부하고, 일상적인 생활은 물론 여러 가지 사회적 활동과 제도에 구축된 남성적 특권과 쇼비니즘에 반대하며, 제도화된 남성성과 이성애로 인해 이성애적 남성에게 가해지는 일련의 폭력과 착취에 대해서도 반대한다고 말한다. 또한 비생식적 이성애적 에로티시즘의 억압에 대해서 반대한다.

하지만 남성동성애자들의 삶의 자유는 성차별주의의 폐지와 동성애자들의 권리획득만으로는 획득되지 않는 것으로 본다. 그는 게이해방운동을 위해서 이성애적 남성성에 강제적으로 예속되고 착취당하는 이성애 남성과의 연대, 또는 성차별주의와 이성애주의로부터 억압당한다는 점에서 공통점이 있는 여성해방운동과의 연대를 주장한다.

4. 결론

우리시대의 성담론의 현 위치를 최근 우리나라의 필자들에 의해 쓰여진 저서들을 통해서 살펴보았다. 정신과 의사인 양창순과 김정일은 부분적으로 보수주의적 입장과 비교적 온건한 자유주의적 입장을 절충함으로써 기존의 성규범과 모랄에 크게 어긋나지 않는 한도 내에서 개인의 성적 권리를 피력했다고 생각된다. 이정숙의 '살아보고 결혼하자' 는 명제 역시 순결 이데올로기라는 점만 제외한다면 성공적 결혼을 위한 방편으로서의 혼전동거를 주장한 만큼 급진주의라고 보기는 어렵다.

하지만 마광수, 김진만, 서동진에 오면 기존의 성모럴과 규범은 여지없이 파기되고 만다. 그들은 결혼과 분리된 성, 심지어 사랑과도 분리된 성, 생식과 성기중심에서 벗어난 쾌락중심의 성을 주장한다. 따라서 일부일처제의 결혼제도와 가족주의에 의해서 지탱되던 사회적 규범은 설자리를 잃게 된다. 그들은 남성중심주의, 이성애중심주의, 권력중심의 성으로부터의 자유를 추구하는데, 이에 따라 여성과 성해방, 동성애의 성해방, 청소년에 대한 적극적 성교육과 같은 명제가 중요하게 다루어졌다.

마광수가 개인적 자유주의자의 입장에서 성해방을 주장했다면 김진만과 서동진은 성이 권력의 산물이라는 구성론적 이론의 토대 위에서 권력으로부터의 성의 해방과 성의 완전한 민주화를 주장했다. 김진만은 권력의 구성물인 섹스 그 자체를 통해서 권력으로부터 벗어날 수 있다는 관념론을 대안으로 제시하기도 한다. 이들의 저서에는 우리 사회의 성적 금기로 여겨져 온 동성애가 일종의 성적 지향 내지 취향이라는 담론이 공통적으로 제기되었으며, 게이는 남성도 여성도 아닌 제3의 정체성이 요구되는 것으로 주장되기도 했다.

우리시대의 성담론은 기존의 모럴 위에 서 있는 극단적 보수주의와 함께 첨단적 급진주의가 공존한다. 하지만 급진주의는 단지 담론의 차원에서 부분적으로 제기되었을 뿐이며, 우리의 사회는 일상의 영역에서는 말할 필요도 없고, 급진적 문학작품이나 예술작품에 대해서마저 형사법적 규제대상으로 취급하는 도덕적 보수주의에 빠져 있다. 이는 성이 여전히 보수적 권력의 지배와 억압체제하에 놓여 있음을 반증하는 것이다.

그러나 이러한 도덕적 엄숙주의 내지 보수주의는 최근 기존의 성규범이 급속히 해체되는 현실에 영향력을 미치지 못한 채로 성문제를 은폐하고 외면하는 공소한 형식주의에 빠져 있다는 점을 지적하지 않을 수 없다. 반면에 일부 급진주의자들의 성해방담론은 급변하는 신세대의 성풍속을 합리화해줄지는 몰라도 그것을 현실화하는 것이 반드시 바람직하다는 사회적 분위기가 조성되기는 어려울 것이다. 따라서 과도한 성적 억압하에 놓인 청소년과 대중을 바로 이끌 수 있는 현실성 있는 새로운 성규범의 창출은 성담론에 대한 보다 다양한 이론 개진과 토론의 과정을 거친 뒤에야 가능할 것으로 생각된다.

그리고 우리가 기대하는 새로운 성규범의 창출에는 기존에 남녀에게 불평등하게 적용되어 온 이중 잣대에서 벗어나 남녀의 평등이 보장된 새로운 가치관의 정립이 무엇보다 요청된다고 할 것이다. 그러기 위해서는 그간의 성담론이 주로 남성에 의해 주도되어 왔다는 사실에 대한 여성계의 진지한 반성이 요구된다. 왜냐하면 성담론이 남성의 사고와 경험에 의해 독점될 때, 여성은 여전히 남성의 성적 쾌락의 도구로서 대상화되는 구도에서 자유로울 수 없기 때문이다. 여성의 성적 자유는 남성의 성적 욕망에 종속된 파트너로서가 아니라 성을 통해 자율적이고 성숙한 자아의 주체성을 표현할 수 있어야 한다. 그리고 정치적·경제적 평등이란 조건이 전제될 수 있을 때에 진정한 성적 자유가 보장될 수 있을 것이다.

우리가 살아가고 있는 이 시대는 기존의 보수주의적 세력과 이에 저항하여 기존의 성규범을 해체하려는 혁신세력 사이에 긴장과 갈등이 가로놓여진 과도기라고 할 수 있다. 따라서 우리는 합의된 새로운 가치관이 정립되기 이전까지 과도기적 혼란과 아노미 속에서 각자의 외로운 결단을 통해서 자신의 성적 가치와 행동에 대한 결정을 내려야 할 것이다. 각자는 사회적으로 요구되는 억압과 해방에 대한 개인적 욕망 사이의 긴장 속에서 끊임없이 자기 자신과 대화하고 파트너와 협상함으로써 사회적 질서의 구현과 개인적 욕망의 실현이라는 동시에 충족시키기 어려운 두 축의 조화를 도모해 나가야만 할 것이다.

(1998)

세기말 성담론, 무엇이 문제인가

1. 들어가며

세기말의 한국을 강타했던 성담론의 강풍은 사실 내용은 풍성하지 못했다. 바람이 거셌던 만큼 내용이 풍성하지 못했던 까닭은 말할 필요도 없이 우리 사회가 성(sexuality)을 억압하는 사회이며, 아울러 성담론마저 억압하는 사회라는 데에 있다. 어떤 의미에서 한국사회에서 성담론을, 그것도 기존체제가 허용하는 수준에서 조금이라도 벗어나는 성담론을 말하려면 무모한(?) 용기를 갖지 않으면 안 된다.

이미 마광수나 장정일이 받았던 국가권력으로부터의 형사처벌, 영화 〈노랑머리〉나 〈거짓말〉에 대한 등급보류판정, 두 차례의 등급보류판정을 거쳐 이미 극장에서 상영되고 있는 영화 〈거짓말〉에 대해서 시민단체가 소송을 제기한 사실을 비롯하여, 지난해에 탤런트 서갑숙이 빚어낸 사회적 파장은 겉으로 세계화와 선진사회를 지향하는 우리 사회의 미성숙한 후진성의 단면을 드러내주기에 충분했다.

한마디로 성에 관해서 우리 사회는 표면적으로 유교적 도덕성과 엄숙주의를 과시하지만 내용적으로는 엄청난 도덕적 일탈과 쾌락주의에 빠져 있다고 말할 수 있다. 가령, 인터넷상의 음란물 사이트의 범람, 'O양의 비디오'의 불법 유통, 영계술집에 이어 원조교제가 이웃나라의 먼 이야기가 아니라 바로 우리의 일상사로 자리 잡고 있는 상황은 우리 사회의 성적 엄숙주의를 간단히 조롱하고 만다. 이처럼 형식과 내용이 일치하지 않는 이중성은 바로 우리 사회가 가지고 있는 성에 대한 과도한 억압과 그로 인한 불건전성을 노정하는 것이라고밖에 읽을 수 없다.

그런데 우리 사회의 성에 대한 억압은 주로 여성에게 집중되어 있으며, 남성은 이로부터 벗어나 있는 차별적 이중체계를 보여준다는 사실 또한 중요하게 지적하지 않을 수 없다. 'O양의 비디오'가 인터넷 사이트상에서 종횡무진으로 클릭되는 동안 여성의 인권은 온데간데없이 실종되고, 나이든 남성과 어린 소녀들과의 원조교제가 유행하며, 다양한 퇴폐업소를 통해 남성들이 성을 거래하는 동안 성은 인간관계가 아니라 마치 슈퍼마켓에서 값싼 패스트푸드를 사듯 값싸게 거래할 수 있는 것으로 물화된다. 서갑숙 사건이 말해주듯 여성은 아직도 성에 대해서 주체적인 관심을 보여서는 안 된다. 여성의 성적 주체성은 부정되고, 성욕은 인정되지 않으며, 인격은 부재한다. 다만 철저히 남성들의 성적 대상으로, 관음증의 대상으로 존재해야 하며, 언제 어디서든 값싸게 유통 가능한 대상으로 존재하는 것이 현재 우리 사회에서 여성의 타자화된 성적 정체성이라고 할 수 있다.

성이 억압되는 사회든 성이 자유로운 사회든 여성의 성은 억압되고 자유롭지 못하다. 국가는 성을 결코 개인의 자유로운 의사결정에 맡기려고 하지 않으며, 남성권력 역시 여성의 성을 평등한 차원으로 환원시키려고 하지 않는다. 따라서 국가권력과 남성권력으로부터 여성의 성은 이중으로 자유롭지 못하며, 여기서 성의 상품화, 성폭력, 성의 이중윤리의 문제가 발생하게 된다.

여성해방은 정치적 해방, 경제적 해방에 이어 성적 해방의 삼박자가 맞아야 완전한 해방이 이루어질 수 있는데, 급진주의자들의 주장처럼 성의 억압은 가장 오래된 그러면서 가장 최후까지 남는 억압이라고 할 수 있다.

페미니즘에서 성은 자연에 의해서 고정된 생물학적이고 본질적인 것이 아니라 역사적 사회적 구성물이다. 그리고 성해방의 관점에는 보수주의, 자유주의, 마르크스주의, 사회주의, 급진주의 등 다양한 관점이 있다.

본고는 세기말의 한국을 뜨겁게 달구었던 구성애, 서갑숙, 김지룡 등의 성담론을 페미니스트의 관점에서 짚어보고자 한다.

2. 생명 · 사랑 · 쾌락의 조화 – 구성애의 성교육론

98년 말부터 MBC TV의 공중파를 타고 안방에까지 파고든 구성애의 '아우성' 운동은 성교육의 필요성이 제기되는데도 마땅한 성교육 지침이 부재하는 우리나라의 상황에서 거부감 없이 폭넓게 수용되었다. 구성애는 성담론을 안방에까지 끌어내어 공론화했다는 점에서 대단한 공로자인 셈이다. 즉 그녀는 성담론을 어두운 음지에서 공개적 토론의 장으로 이끌어내는 데 지대한 역할을 했다. 구수한 입심을 가진 뚱뚱한 아줌마 구성애, 하지만 그녀는 구수한 입심만큼 신선한 성담론을 제기했다고 볼 수 없다.

구성애의 성담론, 그것은 성해방의 급류에 떠밀려 더 이상 성교육에 침묵할 수만은 없게 된 보수적인 학부모나 교사들, 즉 기성세대를 안심시키기 위한 수준의 성담론이다. 성은 나이가 되면 저절로 알게 되는 것이므로 굳이 교육할 필요가 있겠느냐고 생각하는 사람들에게 구성애는 성교육이 반드시 필요하다는 점을 폭넓게 인식시켰고, 많은 사람들의 동의를 끌어내는 데 성공했다. 이 점에서는 그녀는 평가받아야 한다.

구성애의 성교육론은 우리 사회가 안고 있는 성폭력, 성범죄, 성적 타락의 만연과 같은 성문화의 위기에 기초하여 올바른 성문화를 정립한다는 데 목표를 둔다. 그녀는 성문화의 위기를 타개하기 위한 대안으로서 생명, 사랑, 쾌락의 조화라는 보수주의적 담론을 제시한다. 이 세 가지 요소의 조화야말로 '온전한 성'의 필요충분조건이다. 그리고 이것은 타락된 성인지 아닌지를 판가름하는 기준이 된다.

> 성행위에 담겨야 할 온전한 성의 내용으로 크게 세 가지가 있다.
> 생명 사랑 쾌락이다.
> 이 3요소는 살아있는 남성과 여성이 관계를 맺을 때 만들어지는 내용인데, 하루아침에 생긴 게 아니라 긴 인류 역사 속에서 만들어져 온 것이다.
> 처음에 생명이, 다음에 사랑과 쾌락이 서로를 부추기며 만들어졌다.
> 그러나 이 3요소는 항상 있어 오면서도 균형 있고 조화롭게 있지 못한 것 같다.
> 생명이 강조되면 사랑과 쾌락이 무시되고 쾌락이 강조되면 사랑과 생명이 빛을 잃었다.
> 생명 사랑 쾌락이 조화롭게 연관되어 있을 때라야 성은 온전한 성이 된다.[1]

구성애는 생명, 사랑, 쾌락의 3요소의 조화를 말하지만 세 요소가 동일한 위상으로 자리매김 되고 있는 것은 아니다. 그녀는 그중에서도 생명이라는 요소를 가장 중요시한다. 그리고 그 뒤에 맞물려 나오는 것이 사랑이고, 그 다음이 쾌락이다. 그녀는 생명은 성개념의 기본이며, 생명이 있어야 떳떳한 것이라고 주장한다. 그녀가 막대한 영향력을 가진 TV 매체를 통해서 공개적으로 당당히 성을 말할 수 있는 것은 그녀의 성담론이 생명을 중심으로 한 것이기 때문이다.

그녀는 몸은 생명을 낳는 생식기의 개념으로 바라보아야 한다고 말하

---

1 구성애, 『구성애의 성교육』, 석탑, 1995, 41~42면.

며, 성도 생명을 만든다는 관점에서 파악한다. 따라서 구성애에게 여성의 몸은 생명과 관련하여 아기를 낳는 몸이다. 그녀는 여성의 몸을 시기별로 "아기를 낳을 몸, 낳고 있는 몸, 낳은 몸"이라고 구분하며, 몸을 모성이라는 사회적 역할을 담당한 도구로 인식한다. 아울러 남성의 욕망덩어리로 전락한 몸에 대해서는 비판적 입장을 취하며, 남성도 아기를 만드는 몸으로서의 책임을 회복해야 할 것을 촉구한다. 자연히 그녀는 각종 성범죄나 성폭행 등의 일탈적 성에 대해서 비판적 입장을 취하게 된다.

구성애의 생명중심적 성에 관한 논의는 요즘처럼 성의 퇴폐와 향락과 범죄가 범람하는 시대에 참신함을 불러일으킬 수도 있을 것이다. 하지만 여성의 성을 생명생산이라는, 즉 생식과 밀착시키는 이념은 자기 몸의 주인은 자신이라는 여성해방적 관점과는 차이가 있는 보수주의적 관점이다. 생명중심적 성 논의는 여성에게 모성과 가사를 절대시하는 성역할과 여성성을 주입시키는 기능을 강조하게 되는 것이다. 즉 여성에게 생식의 성을 절대적인 것으로 주입시키는 것은 결국 임신을 신비화하고, 모성의 역할을 본능적이고 운명적인 것으로 받아들이게 하며, 결혼을 궁극적인 목적으로 삼게 만든다. 생식과 모성으로서의 여성성의 강조란 바로 성의 억압을 통해 가부장제 가족과 그 이념에 여성을 순응시키는[2] 기제라고 하지 않을 수 없다. 산부인과에서 간호사로 오랫동안 근무해온 구성애의 경력을 감안한다고 하더라도 생명중심의 성에 대한 지나친 미화와 신비화가 안고 있는 성차별적이고 가부장적 요소가 여성의 성에 대한 억압으로 작용한다는 점을 지적하지 않을 수 없다.

이에 대해 김지룡은 다음과 같은 비판을 보낸다.

---

2 이영자, 「성일탈과 여성」, 《한국여성학》 5집, 한국여성학회, 1989, 90면.

성행위에 생명이 들어가야 한다는 것은 결국 '성과 사랑과 결혼'이 일치해야 한다는 주장이다. (…중략…)

언뜻 보면 성과 사랑과 결혼이 일치해야 한다는 것은 아름다운 얘기처럼 들린다. 하지만 결국에는 가부장제 이데올로기에서 한 치도 벗어나지 않는다. 구성애씨의 주장은 남성중심사회의 가치관을 반복하고 있을 뿐이다.[3]

구성애는 아기를 낳기 위한 성은 일생에 몇 번이면 족하기에 사랑을 느낄 때, 공감대 형성과 일치감을 확인하기 위한 의사소통의 과정으로써의 성을 중시한다. 그녀는 사랑을 인간만이 가진 특성으로 파악하며, 사랑이 빠진 성, 즉 강간, 매춘, 거짓, 배신의 성은 동물의 성으로 전락한 것이라 비판한다. 또한 쾌락이란 요소를 성에서 배제하지는 않지만 진짜 쾌락과 가짜 쾌락을 구분한다. 그녀가 말하는 진짜 쾌락이란 생명과 감정과 생각, 공감대와 인격이 담겨진 것이며, 가짜 쾌락은 감각만을 위주로 즐거움을 찾는 것이라고 규정된다. 한마디로 그녀는 "진정한 쾌락은 생명과 사랑이 담겨져야 가능하고, 사랑은 생명의 문제가 원만하고 즐거울 때 깊어진다. 깊은 사랑과 즐거운 관계로 만들어진 생명은 더없이 소중하고 든든하다. 서로가 조화를 이루고 있다"[4]고 결론 내린다. 만약에 생명, 사랑, 쾌락의 3요소가 조화되지 못한다면, 그것은 변태로까지 규정된다.

생명 사랑 쾌락은 함께 있어야 한다. 생명 사랑과 떨어진 쾌락은 변태로 갈 수밖에 없으며 상식과 인격을 거세하여 인간의 성을 퇴보시킨다.

생명을 기반으로 사랑이 중심을 이룰 때 진정한 쾌락이 꽃핀다.[5]

---

3 김지룡, 『나는 솔직하게 살고 싶다』, 명진출판, 1999, 256면.
4 구성애, 앞의 책, 45면.
5 위의 책, 47면.

구성애가 주장하는 생명, 사랑, 쾌락이라는 3요소가 조화되기 위해서는 반드시 결혼이라는 사회적 제도내에 성이 존재해야 한다. 구성애의 성담론은 성을 결혼제도내의 것으로 한정짓는 보수주의적 관점으로, 이러한 보수주의적 입장 때문에 구성애의 성교육은 기성세대로부터 공인을 받고 널리 수용될 수 있었던 것이다. 결국 생명이 중심이 된 성이란 성적 보수주의자들이 말하는 이성애와 결혼, 그리고 생식중심의 성이라고 할 수 있다. 따라서 구성애의 저서나 강의는 성의 책임은 강조하지만 성의 자유화나 레즈비언이즘, 호모섹스와 같은 이슈에 대해서는 아예 언급조차 없다.

우리 사회에서 도덕적 법적으로 허용하는 성이란 결혼제도내의 합법적인 부부 간의 것으로 한정된다. 따라서 혼전의 성, 혼외의 성은 철저히 부도덕하고 일탈적인 것으로 취급된다. 하지만 우리 사회의 성적 문제는 혼전과 혼외의 성적 관계가 수없이 발생한다는 데 있다. 특히 청소년의 경우, 그들이 아직 결혼제도 밖에 존재하지만 연령적으로 볼 때에 성적으로 가장 왕성한 나이에 속하며, 또한 그 어느 시대보다도 성적 자극이 도저한 현대를 살아가고 있는 존재들이라는 점에서 이들에게 결혼 전까지 무조건 순결을 지키라거나 성적 충동과 욕망을 단지 억압과 승화라는 기제를 통해서 해결하라는 요구는 현실성이 없다.

따라서 구성애의 성교육론은 성을 개인의 자유로운 의사결정에 맡김으로써 사회적 혼란을 원하지 않는 기존의 지배계층과 학부모에게는 환영받을 수 있지만 질풍노도의 시대를 살아가는 청소년들의 성적 욕망과 이에 따른 실존적 갈등의 해결에는 별반 도움을 주지 못하는 성담론이라고 할 수 있다. 그리고 여성의 모성을 강조하는 생명중심의 성담론은 가부장적 가족 이데올로기를 강화하기 때문에 페미니스트로부터도 비난을 받지 않을 수 없다.

3. 정신과 육체가 하나되는 사랑 – 서갑숙의 경우

1999년도 하반기의 매스컴을 뜨겁게 달구었던 인물은 서갑숙이다. 탤런트로서의 서갑숙은 그렇게 주목받는 연기자는 아니었다. 하지만 『나도 때론 포르노그라피의 주인공이고 싶다』라는 단 한 권의 성적 자서전으로 일약 스타덤에 올라섰다.

우리 사회가 포스트모더니즘의 물결에 휩쓸리면서 정신과 육체, 이성과 감정, 남과 여 등의 데카르트적 이분법에서 벗어나 육체, 감정, 여성과 같은 가치들에 새롭게 주목하게 되었고, '성'에 대한 관심도 크게 제고된 것이 사실이다. 마광수, 서동진, 김진만 등은 성담론의 선두에 서서 성의 자유와 성해방을 부르짖었다. 하지만 이들은 다만 추상적 이론이라는 양식을 통해서 또는 소설이라는 허구적 양식을 통해서 성담론을 말해왔다.

그런데 이들의 뒤를 이은 서갑숙, 김지룡 등은 소위 체험적 성담론이라고 말할 수 있을 정도로 개인의 구체적 성체험을 생생하게 세상에 공개함으로써 성담론을 표면화시킨 용감한 이단아들이라고 할 수 있다.

서갑숙은 삼십대 후반의 이혼한 여성으로 『나도 때론 포르노그라피의 주인공이고 싶다』에서 자신의 성적 정체성을 찾아가는 과정을 솔직하게 고백하고 있다. 그녀는 이 과정에서 플라토닉 러브의 허구성, 처녀성의 억압, 겁탈과 강간, 혼전의 관계, 결혼, 이혼, 트리플섹스, 멀티오르가슴과 같은 자신의 성체험을 숨김없이 공개한다. 또한 마스터베이션, 관음증과 노출증, 엘렉트라 콤플렉스, 동성애, 성욕과 순결 등 성담론의 핵심적 쟁점에 대해서도 자신의 견해를 밝히고 있다.

그녀는 저서의 「머리글」에서 토마스 무어의 "섹스는 영혼과 육체의 결합"이라는 명제를 빌어 자신의 성과 사랑에 대한 입장을 천명한다. 그녀가 지향하는 진정한 성과 사랑은 정신과 육체가 하나되는 체험이다.

그녀는 "누군가를 사랑할 때는 정신적인 것뿐만 아니라 육체적인 것도 똑같이 최선을 다해야만 한다. 이런 진리를 몸으로 체득하기까지의 이야기가 이 책에 담겨져 있다."라고 서문에서 적고 있다. 그녀는 이혼한 후 한 남성을 만나기 전까지 성에 대해 가졌던 편견을 다음과 같이 반성한다.

> 우리는 '섹스'나 '성'이라는 단어에 대해 어떤 생각을 가지고 있는가? 밝은 대낮에는 감히 입에 올리기 어려운 '퇴폐적'이고 '은밀한' 것으로 여기고 있진 않은가?
>
> 섹스란 정신적인 사랑에 따라오는 부속품 정도로 생각하고 있진 않은가?
>
> 나 역시 1년 전쯤까지만 해도 섹스에 대해 이런 편견을 가지고 있었다. 정신적인 사랑이 중요하다고 생각하니, 몸에 대한 관심도 별로 없었고 그저 요식적인 몸짓으로 섹스에 임했다. 그러다 한 남자로 인해 정신과 육체가 하나 되는 사랑을 하게 되었고, 또 다른 세상에 눈뜨게 된 것이다.[6]

따라서 그녀는 정신적인 측면만이 존재하는 사랑은 미완의 사랑일 뿐이며, 섹스의 즐거움을 동반하는 사랑이 진정한 사랑이라고 주장한다. 그녀는 육체와 정신이 합일된 사랑을 추구할 뿐만 아니라 우리 사회의 성규범과 성문화의 핵심을 이루는 결혼이란 제도 밖에서 성적 쾌락을 추구한 내용을 고백함으로써 한때 검찰이 음란성 여부를 내사하는 사태까지 갔지만 '19세 미만 구독불가' 판정 정도에서 그치게 되었다.

그동안 우리 사회에서 여성은 성적 욕망이 부재하는 존재로, 또는 욕망이 존재한다고 하더라도 그것을 표현해서는 안 되며, 단지 능동적인 남성에게 반응하는 수동적 존재로 간주되어 왔다. 서갑숙의 책이 사회적으로 물의를 빚게 된 사회심리의 저변에는 여성의 성적 욕망을 인정하지 않으려는 남성중심적 사고가 깔려 있다.

---

6 서갑숙, 『나도 때론 포르노그라피의 주인공이고 싶다』, 중앙M&B, 1999, 서문.

하지만 그녀는 성적 존재로서의 자신의 욕망을 당당히 인정했고, 또한 정신과 육체가 합일되는 사랑을 찾기 위한 도정을 숨김없이 세상에 고백했다. 그녀가 자신의 체험을 고백하게 된 이유는 그녀가 기자회견(1999.10.25)에서 밝힌 "억압된 성을 밝은 장소로 끄집어내고 싶은" 의도에 한정되지 않는다고 본다. 그녀는 성과 사랑에 대해 왜곡된 편견에 사로잡힌 이 땅의 여성들과 자신의 성체험을 공유함으로써 그들이 정신과 육체가 합일된 진정한 성을 체험할 수 있기를 바랐던 것으로 보인다.

서갑숙이 다룬 성담론의 쟁점들은 기존의 성해방주의자들의 주장에서 크게 벗어나지 않는다. 그녀는 자연스런 성본능을 드러내고, 성적 쾌락을 추구하는 과정에서 흔히 일탈이라고 여겨져 온 것들에 대해서도 과감히 긍정하는 태도를 나타내어 성해방주의자처럼 보여진다. 또한 우리 사회가 성을 억압하는 사회이며, 특히 남녀에게 차별적으로 적용되는 성에 대해서 비판할 때는 페미니스트의 모습으로 비춰지기도 한다. 가령, 남성의 순결은 버려야 할 거추장스러운 것이며, 여성의 순결은 반드시 지켜야 할 목숨과 같은 것인가와 같은 질문에서 보듯 순결에 대한 이중성을 비판하는가 하면, 순결을 성기 중심으로 이해하는 태도에 대해서도 반기를 든다. 그리고 순결의 진정한 의미란 사랑하는 사람과 만나는 매 순간마다 지고지순의 감정으로 대하는 것이라고 규정짓는다. 이처럼 그녀는 순결을 비롯한 성에 대한 남녀의 차별적 이중성을 꼬집으며, 우리 사회가 갖고 있는 성적 불평등을 벗어나야 할 것을 촉구한다.

그녀의 저서가 갖는 가장 큰 가치는 성담론의 새로움이나 혁명성에 있는 것이 아니라 자신의 성체험을 세상에 당당하게 공개한 점에 있다. 그녀는 성을 공식적으로 거론하는 것을 회피하는 사회를 향해 은폐되어 있는 성을 표면화했다. 뿐만 아니라 여성이 성담론의 주체가 되는 것을 결코 인정하지 않으려는 차별적 사회에 자신의 구체적 성체험을 밝힘으로써 여성도 성적 본능을 지니고, 오르가슴을 추구하는 존재라는 점을 용기 있게 천명했다. 어떤 측면에서 성체험은 개인적이고 사적인 경험으로 세상에 공개하는 것이 바람직한 덕목이 될 수 없을지도 모른다. 하지만 아직도 여성의 성이 침묵을 강요당하고 있으며, 성적 욕망이 부정되고 있는 상황에서 서갑숙이 몰고 온 파장은 매우 정치적인 것이었다고 해석하지 않을 수 없다.

그야말로 서갑숙 사건은 개인적인 것은 정치적인 것이라는 슬로건을 확인시켜 주기에 충분했다. 그 정치적 의미는 성적 주체는 남성이며, 여성은 단지 주체인 남성의 대상, 즉 타자로서만 그 정체성이 규정지어진 우리 사회에 여성도 성적 주체이며, 성적 쾌락을 적극적으로 추구할 수 있는 존재이며, 진정한 사랑은 정신과 육체의 합일을 통해서 추구되어야 한다고 천명한 데서 찾을 수 있을 것이다.

하지만 서갑숙의 체험적 성고백은 제목의 선정성과 더불어 여성으로서 성적 정체성을 찾아가는 과정에서 지나치게 성적 호기심을 자극함으로써 상업주의와 영합한 측면이 있다는 것을 전혀 부정할 수는 없다. 따라서 그녀의 성담론은 또 하나의 성의 상품화가 아닌가라는 비난으로부터 완전히 자유로울 수 없는 것이다. 또한 그녀는 정신과 육체가 하나 되는 사랑을 주장했지만 그녀의 성적 정체성은 다분히 육체주의적 쾌락에 토대를 두고 논해지고 있음도 지적하지 않을 수 없다. 동성애, 트리플섹스 등 다양한 성적 추구와 실험적 태도는 서갑숙을 성적 다원주의자로 규정짓게 만든다. 또한 마스터베이션, 멀티오르가슴 등 성적 쾌락에 대한 강조는 그녀가 성 자유주의자라는 인상을 짙게 풍긴다. 하지만 성해방과 성적 다양성을 추구하는 성 자유주의의 논리는 때로 남성중심적 쾌락에 대한 반응과 답습이란 함정에 빠질 우려를 전혀 배제할 수 없다. 남성중심적 이성애는 항상 여성에 대한 억압의 유지를 위해서 사랑, 섹스, 욕망, 행복과 같은 것들을 강조해왔기 때문이다. 구성애가 서갑숙에게 보낸 공개서한(〈내일신문〉 1999년 11월 3일자)에서 가부장적 요소가 여전히 남아 있는 현실에서 서갑숙이 좀 더 신중했어야 했다고 한 충고는 바로 이 점에 대한 우려에서 나왔을 것이다. "억압된 성을 밝은 장소로 끄집어내고" 싶어서 쓴 그녀의 성적 자서전은 현실에서 진지하게 받아들여졌다기보다는 낄낄거리는 웃음거리와 구경거리로 전락해버린 느낌을 배제할 수 없다. 이것은 우리 사회가 성적으로 억압된 사회이며, 특히 여성에게는 성별 억압이 한 차원 더 존재하는 사회라는 것을 입증하기에 충분했다.

아무튼 서갑숙은 세기말 한국사회를 뒤흔든 용감한 여성으로서 성담론의 역사에 기록될 것이다. 그리고 서갑숙처럼 용기 있는 여성들이 많이 나올 때에 여성의 성적 정체성이 제대로 밝혀지고, 남성중심적 성담론의 왜곡과 폐해도 줄어들게 될 것이다.

4. 커뮤니케이션으로서의 성 – 김지룡의 경우

전방위 문화평론가로 불리는 김지룡은 『나는 솔직하게 살고 싶다』에서 미혼의 한국남성으로서 겪었던 성적 억압과 일본사회의 이방인으로 체험했던 다양한 성적 편력의 실상을 낱낱이 공개하며, 우리 사회의 왜곡된 성문화에 대해서 비판을 가한다. 그는 구성애가 성을 '아우성', 즉 '아름다운 우리들의 성'으로 미화시키고 신비화시키는 데 반발하며, '아무것도 아닌 우리들의 성'이 되어야 한다고 주장한다. 즉 성을 지나치게 신비화, 이상화하는 강박관념에서 벗어나 자유롭고 솔직하게 성에 임해야 할 것을 주장한 것이다.

그는 우리 사회의 왜곡된 성문화를 만들어내는 근본요인을 솔직성이 결여된 문화에서 찾는다. 우리 사회의 위선적이고 이중적인 성구조는 바로 솔직성의 결여에서 만들어졌으며, 이에 기여한 분들은 바로 부모님들이라고 진단한다. 즉 기성세대들이 그들의 자녀를 향해 성에 대해서 진지하게 생각해볼 겨를도 없이 그냥 '하지 말아야 할 것', '해서는 안 되는 것'으로 인식시킨 데서 오늘날 성문화의 위기가 초래되었다고 보고 있다. 그는 나이가 든다고 해서 성과 인생에 대해서 저절로 알아지는 것은 아니라고 주장하며, 금지와 부정이 아닌 솔직한 성교육의 필요성을 제기한다. 사실 우리는 빠른 속도로 변화하는 성문화와 성규범을 외면하거나 은폐하는 데에 급급했고, 이는 가부정적 의식에 젖은 남성의 경우 더욱 심했다.[7]

그는 일본 유학시에 여행사의 통역, 소위 관광가이드로 아르바이트를 하면서 일본의 다양한 풍속을 체험하게 되고, 왕성한 호기심으로 다양한 성적 편력을 시도했다. 그는 우리나라를 성을 억압하는 사회로 규정하며, '성적 문란이 극에 달했다'는 일본에서 자신을 구속했던 성적 억압을 훨훨 벗어버리고 몸이 원하는 대로 욕망이 명령하는 대로 어떻게 살았는가를 공개한다. 그는 라이브쇼(스트립쇼)나 노조키베야(성기 마사지)와 같은 일본의 풍속업소에 드나들고, 300만 원이라는 거금을 음성사서함에서 날리기도 한다. 그는 자신이 전화통에다 그처럼 거금을 날린 이유를 섹스는 하고 싶지만 그것이 초래하는 인간관계는 감당하고 싶지 않은, 즉 책임을 벗어난 이기적인 자유를 누리고 싶은 욕망에서 기인했다고 반성한다.

그가 일본에서의 다양하고도 일탈적인 성체험을 통해서 얻은 결론은 의외로 진지하다. 즉 진정한 섹스는 혼자 하는 마스터베이션이 아니라 상대방과 함께 나누는 커뮤니케이션이라는 것이다. 그는 상대방을 나와 동일한 인격으로 인식하고, 내가 즐기고 싶은 만큼 상대방도 즐기고 싶어 한다는 것을 인정하며, 상대방이 쾌락을 느낄 수 있도록 배려하는 데

7 김동일, 「성의 억압과 해방 : 사회과학적 인식」, 아산사회복지재단, 『현대사회와 성윤리』, 1997, 34면.

서 진정한 성을 발견하게 된다고 말한다. 성은 '발산으로서의 성'과 '커뮤니케이션으로서의 성'이 있는데, 상대방과의 교감이 존재할 때에만, 즉 개인적 욕망의 발산으로서가 아니라 커뮤니케이션으로서의 성에서 쾌락은 극대화되며, 만족감을 느낄 수 있다고 본다.

> '커뮤니케이션으로서의 성'은 상대방과 교감을 느끼는 것이다. 성적 교감이건 성 이외의 교감이건 사랑하는 사람과의 교감은 쾌감을 준다. 함께 있는 것만으로 진정 포근한 만족이 느껴지는 상대와 성행위를 하면 영화에서만 볼 수 있던 쾌락의 극치를 맛볼 수 있다.[8]

즉 상대방의 인격과 쾌락을 배려하지 않는 성이란 일종의 마스터베이션에 불과하며, 이러한 성적 태도의 남성중심적 일방성은 우리의 사회가 가부장적 사회인 데서 비롯된 것으로 비판한다. 그리고 이것은 삶을 즐길 수 있는 능력인 교양을 갖지 못한 데서 기인한다고 본다. 그는 우리나라의 남성들이 여자를 옆에 끼고 술 마시며, 섹스업소를 출입하는 것을 최대의 낙으로 여기는 현실에 대해서 '섹스는 커뮤니케이션'이라는 교양을 어려서부터 교육받지 못한 탓이라고 본다. 즉 섹스란 본능적인 일이기 때문에 교육받을 필요가 없다고 해왔는데, 바로 이것이 문제라는 것이다. 우리 사회는 성을 제대로 끌어안고 즐기며 살아갈 수 있는 법을 가르치는 대신에 성에 대한 흥미만을 없애려고 눈물겨운 노력을 해왔다는 것이다. 그 결과 성에 대해 호기심이 강렬한 아이들은 포르노라는 비공식적 채널을 통해서 성을 이해하게 되는데, 남성중심적인 포르노에서 여자는 인간 이하로 비하되며, 이것이 현실세계에서 여성에 대한 비하로 이어진다고 본다. 또한 포르노를 통해서 성을 이해한 남자들은 삽입성교를 통해서 상대방이 오르가슴을 느끼지 못할 때에 자신감을 잃

---

8 김지룡, 앞의 책, 231면.

고, 여자를 두려워하거나 사이버섹스로 도망치게 된다고 경고한다.

그는 성교육에서 성은 성기중심의 삽입성교가 아님을 가르치는 일이 가장 중요하며, 서로 솔직해야 하고, 상대방을 배려하는 법을 가르쳐야 한다고 주장한다. 궁극적으로 성을 제대로 즐기기 위해서는 성을 통해서 삶을 제대로 즐길 수 있는 교양교육이 필요하다는 것이다.

성급진주의자인 라이히나 마르쿠제는 인간의 성은 생물학적인 필연성이 아니라 문화적 사회적 산물이라는 인식하에 인간해방으로서의 성해방을 위해서는 본능적 성 에너지가 직접적인 성감대를 넘어서서 보다 넓은 인간관계인 성애로 승화되어야 할 것을 주장했다.[9] 성을 성기중심주의에서 벗어나 상대방과 나누는 커뮤니케이션으로 인식했던 김지룡의 성인식은 라이히나 마르쿠제의 주장과 맞닿아 있다고 볼 수 있다.

또한 그는 프라이드가 있는 사람은 아무리 다양한 성적 편력을 해도 망가지지 않는다고 주장한다. 프라이드란 자기 방식대로 자신의 길을 선택하고, 자기 방식대로 살아가는 것, 그리고 그것이 옳다고 확신하는 것이다. 어른들은 아이들에게 성을 금지하고 성교육을 회피할 것이 아니라 성적 자기결정권과 책임에 대한 훈련을 시켜야 한다는 것이다. 자기결정권과 책임에 대한 강조는 김진만이 『섹스 마인드』에서 주장한 자율적 감정표현과 의사결정, 그리고 자율성에 기반한 '마인드'[10]와 상통되는 개념이다.

김지룡이 주장하는 성교육은 상대방의 인격과 쾌락에 대해 배려하는 교양교육과 프라이드, 즉 성적 자기결정권과 책임에 대한 훈련을 내용으로 한다. 결국 인간은 혼자서 선택하고 결정하면서 살아가야 할 존재임으로 성문제 역시 자율적인 결정과 책임을 훈련시켜야 한다는 주장은

---

9 김동일, 앞의 글, 41면.
10 송명희, 『페미니즘과 우리시대의 성담론』, 새미, 1998, 28면.

매우 타당한 것이라고 할 수 있다.

그는 남자와 여자에 작용하고 있는 성적 이중규범에도 반대한다. 남자의 동정은 성인이 되는 통과의례처럼 버려야 할 것이라는 인식도 잘못되었고, 여성의 순결은 반드시 지켜야 할 결혼의 교환가치가 아니라는 것이다. 그것은 남녀에 차별적으로 적용해야 할 덕목이 아니라 개인의 가치관에 의해서 결정해야 할 문제라는 것이다. 그는 '남녀는 평등해야 하지만 모든 부부가 평등할 필요가 없다'는 명제를 통해서 남성해방주의자들의 이슈에 동의한다. 그는 근대사회 이후 남성은 1) 사회적 지위, 즉 돈을 벌어오는 능력 2) 아버지로서의 권위, 즉 지식의 독점 3) 남자로서의 권위, 즉 수컷으로서의 성적 능력이라는 세 가지의 권위 속에 놓여 있음을 지적하며, 남녀평등을 위해서는 남자가 기득권을 포기하고, 여성과 사회적 지위를 나누어 가져야 하며, 남을 배려하고 약자를 돌봐주고 감싸주는 잃어버린 모성적 여성성을 취득해야 한다고 주장한다. 남자로서의 기득권 포기, 잃어버린 여성성의 회복은 결과적으로 남자라는 권위와 억압 속에 놓인 남성을 해방시켜 평등사회로 가기 위한 의미 있는 시도라는 것이다.

> 이 땅의 남성들은 필요 이상으로 출세와 능력 발휘를 강요당하고, 이 땅의 여성들은 있는 능력조차 죽이면서 살아왔다. 여성해방이 단지 여성이라는 이유만으로 굴종할 것을 강요당하는 여성들을 해방시키는 것이라면, 남성해방은 단지 남자라는 이유로 지배할 것을 강요당하는 남성들을 해방시키기 위한 것이다.[11]

김지룡의 성에 대한 주장 속에는 페미니스트가 동의할 만한 견해들이 많이 포함되어 있다. 그는 성을 억압하고, 여성을 억압하는 사회가 결국

---

11 김지룡, 앞의 책, 266면.

은 남성도 억압하는 사회라고 보는데, 페미니즘이 지향하는 평등사회를 남성해방적 관점에서 제기했다고 할 수 있다.

김지룡의 성담론은 오늘날 첨단적 성해방주의자들이 주장하는 결혼과 분리된 성, 사랑이라는 낭만적 감정과도 분리된 극단적인 쾌락중심의 성과는 차이가 있다. 그는 성기중심의 국소적 성을 부정했으며, 성의 대화적 측면을 강조하고, 상대방의 인격과 쾌락을 배려할 때에 성적 쾌락도 극대화된다고 보았으며, 성은 결코 이기적인 쾌락추구가 아니라는 것을 분명히 했다. 그래서 그는 쾌락에도 인간관계에서 필요한 덕목인 교양이 필요하다고 주장했던 것이다. 성을 성기중심의 쾌락이라는 단편적인 측면에서 파악하지 않고 총체적으로 삶을 제대로 즐길 수 있는 능력이라고 파악했다는 점에서 그는 다른 성해방주의자들과 변별성을 지닌다고 할 것이다.

5. 나오며

세기말 한국사회를 강타한 성담론의 핵심에 떠올랐던 구성애, 서갑숙, 김지룡 등의 저서를 통해서 현재 우리 사회의 성담론의 위상을 짚어보았다. 구성애의 생명 사랑 쾌락이 일치하는 생명중심의 성교육론, 서갑숙의 정신과 육체가 합일되는 체험으로서의 성, 성의 대화적 성격과 성교육에 있어 자율성을 길러야 한다고 보는 김지룡 등 우리 사회의 성담론은 여러 얼굴을 하고 있다.

그런데 이들의 성담론은 극단적 성해방론으로 치닫고 있지는 않다. 구성애는 성담론의 공론화에 불을 지폈음에도 그 내용은 보수주의적 성격을 띠고 있으며, 김지룡은 성의 대화적 측면을 중시하며, 쾌락에도 파트너를 배려하는 교양이 필요하다는 점을 강조함으로써 극단적 쾌락중심의 성해방론과의 변별성을 나타내고 있다. 서갑숙은 성이 정신과 육체가 합일되는 경험이며, 여성도 성적 쾌락을 추구하는 존재라는 것을 당당하게 밝힘으로써 사회적 센세이션을 불러일으켰다.

오늘날의 변화하는 성문화를 무조건 위기로 파악하고, 모든 성을 생명중심의 성으로 환원시키려는 태도는 현실성이 없으며, 첨단적인 성해방주의자들이 주장하듯 결혼과 분리되고 사랑과도 분리된 극단적 쾌락만능으로 치닫는 성문화 역시 보편적 규범으로 받아들이기에는 바람직하지 않다.

성은 자녀출산, 사랑, 대화, 쾌락 등 다양한 목적을 가진 다목적 행동이라는 것을 이해할 필요가 있다. 따라서 성을 한 가지 목적과 의미에만 한정짓고자 할 때 성의 왜곡과 타락은 일어난다.

성은 구성애나 김지룡이 주장하듯 아름다운 것도 아무것도 아닌 것이 아니라 삶의 한 요소이며, 인간의 다양한 욕망 가운데 한 가지라는 것을 담담히 인정하는 태도가 필요하다. 성은 인간의 기초적 욕망의 하나이지만 배고픔과 같은 욕망과는 다른 차원의 것이다. 왜냐하면 성적 욕망을 실현하기 위해서는 혼자서는 안 되며, 살아 숨 쉬는 인격을 가진 상대방을 필요로 하기 때문이다. 성은 인간을 떠난 차원에서 추구되는 쾌락이 아니라 너무나 인간적이고 총체적인 인간관계 속에서 추구되어야할 관계적 욕망이다. 모든 인간관계가 그렇듯이 성을 매개로 한 인간관계에도 상대방의 인격과 욕망에 대한 배려와 책임이 따르지 않을 수 없다. 그리고 여성은 남성의 성적 대상으로, 성적 타자로서 존재하는 것이 아니라 남성과 똑같이 성적 욕망을 추구하는 주체라는 사실을 인정해야한다. 따라서 성에 남녀차별적인 이중규범을 적용시키는 것은 시대착오적이다.

오늘날 우리 사회의 성적 아노미는 일탈적인 일부 청소년에게 있는 것이 아니라 성을 은폐하려는 억압적이고 위선적인 사회 분위기에 있으며, 현실적이고 솔직한 성교육을 회피하려는 기성세대의 태도에 있다.

그리고 여성이 자신의 성체험을 공개했다고 해서 불이라도 난 듯 호들갑을 떠는 우리 사회의 차별적이고 미성숙한 분위기가 더욱 문제이다.

사회가 급속도로 변화하고 있다. 성에 대한 가치관도 빠른 템포로 변화하고 있다. 더욱이 현대는 그것이 성적 욕망이든 무엇이든 욕망을 억압하기보다는 실현하려는 욕구가 강렬한 시대이다. 하지만 성적 욕망은 나의 욕망만큼 상대방의 욕망도 똑같이 중요하기 때문에 서로 원하는 관계, 서로 만족스런 관계가 되지 않으면 안 된다. 또한 개인 간의 욕망의 어긋남을 조정하기 위해서는 성의 윤리와 함께 사회적 규범도 요구된다. 개인은 자신의 성적 욕망을 최대한으로 실현시키고자 하지만 사회는 공동체의 질서유지라는 차원에서 개인의 욕망을 억압한다.

우리 사회는 성이 억압된 사회이다. 이와 함께 성담론에 대한 억압도 공존한다. 하지만 건전하고 민주적인 성문화가 정착되기 위해서는 다양한 성담론이 보다 많은 사람들에 의해서 다양한 형태로 개진되어야 할 것이다.

(2000)

우리시대 성담론의 쟁점들

1. 성이란 무엇인가

성을 지칭하는 영어로 sex, gender, sexuality 등 다양한 단어들을 떠올릴 수 있다. 'sex'라 할 때에는 주로 신체구조에 기반한 남녀의 생물학적 성별을 의미하는 개념으로, 'gender'라 할 때는 사회문화적 성을 지칭하는 개념으로 사용한다. 프랑스의 실존주의적 페미니스트인 시몬 드 보봐르가 "여자로 태어나는 것이 아니라 여자로 길러지는 것이다"라고 했을 때의 여자로 태어나는 것은 생물학적인 sex 개념이며, 여자로 길러진다는 것은 사회문화적 gender 개념으로 이해할 수 있다. 1995년의 북경여성대회에서는 남성과 여성이라는 성별 개념으로 생물학적 개념인 sex가 아니라 사회문화적 개념인 gender를 사용하기로 했다. 이러한 변화는 남성과 여성이라는 개념이 결코 생물학적으로 결정된 것이 아니라 사회문화적으로 그 역할이 규정된 사회과학적 개념이라는 것을 시사해준다. 그리고 'sexuality'는 성교나 성행위와 같은 구체적 성행동을 포함하지만 보다 넓고 다양한 성적 욕망과 실천, 그리고 정체성을 지칭하는 포괄적 의미로, 19C 이후에 만들어진 개념이다. 『페미니즘 이론 사전』에서는 sexuality를 성적 욕망을 창조하고, 조직하고, 표현하고 방향지우는 사회적 과정[1]으로 설명하고 있다.

우리말의 성性은 sex, gender, sexuality를 변별 짓지 않는 포괄적 개념으로 사용되는데, 영어에서도 sex, gender, sexuality는 그 의미가 단일하게 사용되고 있지 않으며, 때로 그 의미들은 서로 혼동되기도 한다. 가령, sex가 단순히 성별 구분을 넘어서서 성교나 성관계를 의미하는 개념으로 사용되기도 하는데, 이때에 sexuality와 sex의 개념 구분은 모호해진다.

이처럼 성을 단일하고 단순한 개념으로 정의할 수 없다는 것은 그만큼 성이라는 것이 인간 개인의 신체구조와 심리구조, 나아가 사회문화적 규범과 사회조직들과 관련된 복합적 개념이라는 것을 시사해준다. 또한 '성'은 개인적으로 볼 때에도 육체나 정신 어느 한 면에만 관련된 개념이 아니라 이미 한자漢字에서의 '성性'이 마음 '심心'을 포함하고 있듯이 성은 마음에서 느껴지고, 몸을 통해서 표현되는 정신과 육체가 결합된 총체적 개념으로 이해해야 될 것이다. 따라서 일부 쾌락만능주의로 치닫는 성해방론자들이 성을 정신과는 분리된 육체적 본능의 표출로 이해하는 것은 성을 왜곡하고 타락시키는 출발점이라고 하지 않을 수 없다.

성에 관한 이론적 논의는 크게 본질주의와 구성주의의 두 갈래의 큰 흐름을 갖고 지속되어 왔다.[2]

성에 있어서 본질주의는 인간의 성을 생물학적 본능이나 생물학적 차이에 기반한 문화독립적이고 객관적이며 내재적이고 고정불변의 것으

---

1 메기 험, 심정순 · 염경숙 역, 『페미니즘이론사전』, 삼신각, 1995, 152면.
2 성에 관한 이론적 논의 및 페미니즘에서의 성담론은 "송명희 외, 『페미니즘과 우리시대의 성 담론』, 새미, 1998."에서 인용하였음.

로 인식하여 성을 과학적 탐구대상으로 파악한다. 성 본질주의자들은 주로 의사나 생물학자들로, 이들은 호르몬이나 생식기능의 차이, 유전자 등의 생물학적 요소, 인간의 정신 및 심리구조에 대한 과학적 탐구를 통해 성에 관한 정보를 밝히려 하며, 성을 인간의 내재적 본능 및 본질로 파악한 결과 사회, 역사, 문화 등과 분리된 초사회적, 초역사적, 초객관적 사실로 취급하며, 남녀의 성에 성차를 인정할 뿐만 아니라 이성애를 규범으로 인식하는 특징을 가진다. 그리고 인류문명의 역사는 인간의 성본능을 통제하기 위한 금기와 규제 체계를 발달시켰음을 강조하게 된다.

반면에 구성주의는 성과 사회와의 연관성을 주장하며, 성은 인간에 내재하는 본질적 속성이 아니라 개인과 사회의 상호작용을 통해 구성되는 것으로 파악한다. 따라서 성 구성주의자들에게 성은 문화의존적이며, 관계적이며, 비객관적인 자질로 인식된다. 인간의 성적 정체성, 성적 욕망, 성적 관행들은 고정된 본질이나 본능에 의해 좌우되는 것이 아니라 사회문화적 관계망 속에 어떻게 놓여지느냐에 따라 구성되는 다양성과 특수성을 가진 것으로 파악한다. 특히, 푸코(Foucault)는 성적 정체성, 성적 욕망, 성적 관행과 실천을 가치중립적인 과학의 영역이 아니라 사회세력들이 각축을 벌이면서 구성되는 정치의 장으로 개념화한다. 푸코는 모든 언술(discourse)이 사회적 권력행위와 연결되어 있듯이 성담론(sexual discourse)에 있어 남성들의 독점적 언술 역시 남성과 여성 사이의 권력관계와 무관하지 않다고 했다.

사실 성은 본질주의자들의 주장이나 구성주의자들의 주장 어느 한 편에서만 파악할 때는 온전히 그 모습이 드러나지 않는다. 성은 본질주의자들이 주장하듯 인간의 자연적이고 생물학적 본능으로부터 출발한다. 하지만 인간의 성적 본능에도 이미 개인을 넘어서는 사회적 · 문화적 · 역사적 무게가 작용하고 있음은 말할 나위가 없다. 개인 간에 나누는 사적 행위인 성교가 여성에게는 임신과 출산, 육아라는 일련의 과정을 수반하게 되고, 이것은 결혼이란 공적 사회제도와 연결된다. 또한 남녀 간의 사랑과 대화의 표현인 성적 결합은 개인을 넘어서는 종족보존 본능을 통해 인류를 존속시키는 원동력으로 작용하는가 하면 사회적 노동력 창출의 원천이 된다. 또한 성적 욕망은 개인적 욕망의 표현이지만 파트너가 필요한 관계적 욕망이기 때문에 여기서 사회적 성윤리의 문제가 발생하게 된다. 현대 자본주의 사회에서 성은 개인 간의 사랑과 신뢰를 통해서 서로 허용하고 공유하는 관계가 아니라 돈으로 거래 가능한 상품으로 전락되기도 한다. 성의 상품화는 성을 타락시키며, 상품화의 대상인 여성을 성적 객체요, 대상으로 타자화 비인간화시키게 된다. 때로, 성은 상대방의 성적 자기결정권을 침해하여 폭력적으로 소유함으로써 성폭력의 사회문제를 발생시키기도 한다. 또한 직장에서는 고용여부나 근무조건을 담보로 한 성희롱이 사회적 약자인 여성들을 괴롭히기도 한다. 이처럼 성은 다양한 얼굴을 하고 있으며, 개인적 사회적 관계망 속에 위치하고 있다.

페미니즘에서 성담론은 당연히 구성주의의 영향을 받고 있다. 왜냐하면, 성적 정체성과 성적 실천들이 자연에 의해 고정된 것이 아니라 사회문화적으로 구성된다고 볼 때에만 비로소 여성해방을 위한 저항과 변화의 가능성을 찾을 수 있기 때문이다. 즉 남성의 성이 성의 규범이 되는 것에 반대하며, 성의 영역에서도 젠더 불평등과 권력관계가 작용되는 것으로 파악한다. 그리고 여성에 대한 사회적 불평등은 가부장제를 통하여 여성을 성적으로 통제하고 지배해왔다고 본다. 이처럼 성을 비객관적이고 문화의존적인 것으로 파악할 때에 여성의 억압과 차별을 불식하고, 평등한 성적 관계를 수립할 수 있는 것이다. 하지만 성 자유주의자 루빈(Rubin)은 젠더 억압을 곧바로 섹슈얼리티의 억압으로 동일시하는 것은 한계가 있다며 젠더와 섹슈얼리티를 구분해야 한다고 주장하기도 한다.

현대는 성해방의 물결에 휩쓸리고 있고, 전통적으로 유교적 규범이 강하게 지배해온 한국사회에서도 90년대 이래 성해방은 급류를 타고 각종의 혁신적 성담론이 다양한 관점에서 제기되고 있다. 성해방주의에는 보수주의, 자유주의, 전통적 마르크스주의, 사회주의, 급진주의 등 다양한 이론적 관점이 있다.

　보수주의는 남녀의 생물학적 결정론을 토대로 하여 남성의 성적 능동성과 여성의 수동성을 바탕으로 한 이성애와 생식중심, 성기중심, 나아가 남성중심의 쾌락을 정상적인 것으로 간주하며, 성의 자유화, 레즈비언이즘, 호모섹스를 비정상적이고 불건강한 것으로 거부한다. 자유주의는 양성의 권리는 자기표현과 자기충족에 있음을 강조한다. 이들은 섹스가 개인의 사생활로서 사회적 규범에 종속되어서는 안 된다는 입장을 취하며 성적 욕구는 개인적 관심사로서 그것이 타인에게 피해를 주지 않는 한 어떤 방식으로 성적 충족을 추구한다고 하더라도 사회적으로 이를 간섭할 권리가 없다고 주장한다. 이들은 레즈비언이즘이나 호모섹스에 대해서 관용적 입장을 취하며, 다양한 실험을 통한 개인적 충족, 양성의 역할에 구애됨이 없는 쾌락추구의 균등한 기회를 강조한다. 전통적 마르크스주의는 엥겔스가 주장했듯이 성적 관계가 상호충족적이고 비착취적인 것으로 정의되기 위해서는 권력 및 부의 격차가 사라져야 한다고 주장한다. 사회주의에서는 권력과 부의 격차뿐만 아니라 전통적 성정체성을 초월하는 양성론적인 새로운 성정체성을 요구한다. 급진주의에서는 성적 파트너 선택이 중요한 정치적 이슈로 등장하며, 이들은 남성과의 종속적인 이성애가 얼마나 억압적인가를 밝힌다. 그리고 동성애를 이상적인 대안으로 제시한다.

　이처럼 성해방 이론은 각기 다른 이론체계를 가지고 성적 억압을 설명하고, 이로부터 벗어나기 위한 대안을 제시하고 있지만 이를 현실에서 그대로 수용하기에는 나름대로의 문제점과 한계를 안고 있는 것이 사실이다. 가령, 보수주의자들의 생물학적 결정론을 토대로 한 성차별적이고 남성중심적인 이론, 자유주의 속에 규정된 다원주의적 성적 쾌락의 추구가 여성에 대한 다양한 성적 착취를 확대할 가능성, 마르크스주의가 보여주는 계급 문제와 성문제의 동일시, 가부장제의 와해 전략을 동성애로 내세우는 급진주의의 문제점 등 다양하다.

2. 세기말 한국사회의 성담론

세기말 한국사회의 성담론을 이끌어온 사람은 마광수, 김진만, 서동진, 양창순, 구성애, 서갑숙, 김지룡 등이다. 성담론의 핵심에 정신과 의사 양창순, 성교육가 구성애, 탤런트 서갑숙 등 여성들이 위치하여 있다는 것은 이제껏 성담론이 남성들에 의해서 독점되어 왔다는 사실에 비추어볼 때에 일단은 바람직한 현상으로 받아들일 수 있다. 하지만 이들이 진정 여성의 주체적 입장에서 여성의 목소리로 여성들이 겪는 성의 다양성과 복잡성, 그리고 가부장제 사회에서 여성의 성적 종속과 차이의 문제들을 충분하게 설명해냈는가 하는 것은 별도의 평가가 요구된다.

본 항에서는 성 사랑 결혼의 문제, 성교육, 동성애, 성폭력과 성희롱, 성의 상품화 등의 성담론의 몇 가지 쟁점별로 세기말 한국사회의 성담론이 어떻게 개진되어 왔는가를 살펴보기로 한다.

1) 사랑과 성, 그리고 결혼의 관계

1998년 말부터 MBC TV의 공중파를 타고 전국적으로 성교육의 필요성을 제기한 구성애는 우리 사회의 성문화가 성폭력, 성범죄, 성적 타락이 만연된 위기에 처해 있다고 진단하며, 성을 생명, 사랑, 쾌락의 3요소의 조화를 통해서 건강하고 아름다운 성문화를 정립해야 한다고 주장하는 보수주의 성담론을 제기했다. 그녀에게 생명, 사랑, 쾌락의 조화는 '온전한 성', '아름다운 성'의 필요충분조건이며, 타락된 성인지 아닌지를 판가름하는 기준이 된다.

> 성행위에 담겨야 할 온전한 성의 내용으로 크게 세 가지가 있다.
> 생명 사랑 쾌락이다.
> 이 3요소는 살아 있는 남성과 여성이 관계를 맺을 때 만들어지는 내용인데, 하루아침에 생긴 게 아니라 긴 인류의 역사 속에서 만들어져 온 것이다.
> 처음에 생명이, 다음에, 사랑과 쾌락이 서로를 부추기며 만들어졌다.
> 그러나 이 3요소는 항상 있어오면서도 균형 있고 조화롭게 있지 못한 것 같다.
> 생명이 강조되면 사랑과 쾌락이 무시되고 쾌락이 강조되면 사랑과 생명이 빛을 잃었다.
> 생명 사랑 쾌락이 조화롭게 연관되어 있을 때라야 성은 온전한 성이 된다.[3]

구성애는 생명, 사랑, 쾌락의 3요소의 조화를 말하지만 세 요소가 동일한 위상으로 자리매김 되고 있는 것은 아니다. 그녀는 그 중에서도 생명이라는 요소를 가장 중요시한다. 그리고 그 뒤에 맞물려 나오는 것이 사랑이고, 그 다음이 쾌락이다. 그녀는 생명은 성개념의 기본이며, 생명이 있어야 떳떳한 것이라고 주장한다. 그녀가 막대한 영향력을 가진 TV 매체를 통해서 공개적으로 성을 말할 수 있는 것도 그녀의 성담론이 생명을 중심으로 한 것이기 때문이다. 그녀는 "진정한 쾌락은 생명과 사랑이 담겨져야 가능하고, 사랑은 생명의 문제가 원만하고 즐거울 때 깊어진다. 깊은 사랑과 즐거운 관계로 만들어진 생명은 더없이 소중하고 든든하다. 서로가 조화를 이루고 있다"[4]고 하였다. 그리고 만약에 생명, 사랑, 쾌락의 3요소가 조화롭지 못하다면 그것은 변태로까지 규정된다. 구

---

3 구성애, 『구성애의 성교육』, 석탑, 1995, 41~42면.
4 위의 책, 45면.

성애가 주장하듯 생명, 사랑, 쾌락이 조화되기 위해서는 성은 사랑과 일 치하며, 반드시 결혼이라는 사회제도내에 존재해야 한다. 이것은 이성애 와 결혼, 그리고 생식중심의 성이며, 여성에게 생명생산이라는 모성의 역할을 강조하고, 가부장적 가족과 그 이데올로기에 순응시키는 보수주 의적이고 성차별적이며 본질주의적인 성담론이라고 하지 않을 수 없다.

구성애의 성담론은 김지룡에 의해서 "성과 사랑과 결혼이 일치해야 한다는 것은 아름다운 얘기처럼 들린다. 하지만 결국에는 가부장제 이 데올로기에서 한 치도 벗어나지 않는다. 구성애 씨의 주장은 남성중심 사회의 가치관을 반복하고 있을 뿐이다."[5]라고 비판되고 있다.

마광수나 김진만 등의 성해방주의자들은 구성애와는 상반되게 성을 결혼과 분리된 것으로, 또한 사랑이라는 낭만적 감정과도 분리된 것으 로 인식한다. 마광수는 『성애론』에서 성기중심의 성, 생식중심의 성적 집착에 반기를 들며, 결혼과는 분리된 에로틱한 쾌감중심의 육체주의적 성을 주장한다. 그리고 결혼이라는 제도로부터 벗어나 성의 자유를 구 가하는 '야한 여자 사라'와 그 파트너인 교수를 창조하여 놓은 것이 음 란물로 분류된 『즐거운 사라』란 소설이다.

김진만은 『섹스 마인드』에서 결혼이라는 부자유하고 불평등한 억압 적 관습과 제도로부터 자유로운 성을 말했을 뿐만 아니라 사랑이라는 낭만적 감정과도 분리된 성을 주장한다. 그는 성이 결혼이라는 사회제 도, 그리고 여성에게 불평등하고 억압적인 일부일처제의 결혼을 유지시 키기 위한 자본주의와 가부장제가 결합한 각본인 낭만적 사랑과도 분리 되어야 할 것으로 인식한다. 그에게 중요한 것은 국가의 강제적인 권력 과 결혼이라는 사회제도, 또는 이를 유지시키기 위한 허위의식인 낭만 적 사랑의 이데올로기가 아니라 성의 자율적 감정표현과 의사결정인 개

---

5 김지룡, 『나는 솔직하게 살고 싶다』, 명진출판, 1999, 256면.

인의 마인드다.[6]

　성을 사랑이라는 감정 또는 결혼과 분리시켜 성 그 자체의 순수성과 쾌락지상을 추구하는 자유주의자들의 견해가 있는가 하면 성, 사랑, 결혼의 분리는 성문화의 타락과 위기를 불러올 뿐이라는 보수주의자들의 견해가 사회의 질서유지의 차원에서 엄존한다. 또한 성이 결혼과 반드시 일치할 필요는 없지만 사랑이라는 정신주의적 요소와 결합할 때에 아름다울 수 있으며, 완전한 만족에 도달할 수 있다고 보는 정신과 의사 양창순의 견해[7] 등이 세기말 한국사회에서 대립하고 있다. 이 가운데 탤런트 서갑숙은 자신의 체험적 성담론을 통해서 육체와 정신이 합일되는 사랑을 고백함으로써 세기말 성담론은 한층 흥미로운 사회적 관심거리로 등장했다.

　성과 사랑, 그리고 결혼을 일치시키는 성관계는 이상적일지 모른다. 하지만 현대사회는 갈수록 복잡다기한 인간관계로 얽히고 설켜 돌아가고 있으며, 인간의 감정 역시 복잡미묘하고 변화무쌍하다. 사랑과 신뢰로 시작된 남녀관계도 시간이 흐름에 따라 변화할 수 있고, 사회적 제도로 굳어진 결혼이 인간의 감정까지 통일시켜주지 않는다는 사실을 많은 사람들은 경험하고 있다. 또한 언제 어디서 어떤 사람과의 만남이 진정한 사랑을 꽃피우게 만들지 예측할 수 없으며, 특히, 사랑이라는 정열적 감정이 언제 어떤 모습으로 다가올지 알 수 없다. 이것이 현대를 살아가는 우리들의 삶의 불확실성이다. 성과 사랑, 그리고 결혼의 일치는 사회적 질서 유지와 숭고한 도덕률의 구현일지 모르지만 때로 개인적 삶의 행복을 제한하는 억압으로 작용할 수도 있는 것이다. 그렇다고 해서 성적 욕망이 철저히 개인중심적 욕망이 될 수 없다는 것은 새삼 말할 필요가 없다. 성적 욕망은 개인적 욕망이지만 파트너가 필요한 욕망이며, 성관계도 인간관계의 일종이므로 자신의 욕망뿐만 아니라 상대방의 욕망

---

6 송명희 외, 앞의 책, 243~252면 참조.
7 위의 책, 19~22면.

이 똑같이 존중되어야 한다. 또한 다른 인간관계와 마찬가지로 상대방을 배려하고 서로 신뢰할 수 있는 성숙한 관계 속에서 진정한 사랑은 꽃피워질 수 있다. 그리고 성과 사랑은 사적 욕망과 감정의 문제를 떠나 사회적 제도인 결혼과 연결되고, 결혼이란 사회제도는 사회적 단위로서의 가족이라는 구성체를 만들어낸다. 가족이란 공동체는 부부가 자녀를 낳아 기르는 사회화의 기능을 담당하고 있으므로 부부 간의 사랑의 감정이 식었다고 해서 이혼으로 직행하는 것은 가족 해체에 따른 수많은 사회적 문제를 야기하게 된다.

인생이 복잡다기한 만큼 성과 사랑, 그리고 결혼의 일치라는 과제 역시 한마디로 규정할 수 없는 복잡성을 띠고 있다. 이 문제에 어떤 가치를 갖고 접근하고, 어떻게 행동할 것인가를 획일적으로 규정지을 수는 없다. 결국 이는 각자가 판단하고 행동할 인생관의 문제라고 할 수 있다.

2) 성교육

1986년 9월호의 《플레이보이》는 그 달 최고의 미인으로 레베카 암스트롱을 선정했다. 하지만 커리어우먼으로 화려한 미래를 꿈꾸었던 그녀의 꿈은 산산조각이 나고 말았다. 왜냐하면 자신이 열여섯살 때 아무런 준비 없이 한 섹스가 원인이 되어 에이즈에 걸렸다는 사실을 알게 되었기 때문이다.[8] 레베카 암스트롱처럼 아무런 준비 없이, 또한 그 어떠한 가치관도 갖지 않은 채 성경험을 하는 청소년들이 늘고 있다. 특히, 요즘처럼 십대의 소녀들이 용돈을 벌 목적으로 아무런 의식 없이 원조교제에 뛰어드는 상황은 성교육의 부재가 엄청난 성적 아노미를 불러오고 있다고 하지 않을 수 없다.

---

8 〈동아일보〉, 2000년 3월 14일자 A25면.

과거에 성은 나이가 들면 저절로 알게 되는 것이므로 성교육이 필요 없다는 시각이 존재했고, 한편에서는 성교육의 대상을 여성으로 한정하여 순결 이데올로기를 주입시키는 차원의 순결교육이 존재했다.

오늘날은 대부분의 성해방주의자들이나 보수주의자들마저 성교육이 반드시 필요하다는 데 동의한다. 마광수는 생물학적 성교육에 그친 과거의 성교육을 비판하고, 성교육의 개방을 주장한다. 즉 구체적인 피임이나 성희방법을 가르쳐야 하고, 성행위의 광경이나 성적 공상의 내용을 시청각 교재를 통해 공개해야 한다는 것이다.[9] 마광수가 주장하는 성교육의 목표는 올바른 성의식을 확립하기 위한 데 있지 않고, 성적 쾌락의 증대에 있다.

요즘은 성교육이 금기와 통제의 차원에서 이루어지기보다는 성에 대한 긍정적 사고를 심어주는 방향에서 이루어져야 한다는 주장이 일반화되어 있다. 김정일은 맹목적 억압이 아닌 차원에서의 성교육의 필요성을 제기하는가 하면 김진만과 김지룡은 분리, 격리, 통제의 교육이 아니라 스스로 성에 대해 책임감과 자율성과 상대방을 배려하는 교양을 길러주는 적극적인 교육이 필요하다고 주장한다. 마광수가 무조건적 프리섹스와 쾌락의 증대를 위한 성교육을 주장한 데 비하여 김진만과 김지룡은 성을 국가권력과 사회적 규범의 억압으로부터는 해방시키되 개인 각자가 스스로 책임감을 갖고 통제해나가야 할 것으로 보았으며, 이를 훈련시키는 것이 성교육의 목표라고 했다는 점에서는 차이를 나타낸다.

하지만 구성애의 경우는 성해방주의자들과는 다른 관점, 즉 타락된 성문화를 바로잡기 위한 도덕적 윤리적 차원에서 성교육의 필요성을 제기했다. 그녀의 성담론은 성과 사랑을 결혼제도내에서만 인정하는 우리 사회의 규범을 철저히 따르고 있으며, 이 점에서 보수적인 기성세대의

---

9 송명희 외, 앞의 책, 27면.

동의를 얻어낼 수 있었다. 하지만 구성애의 성교육은 성해방을 추구하는 신세대의 가치관과는 엄연한 거리가 존재하는 것이 사실이며, 그러한 보수주의적인 성담론으로 오늘날의 성문화의 위기에 대처하기에는 현실성이 없어 보인다.

오늘의 성교육은 더 이상 성에 대한 부정적 관념을 심어준다거나 성차별적인 순결교육에 토대를 둔 것이어서는 안 된다. 성교육은 생물학적으로 남녀의 몸을 객관적으로 이해할 수 있도록 해야 하며, 성적 욕망과 충동을 스스로 책임지고 통제할 수 있는 지혜를 기르는 자율성 훈련의 교육이 되어야 한다. 자녀출산, 사랑과 대화, 쾌락 등 다목적 기능을 가진 성은 자기중심적 욕망이 아니라 상호충족적 욕망이기 때문에 상대방에 대한 배려의 태도와 윤리도덕적 차원에서의 교육도 이루어져야 한다. 상대방의 욕구를 고려하지 않는 일방적 성충동은 때로 성폭력이란 사회적 범죄의 형태로 나타나며, 그것이 상대방의 일생에 씻을 수 없는 상처로 남을 수 있다는 것을 충분하게 가르쳐야 한다. 그리고 성교육은 연령적으로 다르게 구성되어야 하는데, 성인기에 가까워진 청소년기의 경우에는 성교육의 내용 속에 생물학적 해부학적 교육이나 윤리도덕적 교육 이외에 성행위의 방법, 성병, 피임과 같은 구체적 내용이 포함되어져야 할 것이다. 뿐만 아니라 가부장제 문화 속에서 남성과 여성의 성이 '차이'를 넘어서서 어떤 '차별'을 지닌 사회적 구성물로 규정되었는가를 비판하고, 주체적이고 평등한 성관계가 이루어질 수 있도록 페미니스트적 관점이 확보되어야 할 것이다.

3) 동성애

급진주의 성해방론의 가장 중요한 정치적 과제는 성적 파트너가 누구이냐의 문제이다. 즉 레즈비언 페미니스트들은 남성과의 종속적인 이성애가 얼마나 억압적인가를 비판하면서 동성애를 이상적 대안으로 제시한다. 아드리안 리치(Adriean Rich)는 레즈비언이즘이 이성애에 대한 급진적인 해방전략이라고 주장하는가 하면 프라이(M. Frye)는 가부장제 와해의 절대적인 전략이 레즈비언이즘라고 하는 것은 절망적인 결정론이라고 비판하며, 이성애를 거부할 수 있는 권리가 있다면 이성애를 선택할 수 있는 권리 또한 있다고 주장한다.

퀴어이론(Queer theory)에서는 후기구조주의와 포스트모더니즘의 관점을 수용하면서 동성애의 역사적 형성, 동성애제도와 이성애제도의 역사적 구성간의 관계를 다루며, 성이 사회적으로 구성되어질 뿐만 아니라 성의 영역에 작용하는 본질주의적 개념과 범주들을 해체하고 기존의 성담론을 전복시키고자 한다.

최근 우리나라의 성담론을 이끄는 성해방론자들은 동성애를 일종의 성적 지향(sexual orientation) 내지는 성향의 문제로 받아들인다. 김진만은 동성애를 일종의 성적 지향 내지 취향으로 파악하는 성 자유주의 또는 성적 다원주의의 입장을 취하며, 동성애 가족도 당당하게 이루어진 가족의 한 형태로 인정해야 할 것을 주장하는 진보적 입장을 나타낸다.[10] 양창순은 『표현하는 여자가 아름답다』에서 과거에는 모든 동성애를 정신질환으로 간주했지만 지금은 이를 질환의 한 형태로 받아들이는 것이 아니라 다양한 삶의 한 형태로 받아들인다고 하여 현대의 정신의학에서 더 이상 동성애를 질병으로 간주하고 있지 않음을 보여준다. 네덜란드나 북구의 일부 나라에서 동성애에 대한 사회적 차별을 금지하고, 법률이 동성애 가족을 가족의 한 형태로 인정하고 있는데 비하여 미국(일부 주 제외)이나 우리나라, 그밖의 많은 나라에서 동성애는 아직도 사회적 차별과 질시의 대상이 되고 있다.

---

10 위의 책, 30면.

이러한 사회적 상황에서 스스로 자신을 동성애자라고 용기 있게 밝힌 소장 사회학자 서동진은 『누가 성정치학을 두려워하랴』에서 동성애를 핵심적 담론으로 한 글쓰기를 하고 있다. 그는 이성애적 성, 성인의 성, 생식중심의 성만이 보편적이고 나머지의 성은 모두 병리적, 신경증적, 변태적, 퇴폐적, 범죄적 성이라고 규정한 기존의 본질주의적 성관념에 도전한다. 그는 근대 자본주의의 탄생이 이성애를 보편화하면서 생식중심의 성만을 목표로 삼는 대신에 동성애를 병리화 심리화하게 되었고, 이에 정신분석, 성생물학, 의학과 같은 성과학이 동원되었다고 비판한다. 그는 동성애가 오이디푸스 콤플렉스의 좌절과 유아적 성단계에서의 고착, 유전자적 기형이라는 식의 담론들은 모두 가족주의와 성차별주의를 양축으로 하는 이성애적 담론의 산물일 뿐이라고 비판한다. 그는 남성동성애자인 게이에게는 남성성에도 여성성에도 전일적으로 귀속시킬 수 없는 제3의 정체성이 필요하다고 주장한다. 그는 게이해방운동을 위해서 이성애적 남성성에 강제적으로 예속되고 착취당하는 이성애 남성과의 연대, 또는 성차별주의와 이성애주의로부터 억압당한다는 점에서 공통점이 있는 여성해방운동과의 연대를 주장한다.[11]

이성애냐 동성애냐를 단순히 개인의 성적 지향과 취향의 문제로 바라보는 것은 성 자유주의자들의 관점이다. 하지만 레즈비언 페미니스트나 남성동성애주의자들은 이성애를 억압적인 정치제도의 일종으로 파악한다. 이들은 남성지배적 이성애의 권력을 벗어나 성적 민주화를 획득할 수 있는 길이 동성애라는 주장을 하게 된다. 아무튼 동성애주의적 성담론은 자연적 본질로 받아들였던 이성애의 권력체계를 이해할 수 있는 시각을 제공했으며, 성에 작용하는 제반 사회적 권력관계를 파악할 수 있도록 해주었다.

---

11 위의 책, 32~34면.

현대는 다원주의의 시대이다. 1995년의 북경여성대회에서도 가족의 한 유형으로 동성애 가족을 인정하지는 않았지만 동성애를 일종의 성적 취향과 지향의 문제라고 규정지었다. 이성애를 선택하느냐 동성애를 선택하느냐는 어디까지나 개인적 취향과 선호의 문제일지 모르지만 급진주의 페미니스트나 남성 동성애자들에게 그것은 일종의 정치적 전략이다.

그런데 아직 사회적 차별과 질시 속에 놓여진 동성애자들이 받고 있는 사회적 차별과 억압을 벗어나기 위해서는 서동진이 주장하듯 억압적인 이성애제도에서 신음하고 있는 남성과 페미니스트들과의 연대 및 제휴가 필요할지 모른다. 그렇지만 이성애 제도에 속해 있는 다수의 남성들이나 레즈비언 페미니즘에 대해서는 무관심한 우리나라의 페미니스트들이 여기에 동조할 의사는 전혀 없어 보인다. 몇 년 전 남성 간의 동성애를 다룬 외화 〈부에노스아이레스〉가 한때 상영금지처분을 받았던 데 비해 1999년 말의 드라마 〈슬픈 유혹〉은 텔레비전을 통해서 방영되었다. 전자가 주로 동성애를 행위적 측면에서 다루었다면 후자는 성취지향의 현대 자본주의 사회가 남성에게 얼마나 억압적이며, 이를 인간적으로 이해하고 감쌀 수 있는 것도 남성이라는 차원에서 동성애에 대한 사회적 공감을 이끌어낸 바 있다. 우리나라에서 동성애가 차별과 질시를 받지 않기 위해서 가야 할 길은 아직 멀다.

4) 성폭력과 성희롱

성폭력(sexual violence)과 성희롱(sexual harassment)에 대한 관심의 제고는 급진주의 페미니즘의 대두라는 맥락에서 설명될 수 있다. 케이트 밀레트나 슐라미스 파이어스톤과 같은 초기의 급진주의 페미니스트들은 여성의 억압과 불평등을 생물학적 성적 차별에서 발견하며, 자본주의와 같은 사회제도에 대항하는 혁명뿐만 아니라 자연에 대항하는 혁명이 필요하다고 역설했다. 급진주의 페미니스트들은 피임과 낙태, 강간, 포르노그래피, 성폭행 등에 대한 이론적 검증과 실천운동을 전개해왔다. 어떤 의미에서 페미니즘은 18, 9C의 자유주의 속에 규정된 정치적 권리, 19, 20C의 사회주의 이론 속에 규정된 경제적 권리에 이어, 20C에는 성해방 이론에 규정된 성적 권리를 추구하는[12] 단계를 밟고 있다고 할 수 있다. 한국에서는 80년대 후반 이후 90년대를 전환점으로 하여 본격적으로 급진주의 페미니즘의 파고를 타고 있다. 여성계의 노력에 의해 1994년 4월부터 '성폭력특별법'이 시행되기 시작했고, 유죄, 무죄, 대법원에서의 유죄 확정 판결까지 수년을 끈 서울대 신교수 사건(우조교 사건)은 우리나라에서는 처음으로 '성희롱'에 대한 사회적 관심을 촉발시켰고, 법적 처벌의 근거를 제공했다.

성폭력은 성차별적인 사회구조와 남성우월적인 이데올로기 속에서 발생하는 성을 매개로 빚어지는 유형 무형의 폭력을 총칭하는 개념으로 협의의 성폭력과 가정폭력까지를 포함한다. 협의의 성폭력은 강간, 강제추행, 인신매매, 음란물 제조 판매, 성적 희롱, 음란행위, 성기노출 등의 범주를 포함하며, 가정폭력은 남편이 아내나 자녀를 학대 구타하는 행위를 지칭한다. 반면에 성희롱은 우조교의 판례에서 "직장내에서 근로자에 대한 지휘명령권 인사권을 가지거나 실질적인 영향력을 가진 자가 근로자의 의사에 반해 성과 관련된 언동으로 성적 굴욕감을 느끼게 하거나 성적 접근을 거부할 때 고용여부나 근로조건에 불이익을 주는 것"이라고 고용조건상의 문제로 해석했다.

성폭력은 '정조에 관한 죄'가 아니라 '성적 자기결정권에 대한 침해죄'이며, 인간의 성에 대한 폭력행사이고, 인간의 자율성과 존엄성을 침해하는 인권에 대한 범죄이다. 특히, 강간의 경우에 '저항할 수 없을 정

---

12 헤스터 아이젠슈타인, 한정자 역, 『현대여성해방사상』, 이대출판부, 1986, 282면.

도의 폭행과 협박'에 범죄 성립의 기준을 두어서는 안 되며, 자유의사에 동의하지 않는 모든 강제적 성을 포함시켜야 한다. 그리고 여성계에서 요구하듯 친고죄의 완전한 폐지, 피해자 보호강화, 부부간의 강간 인정 등 성폭력 근절과 여성의 인권보호를 위한 후속의 법률제정이 요구되고 있다. 하지만 성폭력과 성희롱에 대한 근절방안은 법률적 처벌만으로는 충분하지 않다. 남녀 간의 불평등한 권력관계를 구축하는 정치적 경제적 불균형, 가부장적 사회구조, 폭력적이고 공격적인 남성문화, 왜곡된 성문화에 대한 개혁 등 다각적인 접근을 통한 근절대책이 수립되어야 한다.

과거 김부남 사건(어렸을 적에 동네 구멍가게 아저씨에게 당한 성폭행이 평생의 상처로 남아 20년이 지난 후에 가해자를 찾아 살인을 한 사건)에서 보듯이 성폭력의 후유증은 예상 외로 심각하다. 성폭력은 정서적으로 남성에 대한 혐오감, 공포, 불안을 야기할 뿐만 아니라 자신에 대한 혐오감, 열등감, 수치심, 죄책감에 시달리게 만들며, 매사에 분노와 짜증, 의욕상실, 무기력, 공격성과 같은 행동장애를 낳기도 한다. 신체적으로는 불면증, 수면장애, 식욕상실, 강박적으로 자주 씻기, 성병감염, 임신 등의 후유증을 남기고, 학생의 경우에는 학습장애, 집중력 상실, 무단결석과 가출, 자살 등 성폭력의 후유증은 오랜 동안 지속되며, 광범하고 치명적인 상처를 남긴다. 또한 성폭력은 피해를 당한 개인뿐만 아니라 그 가족에게도 엄청난 피해를 입힌다.[13] 나아가 성폭력은 성폭력을 당한 당사자뿐만 아니라 모든 여성들에게 잠재적으로 성폭력에 대한 불안감을 심어주어 여성을 통제하고 특정 남성에게 의존하도록 만들고 있다.

성은 공격적이고 지배적인 남성이 여성을 대상으로 삼는 남성중심의

---

13 부산여성사회교육원, 『지역여성학강의』, 자유인공동체, 1996, 159면.

욕망이 아니라 대등한 두 주체의 상호허용과 충족을 통해서 공유해야 할 것이다. 또한 강제적인 폭력으로 소유해야 할 것도, 원하지 않는 성적 접근으로 치근거려야 할 성질의 것도 아니다. 어려서부터 성교육에 여성학적 시각을 포함시켜 성에 대한 올바른 시각과 태도를 심어주는 일이 필요하다.

그런데 성폭력은 어디까지나 여성운동가를 비롯하여 여성들의 관심사일 뿐 남성 성해방주의자들은 성폭력을 그들의 담론 속에서 취급하지 않는다. 이는 우리나라에서 성폭력의 구체적 피해자가 여성과 아동이며, 남성들은 이로부터 벗어나 있다는 현실을 반영하는 것이라고 할 수 있다.

5) 성의 상품화

매춘이 가장 오래된 여성의 직업으로 간주될 정도로 매춘의 역사는 길다. 하지만 현대와 같은 다양한 향락산업, 풍속산업의 발전을 초래한 것은 자본주의의 경제체제의 발달과 관련된다. 20C 후반의 대중매체와 사이버매체의 발전은 상품의 광고 및 소비전략에 큰 변화를 초래했으며, 이윤증대 및 자본증식에 성을 최대한으로 상품화하고 있다. 성의 상품화란 인간의 성을 매개로 이윤을 추구하는 것으로 정의할 수 있다. 따라서 성 그 자체 또는 성과 관련된 것을 판매하거나 상품에 성적 이미지를 부여함으로써 판매를 촉진하는 행위 모두가 포함된다. 성상품화의 가장 직접적이고 대표적인 예는 매매춘과 윤락이다. 현대에 와서 매매춘은 대중매체와 사이버매체를 이용하여 다양한 방식으로 성을 거래 가능한 소비상품으로 전락시키고 있다. 『나는 솔직하게 살고 싶다』에서 김지룡이 일본의 음성사서함에서 삼백만 원이라는 거금을 날렸다고 고백했듯이 전화나 컴퓨터를 통한 매춘은 단속이 불가능할 정도로 다양한 방식의 거래를 가능하게 만들며, 매체의 익명성 때문에 더욱 선호되고 있다. 더욱이 전화나 컴퓨터의 급속한 보급은 나이 어린 소녀들까지도 용돈을 벌기 위한 수단으로 성을 거래하는 원조교제를 사회적으로 유행하게 만들고 있다.

이러한 성의 상품화는 자본주의의 산물이지만 우리시대의 성해방주의자들도 이에 일조를 했다고 볼 수 있다. 그들은 사랑이라는 감정과 결혼이라는 강제적인 사회제도로부터 벗어난 오락과 쾌락의 도구로서 성을 강조하고, 일체의 억압으로부터의 해방을 추구하기 때문이다. 가령, 마광수의 소설 『즐거운 사라』에서 여대생 '사라'는 생존을 위해서가 아니라 그저 쾌락 추구를 위해서 호스티스를 자청하는 왜곡된 길을 걸으며, 작가는 이를 가장 현대적인 여성상으로 왜곡 묘사한다. 또한 수많은 일탈적 성행동이 쾌락을 극대화시키는 수단으로 당연시되기도 한다.

하지만 성의 상품화는 향락적 성문화를 바로잡는다는 도덕주의적 차원에서만 해결될 수 있는 문제는 아닐 것이다. 즉 여성과 남성이 균등하게 일할 수 있는 권리와 기회를 누릴 수 있으며, 경제적 측면에서 여성의 열등한 지위가 사라질 때에 여성을 거래 가능한 성적 대상으로 비하시키는 성의 상품화가 사라질 수 있을 것이다. 특히, 성상품화에 동원되는 계층은 사회경제적 약자층인 하층의 여성들과 미성년자들이며, 국제적으로는 제3세계의 여성이 매춘에 동원되고 있는 사실에 비추어볼 때에 성의 상품화는 성차별적인 가부장제의 변화와 함께 자본주의 구조의 변화, 또는 국가 간의 권력관계가 사라지는 혁명이 이루어져야 한다.

성상품화는 모든 여성을 인격적 주체로서가 아니라 사물이나 성적 이미지로, 나아가 하나의 성적 대상으로 취급하여 여성을 상품가치로 비하시킨다. 또한 대중매체를 통한 성상품화는 여성들로 하여금 실력을 배양하게 만들기보다는 스스로 자신의 육체를 상품가치가 높은 상품으로 만들기 위해서 미인대회에 경쟁적으로 참여하거나 다이어트나 성형수술에 무분별하게 뛰어들게 만드는 현상을 초래하기도 한다. 결국 성의 상품화는 여성을 마돈나와 같은 성녀와 매춘부라는 두 개의 범주로 분리시켜 여성을 억압하고 통제하며, 남성에게는 성을 얼마든지 허용 가능한 것으로 만들어 이중의 성규범과 억압구조를 만들어낸다. 성의 상품화에서 거래되는 것은 육체이므로 여성은 감정과 분리된 육체만의 존재로 타자화되고 타락되며, 남성은 이러한 여성을 지배하고 통제한다. 하지만 여성의 타자화와 비인간화는 결국 남성도 타자화시키고 비인간화시킨다. 남성들은 물신화된 여성의 육체를 통해서 쾌락을 증대시킬 수 있을지 모르지만 그것은 물건과의 접촉일 뿐 진정 인간과의 만남은 아닐 것이다. 바로 여기에 비극이 있다.

3. 더 나은 성, 그리고 바람직한 성담론

사라 러딕(Sara Ruddick)은 '더 나은 성'의 기준으로 더 큰 쾌감, 완전성, 자연스러움이라는 세 가지 조건을 제시했다. '더 큰 쾌감'은 심리적 개념과 그 이익에 연결되고, '완전성'은 철학적 개념에, '자연스러움'은 행동의 양태와 연결된다. 특히, 러딕은 세 가지 중에서 완전성을 중시했는데, 이는 의식과 육체가 하나된 성이기 때문이다. 러딕은 이 세 가지의 도덕적 장점의 하나로서 상대방에 대한 존경심을 들고 있다. 즉 성의 본질은 쾌감이고, 쾌감이 인간의 삶에 있어서 선善일진대 쾌감을 주는 어떤 성행위도 일단은 좋은 것이지만 개인적인, 자기성애적인, 무반응적인, 비체현된, 수동적인, 강압적인, 즉 한마디로 불완전한 성은 나쁘다고 했다.[14] 서갑숙이 정신과 육체가 하나 되는 사랑을 말했을 때, 그것은 바로 완전성이라는 개념과 일치된다.

---

14 R. 베이커 · F. 엘리스튼, 이일환 역, 『철학과 성』, 홍성사, 1982, 95~126면.

성적 존재로서 인간의 더 나은 성에 대한 지향은 당연한 것이다. 인간은 근본적으로 자신의 성적 쾌감을 증대시키고자 하는 욕망을 갖지만 이것은 인격을 가진 상대방과의 관계에서만 추구될 수 있다. 김지룡이 '발산으로서의 성'과 '커뮤니케이션으로서의 성'이 있지만 후자에서 오히려 더 진정한 쾌감을 맛볼 수 있다고 한 것은 성이 어디까지나 개인중심적 욕망이 아니라 상대방과의 관계에서 추구되는 상호충족적인 욕망이라는 것을 말해주는 것이다. 성관계에 있어서 파트너 간의 상호 허용과 충족은 매우 중요한 문제이다. 하지만 이로서는 충분하지 않다. 왜냐하면 개인 간의 행동도 사회윤리적 측면을 전혀 무시할 수 없기 때문이다. 마광수는 철저히 정신과 분리된, 그 어떤 사회적 책임과 관계도 벗어난 쾌락중심의 성을 최상의 것으로 평가했다는 점에서 그의 성담론은 문제성을 던져준다.

우리 사회는 성적 억압이 존재하는 한편으로 여성에게는 성의 차별적 이중규범이 적용되는 성별 억압이 부가되어 있다. 자유주의자들은 성적 억압과 지배로부터의 자유를 주장하며, 페미니스트들은 성적 억압보다는 여성에 대한 성별 억압에 더 관심을 둔다. 김지룡은 성을 억압하고, 여성을 억압하는 사회는 남성도 억압한다고 했다. 남성학이라는 학문이 대두되면서 오늘날 남성들도 성적 억압 하에 놓여 있다는 사실이 조금씩 밝혀지고 있다. 비아그라와 같은 약품이 치료제가 아니라 정력제로 오용되고 있는 상황이나 우리나라 남성들의 정력제에 대한 병적 추구는 거꾸로 남성들이 '마초(macho) 즉 강한 남성'에 대한 콤플렉스에 시달리고 있음을 반증한다고 볼 수 있다. 사회 전반에 넘쳐나는 포르노그래피는 쾌락적 폭력적 일탈적 성을 정당하고 정상적인 것으로 왜곡하며, 남성과 여성 간의 성적 계급을 극대화시킨다.

엥겔스는 성을 지나치게 경제결정론에 입각하여 단순화시켰지만 남녀의 역할이 공과 사로 분리되고, 여성들이 무보수의 가사노동에 동원되는 자본주의적 사회구조나 여성에 대한 차별적 임금제도, 여성들이 생물학적 성으로부터 자유롭지 못한 상황들은 여성의 성적 불평등을 초래하게 된다. 여성의 정치적·경제적·성적 지위는 서로 연결고리를 가지고 있다. 유엔은 세계적으로 900만 명의 여성과 아동이 윤락중개 및 아동밀매조직에 걸려들어 강제노역에 시달리고 있다고 발표했는데,[15] 이처럼 여성과 아동이 남성중심적인 섹스산업에 동원되는 까닭은 바로 그들이 정치·경제적 약자이기 때문이다.

여성의 성은 더 이상 남성에 의해서 정의될 수 없다. 그렇다면 더 많은 여성들이 성담론을 주도적 입장에서 여성중심적으로 이끌어 나가야 한다. 이것은 그동안 수많은 오해와 무지 속에 놓인 여성의 성을 남성들로 하여금 알게 만드는 계기를 제공할 것이다. 사실 성관계는 둘이 하지만 서로가 상대방의 성을 이해하지 못하는 경우는 허다하다. 더 많은 성담론이 나올 때에 수많은 오해 속에 놓인 남녀 간의 성의 간극은 좁혀질 것이다.

성에 대해서 보수주의적인 태도를 취하든 자유주의적 태도를 취하든 그것은 각자의 개인적 가치와 판단에 따라 결정할 문제일 것이다. 인생이 다양하듯 성에 대한 태도 역시 다양한 것이 자연스럽다. 어떤 의미에서 바람직한 성담론은 없다. 하지만 아직은 남성중심적 성담론이 팽배한 현실 상황에서 페미니스트적 관점의 확보야말로 진정한 성적 충족에 도달할 수 있는 한 방법을 제시해줄 수 있을 것이다.

(2000)

---

15 〈동아일보〉, 2000년 3월 22일자 A11면.

스와핑, 금기 너머의 자유 또는 성적 평등?

스와핑은 진보한 방식의 섹슈얼리티(sexuality)인가?

2003년 10월, 우리 사회를 후끈 달군 뉴스의 하나는 스와핑(swapping)이었다. 바다 건너 다른 나라의 이야기가 아니라 바로 우리의 주위에서 일어났던 스와핑 소식은 많은 사람들에게 이런 희한한 반문명적 성풍속이 다 존재하는가 하는, 큰 충격을 안겨주었다. 21C를 맞은 최근 몇 년 사이에 우리 사회의 가장 큰 변화 가운데 하나는 성윤리 및 성규범의 급격한 변화일 것이다. 이혼율 세계 2위, 동성애, 트랜스 젠더에 이어 이제 스와핑이라는 과거에는 상상도 할 수 없었던 단어가 우리의 일상을 뒤흔들고 있다.

우리 사회의 성과 가족의 표준적 형태는 이성애를 토대로 한 일부일처제(monogamy)의 핵가족이다. 일부일처제의 결혼은 배우자 이외의 이성과는 성관계를 맺지 않는다는 배타적이고 독점적인 성윤리가 전제되어 있다. 그리고 이를 어겼을 경우에는 간통죄가 성립되어 형사처벌을 받을 수도 있다. 간통죄라는 법적 장치에 호소하지 않는 경우라도 배우자의 외도는 평생 씻을 수 없는 배신감과 상처를 안겨주게 된다. 그렇다면 배우자 쌍방 간의 합의하에 이루어지는 스와핑은 간통죄로 고소당할 위험성도 없고, 배우자가 배신을 하였다 하여 울고불고 하는 세련되지 못한 행동을 할 필요도 없으면서 늘 새로운 긴장감으로 색다른 성적 자극을 받을 수 있기 때문에 아주 진보한 방식의 섹슈얼리티(sexuality)인가?

인류 역사에서 일부일처제는 가장 문명화된 결혼제도로 인식되고 있다. 이를 지지하는 사람들은 일부일처제가 특별히 동반자들 사이에 '깊은 애정'을 증진시키고, 아이양육에도 가장 '좋은 환경'을 제공한다고 주장한다. 이견이 없는 것은 아니지만 인류는 무규율적 난교의 상태에서 집단혼으로, 다시 대우혼을 거쳐 일부다처를 수반한 일부일처제로 결혼제도가 발전되어 왔다는 견해가 있다. 그런데 가장 문명화된 결혼의 형태로 간주되는 일부일처제는 아직도 일부다처제를 완전히 청산하지 못하고 있으며, 외도라는 그림자 역시 떨치지 못하고 있다. 존 맥머트리(John McMurtry)는 일부일처제가 과도한 성적 억압과 폐쇄성 때문에 불안, 소외, 질투, 음란성 등의 심리적 문제를 유발시킨다고 지적한다.

일부일처제의 폐쇄적인 결혼제도는 배타적인 섹슈얼리티를 비롯하여 경제적 관계, 육아 등 여러 측면에서 폐쇄적인 인간관계 위에 구축되어 있다. 이런 폐쇄성과 배타성을 견디지 못하여 이혼에 이르거나 대안으로서 개방결혼이 논의되고, 극단적으로는 스와핑을 행한다고도 볼 수 있다. 앞에서도 언급했듯이 스와핑은 폐쇄적이고 배타적인 일부일처제의 문제점을 해소시켜줄 대안처럼 보이기도 한다.

스와핑의 목적은 성적 자극과 쾌락의 극대화

그러나 개방결혼(open marriage)이 보다 개방적인 대화와 개방된 사교라는 포괄적인 인간관계의 측면에 초점을 맞추고 있다면, 스와핑은 부부교환섹스라는 한정적인 부분, 즉 부부간에 합의하여 지하서클에서 비밀결사를 하듯이 파트너를 교환함으로써 성적 자극과 쾌락을 극대화하자는 데만 목적을 두고 있다. 개방된 결혼이 규정하는 일부일처제를 오닐(Nena & George O'Neill)은 새롭게 정의한 바 있다. 즉 평등이 자연적으로 존재하고, 주체성이 넘쳐흘러 질투와 성적인 독점이 전혀 문제되지 않으며, 합의에 의하여 결정되지 않고 선택에 의하여 결정되며, 자유로운 가운데 사랑이 성장하도록 하는 특징을 가져야 한다는 것이다.

스와핑 뉴스가 전해졌을 때에 언론은 재빨리 전문가, 즉 정신과 의사를 동원하여 이것이 정신질환인가의 여부를 따져보는 신속함을 보였다. 여기에 동원된 용어들은 성도착증, 변태성욕, 성중독증, 인격장애 같은 것들이었다. 그러나 누구도 이것이 정신질환인지의 여부를 정확하게 가려줄 수 없다. 사실 성은 구성주의자들의 관점처럼 역사적 문화적으로 다른 규정을 가져왔기 때문에 절대적인 잣대를 들이댈 수 없다.

가령 동성애의 경우만 하더라도 얼마 전까지 의사, 생물학자, 심리학자들은 이것이 유전자나 호르몬의 이상, 또는 뇌의 구조의 결함에서 야기된 질환이라는 것을 입증하기 위해 온갖 방법을 다 동원하였지만 결국 이를 증명하지 못함으로써 동성애는 질환이 아니라 단지 개인의 성적 지향일 뿐이라는 합의를 내리기에 이르렀고, 차츰 동성애 결혼을 이성애 결혼과 차별 없이 인정하는 국가들도 늘어간다. 스와핑도 마찬가지이다.

대가를 수수하지 않는 한 이를 처벌할 수 있는 현행법이 없다는 사실에 많은 사람들이 분노를 표현하지만 인류의 역사를 거슬러 올라가면 아내교환의 풍속이 분명 존재했으며, 현대에도 일부일처제 이외에 다양한 결혼형태가 혼재해 있다는 것을 인정하지 않을 수 없기 때문에 스와핑에 대해서 그토록 흥분할 필요는 없다.

성적 쾌락, 결혼의 필요충분조건은 아니다

그렇다면 일부일처제는 발전이 아니라 단지 변화일 뿐인가. 요즘의 혼란스런 성풍속을 들여다보면 인간은 원시적인 난교상태에 대한 무의식적 선망을 갖고 있는 것이 아닌가 하는 생각을 갖게 한다. 또한 스와핑은 일부일처제의 변화 가능성을 보여주는 한편 이를 숙명처럼 지켜나가기 위한 애처로운 노력(?)으로 보여지기도 한다.

왜냐하면 더 이상 배우자와의 관계에서 성적 정열이 식어 원하는 자극과 쾌락을 얻을 수 없다면 이혼을 하거나 아예 처음부터 폐쇄적인 일부일처제의 결혼제도로 진입하지 않고 독신생활의 자유를 선택할 수도 있다. 그도 아니라면 각자가 혼외정사를 즐기는 방식을 선택할 수도 있지 않은가. 그런데 굳이 결혼관계를 유지하면서 일정한 장소와 시간에 부부가 합의하여 동시에 교환섹스를 갖는 것은 일부일처제의 장점은 취하면서 성적인 측면에서만 권태를 이기기 위해 자유를 누리자는 것인가? 하지만 스와핑을 통해서 일시적으로 성적 쾌락은 증대될지 모르지만 끊임없이 파트너를 바꾸지 않는다면 이내 새로운 파트너도 시들해질 것은 뻔한 이치이다. 따라서 스와핑을 통해서는 결코 진정한 성적 자유를 획득할 수 없을 것이다. 왜냐하면 쾌락이란 영원히 충족될 수 없는 속성을 지녔기 때문이다.

문제는 성적 쾌락만이 행복한 결혼의 전부라는 강박증을 버려야 한다. 성적 쾌락이 행복한 결혼의 한 조건이 될 수 있을지는 몰라도 행복한 결혼의 필요충분조건은 아니다.

스와핑에 평등(equality)은 존재하지 않는다

스와핑은 부부가 교환섹스에 합의했다는 점에서 대단히 민주적이고 평등하기조차 한 성풍속처럼 보여지는데 과연 그럴까. 역설적이게도 엥겔스(F. Engels)에 의하면 원시적 난교상태에서 남녀 양성이 평등하게 '성적 공유'의 상태에 있었기 때문에 아무런 억압도 수반되지 않는 '양성에게 있어 자유로운 공유'였다고 주장된다. 사실 배우자의 사생활을 인정하고 개방된 대화와 사회활동을 인정하는 개방된 결혼이라면 배우자 이외의 성적 파트너를 결정하는 문제도 합의가 아니라 당사자의 자유로운 선택에 맡겨져야 한다.

진정한 평등이란 선택과 개성을 말살하는 개념이 결코 아니다. 부부가 동일한 취미활동을 해야 하고, 합의하여 스와핑에 참여해야 한다면 거기에 이미 평등은 존재하지 않는다. 평등(equality)은 동일성(sameness)의 개념이 아닌 것이다. 진정한 평등과 자유는 각자가 자율적 의지로 파트너를 자유롭게 선택할 수 있어야 하며, 새로운 파트너와 친밀한 관계를 자유롭게 발전시켜 나갈 수 있어야 한다. 그런데 스와핑에서는 자율적인 선택이라는 측면도, 친밀한 관계로 발전시킬 자유도 주어지지 않는다.

또한 스와핑이 배우자의 자유로운 합의에 의해서 결정되고 있는 것 같지만 한쪽 배우자(대체로 남편)의 강권에 의해서 이루어지는 경우가 많다고 한다. 외면적으로 보면 배우자 쌍방 간에 간통을 하기 때문에 평등의 원리가 작용하는 것 같지만 결코 이것은 성적 평등에 기여하지 않는다. 남편에게 아내는 소유물로 취급될 뿐이며, 따라서 스와핑은 자신의 소유물인 아내를 다른 남자에게 일시적으로 대여하고 대여받는 물물교환 형태로 해석할 수 있다. 엄밀히 말해서 스와핑은 '부부교환'이 아니라 '아내교환'인 것이다.

이때에 여성은 대등한 인격체로서 자유로운 의사결정의 주체가 아니라 남편의 소유물로서 교환 가능한 객체로 물화된다. 여성은 선택의 자유를 잃고, 남성은 자신의 성적 만족을 위해 아내를 압박하여 스와핑에 나서는 구조라면 이것은 평등관계가 아니라 불평등한 권력관계이므로

스와핑이 성적 평등에 기여한다고 보는 것은 너무 피상적이고 위험한 시각이다. 스와핑은 일부일처제의 폐쇄성을 벗어나 폭넓게 새로운 파트너와 감정과 욕구를 공유하는 친밀한 관계로 나아가기 위한 데 목적이 있는 것이 아니라 일종의 섹스중독증으로 해석해야 한다. 그들은 강박적으로 섹스에 몰두하고 성적 쾌락에 강박적으로 빠져든다. 그러나 거기에는 이미 성해방의 자유도 평등도 존재하지 않는다. 따라서 스와핑은 우리 사회의 일부일처제의 금기 너머에 존재하는 자유나 성적 평등이 아니라 색다른 자극을 찾기 위해 몸부림치는 권태에 빠진 사람들의 파괴적인 일탈 정도로 해석하는 것이 타당할 것이다.

스와핑, '플라스틱 섹슈얼리티'도 아닌 것이

앤서니 기든스(Anthony Giddens)가 말한 성적 민주주의는 외적인 법칙이나 규범에 지배받지 않고, 그때그때의 인간관계 속에서 실험적으로 이루어진다. 이러한 관계 속의 섹슈얼리티를 '플라스틱 섹슈얼리티(plastic sexuality)'라고 부르는데, 이는 철저하게 인간 쌍방의 성찰적 합의에 따라 이루어진다. 그런데 스와핑 커플들에게서는 이러한 내재적 성찰적 합의가 이루어진다고 볼 수 없다. 그리고 진정한 성적 민주주의는 단지 섹슈얼리티만의 영역에 한정되는 것이 아니며, 개인적인 생활의 철저한 민주화로 확대될 때에만 그 진정성이 확보될 수 있을 것이다.

성욕의 억압보다는 발산에 무게 비중이 더 실리고, 성욕을 극대화하기 위한 각종의 처방이 위세를 떨치는 요즘, 우리는 일찍이 프로이트(S. Freud)가 인류의 문명적 요소는 성욕의 무한정한 발산이 아니라 승화로부터 오는 것이라고 했던 말을 다시 한 번 상기하지 않을 수 없다.

(2004)

제4장

사랑 · 결혼 · 이혼

사랑도 배워야 잘할 수 있다

1. 사랑의 유형

사랑은 서로에게 이끌려 좋아하고 아끼는 열정적인 마음의 상태라고 정의할 수 있을 것이다. 에리히 프롬(Erich Fromm, 1900~1980)은 사랑은 추상명사이기 때문에 오직 사랑의 행위만이 존재한다고 했다. 그는 순수한 사랑은 누군가에 의해 야기된다는 의미에서 '감정'이 아니라 사랑받는 자의 성장과 행복에 대한 능동적 갈망이며, 이 갈망은 자신의 사랑의 능력에 근원이 있다고 했다.

그런데 이 사랑에도 여러 종류가 있다.

아가페(agape)의 사랑은 흔히 정신적 사랑, 자기희생적 사랑, 상대방에게 요구하지 않는 사랑이라고 부른다. 이런 사랑은 부모와 자식 간의 사랑, 신의 인간에 대한 절대적 사랑에서 찾아볼 수 있다.

필리아(philia)[1]는 지속적이고 깊은 우정관계나 형제애를 뜻한다. 친구

---

1 '필로스(philos)'라고도 함.

간의 우정, 형제간의 우애 같은 것이 여기에 속한다.

에로스(eros)는 성적·육체적 사랑으로서 성적 매력에 이끌린 남녀가 나누는 열정적인 사랑이다.

라스웰과 랍슨즈(Lasswell & Lobsenz)는 사랑을 여섯 가지로 분류했다.[2]

친구와 같은 사랑 : 동료관계, 상호의존, 공유, 시간을 둔 점진적 자기노출.

유희적 사랑 : 연애 자체가 목적으로 연애관계의 유지에는 무관심, 쾌락 추구적인 문란한 사랑.

논리적 사랑 : 남편이나 아내로서 적합한 상대와만 연애하며, 타인에 대한 배려보다는 자신에게 돌아오는 실질적 이익에 관심을 둠.

소유적 사랑 : 상대방을 완전히 소유하고, 자신도 상대방에 의해 완전히 소유되길 원하는 사랑, 상대방에 대한 질투, 관계 지속에 대한 불안감이 나타나며, 욕구불만과 상대방에 대한 의존도가 지나쳐 서로에게 피해를 줄 수 있음.

낭만적 사랑 : 사랑의 환상적 느낌 지속되어야 하기 때문에 다른 유형의 사랑으로 대체하지 않으면 관계 자체가 끝날 수 있음.

이타적 사랑 : 무조건적으로 상대를 보호하고 돌보며, 제공하고, 희생하는 사랑으로 이타적 사랑의 제공자가 이용당하고 있다는 느낌을 가지면 지속될 수 없음.

스템베르그(Sternberg)의 〈사랑의 삼각형〉도 사랑하는 사람들은 기억해 둘 만하다. 그는 사랑의 3요소로서 친밀감, 열정, 헌신을 들고 있다. '친밀감'이란 상대방과 가깝고, 연결되어 있으며, 결합되어 있다는 느낌을 말한다. '열정'이란 낭만적 감정, 신체적 매력, 성적 몰입을 뜻한다. '헌

---

2 조정문, 「사랑과 성」, 부산여성사회교육원, 『지역여성학강의』, 자유인공동체, 129~131면.

신'이란 상대방에 대한 헌신과 관계를 지속시키겠다는 결심을 의미한다. 그는 친밀감만 있는 사랑은 '좋아함'이며, 열정만 있는 사랑은 '도취된 사랑', 헌신만 있는 사랑은 '공허한 사랑', 친밀감과 열정이 결합된 사랑은 '낭만적 사랑', 친밀감과 헌신이 결합된 사랑은 '우애적 사랑', 열정과 헌신이 결합된 사랑은 '얼빠진 사랑', 그리고 친밀감과 열정과 헌신의 3요소가 모두 결합된 사랑이야말로 '성숙한 사랑'이라 했다.[3] 스템베르그가 말한 사랑의 3요소 가운데 자신의 사랑은 어떤 요소가 결핍되어 있는지 분석해볼 만하다.

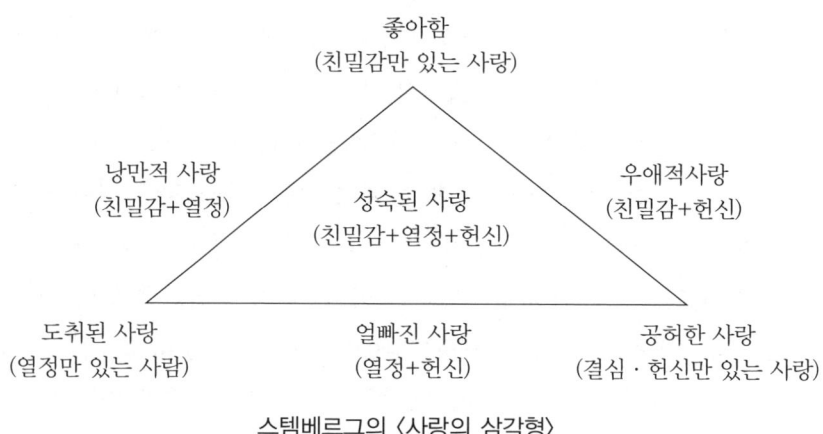

스템베르그의 〈사랑의 삼각형〉

2. 주체의 확립과 상대방에 대한 배려

인간은 누군가를 사랑하고 사랑받기를 원하지만 정작 사랑이란 무엇이며, 어떻게 사랑해야 할 것인가에 대해서는 잘 모르는 경우가 많다. 하지만 진정으로 남을 사랑하기 위해서는 우선 자기 자신을 사랑하고, '나'란 주체를 확고히 확립해한다. 왜냐하면 성숙한 사랑은 자기를 긍정

---

3 조정문, 앞의 글, 131~132면.

하고 자신을 사랑하는 사람에게서만 나올 수 있기 때문이다. 성숙한 자아가 형성되지 않은 사람은 사랑에 있어서도 상대방에 대한 지나친 의존, 소유, 집착으로 성숙하고 건강한 사랑을 유지시켜 나갈 수가 없다.

그러나 사랑은 주체를 포기한 자아의 망각과 상대방에 대한 몰입의 극대화에서 일체감의 황홀을 맛볼 수 있기 때문에 주체에 대한 사랑 그 자체가 사랑은 아니다. 더욱이 지나치게 자기 자신에 대한 사랑과 주체의 확립만을 강조하다 보면 사랑 그 자체에 몰입하기도 어려우며, 상대방을 위한 배려가 소홀해지기 쉬운 것도 사실이다. 따라서 성숙한 사랑은 자신에 대한 사랑이나 주체의 확립과 더불어서 상대방에 대한 배려가 공존해야 한다. 자기 자신을 사랑할 줄 아는 성숙한 인격의 소유자는 상대방도 나와 똑같이 사랑하고 보살피며 배려할 줄 안다. 즉 성숙한 사랑이란 자신에 대한 사랑과 타인에의 배려가 조화를 이룬 상태라고 할 수 있다.

사랑은 상대방을 배려하고 돌보는 데서 기쁨을 느끼는 감정이다. 따라서 사랑에는 상대방에 대한 헌신과 자기희생이 따른다. 하지만 사랑은 일방적 헌신이나 희생이 아니라 쌍방 간에 서로 헌신하고 희생하는 마음을 주고받는 것이다. 이 주고받음(give&take)이 공평할 때에만 그 사랑은 오래 지속될 수 있다. 특히 성숙한 남녀가 하는 사랑은 주고받음이 공평해야 한다. 만약 상대방이 일방적으로 받기만을 바란다면 그(그녀)는 미숙한 인격을 가진 사람이거나 나를 착취하려는 의도를 가진 것이 분명하므로 그런 사랑은 그만두는 것이 좋다. 특히 우리 문화에서는 여성들에게 사랑은 상대방을 위해 나를 희생하는 것이라는 희생 이데올로기를 주입시켜 왔으므로 여성들은 일방적인 희생에 익숙하다. 하지만 성숙한 사랑은 쌍방 간의 헌신과 희생이지 일방적 헌신과 희생이 절대 아니라는 것을 명심할 필요가 있다.

사랑하는 남녀 사이에는 대등한 관계가 전제되어야 한다. 진정한 사랑은 남녀가 평등하고 자유롭게 만날 수 있을 때에만 가능하다. 따라서 남녀 간의 관계가 위계적이거나 불평등한 관계에 있을 때에는 진정한 사랑을 기대하기 어렵다. 물론 현실이나 소설 그리고 영화에서 대등하지 못한 관계를 뛰어넘어 진실한 사랑을 성취하는 예를 많이 찾아볼 수 있다. 나이 차이, 학력 차이, 경제력의 차이, 집안의 차이 등 수많은 차이를 뛰어넘어 진실한 사랑을 성취하는 것이 소설과 영화의 영원한 주제가 되어오다시피 했다. 물론 사랑은 그런 차이를 뛰어넘을 수 있는 순수함이 있어야 한다. 하지만 현실의 냉정한 눈으로 볼 때에 그런 차이를 초월하는 것은 순수한 사랑의 힘이라기보다는 남성의 권력(재력)과 여성의 미모가 교환되는 데서 그것이 이루어지는 경우가 대부분이다. 여성들은 결혼을 통해서 인생을 바꿔 보려고 할 것이 아니라 자신의 실력을 통해서 인생을 개척해 나가야 한다. 신데렐라 콤플렉스를 벗어날 수 있을 때에 오히려 진실한 사랑을 성취할 수 있다. 정이현의 소설 「낭만적 사랑과 사회」는 낭만적 사랑은 존재하지 않으며, 철저히 계산된 신분 상승의 자본주의적 각본만이 현실을 지배한다는 것을 보여주었다. 또한 낭만적 사랑의 결과로서 이루어지는 낭만적 결혼은 존재하지 않으며, 결혼은 더 이상 사랑이 깃들 집이 아니라 철저히 거래로 이루어진 타협의 궁전일 뿐이라는 것을 냉정하게 분석했다.[4]

사랑에는 상대방에 대한 존경과 인격적 신뢰가 전제 되어야 한다. 상대방에 대한 존경과 신뢰가 없다면 그 사랑은 불안, 질투와 같은 불신으로 얼룩질 가능성이 높다. 사랑하는 사람들은 상대방을 존경하고 믿으며 동시에 나 역시 상대방에게 믿음을 줄 수 있도록 행동해야 한다. 그런데 사랑을 소유로 생각하는 사람들은 사랑하는 상대방을 존중하지 않고 함부로 대하는데 이는 경계해야 할 태도이다. 그리고 신뢰는 상대방

---

4 송명희, 「우리시대에 낭만적 사랑은 존재하는가-정이현」, 『현대소설의 이론과 분석』, 푸른
  사상, 2006, 357면.

에게 나를 점진적으로 노출하며 시간을 두고 쌓아가는 것이다. 따라서 한눈에 반했다는 사랑은 위험하다. 흔히 한눈에 반해 사랑에 빠졌다는 것은 상대방의 외모, 즉 성적 매력에 반했다는 것일 뿐 그것은 신뢰를 바탕으로 한 진실한 사랑이라고 볼 수 없다.

사랑을 지나치게 미화하고 신비화하는 낭만적 태도도 경계해야 한다. 특히 여성들은 자신의 전 인생을 사랑에 거는 맹목적인 사랑을 추구하는 경향이 강하다. 하지만 이런 태도는 결코 건전한 형태의 사랑이 아니다. 사랑에 대한 맹목적 기대, 상대방에 대한 지나친 의존, 주체성의 결여 이런 것들이야말로 사랑에 실패하게 만드는 요인이다. 사랑에 맹목적으로 몰입하고, 사랑이라는 이름으로 서로를 구속하는 것이 아니라 사랑을 통해 서로를 발전시켜 나가며, 사랑도 인생의 일부라는 균형 잡힌 사고방식이 필요하다.

3. 성적 자기결정권과 상대방에 대한 존중

성적 자기결정권이란 내 몸은 내가 관리하고 결정할 대상이자 주체라는 의미이다. 내가 누구를 좋아하고, 육체적 관계를 맺고 하는 문제의 결정권자가 바로 나 자신이라는 뜻이다. 따라서 사랑하는 사람은 자신의 주체성과 성적 자기결정권이 중요한 만큼 상대방의 그것도 중요하며 반드시 존중해야 한다는 사실을 인식해야 한다. 사랑은 자기발산적인 일방적 욕망이 아니라 상대방과의 관계에서만 이루어지는 관계적 욕망이다. 따라서 나의 욕망만큼 상대방의 욕망도 중요하며, 주체인 내가 존중받아야 한다면 상대방도 똑같이 존중받아야 할 존재라는 것을 명심해야 한다. 과거처럼 '열 번 찍어 안 넘어가는 나무 없다'는 식으로 일방적으로 밀어붙이게 되면 그 사람은 스토커가 되기 쉽다. 상대방의 '노(No)'를 내숭으로 오해하며 계속 대시하다가는 성폭력범으로 몰리기 쉽다. 즉 상대방의 성적 자기결정권을 절대 침해해서는 안 된다. 성윤리에서 첫 번째는 서로 허용했는가의 여부이며, 마지막은 서로 만족한 상태에 도달했는가의 여부이다. 사랑과 성에서 상대방을 배려하지 않고 자기만의 만족을 추구한다면 그것은 비도덕적이다. 그리고 자신의 만족과 상대방의 만족을 동시에 추구하지 않는다면 진정으로 만족스런 상태에 이를 수도 없다.

4. 사랑에도 지식과 기술이 필요하다

독일 태생의 정신분석학자이자 사회심리학자인 에리히 프롬은 『사랑의 기술(The Art of Loving)』에서 사랑은 이론과 기술이 필요한 문제라고 하였다. 인간의 뇌가 사랑에 빠지는 데 걸리는 시간은 0.1초라고 하는데, 그에 의하면 사랑은 한순간에 빠지는 감정상의 문제만이 아니다. 그는 사랑만큼 인간을 강렬하고 격정적인 정서적 경험에 빠뜨리는 것이 또 있을까, 라고 말한다. 그러나 이 기적 같은 놀라운 감정은 시간이 지나면서 점점 줄어들고 마침내 실망감과 권태만이 남게 된다는 것이다. 즉 사랑만큼 엄청난 희망과 기대 속에서 시작되었다가 반드시 실패로 끝나고 마는 활동이나 사업도 찾아보기 어렵다는 것이다. 사람들은 사랑을 우연한 기회에 저절로 경험하게 되는 즐거운 감정이라고 생각한다. 그래서 사랑의 기술에 대해서 배워야 한다고 생각하지 않는다는 것이다.

그는 사랑에 관한 3가지의 오류를 다음과 같이 지적한다.

첫째, 사람들은 사랑의 문제를 사랑할 줄 하는 능력의 문제가 아니라 사랑받는 문제로 생각하며 어떻게 하면 사랑받을 수 있는가, 어떻게 하면 사랑스러워지는가 하는 문제로만 골몰한다는 것이다. 그래서 사랑할 수 있는 능력을 갖추는 대신에 남자들은 성공(권력과 돈)을 통해서, 여자들은 외모를 가꾸어 매력 있는 존재가 되려고 한다는 것이다.

둘째, 사람들은 사랑의 문제를 '능력'의 문제가 아니라 '대상'의 문제라고 가정함으로써 다만 사랑할 대상을 발견하는 어려움에 대해서만 생각한다는 것이다. 흔히 주위에서 보면 사랑할 대상을 만나지 못해서 사랑을 하지 못한다고 말하는 사람들을 많이 만날 수 있다.

셋째, 사람들은 사랑을 '하게 되는' 최초의 경험과 사랑하고 '있는' 지속적 상태, 즉 '머물러' 있는 상태를 혼동한다는 것이다. 그런데 사랑을 처음 시작할 때의 강렬한 감정은 결코 지속되지 않는다. 한 연구에 따르면 열렬한 사랑의 가장 긴 지속시간은 30개월이라고 한다. 프롬은 사랑의 실패를 극복하기 위해서는 사랑도 기술이라는 사실을 빨리 깨달아야 한다고 말한다. 그는 사랑을 천부적인 능력으로 보지 않고 이론의 습득, 실천의 습득, 그리고 기술숙달이 필요한 능력으로 보았다.

손자병법에 "지기지피知己知彼면 백전불태百戰不殆"라는 말이 있다. 자신과 상대방에 대해서 잘 알면 그 어떤 전쟁에서도 죽지 않는다, 즉 이긴다는 뜻이다. 사랑에서도 사랑하는 주체인 나 자신에 대해서는 물론이며, 대상인 상대방에 대해서 잘 알아야만 그 사랑에서 성공할 수 있다. 아니, 프롬에 의한다면 아는 것만으로는 부족하며, 실천의 습득, 기술숙달의 경지까지 가야만 성공할 수 있는 것이 사랑이다.

5. 사랑은 순수한 관계라야 한다

앤서니 기든스(Anthony Giddens)는 『현대사회의 성·사랑·에로티시즘』에서 관계 외적인 다른 것에 의존하지 않고 순수하게 관계 그 자체의 내적인 목적과 속성에 따라 형성되는 상호관계를 '순수한 관계(pure relationship)'라고 했다. 그에 의하면 사랑과 섹슈얼리티는 '정상적인' 대부분의 사람들에게 있어서 결혼이라는 제도를 통해서 향유되는 것으로 인식되어 왔다. 하지만 현대에 와서 사랑과 섹슈얼리티는 점점 더 순수한 관계를 통해 연결되고 있으며, 결혼까지도 점점 더 순수한 관계의 형태로 되어간다고 했다. 사랑은 그처럼 순수한 관계라야 한다. 두 사람의 관계 외적인 모든 것을 배제하고 순수하게 감정적·인격적 유대에 의해서 이루어지는 열정적이고 친밀한 관계를 사람들은 꿈꾼다. 기든스는 개인 간의 친밀성과 순수한 감정에 기초한 자아성찰적 사랑을 모든 외적 관계보다 우선시하였다.

하지만 많은 경우 사랑은 집안, 학벌, 직업, 경제적 능력, 외모, 인종 등의 다양한 이해관계에 의해서 거래되는 비즈니스가 되고 말았다. 인류 역사상 결혼제도는 남성의 경제적 능력과 여성의 성이 교환되는 오래된 관습이었다. 오늘날에도 이 관습이 남아 있어 남성은 고수입의 좋은 직장을 얻기 위해 인생을 다 걸고, 여자들은 외모지상주의에 빠져 실력보다는 외모 가꾸기에 매달린다. 그것이 바로 좋은 배우자를 얻기 위한 조건이 되기 때문이다.

그러나 다른 한편에서 남성의 부양능력과 여성의 외모를 교환하는 결혼제도에 환멸을 느끼고 순수한 관계를 지향하는 새로운 경향이 생겨나고 있다. 문학작품과 영화는 그런 순수한 관계의 사랑을 자주 보여준다.

우리 사회에서 큰 화제를 불러일으킨 바 있는 〈아내가 결혼했다〉라는 영화(소설)는 아내의 중혼의 문제를 다루고 있지만 이 영화의 메시지 중의 하나는 결혼이라는 제도보다는 관계 그 자체의 순수함이라고 할 수 있다. 〈결혼은 미친 짓이다〉도 마찬가지이다. 이 영화(소설)에도 문제적 여성이 등장하여 사회적으로 안정된 의사와 결혼하였음에도 주말에는 결혼 전에 사귀던 남자와 주말부부처럼 순수한 사랑을 나눈다. 물론 남자에게도 이 사랑이 순수한 사랑으로 받아들여질지는 의문이지만, 이 작품 역시 결혼이라는 제도에 냉소를 보내며, 결혼제도라는 형식보다는 관계 그 자체의 순수함이 중요하다는 것을 역설적으로 보여주었다.

(2010)

결혼과 이혼을 다시 생각하기

1. 이혼의 수치가 의미하는 것

90년대 이후 우리 사회는 급격하게 이혼율이 증가하고 있다. 지난 30년 동안 이혼 건수는 열 배 이상 증가했다는 통계청의 보고도 있다. 새로 결혼하는 부부의 세 쌍 중 한 쌍이 이혼한다는 수치를 기록한 것은 벌써 몇 년 전의 일이다. 최근의 통계에 의하면 하루 평균 915쌍이 결혼하고 329쌍이 이혼을 하며, 그 숫자는 한 해에 12만 쌍에 이른다. 법원 행정처의 2001년 판 사법연감에 따르면 2000년도에 하루 119쌍이 이혼 청구소송을 냈는데, 이것은 전년도에 비해 6.2%가 증가한 수치라는 것이다. 이혼청구의 이유를 보면 배우자의 부정 41.1%, 부당 대우 23.1%, 동거부양 의무유기 17.3%, 3년 이상 생사불명 6.5%, 자신의 부모에 대한 부당 대우 5.5% 등이다.[1] 이혼소송 피고 중 남편의 비율이 10년 전 43.8%에 비

---

[1] 2010년 8월 통계개발원의 용역보고서에 따르면 2008년의 이혼사유의 가장 큰 비율을 차지하는 것은 성격차가 47.8%, 가족 간의 불화가 7.7%이다.

해 18.3%가 높아진 62.1%에 달해 아내가 먼저 이혼을 요구하는 경우가 크게 늘어났다.[2]

최근 여성개발원의 조사에 따르면 이혼을 생각해봤다는 부부가 46.7%이며, 그 이유로서 성격차이 40.2%, 경제적 갈등 28.8%, 배우자의 음주 14.1%, 배우자의 부정 5.2%, 가족과 함께 하는 시간이 적다 3.8% 순으로 기록되었다.[3] 하지만 어찌 46.7%의 부부만이 이혼을 생각해봤을까? 평생을 해로한 부부라 할지라도 이혼을 한 번도 생각해보지 않은 경우는 아주 드물 것이다. 따라서 이혼을 생각하는 부부는 거의 모든 부부라고 생각해도 크게 틀리지 않을 것이란 생각이 든다.

이혼에 대한 근래의 자료들에서 읽을 수 있는 것은 첫째, 이혼율이 증가하고 있다. 둘째, 여성이 청구하는 이혼소송이 더 높으며, 계속 증가하고 있다. 셋째, 중년 이후의 이혼이 10년 전의 배로 늘어난 31.6%를 차지하며, 황혼이혼도 심심찮게 일어난다. 넷째, 이혼하지 않은 부부들도 성격차이나 경제적 갈등 등의 이유에서 이혼을 생각하지만 배우자의 부정이나 부당대우 등 겉으로 드러나는 뚜렷한 이유가 있는 경우에만 이혼한다 등이다.

어디 그뿐인가? 젊은이들을 중심으로 아예 독신생활을 고집하거나 법적인 결혼이라는 절차를 밟지 않은 채 동거하는 형태의 느슨한 가족관계도 늘어나고 있다. 2000년도 전국인구센서스에 의하면, 1,439만 가구 가운데서 222만 가구가 독신가구인 것으로 조사됐다. 또한 동거하는 커플도 80만에 이른다는 통계도 있다. 최근 20~30대에 의하면 결혼할 나이가 되면 반드시 결혼해야 한다는 데에 동의한 숫자는 불과 30%대에 머물고 있으며, 이들의 결혼에 대한 가치관도 크게 달라져 결혼을 하지 않더라

---

2 〈부산일보〉, 2001년 8월 8일자.
3 〈동아일보〉, 2002년 1월 25일자.

도 남녀가 같이 살 수 있다는 견해가 60%대에 달하고 있다. 도저히 기성세대로서는 상상할 수 없는 가치관의 변화를 보이고 있다. 서구의 선진국, 특히 프랑스는 법률혼보다는 동거를 절대적으로 선호하고 있고[4], 프랑스의 민법은 동거부부와 결혼부부에 대한 일체의 차별을 없애버렸다.

이제 결혼식장의 '검은머리 파뿌리 되도록 살라'는 주례사는 구태의연한 것이 되고 말았다. 몇 년 전에 정신과 의사 이근후는 이화여대생을 대상으로 한 강연에서 결혼은 5년제 계약이 바람직하며, 5년 후에 재계약을 할 것인가는 그때 가서 다시 생각하여야 한다, 현실적으로 그렇게 할 수 없다면 적어도 그런 자세로 살아야 한다고 말했다. 정신과적으로 볼 때에 한 커플이 결혼생활을 이상적으로 유지할 수 있는 최적의 기간이 5년이라는 말일 것이다.

앞으로 이혼을 하는 경우보다 동일한 배우자와 평생의 결혼관계를 유지하는 일이야말로 드문 일이 되지 않을까?

2. 이혼에 관한 몇 가지 생각

1) 배우자의 부정

아직도 우리나라의 많은 드라마나 영화는 결혼이 행복의 종착역인 양 결혼을 시키는 드라마이며, 주위의 반대를 무릅쓰고 결혼을 하기까지의 과정을 다룬다. 하지만 어떤 측면에서는 결혼이야말로 갈등의 시작이다. 굳이 입센의 『인형의 집』까지 예로 들지 않더라도 수많은 페미니즘 서사는 결혼이 갈등의 시작이라는 것을 보여주며, 결혼제도로부터 벗어나는 것을 문제의 해결로 제시하고 있다. 그 이유는 어디에 있는가?

---

4 〈조선일보〉, 2003년 1월 16일자 A16면.

그것은 말할 필요도 없이 결혼이 남성중심의 가부장적 결혼이며, 결혼에 의해서 만들어진 가족이 가부장적 부계가족이기 때문이다. 이 남성중심의 가족에서 항상 타자로, 소외된 존재로, 억압받는 성으로 살아왔던 여성들의 경제력 향상, 자아의식 발달, 삶의 질에 대한 욕구증가, 가부장권의 약화 등은 당연하게 이혼율을 증가시키며, 더욱이 여성이 청구하는 소송을 급격하게 증가시키고 있다. 통계에서 보듯이 이혼의 사유인 배우자의 부정, 배우자의 부당 대우, 경제적 이유, 성격차이 등에 대해서 요즘의 여자들은 더 이상 참으려 하지 않는다.

전경린의 『내 생애 꼭 하루뿐일 특별한 날』은 남편의 우연한 혼외정사가 아내를 심각한 공황상태에 빠뜨린다. 남편은 별 의식 없이 혼외정사에 빠지지만 어느 날 남편의 파트너였던 여자가 집으로 찾아온 날 이후로 이들 부부의 행복과 평화는 복구할 수 없이 완전히 파괴되고 만다. 그리고 이어서 아내의 불륜이 시작되고, 이것을 남편이 알게 되고……. 지난시대의 여성이었다면 화병이 났을망정 결코 남편의 바람에 맞바람으로 반응하지는 않았을 달라진 모습을 전경린의 소설은 보여준다.

현재 이혼율이 40%가 넘는 사유가 되고 있는 배우자의 부정, 즉 혼외정사는 배우자 이외의 이성과의 접촉을 금지하고 있는 일부일처제의 그림자이다. 배우자의 혼외정사에 대해 결코 참을 수 없다는 반응은 여자보다 남자가 더 심각하다.

존 맥머트리가 일부일처제가 음란성, 질투와 같은 감정을 유발시킨다고 지적했듯이 일부일처제 결혼제도의 폐쇄성은 혼외정사를 불러오고, 음란성과 질투라고 하는 소모적 감정에 휩쓸리게 만드는 역기능을 가지고 있다. 우리나라의 경우 여성운동의 투쟁 덕택으로 일부일처제도가 확립된 지 수십 년이 지났다. 배우자 이외의 이성과의 성관계를 금지하고 있는 일부일처제 안의 여성들은 과연 행복한가? 여전히 그들은 한 남성의 지속적 사랑과 관심이라는 낭만적 사랑에 대한 환상에 집착하고,

그것의 상실에 연연한다. 집 문밖만 나서면 이성의 유혹이 끊이지 않는 사회 분위기에서 오늘날 혼외정사는 반드시 남성에 의해서만 이루어지는 것은 아니다. 어떤 의미에서 수많은 혼외정사는 일부일처제 결혼제도의 불합리성을 강하게 반증한다.

그렇다면 폐쇄적인 일부일처제의 결혼제도를 개선하든지, 결혼의 의미를 재규정할 필요가 있을 것이다. 사실 일부일처제 결혼제도가 가진 폐쇄성을 비롯하여 결혼을 통한 가족제도는 우리에게 너무도 많은 것을 요구하고 있다. 경제적 협력, 공동거주, 사회적으로 인정받는 성관계, 재생산, 자녀양육 등의 수많은 것들을 요구하는 가족제도는 우리에게 자유가 아니라 구속과 부담을 안겨준다. 그러한 구속과 부담이 결국은 남편과 아내의 자유로운 사랑마저 방해하는 요소로 작용한다.

아무튼 요즘 젊은이들은 결혼을 위에서 제시한 것과 같은 사회적 임무를 수행하기 위한 것으로 파악하기보다는 개인 간의 사랑과 행복을 추구하기 위한 동반자 관계로 생각하는 경향이 많아졌다. 소위 우애적 결혼관이다. 오늘날 이혼의 증대는 기존의 결혼에 대한 관념과 현재의 결혼 당사자들의 가치관의 차이가 결국은 이혼이라는 사회적 현상으로 나타난 것으로 해석할 수 있다. 따라서 기존의 결혼에 작용하는 지나친 부담과 기대를 축소하는 방향으로 결혼의 의미를 재규정하지 않는다면 이혼의 증가는 불가피할 것이다.

이제 일부일처제의 결혼과 가부장적 가족에 대해서도 재고할 필요가 있다. 여성이든 남성이든 자신의 관심이 가는 이성과 자유롭게 사랑할 수 있으며, 서로를 구속하지 않는 관계, 여성이 결혼제도를 통하지 않고서도 생물학적으로 우수한 유전인자를 가진 남성과의 성관계로 자식을 낳을 수 있는 사회, 평등하고 민주적인 이상적 사회의 모델을 모계사회에서 찾으면 어떨까? 바야흐로 복제인간까지 탄생된 시점에서 가부장적 혈연주의에 구속된 가족이 과연 존속될 수 있을지 의문이 일어나는 시점이다.

2) 이혼에 대한 고정관념 벗기

이혼율의 증가는 법적인 결혼제도라는 것이 가족의 내적 결속을 결코 강화시키는 결정적 요인이 되지 못한다는 것을 입증하고 있다. 사람들은 삶의 질을 무엇보다도 최우선으로 생각하기 때문에 배우자의 혼외정사, 부당대우, 경제적 이유, 성격 차이 등 다양한 이유로 결혼제도 내에서 행복을 느끼지 못하면 그 제도로부터 벗어나고자 한다. 앞서 정신과 의사가 결혼을 5년의 계약제도로 생각해야 한다는 것은 법적인 강제력이 평생의 가족제도를 유지시키는 데 결정적 힘을 미치지 못한다는 것을 단적으로 말해주는 것이다.

국가는 사회의 기본질서를 유지하는 차원에서 또한 국가의 차세대 노동력을 저렴하고 안전하게 공급받기 위해서 가족제도를 가능한 한 유지하고자 한다. 그래서 법률혼과 사실혼을 차별하며, 이혼소송을 까다롭게 만들고, 이혼에 드는 비용을 크게 함으로써 이혼에 따른 가족 해체를 방지하고자 한다. 하지만 지금 일부 선진국의 추세는 결혼이라는 것을 국가의 공권력이 작용하는 공적 영역에 두지 않고 사적인 약속으로 바꾸려고 한다. 프랑스에서 동거가 일반화된 대신에 법률혼이 드문 현실은 개인들이 결혼을 국가의 공적 권한에 두지 않고, 개인들 간의 사적 약속으로 만들어버린 대표적 경우라고 할 수 있다.

역사적으로 결혼과 가족제도는 고정불변 하는 것이 아니라 변화해왔고, 지금도 변화하는 과정 속에 놓여 있다고 볼 수 있다. 현재 우리가 가장 일반적인 형태로 생각하는 친족중심의 일부일처제 핵가족의 역사만 하더라도 인류 역사에서 가장 역사가 짧은 결혼형태이다. 일부다처제는 불과 몇 십 년 전만 해도 존재했고, 지금처럼 가부장적 부계가족만이 계속되어 왔다는 인류학적 근거도 없다.

가족 해체는 가족 간의 통합이나 정서적 기능의 붕괴로 의해 가족 구성원의 결속이 파괴되는 광의의 의미와 별거나 이혼, 유기, 사망, 배우자의 장기간 부재 등에 의해 혼인관계가 파괴되는 협의의 의미가 있다.[5] 혼인으로 형성된 가족은 이혼, 가출, 사별에 의해 해체된다. 이 가운데 사별은 질병이나 사고 등에 의한 비의도적 가족 해체인데 반해 이혼은 의도적이라는 점에서 과정이 다르다. 또 배우자의 가출은 '악의의 유기'에 해당되어 결국은 이혼에 이르게 되므로 의도적 해체라 할 수 있다.[6]

사실 이혼은 외적으로 가족이 해체됨으로써 겉으로 드러나지만 소위 '한 지붕 두 가족'으로 불리어지는, 즉 가족 구성원이 지속적으로 가족 공동체에서 사랑과 행복, 공동체적 유대를 맛보지 못하는 정서적 결속력의 붕괴라는 겉으로 드러나지 않는 가족 해체도 얼마든지 있다. 이들은 이혼에 드는 경제적 고비용, 이혼을 금기시하는 사회적 편견과 질시 등이 두려워서 겉으로 가족관계를 유지하지만 이미 이들 가족은 내적으로 붕괴되어 있으며, 한 지붕 내에서 타인처럼 존재하거나 아예 별거라는 형태로 주거공간을 달리하기도 한다. 어떤 의미에서 이혼이라는 고비용을 치르고 새로운 삶을 찾은 용기 있는 사람들은 내적 붕괴에 이른 채 겉으로만 가족관계를 유지하는 부부보다 어떤 의미에서는 더 행복한 삶을 산다고 할 수 있다.

위에서 이미 말했던 경제적 협력, 공동거주, 사회적으로 인정받는 성관계, 재생산, 자녀양육 등의 보편성을 띤 가족의 형태는 실제로 많이 약화되고 있으며, 기존의 가족의 기능은 크게 축소되고 있다. 가령, 부부가 맞벌이인 경우 '경제적 협력관계'는 훨씬 약화되며, 부부관계가 소원해지는 경우에는 언제든지 깨어질 수 있다. 요즘 젊은 부부들은 아

---

5 최재석, 「가족 해체」, 김영모 편, 『현대사회문제론』, 한국복지정책연구소, 1981.

6 변화순, 「가족 해체와 재구성」, 여성한국사회연구회 편, 『한국가족문화의 오늘과 내일』, 사회문화연구소, 1995, 293~294면.

예 부부 별산제 형태로 결혼생활을 시작하는 경우도 많다. '공동거주'역시 별거, 한 지붕 두 가족, 주말부부(최근에는 아이들 교육 등으로 해외로까지 떨어져 사는 부부도 많아졌다) 등 다양한 형태가 이미 우리 사회에 많이 등장하고 있다. '사회적으로 인정받는 성관계' 역시 남녀 모두가 사회적 활동을 하는 경우에 배우자 이외의 이성 파트너를 만나는 일이 빈번하게 일어나고 있다. 간통과 같은 전근대적 법률이 여전히 존치되고 있지만 우리 사회에서 소위 러브호텔로 불리어지는 사회적 현상을 비롯하여 150만 명에 달하는 윤락여성의 숫자, 심지어 호스트바의 존재 등 배우자 이외의 성관계가 빈번하게 일어나고 있다는 것을 알게 해준다. 과거에는 첩과 같은 제도를 통해서 일부다처의 형태로 지속적 성관계를 맺었지만 이제는 지속적인 경우에도 과거와 같은 일부다처제 형태의 성관계는 없어졌다.

현대에 와서 그 의미는 많이 퇴색해버렸지만 결혼의 가장 기본적 의미는 인류의 재생산, 바로 자녀 출산이다. 하지만 결혼 후 자녀 갖기를 원하지 않는 무자녀 부부도 존재한다. 사실상 이혼이 초래하는 가장 큰 사회적 문제는 자녀양육에 따른 비용과 책임의 문제이다. 국가가 이혼에 관한 법률을 까다롭게 만들고, 간통과 같은 전근대적 법률을 존치하여 개인의 인권을 제한하는 가장 큰 이유는 바로 국가적으로 차세대의 노동력인 자녀양육에 따른 비용의 문제라고 할 수 있다. 하지만 여성의 경제적 소득의 증가와 이혼 시에 재산분할청구권 및 자녀양육비청구권 등은 이에 따른 현실적 문제를 감소시키고 있다. 자녀양육의 비용과 책임 문제를 벗어나 어린 시절의 부모의 이혼에 따른 자녀들의 정서적 불안정이 큰 문제로 남게 된다. 그럼에도 불구하고 이혼 당사자들은 이혼을 할 수밖에 없는 고통스러운 상황을 인내하려고 하지 않는다.

요즘의 젊은이들은 남에게 어떻게 보이느냐는 문제보다 개인이 느끼는 삶의 질과 행복이라는 문제에 더 큰 관심을 기울이기 때문이다. 행복하지 않아도 자식과 체면 때문에 이혼하지 못하고 평생을 불행 속에서 인내하면서 살아온 기성세대와는 삶의 태도가 많이 다르다. 그들은 껍데기의 삶보다는 알맹이의 삶을 더욱 소중하게 여긴다. 한 번의 잘못된 선택 때문에 평생을 인내하면서 불행한 결혼을 유지한다는 것에 아무런 의미를 두지 않으며, 그야말로 인생은 두 번 사는 것이 아니라 한 번밖에는 살 수 없는 일회성의 삶이기에 지금 바로 이 순간이 더욱 소중한 것이라고 생각하는 경향이 많아졌다.

결혼이 행복한 삶을 위한 선택일 수 있듯이 이혼도 행복한 삶을 위한 선택이라는 열린 사고가 필요하다. 이제는 모든 사람은 결혼해야 한다는 사고방식, 결혼한 사람은 끝까지 그 결혼을 유지해야 한다는 고정관념은 벗어나야 한다.

3) 황혼이혼

노령에 이른 할머니가 이혼을 청구했다고 해서 황혼이혼이라고 불리어졌고, 기왕 평생을 그렇게 살았으니 계속 그냥 살라고 판결을 내린 것은 한국의 인권상황을 단적으로 드러낸 남성중심적인 판례였다. 이 사건을 계기로 왜 노년기까지 살아온 할머니가 황혼이혼을 감행하려고 하는가를 생각하는 계기가 되었다. 왜 그들은 판사의 판결대로 기왕지사 참는 김에 계속 참지 않고 그 나이에 이혼청구소송을 내기에 이르렀는가?

그것은 남편의 부당 대우 하에서 평생을 살아왔지만 죽기 전에 한순간이라도 한 명의 독립된 인간으로 인간답게 살아보고 싶다는 한 인간으로서의 처절한 자기선언이다. 또한 현실적으로는 자녀들이 모두 성장하여 부모를 떠나가 버린 상황에서 자녀라는 완충지대, 중간지대가 사라짐으로써 이제는 맞지 않는 부부가 직접 맞닥뜨려야만 하는 현실에서 기인한다고 본다. 자녀들은 부부간의 관계가 막을 내린 다음에도 어머니로서 아버지로서의 역할을 계속 요구하기 때문에 우리나라처럼 모자 중심의 가족제도에서 결혼관계를 지탱하게 하는 현실적 필요성을 충족시켜준다. 하지만 자녀들이 장성해서 이들에 대한 역할이 다 끝난 마당에는 부부라는 이름으로 가족을 더 이상 유지할 필요성도, 상대방을 인내할 이유도 사라지는 것이다.

박완서의 「너무도 쓸쓸한 당신」이라는 소설은 서로 잘 맞지 않는 부부가 자녀의 교육이라는 명분으로 서울과 지방에서 별거하여 살았는데, 자녀의 교육이 다 끝나고 시집 장가까지 간 마당에 별거의 명분이 사라진 사실을 곤혹스러워 하는 아내가 등장한다. "그와 다시 합친다는 건 생각해본 적도 없었다. 생각하기가 싫어서였다. 그러나 오늘은 표면적인 별거의 이유가 완전히 소멸되는 날이다"라던 아내가 결국 부부로서의 정은 없지만 인간적 연민을 회복하는 것으로 소설은 결말을 맺는다.

실로 요즘 신문지상을 통해서 보면 자식교육은 그야말로 표면상의 이유일 뿐 같이 살기 싫은 부부가 자녀교육이라는 명분을 내세워 서울과 지방에서, 심지어는 해외로까지 별거하는 경우가 많다고 한다. 우리나라처럼 자식교육에 열을 올리는 나라에서 나올 법한 명분도 그럴 듯한 별거인 셈이다.

박완서의 소설에서는 남편이 애처로울 만큼 가부장의 임무를 다한 경우로서 아내가 감정적으로 남편을 싫어했을 뿐 표면적인 큰 갈등은 존재하지 않았다. 그리고 박완서는 화해에 이르는 결말을 통해서 이혼에 동의하지 않는 보수적인 가치관을 보여주었다. 하지만 황혼에 이혼청구소송을 낸 할머니는 남편이 그야말로 비인간적인 인물로서 단 한 번이라도 죽기 전에 인간답게 살아보고자 하는 간절한 욕망의 표현으로 이혼청구소송의 당위성을 충분히 이해할 수 있다.

황혼이혼, 가치관이나 성격 정도가 맞지 않는다면 이혼까지 가지 않을 수 있지만 그 도가 지나치면 이혼까지 가지 않을 수 없는 것이다. 살아갈 날이 많이 남지 않았으니까 불행한 결혼을 계속 유지하라는 판결은 개인의 행복추구권과 인권을 무시한 폭력적 판결이다.

3. 결혼과 이혼을 다시 생각하기

첫째, 우리 사회가 이혼율의 증가를 막고자 한다면 결혼 전 동거를 서로를 파악할 수 있는 기회라고 생각하는 관념의 변화가 필요하다. 사실 결혼생활의 갈등은 거창한 가치관의 차이로부터 발생하는 경우보다는 두 사람의 사소한 생활습관의 차이, 소위 생활문화의 차이로부터 비롯되는 경우가 허다하다. 결혼이라는 공동생활에서 서로가 서로를 용납하고 살아갈 수 있는가를 실험하는 기간이 결혼 전에 반드시 필요하다. 옛날에 배우자의 얼굴도 보지 못하고 부모가 정해주는 대로 혼인하고도 잘 살았다는 말은 오늘날 잘 살았다는 말로 들리지 않고 야만적 혼인제도였다고 생각되듯이 앞으로는 살아보지도 않고 결혼했다는 것이 야만적으로 받아들여질 날이 올 것이다. 이정숙은 『살아보고 결혼합시다』에서 이혼율을 낮추고 해체하는 가족의 수를 줄이기 위한 방안으로, 즉 성공적인 결혼을 위한 방안으로 혼전동거를 주장한 바 있다.

하지만 동거의 가장 큰 의미의 하나는 결혼을 국가의 공권력의 범위 안에 두지 않고 개인의 권리 차원에 두겠다는 의미라고 할 수 있다. 성인이 된 개인과 개인이 결혼하는 데 국가에 신고해야 하고, 이혼에 국가의 동의를 받아야 하는 국가의 강제력으로부터 자유롭고 싶다는 의미일 것이다. 결혼을 사회제도로서가 아니라 어디까지나 개인 간의 사적인 약속으로 이해하는 데서 나온 행동이다. 그리고 이혼에 따른 경제적 사회적 비용을 개인이 지불하지 않겠다는 의미이기도 하다. 그래서 요즘 동거의 불안정성과 결혼제도의 강제성의 중간지대에서 결혼의 세세한 항목까지 계약서를 작성하고 시작하는 계약결혼이 성행한다는 소식도 있다.

다만 이때에 문제가 되는 것은 우리 사회를 지배하고 있는 순결 이데 올로기를 어떻게 벗어나느냐 일 것이다. 우리 사회는 혼인의 순결을 신성시하며, 배우자 이외의 성관계를 제한하고 이를 위반했을 때, 간통죄를 적용하여 처벌하고 있다. 이런 강제력에도 불구하고 현실적으로 혼인의 순결은 거의 지켜지지 않고 있다. 얼마 전에 남편이 아내를 의심하여 자신의 자녀에 대한 유전자 감식을 했다가 친자가 아니라고 잘못 나온 감식 결과 때문에 아내와 자식을 학대하다 결국 이혼에 이른 뉴스를 접한 적이 있다. 남성들은 일부일처제의 윤리를 언제든 쉽게 던져버리면서도 사회적 강제력으로 여성의 성적 자유를 통제하고자 하지만 이런 통제는 오늘에 와서 거의 불가능한 것이 현실이다.

둘째, 현재 여성을 차별하는 호주제는 사라졌지만 여전히 남아 있는 부계중심의 혈연가족은 개선되어야 한다. 그것은 남성중심의 사회적 강제력에 토대를 둔 비민주적 가족제도이다. 이러한 가족 속에서 남성과 여성의 경험은 서로 다른 것일 수밖에 없다. 남성이 가족을 통해서 안정과 휴식을 느끼는 반면 여성에게 가족은 타인에 대한 일방적 봉사와 희생, 그리고 갈등과 억압과 박탈의 경험만을 얻는다면 그 가족은 계속 유지될 수 없다. 따라서 여성의 일방적인 희생을 요구하는 가부장적 가족 이데올로기는 평등하고 민주적인 가족 이데올로기로 바뀌어야 한다.

그리고 인간은 사회적 동물임으로 혼자서 고립되어 살지 못하고 가족이란 형태의 집단생활인 사회가 필요하다면 그것은 생물학적 현실에 충실한 모계가족이 자연스럽다고 생각한다. 또한 비혈연적인 다양한 가족 형태도 이미 출현하고 있다. 가장 확실한 것은 생물학적 어머니밖에 없다. 모계가족만이 가장 확실한 가족이다. 모계가족에는 군림하는 가부장적 아버지도 없고, 남성에게 가족을 부양하라는 무거운 짐을 모두 지우게 하지도 않는다. 모계가족에서 남성들은 자유롭다. 그들에게 생물학적 자녀들은 있지만 평생을 부양할 법적 가족은 없고, 부양할 책임은 더욱 없다. 그들은 원하는 대로 성적 파트너를 바꿀 수 있고, 어느 한 여성에게 계속적으로 구속될 필요도 없다. 마광수와 같은 성 자유주의자들은 결혼과 분리되고, 사랑이라는 감정과도 분리된 성을 주장했는데, 어쩌면 성 자유주의자들이 선망하는 성의 유토피아를 모계가족이 역설적으로 실현시켜 줄 수 있을지도 모른다.

모계사회인 중국의 모소족을 찾아갔던 소설가 이경자는 "가부장사회는 내 인생의 '익숙한 지옥' 이고 루그호의 모소족 모계사회는 '낯선 천국'"이라고 했다. 익숙하지만 지옥 같은 가부장사회, 낯설지만 천국 같은 모계사회로 두 사회를 대비시켰던 것이다. 그리고 모계사회야말로 사람이 사람을 억압하지 않는 삶의 방식이며, 인류가 '자연'을 되찾고 자연으로 돌아가는 일이라고 『이경자, 모계사회를 찾다』에서 감동적으로 기술한 바 있다.

셋째, 결혼과 이혼에 대한 고정관념을 바꾸어야 한다. 사랑의 열정적 감정이 지속되는 가장 긴 시간을 미국의 코넬대학의 한 연구소는 30개월로 산출한 적이 있다. 열정적인 감정이 사라진 후에도 서로에게 호감을 가지고 친밀감을 유지해갈 수 있다면 이상적이겠지만 단지 사회적 강제력 때문에 가족관계를 평생 지속해야 하는 현재의 결혼제도는 폭력적이다. 요즘의 20~30대는 결혼을 하지 않고도 같이 살 수 있다고 생각하며, 애정의 상실과 성적 불만 때문에 이혼을 한다. 그들의 감정은 어쩌면 자연스럽다. 요즘 젊은이들은 결혼이라는 것을 사회적 제도로 인식하기보다는 개인 간의 정서적 관계로 생각하는 경향이 많아졌고, 이것이 깨어지면 언제든 이혼할 수 있다고 생각한다. 『결혼은 미친 짓이다』라는 소설과 영화에서 형식적인 결혼이라는 것을 냉소적으로 그린 바 있듯이 이제 결혼과 이혼이란 고정관념으로부터 벗어날 때가 된 것 같다.

넷째, 우리 사회가 결혼제도를 사회적으로나 개인적으로 계속 유익한 제도라고 생각한다면 결혼제도를 민주적 형태로 바꾸어야 한다. 뿐만 아니라 이를 유지시키기 위한 다양한 프로그램을 적극적으로 운용할 시점에 온 것 같다. 우리나라 사람들은 결혼식을 올리고 혼인신고를 하면 가족이 다 완성되며, 그 후 노력하지 않아도 그것이 평생 유지된다는 어리석은 오만에 빠져 있다. 결혼한 순간부터 배우자의 마음을 다 얻었다고 생각하고, 그때부터 밖으로만 눈을 돌리는 어리석음이 사랑을 깨뜨리고 가족의 건전성을 해친다. 부부 및 가족이 같이 하는 프로그램을 통해서 가족의 결속력과 사랑을 유지시키려는 사회적 시스템이 필요하다. 개인적으로도 결혼은 항시 노력해야 유지되는 제도라는 인식을 가져야 할 것이며, 사회적으로도 이혼의 갈등에 처한 부부를 위해 프로그램을 적극적으로 가동하고 비용을 지불하는 시스템을 구축해야 한다.

다섯째, 이혼율의 증가는 이제 막을 수 없는 수위에 이르렀다. 따라서 이혼에서 발생하는 자녀양육과 같은 사회적 문제에 대한 공적 시스템이 강화되어야 한다. 즉 이혼 시에 자녀양육비를 청구할 수는 있지만 이를 이행하지 않은 아버지들 때문에 실제로 여성들이 곤란을 겪는 경우가 많다. 국가는 부양 의무자가 양육비를 제때 지급할 수 있도록 감독해야 하며, 이 의무를 이행하지 않았을 때에 지급을 강제하는 법률을 강화해야 하고, 과태료나 감치처분 등의 법적 제재도 가해야 한다. 개인이 부양의무를 이행하지 않을 때에는 국가가 양육비 지급을 대신할 수도 있으며, 부모 어느 편에서도 양육을 할 수 없는 경우라면 국가기관이 양육을 대신할 수 있도록 제도적 장치를 마련해야 한다.

끝으로, 자녀양육 이외에도 경제적 어려움, 외로움, 주변의 질시 등 이혼으로 인한 사회적 개인적 부적응의 문제는 허다하다. 사회단체나 여성단체 등에서는 이들의 사회적 부적응을 상담하고 지원하는 체계를 갖추어야 한다.

이혼은 이제 사회적 현상이다. 이혼에 따른 수많은 문제들을 개인적 차원에서 해결하고, 이혼하는 사람들을 개인의 도덕성 차원에서 비난한다고 될 차원을 벗어났다. 이제 이혼을 사회적 현상으로 받아들이고, 이혼을 빈번하게 발생시키는 현재의 가족제도를 다시 생각해야 하며, 이혼하는 남녀와 이혼 부부의 자녀가 사회적으로 잘 적응할 수 있는 사회적 시스템을 만들어가야 한다.

개인적 경험담 하나를 덧붙이겠다. 1997년에 '한국문학평론가협회'에서 '동아시아 문학에 나타난 가족의 해체'란 주제로 한·중·일 국제 심포지엄을 개최한 적이 있다. 한국 측 발표자 2인 중 한 명이었던 나는 남성중심의 가부장적 가족이 가족을 해체시키는 원인이 되는 만큼 가족제도를 존속시키고자 한다면 가부장적 가족은 평등하고 민주적인 가족으로 변화되어야 한다는 취지의 논문발표를 했다. 내 논문을 토론했던 한 남성토론자는 가족 해체를 주제로 다룬 심포지엄에서 어떻게 가족의 해체에 동조하는 듯한 논문을 발표할 수 있느냐고 노골적으로 분개하는 것이었다. 논문발표가 끝나고 저녁 리셉션에서 나는 가족 해체를 방지하기 위해서는 한마디로 남성이 변화해야 한다고 말했던 일본 대표(남성)로부터 위로를 받아야 했다. "한국은 멀었다, 저런 한국 남성들 속에서 사는 것이 얼마나 힘이 드느냐, 힘내라!" 그의 말은 위로가 아니라 수치로 다가왔다. 한국 남성과 여성이 국제적으로 망신을 당한 기분이었다. 나는 속으로 한국 남성들을 향해 '너희들은 어떻게 가족제도를 유지하고 싶어하면서도 그것이 해체되는 이유에 대해서는 그토록 무관심한가? 나는 가족제도가 해체되는 원인을 진단하여 처방을 했는데, 너희들이 생각하는 가족이란 어디까지나 남성중심의 가부장적 가족일 뿐이고, 유지시키고 싶어하는 가족 역시 가부장적 가족일 뿐이라고…….' 아무튼 뒷맛이 씁쓸한 자리였다.

(2003)

천년의 사랑, 이타적 헌신과 무주체적 의존

1. 연애소설이란 담론은 왜?

성 자유주의자 마광수는 사랑과 성의 정신주의적 입장 내지 신성시에 반기를 들며 철저히 육체중심의 쾌락주의적 성애론을 주장했다. 김진만 은 '낭만적 사랑'을 일종의 이데올로기로 규정지으며, 이것이 숨기고 있는 성의 정치학을 "자본을 앞세우고 뒷받침한 강제이식된 각본" 또는 "가부장제의 구렁텅이 속에 이식된 미국식 낭만주의라는 사랑의 각본" 이라고 비판했다. 한편 낭만적 사랑의 결과인 일부일처제 결혼을 '매매 의 궁전'으로 매도하기도 했다. 서갑숙은 자신의 성체험을 공개하며 육 체와 정신이 하나가 되는 사랑만이 진정한 사랑이라는 주장을 함으로써 세기말 한국사회를 떠들썩하게 만들었다.[1] 어린 소녀들이 아무런 의식 없이 성매매(원조교제)에 나서고, 거리에서 패스트푸드를 사듯 성이 판 매되며, 포르노그래피가 어디에서든 넘쳐난다.

---

1 송명희, 『섹슈얼리티 젠더 페미니즘』, 푸른사상, 2000, 26~52면.

남녀관계에 있어 사랑이란 인간주의적 순수성과 정신주의적 요소는 온데간데없어지고 육체주의적 쾌락만이 교환가치로 전락한 이 시대에 새삼스럽게 '연애소설'이라는 케케묵은 담론을 들고 나오는 편집자의 의도는 정녕 어디에 있는가?

정신주의적 사랑은 자취를 감춘 채 육체주의적 성만이 범람하고 있는 현실에 대한 개탄 때문인가? 아니면 결혼의 안정성이 크게 위협받고, 가족해체가 사회적 이슈가 되고 있는 상황에서 역설적으로 순수한 사랑에 대한 환상과 욕구가 그 어느 때보다도 강렬해진 아이러니컬한 현실을 반영하고자 하는 것인가?

2. 사랑이란 무엇인가

심리학적으로 '연애감정', 즉 '사랑'은 "이성과 직접적으로 합일하고 싶다는 욕구에 따라 일어나는 정서(emotion)"라고 정의된다.[2] 에리히 프롬(Erich Fromm)은 사랑이란 추상명사이기 때문에 오직 '사랑의 행위'만이 존재하고 있다고 말한다. 그는 사랑하는 것은 생산적인 능동성으로, 그것은 사람, 나무, 그림, 사상 등에 대한 돌봄, 앎, 반응, 긍정, 즐거움 등을 뜻한다고 했다. 또한 사랑은 생명력을 증대시키고 소생시키며, 자기를 재생시키고, 자기를 증대시키는 하나의 과정이라고 설명한다.[3] 나아가 순수한 사랑은 생산성의 표현이고, 보호, 존경, 책임, 지식을 의미한다. 순수한 사랑은 누군가에 의해 야기된다는 의미에서 '감정'이 아니라 사랑받는 자의 성장과 행복에 대한 능동적 갈망이며, 이 갈망은 자신의 사랑의 능력에 근원이 있다고 했다.[4]

---

2 신재훈 편, 『재미있는 애정심리』, 기린원, 1991, 8면.
3 에리히 프롬, 김진홍 역, 『소유냐 삶이냐』, 홍성사, 1979, 68~69면.
4 에리히 프롬, 황문수 역, 『사랑의 기술』, 문예출판사, 2000, 84~85면.

프롬은 '사랑'이 우연한 기회에 저절로 경험하게 되는 즐거운 감정이 아니라 이론과 실천의 습득 그리고 기술숙달을 필요로 하는, 즉 지식과 노력이 요구되는 기술이라는 가정하에 『사랑의 기술(The Art of Loving)』(1956)을 집필했다. 그래서 이 책의 프롤로그에서 "아무것도 모르는 사람은 아무것도 사랑하지 못한다. 아무 일도 할 수 없는 자는 아무것도 이해하지 못한다. 아무것도 이해하지 못하는 자는 무가치하다. 그러나 이해하는 자는 또한 사랑하고 주목하고 파악한다……. 한 사물에 대한 고유한 지식이 많으면 많을수록 사랑은 더욱더 위대하다……"[5]라고 파라켈수스(P. A. Paracelsus)의 말을 인용함으로써 사랑에 있어서 지식의 중요성을 강조했던 것이다.

프롬의 지적처럼 사람들은 누구나 사랑을 갈망하지만 아무도 사랑을 배워야 할 지식의 영역이라고는 생각하지 않는 것 같다. 사랑에 되풀이해서 실패하면서도 그 실패의 원인을 분석하고, 사랑의 진정한 의미와 지식에 대해서 배우려 하지 않는 데서 사랑은 성취와 행복의 경험이 아니라 좌절과 실패의 경험으로 다가올 수밖에 없는지도 모른다.

사랑을 지식의 영역으로 생각하지 않는 문화 탓인지 사랑에 관한 한 심리학조차도 크게 해명해준 내용은 없다. 오히려 사랑은 문학과 예술의 가장 오래된 탐구대상이며, 동서고금을 초월하는 가장 보편적 주제이다. 그렇지만 문학과 예술이 우리에게 보다 순수하고 행복하며 성숙한 사랑의 모습을 제시해준다고 볼 수도 없다. 문학과 예술에서 빈번히 취급하는 사랑은 일탈적이고 환상적이며 비극적인 사랑이기 때문이다. 물론 규범을 벗어난 일탈 속에서, 현실을 벗어난 환상 속에서, 사랑의 성취보다는 좌절의 비극 속에서 오히려 사랑의 진면목을 발견할 수도 있을 것이다.

---

5 위의 책, 9면.

문학에서 가장 크게 관심을 갖는 사랑의 형태는 말할 필요도 없이 이성 간의 사랑, 즉 에로스(eros)이다. 흔히 사랑에는 아가페(agape), 필리아(philia), 에로스가 있다고 분류하지만 시공을 초월하여 영원한 소설적 테마가 되어온 것은 아가페나 필리아가 아닌 바로 에로스이다.

그런데 사랑은 한 가지 형태로 존재하지 않는다. 마슬로우(Maslow)는 사랑을 결핍적 사랑(deficincy-love)과 존재적 사랑(being-love)으로 구분했으며[6], 프롬(E. Fromm)은 소유양식으로서의 사랑과 존재양식으로서의 사랑으로 구분했다.[7] 또한 라스웰과 랍슨즈(Lasswell & Lobsenz)는 친구와 같은 사랑, 유희적 사랑, 논리적 사랑, 소유적 사랑, 낭만적 사랑, 그리고 이타적 사랑의 여섯 가지 유형을 제시한 바 있다.[8]

성과 사랑이 생물학적 본능이나 차이에 기반한 문화독립적이고 객관적이며 내재적이고 고정불변의 것으로 인식하는 본질론적 관점이 존재하는 한편으로 다양한 사회역사적 규범과 문화적 연관성 속에서 규정되고 학습되고 사회화되는 문화의존적이고 비객관적이며 관계적인 것이라고 보는 구성주의의 관점도 존재한다. 페미니즘은 주로 구성주의적 관점을 채택하며, 사랑과 성에 작용하는 권력관계 즉 가부장제 사회와 가족의 여성에 대한 통제와 지배에 관심을 표명한다.[9]

우리는 사랑이 개인의 감정 속에서 자유롭게 표현되고 존재하는 것이 아니라는 사실을 결혼이라는 제도 속에서 잘 확인할 수 있다. 특히 우리 사회에서 결혼은 남성중심의 가족제도를 지탱해주는 기초적 역할을 하고 담당하고 있으며, 사랑과 결혼의 갈등이 단순히 두 남녀의 사적 갈등이 아니라 성불평등 사회구조의 모순 속에서 표출되어 나오는 것이라는

---

6 Wayne Weiten, 김시업 역, 『심리학』, 문음사, 1995, 405~406면.
7 에리히 프롬, 『소유냐 삶이냐』, 68~71면.
8 조정문, 「사랑과 성」, 부산여성사회교육원, 『지역여성학강의』, 자유인공동체, 1996, 129면.
9 송명희, 앞의 책, 18~19면.

것도 우리는 이미 경험하고 있다.

3. 전생 논리와 페미니즘

연애소설은 연애, 즉 남녀의 에로스를 소설의 중심소재로 삼고, 연애 과정의 갈등을 핵심적 플롯으로 그리며, 작가의 애정관이 주제로 설정된 소설이라고 정의할 수 있을 것이다.

천년 전 전생부터의 운명적 사랑을 그린 양귀자의 장편소설 『천년의 사랑』(살림, 1995)은 〈은행나무침대〉와 같은 영화에서도 보듯 때마침 우리 사회에 불어닥친 전생신드롬과 결합하여 대중적 인기를 충분하게 누린 바 있다. 양귀자는 이상문학상 수상작인 「숨은꽃」(1992)을 발표한 이후 전작 장편소설 『나는 소망한다 내게 금지된 것을』(1992)에 이어 『천년의 사랑』과 『모순』(1998)을 거듭 발표했다. 이 가운데 『천년의 사랑』과 『모순』은 연애소설의 범주에 포함시켜 논의가 가능한데, 이 두 소설에서 보여준 작가의 사랑에 대한 가치관은 너무도 달라 그 차이가 무엇인가에 대한 냉철한 고찰이 요구되기도 한다.

본고는 『천년의 사랑』을 기본적 텍스트로 삼고, 『모순』을 부차적 텍스트로 하여 본 논의를 진행시키고자 한다.

『천년의 사랑』은 생후 2개월 만에 버려져서 고아원에서 자란 스물여섯의 '오인희'란 여성을 주인공으로 하여 그녀의 현실에서의 파트너인 '김진우'와 천년 전 전생에서 이루어지지 못한 사랑의 완성을 희구하는 '성하상'이란 남성을 중심축으로 하여 3년이라는 서사 시간 동안 전개된다. 오인희의 첫 번째 사랑은 그녀의 고아신분을 반대하는 김진우의 부모에 의해서 완성되지 못하고 배신의 쓴 잔을 마시게 된다. 그런데 이 실패의 과정은 시공을 뛰어넘는 전생부터의 사랑을 완성하기 위해 반드시 거쳐야 할 시련의 과정이기도 하다. 즉 『천년의 사랑』에서의 플롯은 김진우와의 사랑은 파탄을 향해서 하강곡선을 그리며, 성하성과의 사랑은 완성을 향해서 상승적 커브가 그려진다. 이 하강과 상승의 커브는 서로 교차하며, 김진우와의 사랑이 파탄에 이른 최저점에서 성하상과의 사랑은 급격한 상승 커브로 전환된다. 어떤 의미에서는 김진우와의 사랑의 실패는 천년의 시공을 초월하는 운명적 사랑을 완성하기 위한 고통과 시련이요, 통과의례로서 설정되어 있다. 즉 천년 전에 못다 이룬 수하치와 아힘사의 사랑을 완성하기 위해서는 현실의 오인희와 김진우의 사랑은 반드시 깨어지는 고통을 겪어야만 한다.

양귀자식의 전생논리에서 볼 때 우리의 현생은 이미 천년 전의 전생에 의해서 결정되었으며, 인간은 그 운명을 벗어날 수 없는 존재이다. 따라서 오인희가 김진우와의 결혼의 갈등을 원만히 해결하지 못하고 파탄을 맞은 것이 전생부터의 사랑을 완성하기 위해 거처야 할 통과의례 쯤으로 치부되고 있다. 이처럼 현실세계에서의 불행이 전생부터의 운명이라고 용인된다면 누가 현실에서 완성되는 행복과 사랑의 성취를 위해 노력할 것인가? 바로 여기에 전생논리의 위험한 함정이 있다. 전생논리는 현실의 불행 때문에 절망에 빠진 사람에게 위안을 주고 그 불행을 마음 편하게 수용할 수 있도록 만들어주지만 그것은 결코 현실의 인간이 취할 긍정적이고 발전적인 세계관은 아니다. 왜냐하면 현실의 인간은 현실의 불행을 극복하여 나감으로써 자신의 인생을 현실에서 행복하게 만들 책임이 있기 때문이다.

로망스적 소설 『천년의 사랑』은 전생부터의 사랑이란 비현실적이고 이상적인 사랑을 추구하지만 정작 오인희가 살아가고 있는 현실은 지극히 보수적이고 가부장적 가치관에 지배되어 있다. 즉 오인희가 김진우와 만나게 되는 것은 직장 상사에 의한 소개의 과정, 즉 중매란 절차를 밟고 있는데, 중매라는 것은 결국 결혼을 전제로 한 남녀의 만남이다. 즉 결혼을 전제로 했을 때에만 남녀는 서로 사귈 수 있다고 보는 보수적 관점이 작용하고 있다. 또한 김진우의 부모가 두 사람의 결혼을 반대하는 이유는 결혼을 두 인격의 대등한 만남과 결합으로 보지 않고 결혼을 통해서 가문을 잇고 혈통의 순수성을 지켜나가야 한다는 전통적 관념을 갖고 있기 때문이다. 즉 결혼을 하면 손자를 낳아야 하는데, 고아출신인 며느리로부터는 혈통의 순수성을 기대할 수 없다는 가부장적 가치관이 작용하고 있다. 사실 남녀의 신분 차이 때문에 깨어지는 사랑 이야기는 너무 흔해 빠진 소재이며, 『천년의 사랑』에서 그것은 성불평등 사회구조의 모순과 맞물려 있다. 그런데 작가 양귀자는 이런 문제를 제대로 분석하지 않은 채 때마침 우리 사회에 불어닥친 전생논리로 이를 재포장함으로써 현실을 초월하는 영원한 사랑에 대한 환상을 독자들에게 심어주고 있다.

오인희의 출생과 버려짐, 미혼모로서 아이를 혼자 키울 수 없도록 만드는 남성중심의 보수적 사회, 성인남녀의 결혼에서 아직도 작용하고 있는 남성측 가족의 횡포와 이로 인한 결혼의 파탄, 부모와의 갈등을 원만히 해결하고 사랑을 성취할 의지가 없는 상태에서 도피적으로 오인희와 성적 결합을 시도함으로써 그녀를 임신시키는 김진우의 무책임한 행동, 그 후 김진우 어머니가 오인희에게 보여준 비인간적 행위 등 가부장적 사회가 여성에게 가하는 비인간적 억압과 폭력이 비판되지 않은 채로 전생부터의 운명이라는 논리적 비약이 이루어진다.

하지만 오인희도 그러한 현실에서 자신을 지켜내지 못하고 있다. 즉 김진우의 부모를 설득할 자신도, 그렇다고 김진우와 충분히 평생을 같이할 인간적 신뢰나 사랑에 대한 확신도 없는 상태에서 성관계를 맺어 스스로 미혼모가 될 운명을 자초한 것이다. 이것은 그녀 자신의 인생에 대해서나 또는 앞으로 태어날 아이에 대해서도 똑같이 무책임한 행동이다. 그녀는 피해갈 수 있는 불행을 피하지 않음으로써 불행을 자초했다. 더구나 두 사람의 만남은 어디까지나 결혼을 하기 위해 중매로 만난 사이이지 않은가?

그런데 이처럼 파탄으로 치닫는 무모한 행동들이 모두 전생부터의 사랑을 성취하기 위해 거쳐야 할 과정으로 당연시됨으로써 현실 속에서 현명하고 지혜롭게 자신의 사랑을 성취해나가야 할 여성 대신 불행한 운명을 수동적으로 받아들이는 소극적 여성이 제시되고 만다. 즉 오인희는 자신을 버렸던 어머니처럼 되지 않기 위해서라도 그보다는 자신의 소중한 사랑과 인생을 지키기 위해서 신중하고 현명하게 처신하지 않으면 안 되었는데, 자신의 삶을 개척해나가는 적극성을 포기한 채 지극히 무기력하고 수동적이며 소극적이고 경우에 따라서는 자학적이기조차 한 부정적 성격의 여성이 되고 만다. 그리고 이처럼 수동적이고 무주체적인 성격, 즉 페미니즘에 역행하는 여성이 전생의 논리에서 정당화되고 있는 것이다.

굳이 페미니즘을 거론하지 않더라도 천년 전부터의 사랑을 완성하기 위해서 현실의 불행을 불러들이는 일은 얼마나 무모한가? 현실 속의 인간이 본인의 의지에 따라 삶을 선택하지 못하고 본인은 기억할 수도 없는 전생의 운명에 지배되어 그 운명을 받아들일 수밖에 없다면 차별적 현실을 변혁함으로써 주체적이고 평등한 인간을 지향하고 민주적인 평등사회를 추구하려는 페미니즘은 설 자리를 잃어버리고 말 것이다.

사실 양귀자의 페미니즘 의식은 때로 너무 소박하며, 왜곡되어 있다. 양귀자가 새로운 페미니즘 소설로 형상화하고자 했던 『나는 소망한다 내게 금지된 것을』은 한 남성에 대한 응징을 통해서 남성중심사회의 구조적 폭력에 대응하려다가 실패한다는 허황한 이야기로서 작가의 여성해방에 대한 철학적 소박함이 드러난 작품이다.[10] 물론 『천년의 사랑』의 관심사는 페미니즘이 아니라 사랑과 전생이다. 하지만 작가는 전생의

---

10 송명희, 「『나는 소망한다…』와 징벌의 구성」, 『문학과 성의 이데올로기』, 새미, 1994, 91~97면.

운명적 사랑이란 화두에 너무 몰두한 나머지 동시대적 여성들이 지향하는 길과 전혀 역행하는 퇴행적 인물창조를 하고 말았다.

4. 상처 치유의 초월적 사랑

그러면 성하상이 주장하는 전생부터의 운명적 사랑의 실체란 무엇인가? 한마디로 그것은 배신의 상처와 미혼모가 될 것에 대한 극도의 불안감에 빠진 의존적 여성 오인희가 어쩔 수 없이 빠져들 수밖에 없는 함정이 아니겠는가. 오인희는 그 누구의 후원과 도움도 받지 못한 채 성하상에게 도피하지 않을 수밖에 없는 절박한 상황에 빠진다. 즉 김진우와 그 가족으로부터 받은 상처와 피해의식, 그녀도 자신의 어머니처럼 미혼모가 될 것에 대한 실존적 불안의식이 결국 성하상이라는 남성과 그가 주장해온 전생부터의 사랑으로 도피하도록 만들었다. 결혼이 파국에 이른 후의 오인희의 고독하고 불안정한 심리상태를 살펴보자.

이미 잠 속에 발을 들이민 친구를 향하여 이 걷잡을 수 없는 외로움을 설명할 수는 없다. 인희는 다시 머리에 저장되어 있는 전화번호를 더듬기 시작한다. 그러나 아무리 더듬어도 이 외로움을 털어놓을 만한 번호는 없었다.

그녀는 할 수 없이 두근거리는 가슴을 부여안고 소파에 주저앉는다. 잠시 후엔 두 팔과 다리를 잔뜩 웅크리고 눕는다. 머리도 팔 속에 푹 처박아 버린다. 또 시간이 흐른다. 잠시 후 그녀는 깜짝 놀라듯이 번쩍 고개를 든다. 아까부터 혜영이에게 전화를 하기 전부터, 줄곧 샛별처럼 빛을 발하며 떠오르던 전화번호 하나.

아니야. 이 더러운 버릇. 깨끗이 씻어내야 해.

그녀는 세차게 머리를 흔든다. 너무 과격한 동작이어서 누군가 보았다면 섬한 정도로, 그렇게 세차게. (『천년의 사랑』 하권 55~56면)

인용문에서 보듯 오인희는 지극히 외롭고 불안정한 심리상태에 빠져 있다. 따라서 지푸라기라도 잡는 심정으로 누군가 의존할 상대가 절실하게 필요했던 것이다. 그렇다고 잠든 친구 혜영과 이미 배신한 김진우가 그녀의 위안이 될 수도 없다. 그래서 읽지 않고 밀쳐두었던 성하상의 편지를 꺼내 읽기 시작한다.

> 인희는 성하상의 편지를 거의 열 번쯤 읽었다. 그렇게 열 번을 읽고나자 빈 가슴이 서서히 차오르기 시작했다. 할퀸 상처와 긁힌 자욱으로 성한 데 하나 없던 마음의 아픔이 조금씩 가라앉는 것도 느낄 수 있었다.
> 남한테서 이런 위안을 받을 수 있다는 것을 경험한 것은 그녀에게 처음이었다. 물처럼 스며드는 이런 위로는 진우에게선 한 번도 느껴보지 못하였다. 이제 와서 생각하면 그와의 짧은 사랑에 동반한 감정은 자기 자리가 아닌 듯한 불편함과 허물어질 것에 대한 불안이 전부였다. 아, 가끔씩 불꽃같은 뜨거움이 없지는 않았다. 그러나 그때에도 불꽃에 몸을 델 것을 염려하는 마음이 더 날카롭지 않았던가.
> 어떻게 이리도 간절할 수 있을까. 무엇으로 덥히는 마음이길래 이렇게 한결같을 수가 있을까. 어느 해 여름, 우연한 만남으로 그 존재를 알게 된 한 남자에 대해 그녀는 비로소 새로운 눈을 떴다. 이 세상 어딘가에서 온 정성을 다해 자기를 걱정해 주는 한 사람이 있다는 것은, 그가 누군이든 간에 지금의 그녀한테는 가슴이 떨릴 정도로 벅찬 일이었다. 홀로 있음이 가끔 시리도록 추울 때 작은 불씨 하나라도 일궈낼 수 있다면, 그렇다면 견디기가 얼마나 수월할까. (하권 77면)

이처럼 배신의 아픔과 외로움 속에서 누군가에게 의존하고 싶은 의존 욕구가 한껏 확대되어 있을 때에 성하상의 주문처럼 파고드는 "당신은 곧 나에게로 옵니다. 나는 그것을 압니다"라는 환청을 듣는다. 그리고 그것은 상하상과의 사랑을 운명적인 것으로 믿게 만들고, 그에게 의존하고 도피하고 싶은 욕구를 자극하게 된다. 즉 배신에 따른 피해의식과 미혼모가 될 것에 대한 불안의식이 성하상에 대한 절대적 의존과 자발적 순응을 가능하게 했다. 바로 오인희가 처한 적대적 상황이 그녀로 하여금 사랑에 대한 아무런 확신도 없는 상태에서 성하상의 생각과 삶에 무조건적으로 편입하게 만들었던 것이다.

> 그러나 당신, 내가 당신을 선택한 것이 아닙니다. 당신이 나를 선택한 것도 아닙니다. 우연도 아닙니다. 우연이라니요. 이토록 간절히 그리운 사랑이 우연이라면 당신인들 납득하겠습니까. 결코 우연이 아닙니다. 그렇게 되어지도록 아주 오랜 시간 저편에서부터, 천년도 넘는 저쪽의 먼먼 옛날부터 진행되어온 일입니다. 20C 이 나라 이 땅에서 당신과 내가 만나, 그리움으로 마음을 열기 시작하여 기어이 부여받은 현행에서의 과제입니다. 그러기에 이토록이나 간절한 것입니다.
> 천년의 사랑을 간직하고 있는 나의 당신. (하권 103면)

두 사람의 관계가 선택도 우연도 아니라 천년도 넘는 전생부터의 운명이며, 현생에서 그것을 완성시켜야 한다고 마치 최면술사처럼 성하상은 말한다. 지금의 파키스탄이나 북인도 지방, 또는 네팔 근처에서 권세 가문의 딸로 태어난 수하치와 그녀의 집에서 더부살이를 하고 있는 천민 아힘사의 이루어질 수 없는 사랑이 그들의 전생이라는 것이다.

이런 운명에 의해서 오인희는 잘 알지도 못하는 남성 성하상에 대해서 최면에 걸린 듯 알 수 없는 친근감을 갖게 된다. "그것은 마치 길을 잃고 헤매던 양이 낯선 짐승들 사이에서 적대감과 두려움만 느끼다가 같은 종족인 양을 만났을 때의 반가움 같은, 그런 감정이었다"와 같이 표현된 친밀감은 실로 적대적인 현실세계로부터 도피하고자 하는 오인희의 의존욕구를 반영한다. 하지만 작품은 그 친밀감을 논리적으로 설명되거나 경험을 통해서 조성된 감정이 아니라 오직 그녀가 알 수 없는 세계인 전생을 통해서만 설명 가능한 감정으로 설정하고 있다.

그러면 운명적 사랑의 파트너라고 주장하는 성하상에 대해서 정작 오인희는 무엇을 알고 있는가? 상대방에 대해서 아무것도 모르는 상태에서도 과연 사랑이라는 감정이 형성될 수 있을까? 앞서 프롬도 지적했듯이 사랑한다는 것은 상대방에 대한 지식을 필요로 한다. 지식이 결여된 사랑과 존경은 맹종이 되고, 상대방의 진정한 욕구를 알지 못하는 배려는 오히려 그를 파멸시킬 수도 있다. 사랑은 사랑하는 사람을 알고픈 나의 욕망을 양자의 연합을 통하여 증진시키고, 지식을 사랑하고픈 나의 욕망을 더욱 증진시킨다. 사랑도 상대방에 대한 지식을 토대로 할 때에 성립될 수 있다.[11] 성하상의 경우에는 명상과 광안에 의해서 오인희의 모든 것을 아는 것으로 되어 있지만 오인희는 두어 번의 우연한 마주침과 성하상이 보내온 편지 이외에 그에 대해서 알 기회조차 없었다. 당연히 두 사람은 서로 사랑한다고 느낄 만한 시간과 경험을 공유하지 못했다. 성하상의 초월적 신비적 도술에 대해서는 직접 경험한 바 있지만 오인희는 그의 인격에 대해서 전혀 알지 못하고, 따라서 그녀가 의지해도 좋다는 신뢰가 형성되었다고 보기 어렵다. 더구나 사랑이라니……. 따라서 그녀는 두 번째 사랑에서도 결코 신중하다고 할 만한 책임감 있는 주체적 선택을 하지 못하고 있는 것이다.

아무튼 소설 속의 성하상은 오인희의 모든 것을 알고 있으며, 그녀에 대해 최선을 다해 배려하고, 보호하고, 책임지고자 한다. 뿐만 아니라 인간적 질투심과 육체적 소유욕마저도 배제된 지극한 헌신으로 일관된 비현실적 사랑을 보여준다. 스템베르그(Stemberg)의 〈사랑의 삼각형〉 모델에 의하면 성숙한 사랑은 친밀감, 열정, 헌신의 세 가지 조건을 만족시켜야 한다.[12] 그런데 성하상의 오인희에 대한 사랑에는 친밀감과 열정은 결여된 채 헌신만이 있는 공허한 사랑의 형태를 취하고 있다. 또한 성하상은 오인희가 사랑하는 김진우란 남성에 대해서도 "당신이 다른 누구를

---

11 황필호, 『철학적 여성학』, 종로서적, 1987, 48~49면.
12 조정문, 앞의 글, 122~131면.

사랑하게 된다면, 그렇다면 나는 당신이 택한 그 사람까지 내 사랑 속에 품겠습니다"라고 말할 정도로 보편적 남녀의 소유적 사랑을 벗어나 있다. 성하상처럼 무조건적으로 상대방을 돌보고, 제공하고, 희생을 감수하는 이타적 사랑을 실천하는 남성은 여성들이 꿈꾸는 이상적 남성상일지 모르지만 현실의 생활공간에서는 그런 남성을 찾아볼 수 없다.

양귀자가 추구하는 이상적인 사랑은 '사랑은 끝없이 주는 것'이라는 믿음을 토대로 하고 있는 듯하다. 특히 남성중심의 사회에서 여성은 '사랑은 남성에게 희생하고 봉사하는 것'이라는 믿음, 즉 '사랑은 받는 것이 아니라 주는 것'이라는 희생 이데올로기에 익숙하게 길들여졌다. 그런데 『천년의 사랑』에서 이상화된 사랑은 여성이 남성을 배려하는 이타적 헌신이 아니라 남성이 여성에게 일방적으로 헌신하는 뒤바뀐 모습을 보여준다. 성하상은 오인희의 의존욕구를 지속적으로 충족시켜주는 존재지만 그 자신은 파트너가 제공하는 만족을 그리 중요치 않게 생각한다는 점에서 마슬로우가 분류했던 '존재적 사랑'의 형태를 취하고 있다. 반면에 오인희는 안전과 소속에 대한 욕구를 채워주는 사람에 대해서 느끼는 '결핍적 사랑'의 형태를 취하고 있다. 그리고 작가는 성하상과 오인희의 사랑을 가장 이상적인 사랑의 형태로 그리고 있다. 어쩌면 『천년의 사랑』의 가장 큰 비현실성은 전생이나 도술과 같은 모티프가 아니라 성하상이 오인희에게 보여주는 무조건적이고 비현실적인 사랑에서 우러나오는 것이라고 할 수 있다.

실제로 현실에서의 남녀의 사랑은 조건적일 수밖에 없으며, 어쩌면 이것이 현실적 사랑의 본질이요, 속성인지도 모른다. 작가 양귀자는 그런 사랑의 본질적 속성을 뛰어넘어 천년 전 전생부터의 초월적이고 운명적 사랑, 무조건적이고 비현실적인 사랑을 추구하는 이상주의적 경향을 보여주었다. 이것이 여성작가인 양귀자가 여성을 주인공으로 한 소설에서 밝힌 수많은 여성들이 꿈꾸는 사랑의 이상—변하지 않고, 무조건적이며,

여성을 끝없이 배려하는 헌신적 사랑—이란 말인가? 가부장적 사회에서 남성에게 일방적으로 헌신할 것을 강요받던 여성들이 정작 꿈꾸던 이상적 사랑은 성하상과 같은 남성이 보여준 이타적 사랑이었을까?

페미니즘에서 사랑은 자유롭고 평등한 파트너 사이에서만 가능하다. 성숙한 사랑은 인격적으로 성숙한 두 주체의 상대방에 대한 배려가 서로 공존하고 조화를 이루어야 한다. 그런데 성하상과 오인희의 사랑은 전혀 자유롭지도 평등하지도 조화롭지도 않으며 지극히 불균형하고 부조화스러운 모습을 하고 있다. 그것은 마치 무력한 어린 딸을 향하는 아버지의 지극한 사랑, 즉 부성애의 모습이다. 그것은 성숙한 남녀의 에로스적 사랑이기보다 아가페적 사랑이다.

그리고 작가가 결혼이라는 조건이 개입된 김진우와의 사랑을 파탄으로 이끈 것은 전생의 논리이지만 그 밑에는 낭만적 사랑은 결혼과 같은 조건이 끼어들어서는 안 된다는 애정관이 작용하고 있는 것 같다. 작품의 결말부분에서 오인희가 성하상에게 절대적으로 의존하고 있음에도 둘은 결혼이라는 형태로 결합하지 않는다. 또한 현생에서의 두 사람의 사랑이 진정한 합일의 상태에 이르렀다고 볼 수 없다. 즉 오인희는 김진우의 아이를 낳고 죽으며, 살아남은 아이를 성하상이 키우는 것으로 소설은 대단원의 막을 내리기 때문이다.

이러한 결말은 현실의 인간들이 추구하는 소유적 사랑의 모습을 벗어남으로써 다시 한 번 비현실적인 사랑을 이상화한다. 즉 사랑이란 일시적인 것이 아니라 시공을 초월하는 영원한 것이라는 믿음, 결혼과 같은 사회제도에 얽매일 수 없다는 생각, 사랑은 육체의 소유를 추구하는 것이 아니라 정신적 교감을 바탕으로 하는 절대적 정신성의 구현이라는 믿음 등이 그것이다.

이처럼 『천년의 사랑』은 지극히 사랑을 신비화하고 정신화하고 이상화한다. 결국 성하상이란 남성을 통해서는 무조건적 보호를 통한 이타적인 사랑의 극치를 표현하며, 오인희란 인물을 통해서는 주체성을 포기하고 남성에게 절대적으로 의존하는 의존적 사랑을 보여준다. 성하상은 현실의 남성이라기에는 너무 비현실적이며, 오인희 역시 현대여성이라기엔 너무 무주체적이다.

헌신적 남성과 의존적 여성이 추구하는 사랑은 결코 사랑의 바람직한 모습도, 성숙한 모습도, 이상적인 모습도 아니다. 뿐만 아니라 보통의 남녀가 현실을 통해서 주고받을 수 있는 사랑의 모습도, 더더욱이 페미니즘에서 추구하는 주체적 사랑의 모습도 아니다. 한 여성이 가부장적 사회에서 받은 배신의 상처를 전생이란 운명으로 퇴행함으로써 치유 받고자 한 『천년의 사랑』은 사랑을 극도로 신비화하고 이상화했지만 그 사랑은 어디까지나 비현실적이며 퇴행적인 사랑일 뿐이다.

육체주의와 찰나주의가 범람하는 세태 속에서 진실한 사랑을 찾지 못하고 공허해진 영혼들에게 『천년의 사랑』은 운명적 사랑, 이상적 사랑, 영원한 사랑에 대한 환상을 심어주었다. 그런데 이 소설이 한낱 대중소설일 수밖에 없는 것은 작품에서 제시하는 사랑이 갈등과 고통을 극복하고 성취해낸 고통스런 진실의 열매가 아니라 운명에 순응하고 전생으로 퇴행함으로써 상처를 치유 받고자 한 숙명론적이고 퇴행적 세계관을 제시하며, 현실을 허위보고 하고 있기 때문이다.

하지만 양귀자가 3년 뒤에 내놓은 소설 『모순』(1998)이 보여주는 사랑은 리얼리즘의 세계관을 회복하고 있다. 장편소설인 『모순』은 쌍둥이 자매로 태어난 엄마와 이모의 상반된 삶을 가까운 거리에서 비교하면서 냉소적으로 자란 스물다섯의 '안진진'이라는 여성을 주인공으로 하며, 그녀와 결혼하기를 희망하는 두 명의 남성이 등장한다. 안진진은 '김장우'와 '나영규'를 수차례씩 저울질하다가 종국에는 감정적으로는 잘 소통되지 않지만 현실적 안락을 보장해줄 것처럼 여겨지는 남성 나영규와 결혼하기로 결정하는 보다 현실적 선택을 한다. 그녀는 사랑의 몰입에서 한 걸음 물러나서 어머니와 이모의 불행과 행복이 엇갈리는 삶을 비교함으로써 흔히 미혼여성들이 빠지기 쉬운 사랑과 결혼의 신비화에서 벗어나게 된다. 그녀에게 파악된 결혼은 이상이 아니고 현실이다. 따라서 배우자의 선택은 감정의 이끌림에 의해 결정할 문제가 아니라 이성적 판단에 따라 결정할 문제이다. 현실적으로 안락했지만 정신적 공허감을 견디지 못해 자살한 이모와 남편이 가족을 유기함으로써 생활전선에 뛰어들어 생존에 급급했던 어머니, 이 두 사람의 삶은 그녀가 배우자를 선택하는 데 교과서 역할을 한다. 자살한 이모를 생각한다면 그녀는 현실적 안락이 결혼의 선결조건이 아니라고 생각할 수도 있겠지만 25년 동안 물질적 결핍 속에서 살아왔던 어머니와 그 결핍을 같이 겪어내야만 했던 그녀의 과거는 현실적 안락함을 선택하도록 작용한다.

결혼을 현실이라고 파악하는 영악한 여성 안진진은 『천년의 사랑』에서의 오인희와 달리 인생에 대해 매우 현실적이다. 또한 그녀의 마지막 한마디 "인생은 탐구하면서 살아가는 것이 아니라, 살아가면서 탐구하는 것이다. 실수는 되풀이된다. 그것이 인생이다……."라는 말은 예정된 운명을 수동적으로 수용하겠다는 자세가 아니다. 운명으로 도피하는 인생이 아니라 자신이 선택하면서 살고, 살아가면서 탐구하겠다는 안진진의 자세는 분명 소극적 오인희와는 다른 적극적 자세이며, 주체성을 회복한 현대여성의 자세일 것이다.

5. 사랑의 몰입과 주체성, 그 영원히 공존하기 어려운 모순

사랑의 합일에의 욕구는 육체적 합일인 성교에의 강렬한 욕망으로 나타나며, 정신적으로는 두 인격체가 하나가 된 동일시의 감정, 일체화의 체험으로 나타난다. 상대방과의 동일시와 일체화는 결국 상대방에의 몰입을 통한 자아의 망각과 주체성의 포기를 의미하며, 그것은 단지 순간 속에 존재한다. 따라서 사랑의 일체화는 완성되는 순간 파탄을 예고하고 있다. 그리고 일체화라는 환상적 느낌이 지속되어야 유지될 수 있는 낭만적 사랑은 성취되는 순간 깨어질 운명을 안고 있다.

주체적 사랑이란 어떤 의미에서 일체화를 지향하는 대신 공존을 추구함으로써 진정한 사랑에의 몰입을 방해한다. 자아의 주체성을 포기함으로써만 이루어질 수 있는 일체화와 일체화를 포기함으로써만 유지되는 주체성, 사랑에 있어 이 둘은 서로 공존하기 어려운 개념이다. 주체성의 회복에 성공하면 사랑에 실패하는 일은 없을 것이다. 그러나 두 개체가 영원히 주체성이라는 명제에 매달려 있는 한 사랑의 목표인 정서적 합일과 그 엑스타시는 경험할 수 없다는 아이러니가 발생한다. 왜냐하면 사랑의 엑스타시는 주체성을 버리고 상대방에게 몰입하여 자아를 망각하는 데서 일어나기 때문이다.

양귀자는 『천년의 사랑』에서 성하상에게 절대적으로 의존하여 주체성을 포기한 오인희란 여성을 통해 사랑의 일체화에 대한 환상을 불러일으켰다. 어쩌면 이 낭만적 사랑의 환상을 깨지 않기 위해 오인희의 죽음은 필연적이다. 반면에 『모순』에서는 결혼이 낭만적 환상이 아니라 현실이라는 깨달음을 획득한 안진진이라는 주체적 여성을 등장시켜 현실적인 사랑의 성취를 보여준다. 한편 『천년의 사랑』에서의 성하상과 오인희는 결혼제도와 무관한 사랑을 추구했다면 『모순』은 철저히 결혼이란 제도를 지향하고 있다. 이 점에서도 두 작품은 비교된다. 『천년의 사랑』은 결혼과 상관없는 낭만적 사랑의 환상을 추구했지만 『모순』은 결혼이라는 사회제도 속에서 가능한 현실적 사랑을 추구했다.

현실을 벗어나는 환상적 사랑으로부터 보다 현실적인 사랑에 이르기까지 양귀자의 사랑에 대한 탐색은 다양하다. 앞으로 또 다른 소설에서 어떤 사랑의 모습을 제시할 것인가 궁금해진다.

(2001)

제5장

남성을 생각한다

흔들리는 남성

― 그 정체성의 위기

1. 들어가며

20C 후반에 접어들면서 남녀를 공과 사로 분리하는 성역할의 고정화에 대해서는 여성운동에서도 남성운동에서도 의문을 제기하기 시작했다. 여성들은 기능주의 사회학자 탈코트 파슨스(Talcott Parsons)가 구분했던 표현적 역할(role expressive), 즉 여성을 사적인 영역에 고립시키고, 아내 어머니 안주인으로서 가족집단을 통합시켜 나가는 데 만족하도록 만드는 역할에 대해서 반기를 들었다. 마찬가지로 남성들도 그들에게 부과된 도구적 역할(role instrument), 즉 직업을 갖고 적당한 수입을 벌어들임으로써 남편과 아버지로서 공동체내에서 지위를 보장받는 역할에 대해서 회의를 품게 되었다.

여성학과 여성운동의 영향을 받아 형성된 남성학(men's studies)과 남성운동(men's liberration)은 기존의 남성 역할 가운데서 생계부양자로서의 역할, 국토방위의 역할, 여성에 대한 보호자로서의 역할, 리더로서의 역할에 회의를 나타내기 시작했다. 즉 남성을 억압하고 있는 다양한 역할에서 해방되어, 쾌락을 누리며, 자유로운 행동이나 관계를 남자들 자신을 위해 생각하고 선택할 수 있는 환경을 만들기 위한 해방운동이 필요하다는 주장을 제기했다.

어떤 의미에서 20C는 '일을 하고 싶어도 할 수 없는 여성들'을 위한 여성해방이 활발히 전개된 시기이며, '사회법칙에 따라 일할 것을 강요받는 남성들'을 위한 남성해방운동이 대두한 시기라고 할 수 있다.

여성들이 사회적 역할을 더 맡기 위해 투쟁해왔다면 남성들은 20C의 끝에서 기존의 성역할이 각각의 성장을 방해하며, 구속과 억압을 주고, 특히 남성의 성역할은 심리적 육체적으로 죽음의 원인이 되고 있다고까지 주장하며, 남성에게 부과된 역할로부터 벗어나기 위한 해방을 외치기 시작했다.

미국의 남성해방론자인 리차드 하다드(Richard Haddad)는 여자보다 10년이나 더 짧은 수명, 더 많은 질병에의 노출, 범죄율, 알코올과 마약 중독증세, 자기파괴를 자초하면서까지 성공하지 않으면 안 된다고 생각하는 남자들, 이른바 타인을 먹여 살리는 데 일생을 바칠 의무를 지니고 있는 남자들에게 어떤 특권이 있는가라고 질문한다. 지금까지 남성의 특권이라는 것은 계속적 승리, 성공의 보수로서만 주어져왔다는 것이다. 그들은 여성이 경제 정치적으로 차별당한다면 남성은 인간성의 면에서 육체적 정서적 사회적 심리적으로 괴로워하고 있다고 말한다.

남성들은 권력을 독점하거나 세계를 지배하는 힘을 소유하지 못했으며, 정부나 기업의 시스템에서 남성이 의사결정의 위치에 있었던 것은 어디까지나 남성들의 활동무대가 그곳이었기 때문일 뿐이라고 주장한다. 더욱이 남자는 이런 지위를 자신의 이익을 위해서 이용하지 않았다고 말함으로써 페미니스트와는 아주 상반된 견해를 피력하기도 한다. 또한 그들에게 개인적으로나 집단적으로 최대의 영향을 주는 권력은 경제, 정치, 섹스, 가정 중에서 어떤 것인가라고 질문한다. 가령, IBM의

회장은 당신의 아내보다도 더 당신을 지배하는 힘을 소유하고 있는가, 당신은 자신의 어머니보다도 미국 대통령을 더 사랑하고 있는가라고 질문하는데[1], 이와 같은 질문은 마치 한국에서 남성은 세계를 지배하지만 그 남성을 지배하는 것은 여자라는 주장과 흡사하다.

남성학에는 여러 관점과 태도가 있으며, 여러 관점 중에는 친페미니즘적 입장도 분명 존재한다. 하지만 일부의 남성해방론자들은 '여성들은 그들의 역할에서 해방되고, 남성의 역할은 그대로 존속된 사회로 이끌어가는 것이 페미니즘이다' 라고 주장하며, 페미니즘에 대해서 적대적 입장을 취한다. 이처럼 페미니즘에 대해서 적대적인 남성해방론은 페미니스트들이 여성들이 사회적 역할을 새롭게 떠맡았는데도 가사노동에 협조하지 않는 남성들로 인하여 삼중의 역할로 과중한 노동과 스트레스에 시달린다고 항변하는 것과 정반대의 입장을 나타낸다고 할 수 있다.

미국의 부부관계 상담전문가 존 그레이는 "화성에서 온 남자, 금성에서 온 여자"란 흥미로운 명제를 통해서 남녀 간의 소통불능상태를 비유했는데, 성역할 변화에 대한 남성해방론자와 여성해방론자의 해석에서도 아예 소통이 불가능해진 화성과 금성 간의 머나먼 거리를 실감하지 않을 수 없다.

그렇지만 조금만 생각해보면 남녀의 성역할 변화는 결코 페미니즘 탓이 아니라 사회구조의 변화에 따른 시대적 요청이라 하지 않을 수 없다. 어떤 의미에서 페미니즘도 여성 내부에서만 우러나오는 목소리가 아니며, 변화된 사회구조가 요청하는 새로운 시대사조로서 시대가 여성의 성역할 변화를 요구한다고 해석할 수 있다. 즉 육체적 힘을 필요로 하지 않는 오늘날의 경제구조는 기존의 전통적 성역할을 쓸모없는 것으로 만

---

1 리차드 하다드, 「남성해방운동」, 프란시스 바움리 편, 김영주 역, 『우리는 남성해방선언』, 기원전, 1992, 176~182면 참조.

들고 있다. 성역할의 변화 요구는 경제구조의 변화에 따른 시대적 요청이며, 인류 역사에서 성역할은 항상 변화해왔음을 상기할 필요가 있다. 더 이상 성역할은 신이 부여한 신성불가침의 것이나 자연의 법칙에 따른 것이 아니며, 고정불변의 것은 더욱 아닌 것이다.

앨빈 토플러가 말한 제3의 물결시대, 즉 탈공업화된 정보화 사회는 제2의 물결시대에 적합했던 남성과 여성을 공公과 사私로 분리하는 성역할의 구분을 무의미하게 만들고 있다. 즉 남성은 공적 영역에서 사회적 대표권을 지니며 도구적 역할을 수행하고, 여성은 사적 영역인 가정에서 자녀양육과 가정관리의 표현적 역할을 수행해야 한다는 성역할의 분화는 평등주의 원칙과 유연성 있는 역할의 상호교환성이 요청되는 정보화 사회에서는 더 이상 적합한 역할 수행으로 볼 수가 없는 것이다.

남성학은 기존의 남성 역할에 대한 회의와 불만으로부터 출발했으며, 기존의 남성역할의 억압성을 인식하고, 이로부터 벗어나 자유롭고 해방된 인간으로서 삶의 권리를 누릴 수 있는 사회로 변혁하는 것을 목표로 한다.

기존의 남성역할 가운데서 가장 큰 억압은 뭐니 뭐니 해도 가장으로서 가족을 부양해야 한다는 평생을 통한 의무감과 부담일 것이다. 가장으로서의 부양의무와 보호자로서의 책임과 권한에 만족하던 남성들이 그 역할에 회의를 품기 시작한 변화를 가리켜 어렌리크(Ehrenreich)는 '남성의 반란', '생계부양자의 윤리붕괴' 라고 표현했다. 남성들의 이러한 변화가 여성해방운동의 여파로 초래되었다는 설명이 있지만 이는 객관성을 잃은 설명이다. 그것은 자본주의의 단계적 진전에 따른 자생적 변화일 뿐이다. 미국의 경우, 70년대의 석유파동을 거치면서 물가가 뛰고 경제침체가 된 상황에서 남성들은 부양자, 가장으로서의 역할이 위험부담과 긴장이 높은 것이라고 느끼기 시작했으며, 성공이나 책임보다는 신나게 노는 시간과 수월한 삶을 추구하려는 경향이 대두했다.

가령, 우리나라에서도 소위 남성학이 대두하고, 남성해방운동이 나타나기 시작한 것은 산업화가 추구한 고도의 경제성장이란 목표달성을 위해 남성들을 밤낮으로 혹사시켜 오던 사회가 경제불황이 되자 명예퇴직, 정리해고에 이어 IMF로 아예 직장에서 퇴출당한 실직자가 200만 명에 달하게 된 20C 말의 일이다. 즉 남성들은 그때까지 남성에게 부과된 성역할을 그들의 자의적 의사와 달리 강제적으로 박탈당하게 되자 자신의 역할에 대해서 근본적 회의를 품게 되었다. 그들이 가부장제의 자랑스런 수혜자가 아니라 억울한 피해자[2]임을 깨닫게 된 것이다. 즉 기존의 제도권내에서 권력이나 특권을 누릴 수 없다는 한계남성(marginal men)으로서의 자각이 남성해방에 대한 문제의식으로 표출되었다고 보여진다.

세기말 한국사회에는 안티페미니즘을 표방한 '한국남성협의회'란 남성단체가 등장하여 남성에 대한 역 성차별에 항의했다. 그들은 남성의 군대의무, 가족부양의무 등 남성에게 가해지는 불합리한 사회제도 및 법 개선을 역점사업으로 천명하며, 남성발전기본법의 초안까지 작성했다.[3] 그들은 우리 사회가 남성위주라고 하는 것은 착각이라며, 페미니즘에 대해서 비난을 퍼부었다.

우리나라의 남성학이나 남성해방운동이 단순히 외국의 박래품으로서 새로운 학문에 대한 지적 호기심 때문에 발생했거나 외국 남성해방운동의 일방적 영향으로 이루어진 것은 아니라고 보아진다. 즉 남성해방운동이 대두할 만한 사회적 여건이 주어졌기 때문에 태동한 것으로 보아야 한다.

본고는 20C 말에 한국에 불어 닥친 남성들의 흔들리는 정체성과 그 위

---

2 엘리스 코즈, 안종설 역, 『남자의 위기』, 한송, 1997, 15면.
3 〈여성신문〉, 1999년 12월 10일자.

기의 문제를 소설, 영화, 텔레비전 드라마와 같은 문화텍스트를 통하여 읽어보고, 변화된 사회 속에서 남성이 가야 할 길을 모색해보고자 한다.

2. 흔들리는 남성 – 김정현의 『아버지』

우리 사회에도 가장과 보호자로서의 책임과 권한에 만족하던 남성이 기존의 성역할에 억압을 느끼며, 자유롭고 해방된 인간으로서의 삶의 권리를 누리고자 하는 남성해방운동이 등장했다. 하지만 기존의 남성역할을 내팽개치려는 '남성의 반란'은 어디까지나 미국 등지에서 나타나는 사회현상일 뿐이다. 아직 우리 사회의 대다수 남성들은 자신의 생계부양자 또는 보호자로서의 역할을 처절히 지키려는 책임의식으로부터 자유롭지 못하다. 하필, 필자가 '처절한 책임의식'이라고 명명하는 까닭은 90년대 말 IMF로 실직한 가장이 가족부양의 책임의식을 강박적으로 느끼다 못해 소위 동반자살(동반자살이라는 표현은 언론에서 사용했으며, 이것은 명백히 가족에 대한 살인행위이고, 왜곡된 가부장적 소유의식이다)이라는 극단적 방법을 통해서 자신의 임무를 수행하려고 했던 불행한 사례들에서 잘 확인할 수 있다.

가족부양에 대한 책임의식은 한국남성들의 집단적 무의식에 보다 깊숙하게 내면화되어 있으며, 우리 사회의 집단적 의식 역시 남성들에게 이러한 책무로부터 자유로워지도록 허용하지 않고 있다. 가령, IMF 직후 우리 사회는 200만 명이 실직을 하고 더 이상 생계부양자로서의 역할 수행을 할 수 없게 되었다. 이때 우리 사회의 분위기는 그동안 남성이 일방적으로 생계부양의 무거운 임무를 져왔으므로 이를 위로하고, 이 기회에 남녀가 가족부양의 책임과 고통을 함께 나누는 평등사회로 전환하겠다는 전향적 태도를 보여준 것이 아니었다. 오히려 '남편 기 살리기' 또는 '아빠 힘내세요'란 슬로건을 통해서 남성들이 자칫 실직 중에라도 '생계부양자로서의 역할의식' 을 방기해 버리지 않도록 열심히 채찍질해왔다.

하지만 우리 사회의 남성에게서도 '남성의 반란' 이라고 표현할 정도는 아니지만 지금까지 규정된 남성의 역할에 억압을 느끼며, 남성의 정체성에 회의를 나타내는 '흔들리는 남성상' 을 찾아볼 수 있다.

김정현의 『아버지』(문이당, 1996)는 20C 후반의 변화된 사회구조 속에서 흔들리고 있는 남성의 정체성에 대한 위기를 잘 보여주고 있다. 작품은 말기 췌장암 선고를 받은 중년남성 한정수를 통하여 우리시대의 남성들이 직면하고 있는 여러 문제들을 남성의 시각에서 보여준다. 즉 가족(특히 부부) 사이에 의사소통이 단절된 모습, 권위의식과 허세로 무장한 채 정서적으로 고독과 불안에 빠져 있는 남성상, 일부일처제 가족의 모순을 드러내는 남성의 성적 일탈, 생계부양자 역할에 억압되어 있는 남성상, 남녀를 공사로 분리하는 이분법적 사회의 모습 등이 그것이다.

체중감소, 무기력, 위경련 등의 복부통증을 대수롭지 않게 여기던 한정수는 말기 췌장암으로 진단되며, 5개월의 시한부 인생을 판정받게 된다. 죽음에 직면한 그는 공무원으로서의 사회적 역할이나 가장으로서의 역할이 자신에게 심리적 경제적 압박감과 좌절감만 안겨주었으며, 자신이 덧없이 고독한 존재라는 사실을 깨닫게 되고, 인생에 대한 허무감에 빠져든다. 그는 직장에서도 가족에게도 최선을 다했다고 생각하지만 이에 대한 충분한 보상은 따르지 않는다. 즉 가난한 집안의 지방대학 출신으로 행정고시에 합격한 그는 열심히 일하였지만 승진에서는 언제나 뒤쳐지고, 여태껏 서기관에 머물고 있다. 또한 평생 가족을 사랑하고 그들을 위해 봉사해왔다고 생각했지만 그에게 돌아오는 것은 가족과의 대화단절과 외로움뿐이다. 그는 죽음을 앞두고서야 자신이 억울한 피해자로서 타인지향적 삶을 살았음을 뼈저리게 인식하게 되며, 존재론적 회의에 사로잡힌다.

그런데 자폐적인 권위의식과 허세에 사로잡힌 그는 가족에게 자신의 시한부 삶을 알리기는커녕 가족들의 동정심 따위는 받기 싫다는 비정상적이고 왜곡된 감정과 태도를 나타낸다.

> 이대로 지내다 가자. 마누라에게 구박받고 자식놈들에게 따돌림 당해도. 난 지금 이대로가 좋아. 내가 무슨 별난 동물이라도 되는 양 이상한 눈빛으로 보는 건 정말 싫어. 갑자기 절절한 애정이 생긴 양, 하늘이 무너지는 듯 안타까운 양, 마치 내가 없으면 하루도 못 살 것처럼 그렇게 말도 안 된 눈빛과 표정을 대하는 건 우선 내가 싫어. 아직은 지금 그대로가 좋아. 자네와 술이 취해 이렇게 할게. 예전처럼 밤늦게 집으로 쳐들어 갈 수 있다는 게 좋다구. 알아? ……

이처럼 그는 잘못된 권위의식과 허세에 사로잡혀 있으며, 자폐적인 감정상태에 빠져 가족들과 대화하기를 거부하고 있다. 이미 7년 전부터 그는 아내와 각방을 사용할 정도로 관계가 단절되어 있다. 가족들과 제대로 소통되지 않는 외로움을 주인공은 이렇게 표현한다.

> 그는 언제부터인가, 그토록 사랑하는 아내, 그리고 자녀들에서 외로움을 느끼고 있었다. 따져보면 아무것도 아닌, 그야말로 공허한 것이라 해도 그것은 외로움이었다. 그리고 그 원인의 아주 작은 부분일지라도 그 자신에게만 미루지 못할 무엇은 분명 있을 것이다. 그것이 설령 그들의 지나친 사랑에서 비롯되었다 할지라도.

하지만 그는 가족들과 대화가 단절된 원인이 무엇인가 생각해보지 않았으며, 의사소통을 하기 위한 노력도 전혀 하지 않고 있다. 대신에 매일 밤 술에 취해 귀가하는 허세를 부린다. 그의 이런 태도는 가족들로부터 이해받기는커녕 미움과 증오를 사게 되고, 그로 인해 가족들은 물론이며 그 자신이 더 큰 상처를 입게 된다. 그는 대화를 하자는 아내를 향해 마음을 열고 자신의 상태를 솔직히 고백하려 하지 않고, 자신을 진정한 가족으로 대해준 적이 있느냐고 항변하는가 하면 가족들의 자신에 대한 태도를 '무관심의 경멸' 또는 '철저한 멸시'라고 오해한다.

이렇게 작품 속의 아버지는 죽음을 앞둔 마당에서도 자신과 가장 가까운 가족들에게 자신이 죽게 된다는 사실을 알리지 않고 허세를 부리는데, 이는 문화적 격차가 있는 냉담한 아내나 철없는 자식들 때문이 아니라 이 사회가 남성들을 사회화시킨 대로 무표현적이고 도구적인 남성성과 남성다움이 초래한 부정적 결과이다. 즉 주인공 부부에게 대화와 의사소통이 단절된 까닭은 한정수가 권위의식과 허세에 사로잡힌 채 자신의 감정을 과도하게 억압하고 솔직하게 인간적 대화를 하지 않았기 때문이다.

대신에 그는 술로 도피하여 자신의 외로움을 보상받고자 한다. 아마도 말기 췌장암에 이르도록 건강이 악화된 것도 자신의 마음을 가족에게조차 열지 않고, 모든 스트레스를 술로써 해결하려 한 남성으로서의 권위의식과 허세 때문이었으리라.

필자는 여기서 우리나라 남성문화의 한 단면을 엿볼 수 있다고 생각한다. 즉 우리나라 남성들의 모든 스트레스를 술로써 해결하려는 일종의 집단적 알코올 중독이라고 할 만한 사회적 현상이 그것이다.

소설의 주인공도 모든 스트레스를 술로써 풀려했다. 그러다보니 매일 술에 절어 귀가하게 되고, 이로 인해 가족들과 관계 장애가 일어났다. 즉 아내와는 7년째 각방을 사용하고 있으며, 자녀들로부터는 존경심을 잃게 되고, 급기야 딸로부터는 원망에 찬 편지를 받기에 이른다.

우리나라 남성들에게서 나타나는 알코올 중독을 개인의 심리적 측면만이 아니라 사회적·문화적 요인과 관련해서 바라보아야 한다는 시각이[4] 있듯이 우리나라 남성들의 술에 대한 의존 내지는 술로의 도피 현상

---

4 박재환 외, 『술의 사회학』, 한울아카데미, 1999, 210면.

은 개인적인 것이 아니라 집단적이며, 사회적인 현상이다. 그리고 그 원인은 남성들에게 스트레스를 가중시키는 사회구조와 남성들의 사회화 과정, 남성들에 가해지는 정서적 억압과 그로 인한 불안감과 타인과의 교류장애에서 오는 외로움 등 여러 이유를 찾을 수 있을 것이다.

왜 우리나라의 남성들은 죽음을 앞둔 상황에서조차 이처럼 감정표현이 불능상태인 정서적 억압에 빠지게 된 것일까?

낸시 쵸도로우는 유아기의 남아와 여아의 양육방식의 차이에서 이 점을 설명한다. 즉 어머니와 강한 정서적 친밀감을 나눌 수 있는 여아에 비해 남아는 이성인 어머니와의 정신적인 분리가 강하게 요구된다고 했다. 게다가 동성인 아버지와는 자주 접할 수 없고, 대화의 양이 적으며, 내용도 사색적이고 딱딱하기 때문에 타인과의 공감능력이나 친밀감을 억제시키는 경향이 있다는 것이다.

이처럼 유아기의 양육방식이나 커뮤니케이션 과정에서 남자들의 냉정하고 무표현적인 인성이 초래되었으며, 이는 결국 남자들의 의사소통 불능 상태를 초래하게 되고, 대신에 허세나 권위의식으로 무장한 채 스스로 가족으로부터 소외된 고립상태와 고독감에 빠지게 만든다. 남자들의 고독에 대해서 작가는 서문에서 이렇게 적고 있다.

당신은 사람의 냄새를 맡아본 것이 언제라고 생각하는가? 혹시 사람의 냄새가 그리워 그토록 아쉽고 허전하고 외로운 건 아닐까? 그래서 서점의 서가마다 빠지지 않고 '고독'이라는 수사가 붙은 책들이 꽂혀 있지는 않은가? 가만히 생각해 보라. 당신의 아버지, 당신의 남편, 당신의 아들이 진정 그런 고독 때문에 헛된 서글픔을 낭비하고 있지는 않은지. 아버지, 그 가슴 뭉클한 이름에서마저 향기를 잊어버리고 산 것이 얼마인가. 가로등만이 초라한 골목길에서 휘청거리는 발길을 내딛는 굽은 그의 등을 본 적이 있는가? 몹시 술에 취한 어느 날, 들고 온 과일 바구니를 내려놓으면서도, 누군가를 향한 불만을 그치지 못하던 그 비오던 밤을 당신은 기억하는가? 잠든 당신의 곁에 지켜서 흐뭇하게 머금던 그의 미소를 잠결에서나마 보았던 적은 없는가?

이 작품은 남성도 고독하다고 항변한다. 분명 그들도 고독할 것이다. 왜냐하면 그들은 타인과 정서적으로 교감을 나누고 감정적 유대를 가지도록 성장해오지 않았으므로……. 작품에서 표현되었듯이 아내에게도 자식에게도 마음을 털어놓을 수 없는 남자의 고독은 결코 아내나 다른 가족의 탓이 아니라 우리 사회가 남성들을 무표현적 도구적 인성으로 사회화시켜 온 결과이다.

정말 남성들은 자신들의 공감능력과 감정표현을 동반한 자기표현능력의 개발에 더욱더 의식적으로 대응할[5] 때에 고독에서 벗어날 수 있다. 그것은 단순히 감정표현능력의 신장에 그치는 것이 아니라 인간적 인격적 성숙을 이끌어내는 아주 중요한 요소이다. 남자다워야 한다는 강박관념에서 벗어나 감정적 성숙을 도모하고 이성과 감정이 균형 잡힌 통합된 인간이 될 때, 남성은 조화로운 인격을 가진 성숙한 인간으로 성장할 수 있다. 하지만 우리 사회의 남성들은 사회적 집단적으로 감정의 성숙을 차단당함으로써 결국 인간적 성숙에도 이르지 못한 채 불균형한 인간으로 살다 죽는다.

현재 우리 사회의 남성에게 가해지는 억압 가운데 가장 큰 것은 가장으로서 가족들을 부양해야 한다는 생계부양자로서의 책임감이다. 주인공 한정수는 자신이 곧 죽게 된다는 사실은 가족에게 말하지 않지만 가족의 생계대책은 세우고 죽어야 한다는 강박적인 의무감에 빠져 있다. 즉 자신의 퇴직금과 저축, 보험금 등으로 자녀의 학비나 결혼자금 또는 아내의 생계대책을 구상한다. 죽음을 앞둔 남성의 처절한 생계부양자로서의 역할의식인 셈이다.

한정수를 통해서 볼 때에도 우리나라 남성들은 미국의 남성해방론자들에게서 나타나는 '남성의 반란'과는 달리 자신의 생계부양자로서의

---

5 이토 키미오, 정채기 역, 『남성학입문』, 교육과학사, 1997, 295면.

역할의식에 너무도 철저히 사로잡혀 있다. 생계부양자로서의 역할 억압이 어느 정도인가 하면 아예 그 억압성을 제대로 인식하지 못하는 상태라고 할 수 있다. 따라서 '남성의 반란'은 앞으로 신세대에게는 나타날 가능성이 있겠지만 한국의 기성세대 남성들에게는 해당되지 않는 개념이라고 할 수 있다.

하지만 생계부양자로서의 도구적 역할 수행만으로는 『아버지』에서도 보듯이 가족들과 정서적 유대관계를 가질 수 없다. 소설 『아버지』처럼 가족의 외형은 유지되고 있지만 정서적 결속이나 사랑이 부재하는 상태의 가족은 이미 내적으로 붕괴되어 있다. 현대 가족은 의식주를 중심으로 한 물리적 기능이 약화되는 반면에 심리적 기능에 대한 기대는 증대되고 있다.[6] 즉 생계부양자로서의 기능적 도구적 역할 수행만으로는 가족과 정서적 통합을 유지하기 어렵게 된 것이다. 현대는 가정적 역할에 공동으로 참여하며, 가족과 충분하게 대화하고 사랑을 나누며, 정서적 기능도 같이 수행할 있는 남편과 아버지가 필요해진 시대이다. 그런데 작품처럼 생계부양의 역할만을 담당한 채 자녀에 대한 양육, 교육, 보호, 통제의 기능이 모두 어머니에게 넘겨진 가족에서 아버지의 영향력은 약화 내지 소멸된다. 그리고 그 결과는 당연하게 가족으로부터의 아버지의 소외와 고독으로 나타나게 된다. 주인공 한정수가 겪는 소외와 고독은 개인적인 것이기보다 집단적이고 전형적인 것이다. 즉 아버지의 영향력이 약화 내지 소멸된 우리시대의 아버지의 전형적 모습이라 할 수 있다.

실로, 60년대 이후 우리나라의 자본주의화 된 산업화 과정은 남녀를 공과 사로 이분법적으로 분리함으로써 남성은 경제생산과 사회적 대표권을 가진 공적 영역의 임금노동자로, 여성은 가정에 고립된 채 가사노

---

6 손승영, 「한국사회의 변화와 가족」, 여성한국사회연구소 편, 『한국 가족문화의 오늘과 내일』, 사회문화연구소, 1995, 51면.

동과 자녀양육을 전담한 무임금의 가사노동자로 분리시켜 왔다. 남성을 가정으로부터 소외시키고, 여성을 사회적으로 고립시킨 원인은 바로 우리 사회의 자본주의적인 산업화 과정, 즉 사회구조에서 찾아야 한다. 산업화는 이분법적 성역할의 고정화와 함께 인성적 특징면에서는 남성에게 도구적 인성과 독립성을 강조하고, 여성에게는 정서적이고 표현적인 인성과 의존성을 강조하는 불균형하고 불건강한 인성적 특징을 요구해 온 것으로 학자들은 진단하고 있다.[7]

이미 지적했듯 남녀의 이분법적 분리는 결국 남성의 가정으로부터의 소외와 부재로, 또는 남성의 고독과 불안으로 표현되는 역기능을 나타낸다. 주인공 한정수가 보여주듯 결코 가족에게 감정을 드러내거나 나약한 모습을 보일 수 없다는 가부장적 허세는 강한 남성의 심리적 특징이 아니라 겉으로 큰 소리를 치지만 내면적으로 지극히 허약하여 여성에게 의존해야 하는, 즉 정서적 자립성이 결여된, 고독하고 불안한 남성의 모습에 다름 아니다. 즉 진짜 강한 남성이 아니라, 마초 콤플렉스(macho complex)에 빠져 있는 모습인 것이다.

마초 콤플렉스에 사로잡혀 타인과 정서적 교류가 단절된 남성은 고독감으로부터 벗어나기 위하여 때로 알코올리즘으로 도피하고, 때로는 다른 여성과의 성적 일탈로 도피한다.

자기연민에 빠진 주인공 한정수는 아내에게 자신이 처한 상황을 솔직하게 말하기보다는 결코 현실에서는 있을 법하지 않은 일식집 종업원 '소령'과 일탈된 관계를 맺는 방식으로써 죽음을 앞둔 남성으로서의 외로움을 보상받고자 한다. 그리고 그것을 마치 남성의 자아 찾기와 같은 것으로 작가는 정당화하고 있으며, 아내마저도 그것을 허용하는 눈물겨운 모성성을 보여주고 있다. 그는 가족부양의 무게에 짓눌린 나머지 자

---

7 조혜정, 『한국의 여성과 남성』, 문학과지성사, 1988, 109~110면.

신을 위해서는 비싼 음식 한 번 먹어보지 못했으므로 죽기 전에 고급식당에 가서 자신을 위해 비싼 음식을 먹어보려 했던 것인데, 우연히 그곳에서 젊은 여성 '소령'을 만나게 된 것이다. 작가는 '소령'을 아주 '특별한 매력'이 있는 '구원의 여신상'으로 절대화하며, 그녀와의 비현실적 관계를 인간냄새가 나는 진정한 인간적 만남으로 미화하고 있다.

그런데 아내 아닌 다른 여성에게 의존함으로써 고독을 벗어나려는 한정수의 남성으로서의 욕망은 너무 소박하다 못해 유치하기 짝이 없는 연민과 동정심을 불러일으킨다. 한정수와 소령의 관계는 죽음을 앞두었기 때문에 정당화되거나 진실한 사랑 또는 인간냄새 나는 만남으로 미화될 수 없는 그저 왜곡되고 일탈된 인간관계일 뿐이다. 남성들은 그처럼 아무런 책임을 느끼지 않아도 되는, 마치 어린 아들의 응석을 받아주는 어머니와도 같은 포용력을 여성에게 기대하고 있는 것 같다. 정말 작품에서 '소령'은 설득력 있는 내면적 동기나 어떤 필연적 이유도 없이 자발적으로 한정수의 연인으로 행동하며, 아내는 한정수의 소령과의 일탈적 관계마저 있는 그대로 수용하는 눈물겨운 모성성을 발휘한다.

그렇지만 한정수는 어머니 앞에서 어리광을 부리는 어린애에 지나지 않는다. 그저 침묵하고 있어도 어머니가 다 알아서 해주기를 바라는 응석받이와도 같은 심리적 퇴행상태에 빠져 있다가 그는 죽었다. 그는 아내와 소령, 두 여성에게 기대고 서비스를 요구하면서 유아기적 자기도취와 연민, 그리고 혼란에서 헤어나지 못한 채 죽어갔던 것이다. 즉 강한 남성의 이면에 억압되었던 의존적 남성성을 한껏 드러내 보였던 것이다.

만약, 그가 인격적으로 보다 성숙한 인간이었다면 누구에게보다도 가족들에게 자신이 죽게 된다는 사실을 알리고, 주변을 정리했어야 했다. 정말 그가 고독을 벗어나 인간냄새 나는 진정한 만남을 원했다면 음식점 종업원과의 일탈적 사랑으로 도피할 것이 아니라 허세와 권위의식으로 무장된 자폐적 남성성을 버리고 열린 마음으로 인간인 아내와 만나야 했다. 하지만 그는 자신의 삶을 성찰할 마지막 기회마저 놓쳐버린 채 매일 술에 절어 귀가하며 자신을 이해하지 못하는 아내와 아이들을 원망하고, 외로움에 빠져들었으며, 그 외로움을 음식점 여종업원을 통해서 보상받으려 했다. 그리고 그 관계를 진실한 사랑으로 착각하는 정말 나약하고 자기중심적이며 유치하기 짝이 없는 태도를 보여주었다.

작가가 한정수의 성적 일탈을 직장인이나 남편과 아버지로서가 아닌 인간 한정수의 인간으로서 또는 남성으로서의 자아 찾기라고 정당화한 것은 오늘의 남성들이 추구하는 욕망의 일단을 보여주었다고 생각한다. 즉 그 어떤 억압적 역할로부터도 벗어나 자유로운 인간으로서 살고 싶은 욕망을 솔직하게 드러냈다는 해석이 가능하다. 그들은 경쟁적 사회에서 성공에 대한 압박감에 시달리지만 결국은 무기력한 직업인에 불과하며, 가족부양의 의무만이 무겁게 짐 지워진 소외된 존재이다. 또한 일부일처제의 결혼제도하에서는 정말 마음의 문을 열고 인간냄새 나는 사귐도 불가능한 고독한 존재인 것이다. 남성들은 이 모든 억압과 좌절과 소외와 고독으로부터 벗어나고 싶은 것이다.

어떤 의미에서 오늘의 가부장적 가족은 남편과 아내, 아버지와 어머니라는 무거운 역할 수행 때문에 진정한 인간으로서의 만남을 방해받는 하나의 억압적 제도일 수 있다. 따라서 구성원에게 책임과 의무만을 짐 지우는 가족을 벗어나 이제 가족의 의미를 새롭게 정의할 필요가 있다. 여러 역할의식에 사로잡힌 억압적 가족이 아니라 개인의 인격적 독립성과 자유를 인정하는 열린 가족으로, 남녀의 역할전환이 가능한 평등하고 민주적인 가족으로 재설정할 필요가 있다는 것이다.

가부장적 사회, 결혼과 가족, 그리고 사회화 과정은 여성에게만 억압적인 것이 아니라 남성에게도 억압과 고독을 안겨주는 제도이다. 이 점을 소설 『아버지』는 충분히 표현하였다. 하지만 남성작가 김정현은 남성에게 가해지는 뿌리 깊은 억압을 사회구조나 남성들의 사회화 과정에서 찾기보다는 문화적 격차가 있는 아내나 아이들의 버릇없음으로 돌리고 있다.

그러나 과연 아내나 아이들 때문에 한정수가 외로웠던가? 남성독자 정유성(서강대 교수, 교육학)은 "산업화 과정에서 입은 피해는 남성보다 여성이 더 심한데도 소설 속 주인공은 여전히 자기반성이 없이 부인과 딸 등 여성가족들에게만 손가락질하고 있다"(《황해문화》 1997년 봄호)고 비판했다. 그는 소설 『아버지』를 산업화 과정에서 자업자득한 부권상실을 책임전가와 자기연민으로 포장한 '아버지 부재' 시대의 상징이며, 남성중심 이데올로기에서 벗어나지 못한 작품으로 해석했다.

200만 부나 팔린 밀리언셀러 『아버지』는 오늘날 우리 사회의 남성들도 고독하며 결코 행복하지 않다고 항변한다. 그들은 흔들리고 있다. 하지만 오늘이 남성들이 겪고 있는 흔들리는 자아의 문제, 즉 정체성의 위기는 작가의 남성중심적 시각과 사회학적 상상력이 결핍된 작가의식으로 인해 제대로 진단되지 않았다. 그리고 원인이 제대로 진단되지 못함으로써 남성들이 가야 할 새로운 길 역시 제대로 제시되지 못했다.

3. 남성들끼리의 만남

〈슬픈 유혹〉은 우리나라에서는 처음으로 남성동성애를 다룬 텔레비전 드라마다. 1999년 12월 26일 밤 KBS가 방영한 세기말 특집극 〈슬픈 유혹〉(노희경 작, 표민수 PD)은 은유적 방식이 아니라 보다 직접적 방식으로 남성끼리의 동성애를 다룸으로써 세기말 한국사회에 깊은 충격을 던져주었다. 또한 동성애라는 사회적으로 금기시된 소재를 안방으로 끌어들이면서도 거부감보다는 많은 사람들의 공감을 불러냈다는 데에 작가와 감독의 탁월함을 엿볼 수 있었다.

몇 해 전 남성들의 동성애를 다룬 외화 〈부에노스아이레스〉가 한 동안 상영 금지되었으며, 남성끼리의 성애 그 자체를 노골적으로 묘사하여 거부감을 유발시켰던 것에 비한다면 〈슬픈 유혹〉은 성애를 은유적 방식으로 은폐하지 않으면서도 동성애로 갈 수밖에 없었던 그들의 상황에 대해 섬세하게 연출함으로써 성공을 거두었다. 즉 작품은 직장이라는 공적 사회에서 남성들이 겪는 성공에 대한 압박감과 그로 인한 외로움을 설득력 있게 제시한다. 그리고 그러한 외로움을 이해하고 도와줄 수 있는 사람은 가정에 있는 아내가 아니라 역시 같은 공적 세계에 속한 남성이라는 사실을 거부감 없이 펼친다. 즉 동성애를 특별한 성적 취향이나 사회적으로 금기시된 비정상적인 변태적 성애로 취급하지 않고, 인간애의 일종으로 제시함으로써 거부감을 불식시키고 있다.

결혼생활이 20년에 달하는 40대 남성 서문기(김갑수 분)는 회사에서 그 나름대로 열심히 일해 왔지만 점차 새로운 세대들에게 밀리는 기분이 되며, 현실적으로도 새로운 프로젝트에 대해 참신한 리포트를 작성해내지 못함으로써 위기에 처하게 된다. 서문기가 받고 있는 성공에 대한 압박감과 스트레스는 그만의 개인적인 것이 아니라 대다수 남성들이 겪고 있는 보편적이고 전형적인 것이다. 그리고 이것은 사회적 경제적 존재로서 남성에 대한 가장 큰 억압으로 작용한다.

하지만 그는 이 사실을 아내와 의논할 수 없다. 그것이 남편으로서의 또는 남자로서의 그의 자존심이며, 체면이기도 하다. 하지만 아내 서정혜(김미숙 분)는 자신에게 아무것도 털어놓지 않는 남편으로 인해 또 다른 외로움에 빠져들어야 한다. 20년을 같이 살아온 부부가 서로에게 솔직하게 속을 털어놓지 못하고 소통불능 상태에 빠져 있는 모습은 드라마 속의 특별한 상황만은 아니다. 드라마는 소통불능상태에 빠진 우리 시대의 남편과 아내의 보편적 모습을 리얼하게 보여준다.

이 점에서도 드라마는 많은 시청자들의 공감을 불러일으키기에 충분했다. 드라마의 남편과 아내처럼 오늘의 남편과 아내는 직장이란 공적 공간과 가정이라는 사적 공간으로 분리된 채 공유할 것이 아무것도 없

왼쪽은 문기역의 김갑수. 오른쪽 김갑수의 아내역인
김미숙—드라마〈슬픈 유혹〉의 한 장면

는 존재들이다. 남편은 남
편대로 성취지향의 공적 세
계에서 성취와 성공에 대한
압박감에 시달리지만 가정
에만 있는 아내로서는 남편
이 무엇 때문에 곤경에 처
했는지 또는 무엇 때문에
외로움에 빠졌는지 도무지
알 수가 없다. 그저 무기력
하게 남편을 지켜보면서 자
신이 남편에게 전혀 도움이 되지 못하는 타인이라는 사실을 곱씹을 수
밖에 없는 것이다. 그리고 그녀도 또 다른 외로움에 빠져 들고……. 이
처럼 오늘을 살아가는 수많은 부부들은 외로움에 빠져 있지만 서로가
서로에게 아무런 도움도 되지 못하는 외로운 섬 같은 타자들이다. 아내
정혜는 "우리는 부부로 하나가 된 것이 아니라 남편으로 아내로 단절되
어 있는 것은 아닐까"라고 그들의 소통되지 못하는 관계를 표현한다.

하지만 직장이라는 같은 세계에 속한 같은 남성들끼리는 서로가 안고
있는 문제가 무엇인지를 잘 알고 있으며, 드라마 속의 신준영(주진모
분)처럼 문기가 처한 위기를 타개할 수 있도록 구체적으로 도움을 줄 수
도 있다. 서문기가 중년의 직장인으로서 딜레마에 처해 있다면 신준영
은 동성애의 경험을 가지고 있고, 파트너로부터 결별을 당해 상처를 받
은 젊은이다. 또한 그는 하나밖에 없는 형이 사업 실패 후에 도피하고
있는 상황인데, 묘하게도 형 또래의 문기에 대해서 연민과 사랑을 느낀
다. 마침내 문기도 준영을 사랑하게 되고…….

드라마에서 문기는 특별한 성적 취향을 가져서 동성애에 빠져 든 것
이 아니라 인간으로서 외롭고, 이해받고 소통할 사람이 필요했기 때문

에 준영에게 다가갔던 것이다. 이미 동성애의 경력이 있는 준영마저도 외롭기 때문에 문기에게 다가갔으며, 사랑은 성적 욕망이 아니라 상대방을 감싸주고 싶은 감정일 뿐이라는 점을 명백히 한다. 준영의 문기를 향한 "사랑이 뭔 줄 알아. 서로를 보듬어주는 것이 사랑이야. 외로우니까 서로 위로하자고 했던 것뿐이야"라는 절규는 사랑의 본질에 대한 깨우침을 던져주는 것이라고 하지 않을 수 없다.

그런데 왜 하필 같은 남성끼리인가? 그것에 대한 해답은 앞에서도 언급했듯이 우리 사회는 남녀를 공과 사로 분리시킴으로써 서로가 공유할 수 있는 경험이 없기 때문이다. 남녀의 활동세계를 분리시키는 공간의 분리는 단순히 공간을 분리시키는 데서 끝나지 않는다. 그들에게 서로 공유할 수 있는 경험도 정서도 없게 만들며, 결국 서로를 이해할 수 없고 소통이 불가능하게 만든다. 더욱이 우리나라 남편들은 가족에게 결코 약한 모습을 보일 수 없다는 자폐적인 권위의식과 허세에 빠져 그 자신은 물론이며, 아내까지도 외롭게 만들고 있다. 그들이 남성다움과 남성 역할에 대한 고정관념에 빠져 있는 한 아내와 소통할 수 없고, 언제나 외로우며, 때로 그 고독의 출구를 동성애에서 발견할 수도 있을 것이다.

부부는 서로 단절되고 소통불능에 빠져 있지만 남성끼리는 소통이 가능한 모습은 『아버지』의 경우에서도 볼 수 있다. 『아버지』의 주인공은 아내에게는 아무것도 말하지 않지만 의사인 동성의 친구와는 안락사에 이르기까지 모든 것을 의논한다. 『아버지』에서 이 두 사람의 관계는 우정의 차원으로 그려졌다. 하지만 남성 사이의 우정은 부부애보다 더 많은 것을 나눌 수 있는 허심탄회하고 진실된 인간관계로 형상화되고 있다.

어쩌면 남편과 아내라는 역할, 남성과 여성이라는 영원히 합치할 수 없는 성별이 결국 부부 간의 인간적인 만남을 방해하고 소통을 가로막았던 것이다. 또한 일식집 여종업원인 '소령'과는 정서적으로 소통할 수 있었던 주인공이 아내와는 소통되지 않았던 것도 어찌 보면 남편이라는 역할의 억압 때문이었다고 보여진다. 남편으로서 가장으로서 약한 모습을 보일 수 없다는 체면의식과 권위의식, 그리고 허세가 소통불능과 단절을 초래하게 만들었던 것이다.

그렇다면 이렇게 소통되지 않는 부부관계의 대안이 동성애라는 말인가? 분명 영화는 새로운 소통의 방식, 새로운 사랑의 모습으로서 동성애를 긍정적으로 이끌어냈다. 동성애도 인간과 인간이 소통하고 사랑하는 한 방식이라는 것을……. 동성애가 단절된 이성애적 부부관계의 한 대안이 될 수도 있을 것이다. 하지만 드라마 〈슬픈 유혹〉은 동성애를 일회적인 것으로 취급하며, 다시 이성애적 가정으로 복귀하는 주인공을 그림으로써 우리 사회의 통념에 눈높이를 맞추고 있다. 이렇듯 동성애는 아직 우리 사회의 금기사항이며, 정상적인 사랑의 일종으로 취급되기에는 이른 '슬픈 유혹'일 뿐이다. 따라서 아직까지 우리 사회에서 동성애가 이성애적 부부의 문제를 해결하는 바람직한 대안이 될 수는 없다.

그렇지만 드라마가 제시했듯 특별히 동성애적 취향이 없던 서문기가 동성애에 빠져들 수 있었던 이유, 그들이 소통 가능했던 이유에 대해 주목할 필요가 있다. 그들이 동성애라는 새로운 형태의 사랑에까지 이를 수 있었던 진정한 이유는 무엇인가? 그들은 세계를 공유하고 경험을 공유할 수 있었기에 도움을 주고받을 수 있었으며, 소통과 사랑도 가능했다.

바로 이 점이다. 결국 남편과 아내의 소통을 가로막는 원인은 남녀를 공적 영역과 사적 영역으로 공간을 분리하고, 역할을 분리시키는 오늘의 사회구조에서 비롯된다. 이러한 이분법적 분리구조에서 남성과 여성은 공유할 경험이 없으며, 이로 인해 소통이 불가능해지고, 서로가 고독감에서 벗어날 수 없다. 가정은 불행에 빠지고, 사회는 발전하지 못하는 것이다.

부부간에 단절과 소통불능에 빠져 있는 모습은 1998년 이상문학상 수상작인 은희경의 「아내의 상자」에서도 찾아볼 수 있다. 남편과 아내의 정신적·육체적 소통불능은 아내의 외도로 이어지고, 아내는 마침내 요양원으로 보내지며 가족은 해체된다. 자폐적인 아내와 성취지향적인 직장생활에서 너무 많은 시간을 빼앗기는 남편 사이에는 공유할 시간과 경험, 그리고 관심사가 거의 없다. 불임인 아내를 위하여 불임클리닉에서 지시한 대로 한 달에 한 번 아내의 배란기에 맞춰 일찍 퇴근하여 성관계를 갖는 일 외에 이들 부부에게는 서로 공유하는 시간 자체가 절대적으로 부족하다. 또한 같이 시간을 보낸다고 하더라도 남편은 증권시황에 관심을 가지거나 시사주간지나 텔레비전 뉴스를 보며 아내가 전해주는 현실적 쓸모가 없는 엉뚱한 말에 건성으로 대답하는 것이 고작으로 서로의 일상적 관심사가 판이하게 다르다.

실로, 「아내의 상자」에서 보듯 남성과 여성은 관심사가 다를 뿐만 아니라 언어체계도 다르다. 남성이 현실적이며 도구적 언어를 사용한다면 아내는 정서적이며 표현적 언어를 사용한다. 그리고 남성은 여성의 표현적 언어와 정서 세계를 이해할 수 없으며, 엉뚱하고 쓸모없는 것으로 치부하며, 부부는 소통불능에 빠지게 된다.

그렇지만 남편은 자신이 아내에 대해서 모든 것을 잘 알고 있다고 생각하며, 집안이 잘 정돈되어 있듯이 아내도 손에 익숙한 가구처럼 제자리에 잘 있다고 자기 위주로 생각한다. 그러는 사이 아내는 자폐적인 잠에 빠져들다가 이웃집 여자를 따라 외출을 나가기 시작하고 그것은 외도로 이어진다. 아내의 외도, 그것은 남편과는 이루어지지 않는 소통이 누군가와 이루어지기를 간절히 희망한 것으로 해석할 수 있다. 그러나 그 소통은 사회적으로 금기시된 혼외의 관계, 부적절한 관계이다. 따라서 아내의 외도는 가족의 외형적 해체로 이어지고, 그녀는 요양원으로 보내진다.

자본주의화 된 오늘의 사회는 남성들로 하여금 직장에서의 성공을 그들 삶의 최대목표로 여기도록 만든다. 남성들이 성취지향적인 삶에 매달려 앞만 보고 질주하는 동안, 여성은 가정에 고립된 채 정서적 역할을 수행하도록 분리시켜 놓았다. 또한 그들의 인성마저 정서적으로 무표현적인 남성성과 상처받기 쉽고 나약한 여성성으로 전형화시킨다. 「아내의 상자」는 이 시대의 무표현적 남성과 상처받기 쉬운 표현적 여성으로 구성된 부부가 시간과 경험을 공유하지 못하고, 소통불능상태에 빠져 결국 가족 해체에까지 이른 모습을 보여주었다. 시간과 경험도 공유할 수 없으며, 의사소통마저 단절된 부부는 가족이라는 공동체적 유대와 사랑을 느낄 수 없고, 이것은 결국 가족 해체의 원인으로 작용한다. 결국 남성들의 사회적 성공에 대한 과도한 성취욕구는 가정적 행복을 훼손함으로써만 가능하다는 것을 「아내의 상자」는 역설적으로 보여준 셈이다. 남녀를 분리하고, 남성의 사회적 성공을 과도하게 요구하는 사회는 가정도 불행하고, 궁극적으로 사회의 발전도 가로막는다는 것을 깨달아야 한다.

4. 성적 소유의식—〈해피엔드〉

세기말 극장가를 강타한 영화 〈해피엔드〉는 정지우 감독이 치정극이란 타이틀을 달고 흥행에 성공한 작품이다. 이 작품에서도 역시 정체성에 대한 위기를 겪고 있는 남성상을 찾아볼 수 있다. 실직한 은행원 서민기(최민식 분)는 어린이 영어학원을 경영하는 아내 최보라(전도연 분)를 대신해서 아이를 돌보고 가사노동을 대신한다. 슈퍼마켓에서 물건을 고르고, 아이를 탁아소에 데려다주고 찾아오는 일, 아이에게 우유를 타 먹이는 일 모두 그에게는 매우 손에 익은 행위들이다. 심지어 일일 연속극인 텔레비전 드라마를 보며 훌쩍거리고 전화로 이웃집 여자와 수다를 떠는 것까지도 전형적인 주부主婦와 닮은 주부主夫의 모습으로 비춰진다. 영화가 진행되는 동안 남녀의 유연성 있는 역할 교환은 오늘날 우리 사회의 변화된 모습을 긍정적으로 보여주는가 싶었다.

하지만 영화가 전개되어 가면서 최보라의 첫 애인(주진모 분)과의 외도행각이 크게 클로즈업되고, 불필요할 정도로 빈번한 정사장면과 함께 남편은 아내의 외도 사실을 알게 되자 깊은 충격을 받는다. 그러나 남편은 이에 침묵으로 일관하는 무기력 상태에 빠져 있다. 실직한 남성으로서의 좌절감 때문인지 그는 분노마저도 침묵으로 삭이며, 아내에게 아이의 좋은 엄마가 되었으면 좋겠다는 말만을 할 뿐 자존심마저 잃어버린 비굴하고 무력한 인간으로 비춰진다. 이러한 모습은 그 동안 우리 사회의 여성들이 남편의 외도를 멀쩡히 알고서도 어쩔 수 없이 수수방관하던 모습과 너무도 흡사하다.

　하지만 영화는 중반부를 넘기면서 남편의 치밀한 계획에 의한 아내 살인과 이것을 정부에게 뒤집어씌운 완전범죄로 치달음으로써 치정극으로 변질되고 만다.

　이 작품은 오늘의 남편들은 실직과 같은 불가피한 상황에서 주부의 역할을 대신할 수는 있지만 여전히 아내에 대한 성적 소유의식에 사로잡혀 있음을 영화 〈해피엔드〉는 적나라하게 보여주었다. 아내를 처참하게 난자해 유혈이 낭자해진 살인장면의 재현은 성적 소유의식을 침해받은 남성의 분노를 상징한다. 〈해피엔드〉는 수많은 남성들의 외도를 정상적인 것으로 취급하면서도 여성의 외도에 대해서는 철저히 보복을 가하는 우리 사회의 차별적 이중규범을 여실히 보여주었다. 사실 외도한 아내가 참기 어려우면 이혼이라는 합법적인 절차를 밟아 헤어지면 된다. 그런데 무엇 때문에 살인이라는 개인적 방법으로 응징을 가하는가? 서민기에게서 우리는 아내에 대한 성적 소유의식으로부터 자유로울 수 없는 남성상을 발견하게 된다. 아내를 소유할 수 없을 바에야(실직상태의 서민기로서는 이 점에서 자신이 없었던 것일까) 차라리 죽임으로써 남의 소유가 되는 것을 막아내는 남성의 모습이다. 영화는 역할 교환에 관한 한 어느 정도 유연해진 우리 사회의 변화하는 모습과 함께 여성에 대한 성적 소유의식으로부터는 여전히 자유롭지 못한 남성중심적인 고정관념에 빠져 있는 남성상을 보여주었다.

그렇지만 영화는 왜 최보라가 첫사랑의 애인과 헤어지고 남편과 결혼하게 되었는지, 왜 다시 첫사랑과 애정행각에 빠져들게 되었는지에 대한 충분한 한마디의 설명도 하지 않는다. 다만 아내가 남편의 실직상태를 견딜 수 없어 한다는 것, 은행원 출신 특유의 치밀한 남편의 성격에 대해서 경멸적 태도를 나타낸다는 것, 애인과의 정사는 항상 격렬한데 남편과의 그것은 너무 단조롭고 무미건조한 것이었다는 것 등을 보여줄 뿐 그 이상의 장면 제시는 없다.

영화에서처럼 부부간에 나누는 성은 부부 간이라는 허용된 관계 때문인지 열정마저 사라진 의무적인 것이 되고 있다. 소위 의무방어전인 셈이다. 대신에 법률적 도덕적으로 금기시된 혼외의 성만이 열정적인 관계가 될 수 있다는 것은 우리시대의 수많은 러브호텔에서 너무도 잘 확인할 수 있다. 유부남과 유부녀가 혼외의 성적 관계를 맺는 숙박시설을 '러브호텔'이라고 명명한 것은 사실 매우 흥미롭다. 결국 러브, '사랑'은 허용된 부부관계 속에서는 추구할 수 없는 감정이며, 금기시된 혼외의 관계에서만 추구될 수 있다는 말이지 않은가?

조르쥬 바타이유가 『에로티즘』에서 설파했듯 금기를 어기려는 충동과, 금기의 밑바닥에 깔려 있는 고뇌를 동시에 느낄 때 비로소 에로티즘의 내적 체험은[8] 가능한 것일까? 진정한 에로티즘은 정말 바타이유의 가설처럼 금기와 위반의 긴장관계 속에서만 경험할 수 있는 것일까? 따라서 이미 법률적으로 허용되어 있으며, 여러 가지 책임과 의무가 짐 지워진 부부관계에서는 결코 경험할 수 없는 것인가. 사랑의 열정은 허용된 관계가 아니라 금기시된 관계, 의무로 짐 지워진 폐쇄적 관계가 아니

---

8 조르쥬 바타이유, 조한경 역, 『에로티즘』, 민음사, 1997, 41면.

라 열린 관계 속에서만 솟아나는 자유롭고 정열적인 감정일지 모른다는 생각이 든다.

2000년 한국사회를 뒤흔든 사건 가운데 여성 로비스트 린다 김을 둘러싼 권력층 남성들의 관계에서도 이 점은 충분히 확인된 것 같다. 이들 남성들은 린다 김과의 부적절한 관계로 인하여 자신이 평생을 통하여 쌓아온 사회적 성공과 가정의 평화를 일시에 무너뜨릴 수도 있는 위험한 열정에 휩싸였었고, 이것을 진정한 사랑이라고 느꼈다. 무엇이 과연 그들을 그처럼 위험한 열정으로 내몰았는가?

5. 나오며

사회가 변화하면서 우리 사회의 구성원인 남성도 변화하고 있음을 여러 문화 텍스트를 통해서 살펴보았다. 현재 우리 사회의 남성은 생계부양자로서의 역할을 내팽개칠 정도의 '반란'은 아니지만 기존의 남성역할과 남성다움이라는 스테레오 타입에 억압과 혼란을 느끼고 있다. 그들도 사회적 성공에 대한 압박감과 생계부양자로서의 역할이 주는 억압과 혼란의 딜레마에서 벗어나 자유롭고 해방된 삶을 살고 싶어한다.

하지만 그들이 가야 할 자유로운 삶의 길이 어떤 것인지는 제대로 모색되고 있지 않다. 그들은 여전히 가부장적 소유의식에 사로잡혀 있는가 하면, 때로 남성의 역할을 포기하는 유아기적 퇴행의 길목으로, 때로는 동성애의 길목으로까지 방황한다. 현재 그들은 길을 잃고 미로 속을 헤매고 있다. 미로의 혼돈을 벗어나 그들이 가야 할 길은 어디에 있을까?

이 길을 찾기 위해서는 먼저 그들에게 주어진 딜레마가 무엇인가가 정확하게 분석되어야 한다. 문제가 정확하게 분석되지 않는 한 그들은 진정한 자유의 길을 찾을 수 없기 때문이다. 오늘의 남성들이 안고 있는 가장 큰 딜레마는 기존의 남성역할이 변화된 사회에 맞지 않는다는 부조화와 갈등의 문제인 것 같다. 즉 사회구조는 변화했는데도 기존의 고정관념에 얽매여 있는 우리 사회의 통념과 개인들의 문화지체에서 나오는 갈등과 부적응의 문제이다.

오늘의 남성들이 기존의 남성역할이 주는 억압과 혼란을 벗어나 자유로운 삶을 살고 싶다면 그 길은 당연히 기존의 남성 역할 및 남성성에 대한 고정관념에서 벗어나는 것으로부터 출발해야 한다. 즉 그들도 사회적으로 성공을 강요받고, 가정적으로 생계부양의 임무를 떠맡은 남성이기 전에 한 명의 인간이며, 한 명의 자유로운 인간으로서 삶을 향유할 수 있다는 가치관이 전제되어야 할 것이다. 또한 사회는 남성에게나 여성에게 한 가지의 스테레오 타입만을 고집할 것이 아니라 각자의 능력과 적성에 맞는 다양하고 개성적인 삶을 용인하는 자유롭고 유연성 있는 사회로 변화되어야 할 것이다.

그리고 기존의 남성성을 벗어나 남성성과 여성성의 장점을 취합한 양성적 인간 모델이 신인간의 모델로 권장될 수 있어야 한다. 왜냐하면, 사회구조가 변화하면 남성과 여성에게 주어졌던 기존의 역할도 변화해야 하며, 기존의 역할 수행에 적합하도록 사회화된 인성도 바뀌어야 하기 때문이다. 더욱이 지나친 남성성의 강조는 남성으로 하여금 감정의 억압으로 인한 인간관계의 장애를 일으키고, 조화롭고 통합된 인격의 실현을 방해하기 때문이다.

그런데 이러한 변화는 무엇보다도 지금도 잔존하고 있는 산업사회적 분업구조, 즉 남성은 생계부양자, 여성은 가사노동자라는 위계 서열적 이분법과 이를 토대로 한 가족구조로부터 탈피해야만 가능할 것이다.

(2000)

나는 이런 남자가 좋다

1. 남성의 이미지와 트렌드의 변화

남성의 이미지와 트렌드가 변화하고 있다. 한류스타 배용준이나 권상우처럼 부드러운 미소의 남성들이 선호되는 시대가 되었다. 터프한 남성에서 부드러운 여성적 이미지의 남성상으로 변화된 시대가 도래한 것이다.

이러한 시대의 변화를 나타내주는 말로 '그루밍(grooming)족' 이란 말이 있다. 그루밍(grooming)족은 '그룹(groom)' 이란 말로부터 유래했다. 그룹(groom)이란 마부가 말을 빗질하고 목욕시켜준다는 뜻을 지녔다. 따라서 그루밍족은 패션과 미용에 과감하게 투자하는 남자, 한마디로 외모를 가꾸는 남자이다. 요즘 남자들은 화장과 치장에 성형까지 마다하지 않는 야한 남자가 되었다.

외모에만 신경을 쓰는 남자를 가리켜 '기생오라비 같다' 라는 말이 있다. 지난시대 기생오라비란 표현은 말할 필요도 없이 부정적 의미를 지닌 말이었다. 하지만 현대의 기생오라비인 그루밍족에 대해서는 부정적 의미가 끼어들 여지가 없다. 그만큼 세상이 변한 것이다. 오히려 요즘은 옷을 잘 입는 남자가 성공적인 남성으로 평가된다. 옷도 제대로 입지 못하고 외모에도 신경을 쓰지 않는 남성은 터프한 매력의 남자가 아니라 자기관리가 제대로 되지 않는 남자이다.

또 '메트로섹슈얼(metro-sexual)'이란 말도 있다. 이 메트로섹슈얼은 대도시에 거주하면서 화장품을 항상 사용하고, 여성처럼 쇼핑을 즐기는 20~40대의 남성을 가리킨다. 평론가 마크 심슨(Mark Simpson)은 「메트로섹슈얼과 만나다」란 칼럼에서 이렇게 적었다. "메트로섹슈얼 타입은 메트로폴리스 가까이 살면서 돈을 쓰는 젊은 남자다. 왜냐하면 거기에 최고의 숍, 클럽, 피트니스 클럽, 헤어숍이 있기 때문이다." 인터넷영어사전(www.wordspy.com)에서는 메트로섹슈얼을 "그 자신을 사랑할 뿐만 아니라 그의 도시 라이프스타일 역시 사랑하는 댄디한 나르시시스트, 여성적인 면을 가진 이성애자"로 정의했다.

메트로섹슈얼이란 말이 처음 등장한 건 1994년이다. 1994년 11월 15일자 《인디펜던트》에서 마크 심슨은 「거울쟁이 남자들이 온다」란 기고문에서 남자들의 새로운 변화를 언급하며 메트로섹슈얼이란 단어를 썼다. 그리고 그 단어는 일파만파 퍼져서, 스타일에 남다른 관심을 가진 남자들을 지칭하는 용어로 자리 잡았다.

메트로섹슈얼은 영국의 축구선수 데이비드 베컴이나 우리나라의 축구선수 안정환처럼 체격이 건장하고 헤어나 피부를 관리하는 20~30대의 도시남성이다. 지금은 고인이 된 고 노무현 대통령이 안과질환인 상안검 이완증 수술을 받아 자연스레 쌍거풀 효과가 나타나자 패션칼럼니스트 정순원은 노대통령이야말로 메트로섹슈얼의 원조라고 평가한 바 있다. 그는 메트로섹슈얼이 단지 패션과 유행의 현상에 국한하지 않고 사회문화와 산업경제의 차원에서도 확산될 것을 예측했다. 이른바 한류 스타들의 아시아 연예시장에서의 인기도 메트로섹슈얼의 일종인 '꽃미

남' 현상이 일찌감치 한국에서 새로운 남성상으로 자리 잡았기 때문으로 보았다. 정말 그들이 출현한 영화나 드라마가 아시아시장을 석권한 것은 바로 배우 개인의 브랜드 이미지에 힘입은 바 크다고 할 수 있다.

하지만 그들의 부드러운 이미지를 단지 외모상의 변화를 나타내는 것으로 해석하는 것은 너무 단순한 해석이다. 이제 남성도 기존의 거칠고 터프한 이미지가 아니라 부드러움을 지닌 이미지, 즉 여성적 이미지를 겸비한 양성적 남성이 선호되는 시대가 된 것이다. 바로 이처럼 변화된 시대의 코드를 배우나 탤런트들이 민감하게 반영하고 있는 것이다. 이들이야말로 21C를 주도할 새로운 남성의 이미지를 선구적으로 만들어나가는 존재들이다.

그런데 남성이 외모에 신경 쓴다는 것은 무슨 뜻일까? 사회생물학자 최재천은 『여성시대에는 남자도 화장을 한다』라는 저서에서 머지않은 미래에 남성화장품 시장이 여성화장품 시장보다 커질 것이며, 여성들은 더 예뻐지기 위해 화장을 하지만, 남성들은 살아남기 위해 화장을 하는 시대가 도래할 것으로 예측했다. 남자가 외모에 신경을 쓰고 화장을 한다는 것은 그만큼 여성에게 잘 보이기 위해 노력한다는 의미이다. 따라서 메트로섹슈얼의 등장은 단순한 트렌드의 변화가 아니라 문명사적으로 혁명적인 변화를 암시하는 것이라고 할 수 있다.

아무튼 남성의 여성화 현상은 루키즘(lookism)의 영향도 크다고 할 수 있다. 루키즘, 즉 외모지상주의는 외모가 개인 간의 우열, 인생의 성패(결혼·취업·승진)까지 좌우한다고 믿어 외모에 지나치게 집착하는 경향을 말한다.

또한 메트로섹슈얼은 기존의 남성과는 달리 감정표현을 자유롭게 하고, 남성다움의 상징인 책임감·경쟁·성공·무감정에 정면으로 거부감을 표현하며, 신나게 시간을 보내며 수월하고 자유로운 삶을 추구한다. 그들은 기존의 남성상에 정면으로 반기를 들며 자유롭고 편안한 삶을 지향한다. 20C에는 상상할 수 없는 신남성이 등장한 것이다.

한편 위버섹슈얼(Uber-sexual)은 '더 높은, 더 나은'을 의미하는 독일어 위버와 섹슈얼의 합성어로서 남성성이 강조된 섹시한 남자를 가리킨다. 미국의 사회트렌드 분석가 매리언 살츠먼 등이 저술한 『남자의 미래(The Future of Men)』에서 이 말이 등장하였다. 우리나라에도 번역된 이 저서에서 위버섹슈얼의 캐릭터는 자상하고, 정의감이 넘치며, 유머를 잃지 않고, 일과 사랑에 열정을 보이며, 불의를 참지 않고 약자를 돕는 의로운 성격의, 반듯하면서도 무뚝뚝한 남자이다. 영화 〈태풍〉의 장동건이나 드라마 〈프라하의 연인〉의 김주혁 등이 이러한 이미지에 부합된다.

패션업계와 화장품업계에서는 남성 소비자들에게 메트로섹슈얼과 위버섹슈얼의 이미지를 확산시킴으로써 다분히 상업적인 블루오션으로 자리 잡고 있다.

2. 여성의 이미지와 트렌드의 변화

알파걸(alpha girl)이란 말은 30~40대 미만의 미혼여성 중 학력이 높고 사회경제적 여유를 가지고 있는 계층을 지칭하는 새로운 마케팅 용어이다. 이들은 자기성취욕이 강하고, 자기 자신에게 투자하는 경제적으로 구매력이 높은 계층이다. 따라서 이들에 대한 마케팅적 사회적 관심이 높아지고 있다. 만혼晚婚 및 비혼非婚의 사회적 경향과 함께 이들은 직장에서의 성차별이 약해짐에 따라 독신생활을 즐기며 자기계발에 많은 관심을 가지는 특징을 나타낸다. 특히 쇼핑과 해외여행 등 감성적인 만족을 위한 소비행위를 즐긴다.

이러한 현상이 전지구적인 현상으로 확산됨으로써 영어권에서는 '알파걸', 한국에서는 골드미스(gold miss), 중국에서는 성뉘剩女, 일본에서는 '하나코상'이라는 유행어가 한창이다. 알파걸(alpha girl)은 학업, 운동, 리더십 등 모든 면에서 남성을 능가하는 성취욕이 강한 여성을 뜻하는 용어다. 2006년 미국 하버드대 댄 킨들러 교수가 처음 사용한 이후 남성보다 우월한 능력과 사회적 지위를 갖춘 여성이라는 의미로 쓰이고 있다. '하나코상'은 원래 도쿄 중심가에서만 35만 부 이상 판매되고 있는 여성지 《하나코》의 주요 독자층을 지칭하는 말이었다. 그런데 하나코상이란 단어가 요즘 일본에선 결혼보다 개인적인 삶을 즐기는 능력 있는 커리어우먼을 통칭하는 유행어로 사용되고 있다. 하나코상 마켓 역시 매력적인 블루오션으로 떠오르고 있다.

콘트라섹슈얼(contra-sexual)은 '반대'를 뜻하는 라틴어 콘트라(contra)와 '성'을 뜻하는 섹슈얼(sexual)의 합성어이다. 결혼이나 육아보다는 사회적 성공과 고소득에 중점을 두는 20~30대의 새로운 여성상을 지칭하는 용어로 2004년을 전후해서 영국에서 처음 생긴 말이다. 콘트라섹슈얼의 특징은 첫째, 경제적으로 돈을 많이 벌어 사회적 성공을 성취하는 것을 인생의 가장 큰 목표로 삼는다. 둘째, 30대 중반까지는 결혼이나 가정에 관심을 가지지 않고 사회활동에 전념한다. 셋째, 섹슈얼리티나 데이트를 즐기면서도 조건에 얽매이지 않으며, 남녀관계에 큰 의미를 두지 않는다.

콘트라섹슈얼은 남녀평등 사회가 되면서 여성의 사회참여가 활발해지고, 여성의 사회적 지위가 높아지면서 나타나기 시작했다. 이 용어는 영국에서 생겼지만 유럽, 미국, 일본, 한국 등 이 현상은 세계적으로 빠르게 확산되고 있으며, 이들을 겨냥한 광고와 제품들도 쏟아지고 있다. 우리 사회 역시 만혼 풍조와 결혼을 하지 않으려는 여성들이 증가함으로써 경제적 능력을 갖춘 콘트라섹슈얼은 확산 일로에 있다. 이들에게 결혼이나 남자는 더 이상 인생의 목표가 아니다. 이들은 자기 자신의 삶을 살고자 한다. 이제 삼종지도를 부르짖으며 가족에게 희생하고 봉사하는 것을 여성에게 강요하던 시대는 끝이 났다는 것을 여성들은 실천으로 보여준다. 그야말로 가부장제 이데올로기는 종언을 고했다.

3. 성역할의 변화

프랑스의 실존주의 페미니스트 시몬 드 보봐르(Simone de Beauvior)는
『제2의 성』에서 "여자로 태어나는 것이 아니라 여자로 길러지는 것이
다"라고 했다. 여자에게 주어지는 성역할은 선천적으로 가지고 태어나
는 것이 아니라 후천적 사회적으로 주어지는 것이라는 것을 말한 것이
다. 이것은 남자도 마찬가지일 것이다. 시대와 문화에 따라 남녀의 성역
할은 고정되지 않고 변화한다. 성역할은 천부적으로 주어지는 고정불변
의 것이 아니라는 것을 이 시대는 실감케 한다. 성역할은 생물학적 성
(sex)에 기반한 불변의 고정된 범주가 아닌 사회적으로 구성되는 것이다.
제2의 물결시대에 남성과 여성은 한마디로 '도구적 남성, 표현적 여
성'으로 역할 범주를 이분법적으로 구획하였다. 남성은 리더로서의 역
할, 경제적 생산, 사회적 대표권, 가족의 생계부양, 공적인 역할, 직업을
담당하는 존재였다. 그들은 생계부담자였고, 모험가였으며, 전사였고,
사색가였다. 그리고 여성은 정서적 역할, 자녀양육, 가사노동, 가계관리,
사적 역할, 가정을 담당하는 존재였다. 그들은 주부였고, 위안부였으며,
듣는 사람이었으며, 감정적인 존재였다. 탈코트 파슨스(Talcott Parsons)는
이처럼 남녀를 공公과 사私로 구분 지었다. 도구적 역할의 남성은 직업을
갖고 적당한 수입을 벌어들임으로써 남편과 아버지로서 공동체내에서
지위를 보장받는다. 반면 표현적 역할의 여성은 아내나 어머니로서, 또
는 안주인으로서 가족집단을 통합시켜 나가는 정서적 역할을 맡는다.

남성은 들판에서, 여성은 가정에서
남성은 검劍을, 여성은 바늘을

남성은 머리로, 여성은 가슴으로
남성은 명령하기 위해, 여성은 복종하기 위해
나머지 모든 것은 혼동이라네.

— 알프레드 테니슨(Alfred Tennyson)

인용된 테니슨의 시에서 보듯이 지난 시대 남성과 여성은 그들이 일하는 공간이 다르고, 맡은 역할과 지위가 달랐다.

하지만 제3의 물결시대에 더 이상 성역할 고정관념은 존재하지 않는다. 남성과 여성은 각자의 선택과 합의에 따라 자신의 역할을 스스로 결정하고, 남녀가 서로 협력하는 시대로 가고 있다. 가정에서도 사회에서도 남성과 여성은 서로 협력하는 평등한 파트너이다.

4. 기존의 성역할이 남성과 여성에게 끼친 폐해

제2의 물결시대가 요구하는 한 가정의 생계부양자로서의 남성의 성역할은 남성들로 하여금 성공에 대한 지나친 압박감을 갖게 했다. 남성들은 직업 전선에서 뛰며 한 가정의 생계를 책임져야 했기 때문에 반드시 성공해야 한다는 강박관념에 사로잡혀 살아가지 않으면 안 되었다. 따라서 남자들은 더 큰 위험을 감당하고 보다 과중한 일을 해야 한다. 그만큼 스트레스도 심하다. 성공을 위해서 자신의 꿈도, 자유로운 삶도 다 포기한 채 앞만 보고 달리지 않으면 안 되는 존재가 바로 남성이었다.

또한 어린 시절부터 '남자는 울면 안 돼'라고 감정을 억압받도록 교육받아온 나머지 남자들은 감정표현에 무능력한 존재가 되었다. 한때 인터넷상에 떠돌던 「아버지는 누구인가」라는 글에 "아버지의 마음은 먹칠을 한 유리로 되어 있다. 그래서 잘 깨지기도 하지만 속은 잘 보이지 않는다"라는 문장이 나온다. 또한 "아버지는 울 장소가 없기에 슬픈 사람이다"라는 말도 나온다. '속이 보이지 않는 먹칠을 한 유리' 처럼 남자들은 자신의 감정을 남에게 숨기면서, 즉 억압하면서 살아왔다. 울고 싶어도 남 앞에서는 결코 울어서는 안 되는 존재, 울 장소가 없는 존재가 바로 남성이다.

마초(macho)라는 말이 있다. 원래 이 말은 근육질의 폭력적인 남성 우월주의자를 일컫는 스페인어다. 마초는 남성의 논리와 언어로 그들의 기득권을 옹호하며 여성운동을 비하, 폄하하기도 한다. 특히 우리나라는 남아선호와 가부장제의 전통을 갖고 있기 때문에 남성우월주의가 매우 심각한 수준에 있다. 즉 남자다움을 과장하는 마초현상이 광범위하게 퍼져 있다. 성적인 능력을 과장하기 위해 비아그라를 복용한다든가 크기 콤플렉스에 사로잡혀 있는 것도 결국은 마초현상의 하나이다.

남자들은 겉으로는 권위의식과 여성에 대한 소유의식으로 무장하고 있는 듯하지만 내면적으로는 그 누구보다도 허약한 존재이다. 어머니에게 지나치게 의존하고 정서적으로 자립적이지 않은 마더 콤플렉스가 바로 그러한 측면을 드러내준다.

미국 칼럼비아대학의 심리학박사 로라 슐레징어는 『남자가 인생을 망치는 열 가지 방법』에서 어리석은 남성은 영구적인 가치보다 일시적인 쾌락을 중요시하며, 직업적인 능력을 개인적인 능력과 동일시하고, 잘못한 것을 알고서도 용서를 구하지 않으며, 사랑을 선택과 믿음이 아닌 성적인 관점에서 생각하는 등의 성격적 문제를 안고 있다고 했다.

아이를 키우는 어머니인 여성들이 아들을 자기중심적이며 남성우월주의에 사로잡힌 마초로 키우지 않도록, 나아가 정서적으로 자립적이며 감정 표현도 자유롭고, 무엇보다도 남을 배려하고 평등한 인간관을 가진 성숙한 인간으로 제대로 키울 수 있도록 노력해야 한다.

기존의 성역할이 남성에게만 폐해를 끼친 것은 아니다. 여성에게 끼친 가장 큰 폐해는 '착한 여자 콤플렉스' 라는 말에서 보듯이 순종적이고 자기희생적이라는 점이다. 정말 내면으로부터 우러나와 착한 여자로 살아가는 것이 아니라 사회와 가정이 요구하는 대로 자기 자신을 억압하며 착한 여자로 살아간다. 그 결과 여자들은 자기상실과 소외에 빠지게 된다.

또한 여자들은 자신의 능력개발보다 좋은 배우자를 선택하기 위해 외모를 가꾸는 데 치중하는 외모지상주의에 빠지게 된다. 우리 사회가 사로잡힌 성형열풍은 여성으로 하여금 실력보다는 매력적인 외모로 능력있는 남자와 결혼하기 위한 전략과 관계가 있다. 아니 좋은 직장을 구하기 위해서도 남녀 간에 성형은 필수적이 되었다.

또한 슈퍼우먼 콤플렉스라는 말이 나타내듯 여성은 직업을 갖더라도 집안일과 육아도 잘해야 한다는 사회적 억압이 가해진다. 즉 맞벌이 주부와 같이 사는 남성이나 전업주부와 같이 사는 남성이나 집안일에 참여하는 시간에 거의 차이가 없다. 2010년도 통계청 조사에 의하면 여자는 전업주부의 경우 6시간 25분, 맞벌이 주부의 경우 3시간 28분 집안일을 하는데, 그 전업주부의 남편은 31분, 맞벌이 남편은 32분 가사노동을 한다는 것이다. 아내가 직업이 있거나 없거나 남편이 집안일을 하는 시간은 차이가 단 1분에 불과하다는 웃지 못할 통계는 대한민국 주부, 특히 맞벌이 주부의 고단한 삶을 극명하게 나타내준다.

5. 양성적 인간이 성공하는 시대

기존의 남성성이라 여겨져온 인성적 자질의 긍정적 측면은 주체성, 적극성, 능동성, 책임감, 용기, 지도력, 분석, 활동성, 자신감, 합리성, 이성, 결단력, 성취욕과 같은 것이다. 반면 부정적 특질은 타인에 대한 지배, 공격, 권위의식, 냉정, 둔감, 허세, 성공에의 압박감과 이의 좌절로 인한 분노, 비개인적, 재치 없는 것과 같은 것이다.

한편 여성성의 긍정적 측면은 타인과의 공생, 타인에 대한 배려, 풍부한 감성, 따뜻한 마음, 직관적, 정열적, 개인적인 것과 같은 것이다. 반면 부정적인 측면은 비합리적, 비논리적, 비객관적, 희생, 나약, 순종, 상처받기 쉬움, 변덕스러움과 같은 것이다.

양성성(androgyny)이란 남성성과 여성성의 장점을 조화시키고 통합시켜 단점을 극복한 인간적 자질을 말한다. 즉 남성성과 여성성을 공유한 사람 즉 사회의 성역할 고정관념을 이루는 내용 중 이른바 남성적 특성과 여성적 특성 중 바람직한 것만을 결합하여 공존하는 것, 성격과 행동이 독립적이면서도(종래의 고정관념상 남성) 부드러운(고정관념상 여성), 기존의 성역할에 매이지 않는 건강하고 적응적인 성격을 지칭한다.

샌드라 벰(Sandra Bem)은 인간을 남성성이나 여성성으로 국한시키는 것은 위험하며, 남성이나 여성 모두 남성적 특질과 여성적 특질의 장점을 고루 통합하여 양성적인 인간이 될 때에 보다 성숙한 인간이 될 수 있으며, 경우에 따라서 도구적 역할과 표현적 역할을 고루 수행할 수 있다고 보았다.

전통적인 남성성과 여성성은 불필요하게 그들의 행동을 제한해왔고, 융통성을 발휘할 수 없도록 사회화시켜 왔다. 실제로 여성들의 사회참여가 폭넓게 이루어지고 있는 상황에서 여성은 기존의 여성적인 인성적 특질만으로는 사회적으로 성공하기 어렵고, 남성은 기존의 남성적인 인성적 자질만으로는 가사노동과 육아에 제대로 참여할 수 없다. 남녀의 일의 경계가 무너지고, 성역할의 이분법이 사라진 상황에서 남성이든 여성이든 기존의 남성성과 여성성만으로는 가정에서도 사회에서도 성공적으로 자신의 역할을 수행해낼 수 없다. 개인생활과 사회생활에서 모두 성공하려면 합리성(도구성)과 감성(표현성) 둘 다 필요하다. 성전형화된 사람보다 양성적 자질을 갖춘 유연한 사람이 가정에서도 사회에서도 더 능력을 발휘하고 성공하는 시대가 된 것이다.

최근 슈퍼맨 콤플렉스라는 말에서 드러나듯이 아무리 사회적으로 성공한 남성이라고 할지라도 가정에서 아내와 아이들과 가정의 일에 함께 참여하고, 행복한 시간을 갖지 못한다면 성공적인 삶을 산다고 볼 수 없다.

6. 새로운 남성을 찾아서 – 나는 이런 남자가 좋다

제3의 물결시대의 성공적인 남성이 되기 위해서는 우선 남성은 직장영역, 여성은 가정이라는 이분법을 탈피해야 한다. 또한 권위, 지배, 공격, 폭력, 무표정과 같은 도구적 인성 즉 전통적인 남성성만으로는 변화된 사회와 가정에서 성공적인 삶을 살기 어렵다는 것을 인식해야 한다.

더 이상 폭력적인 터프가이의 이미지, 물리적 · 육체적 폭력, 가부장주의 등 전 시대 남성의 스테레오타입을 과감히 포기해야 한다. 즉 물리적 폭력이 아니라 실력을 통해서 자신을 표현하는 남성, 대인관계는 대화로써 풀어나가는 유연한 남성, 립서비스의 차원에서 양성평등을 말할것이 아니라 몸으로 평등을 실천하는 남성, 그리고 남 앞에 군림할 것이 아니라 남을 먼저 배려하는 남성이 진짜 강한 남성이다.

무엇보다도 여성을 남성과 동일한 사랑 · 존경 · 즐거움 · 성취 · 권력에의 욕망을 가진 인간으로 대하는 자세가 필요하다.

책임감, 지도력, 사회성, 자신감과 같은 남성성의 장점과 남을 잘 보살피고, 풍부한 감성, 따뜻한 인성적 자질, 즉 여성성을 공유한 부드러운 남성, 양성성을 갖춘 남성이 성공하는 시대이다.

여성 역시 전통적인 여성성, 즉 상처받기 쉬움, 희생, 나약, 순종과 같은 여성성만으로는 치열한 경쟁사회에서 사회적 역할을 제대로 수행하기 어렵다. 타인과의 공생관계, 타인에 대한 배려, 풍부한 감성, 따뜻한 마음과 같은 여성성의 긍정적 측면과 함께 전통적으로 여성들이 결핍하기 쉬운 책임감, 지도력, 사회성, 자신감과 같은 남성성을 공유할 때에 가정에서도 사회에서도 잘 적응할 수 있다.

또한 현대를 살아가는 남성은 전통적으로 가부장에게 부여되어 왔던 권리를 포기하고 가족 구성원으로서 가정에 평등하게 참여하며, 남편과 아내가 아니라 형제와 자매로 만나는 조용한 혁명이 필요하다. 가족과의 행복은 함께하는 시간, 상대방에 대한 관심과 배려, 풍부한 대화의 노력을 통해서만 얻을 수 있다. 즉 가정이라는 꽃밭은 서로 결혼식을 올렸다고 해서 또는 혼인신고를 했다고 해서 저절로 꽃이 피는 것이 아니라 아침저녁으로 물을 주고 풀을 뽑는 관심을 기울여야 아름다운 꽃을 지속적으로 피울 수 있다.

한 인간의 삶은 직업인으로서의 측면, 가족 구성원으로서의 측면, 자신만의 자유로운 개인적 측면 등 세 측면으로 구성된다고 할 때에 이 세 측면의 조화와 균형을 이룬 통합적 삶의 성취야말로 성공적인 삶의 필수조건이라고 할 수 있다. 즉 직업인으로 아무리 성공한 남성이라 하더라도 그가 가정에서 행복을 누리지 못한다면 결코 성공적인 삶을 산다고 할 수 없으며, 또한 그 개인의 자유로운 측면이 충족되지 못한 채 자기소외에 빠진다면 그 역시도 성공적인 삶을 산다고 볼 수 없다.

(2010)

제6장

우리에게 **모성**은 무엇인가

최근 우리 시에 나타난 모성, 원형심상

1. 원형과 모성

융(C. G. Jung)은 인간의 심리상태와 상징작용이 개인의 경험에 국한된 문제가 아니라고 보았다. 즉 사회와 집단 종족의 심층심리에 닻을 내린 집단 무의식의 이론이다. 어떤 의미에서 개인적인 무의식을 결정하고 지배하는 것은 집단 무의식이다.

융에 따르면 인간의 마음은 자신이 알고 있는 마음과 모르고 있는 마음이 있다. 즉 마음은 의식(consciousness)과 무의식(unconsciousness)으로 이루어지며, 무의식은 개인적 무의식과 집단적 무의식으로 구분된다. 의식과 무의식을 막론하고 인간의 정신은 심리학적 복합체, 즉 콤플렉스로 이루어지며, 이 가운데 집단적 무의식을 구성하는 복합체를 일컬어 원형(archetype)이라고 부른다.

원형은 인간정신의 보편적이며 근원적인 핵이며, 보편적이고 반복적인 체험을 시공을 넘어 항상 재생할 수 있는 인간 속에 있는 가능성이며, 동시에 그런 가능성을 지닌 틀이다. 그런데 원형은 단순한 지적인

개념이 아니라 미증유의 에너지를 방출할 수 있는 능력으로, 이 에너지
는 감동, 공포 등의 강렬한 정동반응으로 나타난다. 또한 원형은 근원적
이면서 보이지 않는 의식의 뿌리를 지칭하는데, 여기서 '보이지 않는
다'는 것은 원형과 집단 무의식과의 상관관계를 의미한다. 원형은 보이
지 않는 의식의 뿌리이기 때문에 직접 파악할 수 없지만 원형의 내용은
어떤 심상으로 나타나게 된다. 따라서 원형은 심상을 통해 어렴풋이 짐
작할 수 있다.[1]

　문학에서 원형은 개인적 관념의 세계를 초월하는 보편적 상징이나 심
상을 지칭한다. 신화비평, 원형비평은 신화적 요소, 즉 원형이 시와 문
학작품 속에 어떻게 있는가를 분석 검토하는 데에 목적을 두고, 그것이
기본 신화요소와 어떤 상관관계를 가지는가도 살핀다. 즉 시와 문학작
품 내의 원형적 유형을 밝히려는 데에 궁극적 목적을 두며, 그 유형들이
실제작품의 형태나 문체, 효과에 어떻게 관계되는가를 밝힌다.[2]

　본고의 주제인 모성성과 관련한 원형적 여성(훌륭한 어머니−생의 신
비, 죽음, 환생)은 게린(W. Guérin)의 원형적 심상의 유형별 정리에 의하
면 셋으로 나누어진다.[3]

　　a) 훌륭한 어머니(대지의 어머니의 적극적 양상) : 생의 원리, 탄생,
포근함, 양육, 보호, 다산, 성장, 번영(보기, 희랍 · 로마 신화에 나오
는 농업, 풍요, 결혼의 여성 데모텔, 케레스 등).
　　b) 무서운 어머니(대지의 어머니의 부정적 양상) : 무당, 여자 마법
사, 마녀, 매춘부, 요부−관능성, 성적인 방종, 공포, 위험, 암흑, 해

1 이부영, 『분석심리학』, 일조각, 1979, 83~97면 참조.
2 김용직, 『현대시원론』, 학연사, 1988, 317면.
3 Wilfred Guérin(et al), *A Handbook of Critical Approaches to Literature*, New York: Harper and Row, 1979.

체, 거세, 죽음, 을씨년스런 상황에서의 무의식.

　ⅾ) 영혼의 동반자 : 예지의 상, 성모 마리아, 공주, 요조숙녀, C. G. 융의 아니마와 비교되는 것으로 영감, 또는 영적인 성취의 화신.

　여성 원형상은 여러 가지 상징으로 나오는데, 여신, 선녀와 같은 인격적인 상(像, imago)뿐 아니라 모든 여성성의 원초적 상 속에서 여성 원형상을 발견할 수 있다는 것이다. 즉 나무와 바위와 물, 대지와 산이 생성 상징으로서의 여성 원형상일 수 있고, 구렁이, 곰과 같은 동물상이 여성적 리비도의 상징일 수 있다.

　융은 모성母性이란 '현실의 어머니'가 아니라 모성원형에 관련되는 보편적인 인류의 모성적 심리 또는 모성본능, 그 산출력, 인내성, 포용력, 양육과 보호의 본능, 예시적 기능, 기다림, 영원성과 같은 긍정적 특징과 뜨거운 파괴적 야성, 마취성, 질식할 듯한 독점욕 등의 부정적 특징을 모두 지니고 있다고 보았다. 그런 의미에서 모성 역시 심리적 복합체인 모성 콤플렉스를 가지게 된다.[4]

　여성적 원리란 받아들이는 것, 키우는 것, 가꾸는 것이다. 그리고 그것은 남을 교화하기에 극성을 부리는 것이 아니라 스스로의 그림자를 응시하며 이를 관조하는 내성內省이며, 이러한 태도를 가능하게 하는 지혜이다. 그것은 행동하고 개혁하고 조직하고 과시하고 시위하고 따지는 것이 아니라, 정좌靜坐하여 침묵 속에서 스스로의 모습을 들여다보는 태도이다. 그것은 지적인 분석이 아니라 정적인 공감의 세계이다.[5]

　그런데 융은 남성의 무의식 속에 내재하는 여성적 경향인 아니마(anima)와 여성의 무의식 속에 내재하는 남성성(animus)과 같은 외적 인격(persona)

---

4 이부영, 앞의 책, 211면.
5 위의 책, 339면.

에 대응하는 내적 인격이 존재한다고 보았다. 아니마는 수동성과 감성적 측면, 아니무스는 적극성과 이성적 측면을 지니고 있는데, 이런 측면을 지닌 내적 인격이 잘 통합되어 있는가 안 되어 있는가에 따라 부정적, 긍정적 아니마 혹은 아니무스가 될 수 있다.[6]

아니마와 아니무스는 원형이지만 무의식의 원형 중에서 특수한 원형이어서 자아의식을 무의식의 심층, '자기'에로 인도하는 인도자, 또는 매개자의 역할을 하게 된다. 그러므로 아니마, 아니무스의 인식을 통한 인격의 통합과 분화는 자기실현의 중요한 과제가 된다.[7]

본고도 편집자의 요청대로 원형비평의 관점에서 쓰여진다. 즉 개별 시인들에게 나타나는 개성적인 모성의 심상을 살피려는 데에 목적이 있는 것이 아니라 그들의 시에 나타나는 개성을 넘어서는 집단성, 개인적 무의식을 넘어서는 모성의 집단성을, 즉 모성의 원형을 '발견'하려는 데에 목적을 둔다. 하지만 융이 말한 원형이 그의 이론 내부에서도 융통성이 큰 것이며, 또한 엘리아데(M. Eliade)가 지적했듯이 원형은 초시대성, 반복성과 함께 갱신력(쇄신력) 또한 존재하기 때문에[8] 원형의 의미를 고정된 틀이라는 한정된 의미로 사용하지는 않겠다.

2. 여성시인의 경우

신달자가 최근에 펴낸 『어머니, 그 삐뚤삐뚤한 글씨』(2001)는 어머니 연작시로서, 시인 개인의 체험적이고 구체적인 어머니를 넘어서는 원형

---

6 이부영, 「한국민담 속의 여성원형상」, 김열규 외, 『한국여성의 전통상』, 민음사, 1985, 77~78면.
7 이부영, 『그림자』, 한길사, 1999, 44면.
8 Mircea Eliade, *The Myth of the Eternal Return*, tras., by Willard R. Trask, New York, Pantheon Books, 1954.

성을 내포하고 있다. 시인 자신이 서문에서 밝히고 있듯이 "이상하게도 어머니는 살아 계시거나 돌아가시거나 상관없이 내 옆에 내 안에 계신 것을 나는 안다"에서 보듯 '어머니'는 이미 시공과 생사를 뛰어넘고, 개인적 체험을 뛰어넘어 재생 가능한 근원성을 내포한 존재임이 드러난다.

「어머니의 땅」은 모성의 대지성, 그리고 그 대지성이 내포한 헌신과 희생의 모성 원형을 노래한다. 시인은 어머니를 "사람 중에 가장 힘센 사람"으로 지칭한다. 그러나 어머니의 힘은 남성적인 공격적 힘이 아니라 수억 천년 동안 아들과 딸을 살게 해온 살림의 힘, 양육의 힘이다. 그리고 인류는 우주창생 당시부터 대모적(the great mother) 여성의 위대한 희생과 양육의 힘에 의해 그 생명이 키워지고 유지되어 왔다.

> 대지진이었다
> 지반이 쩌억 금이 가고
> 세상이 크게 휘청거렸다
> 그 순간
> 하느님은 사람 중에 가장
> 힘센 사람을
> 저 지하층 층 아래에서
> 땅을 받쳐 들게 하였다
> 어머니였다
> 수억 천년 어머니의 아들과 딸이
> 그 땅을 밟고 살고 있다.
>
> — 신달자, 「어머니의 땅」 전문[9]

긍정적인 대모적 원형상은 「어머니와 바다」에서도 반복된다. 상부는

---

9 신달자, 『어머니 그 삐뚤삐뚤한 글씨』, 문학수첩, 2001. : 인용되는 시는 모두 이 시집에서 인용함.

하늘이고 이성과 정신적인 것의 좌座이며, 하부는 대지이고 모성적, 본능적, 신체적인 것의 자리이다.[10] 하늘, 또는 하나님은 남성원리로, 땅은 모성 내지는 여성원리의 이미지로 그려지고 있다.

> 바다 속에는
> 숫자 위의 숫자
> 몇 천 억조의 어머니가 계시고
>
> 어머니 안에는
> 지구 안의 바다라는 바다는
> 모두 밤낮을 출렁이며
> 생명을 싸안는
> 양수로 가득하고
>
> — 신달자, 「어머니와 바다」 전문

이 시는 W. 게린이 분류했던 여성원형 가운데서 훌륭한 어머니(대지의 어머니의 적극적 양상), 즉 생의 원리, 탄생, 포근함, 양육으로서의 모성 원형을 노래하고 있다. 바다의 물과 어머니 자궁의 양수는 동가성을 띤 창조와 생의 원리이며, 생생력의 상징이다. 이 시에서 바다의 이미지는 모든 생의 어머니, 우주만물이 비롯되고 생성되는 원천으로서의 원형적 심상이다.

신화적 원수原水로서의 물의 이미지는 「당신은 물—아, 어머니 · 21」에서도 반복된다.

> 어머니 당신은 물로 기억됩니다.
> 자궁 속의 생명수는 절 보듬어 키우고
> 평생 흘리신 눈물이며 땀방울

---

10 이부영, 『분석심리학』, 283면.

저 사람 돼라 쏟아 부으시고
밤마다 떠놓은 정화수 한 그릇
이 밤의 어둠을 물리고 있습니다

　　　　　　　　　― 신달자, 「당신은 물─아, 어머니·21」 전문

　인간의 생명을 탄생시키고 보호하고 키우는 양수는 다시 어머니의 자식을 향한 정성과 헌신과 희생의 상징인 '눈물', '땀방울', '정화수'로 모양을 바꾸어 헌신과 희생의 삶을 살아가는 모성원리를 표현한다. '물'은 생명의 원천, 구원한 생명의 모태를 표상하는 보편적 상징[11]이요, 모성원리를 표현하는 원형적 심상이다.

　모성이 긍정적 특징과 부정적 특징을 모두 지닌 심리적 복합체이듯이 '양수'는 생명의 원수原水로서의 이미지와 죽음의 이미지란 양가성을 띠고 있다. 나희덕의 시 「갠지스 강가에서」는 죽음에 지배된 양수의 이미지를 보여주고 있다.

양수 속에서 산을 오르고 강을 건너고 길을 잃었다
밥을 떠 넣고 아기를 낳고 한숨을 쉬고
시를 쓰고 버스를 기다린 것도 양수 속에서였다
버스는 나를 멀리 데려가곤 했지만
버스 차창에 맺힌 빗방울, 나를 적신
모든 물이 양수였다 나는 아직 태어나지 않았다

　　　　　　　　　― 나희덕, 「갠지스 강가에서」 제1연[12]

배들은 기슭 저편에 닿지 못하고 되돌아왔다
탯줄과도 같은 지상의 길들 어디선가 끊어지고

---

11 Otto Rank, *The Myth of the Birth of the Hero*, Philip Freund, ed., New York, 1953, p.74.
12 장석남 외, 『7대문학상 수상시인대표작』, 작가정신, 1999, 88면.

양수는 점점 핏빛이 되어갔다 아무도 태어나지 않았다
시체 태우는 연기 자궁 속에 자욱했다

— 나희덕, 「갠지스 강가에서」 마지막 연에서

화자에게 무릇 모든 물은 생명의 원수인 양수로 인식된다. 화자인 개인 '나'의 탄생 이전부터 그래왔던 것이다. 인도인에게 특별한 종교적 상징성을 띠고 있는 갠지스강이야말로 커다란 자궁이다. 그 갠지스 강물은 "자궁 속에서 몸을 씻는 사람들/자궁 속에서 시체를 태우는 사람들"에서 보듯 더러워진 몸을 씻는 정화작용과 '시체'로 구체화된 추악한 죽음에 이르는 모순적인 양가성을 포용해왔다. 하지만 현재 시인의 눈에 비친 갠지스강은 위대한 대모신으로서의 신화적 기능들을 모두 잃어버리고 "양수는 점점 핏빛이 되어갔다 아무도 태어나지 않았다/시체 태우는 연기 자궁 속에 자욱했다"처럼 죽음에 지배되어 있다. 갠지스강은 더 이상 사람들을 피안의 언덕으로 데려가지도, 생명을 탄생시키지도, 영혼을 정화시키지도 못한 채로 죽음의 강물로 변질되어 버렸다. 더 이상 새로운 생명을 탄생시킬 수 없는 "시체 태우는 연기"만이 자욱한 불모의 핏빛 강물, 신화적 생생력을 상실한 강이 되고 만 것이다. 재생, 탄생, 정화와 같은 긍정적 물의 이미지를 상실하고, 불모와 죽음의 단일한 이미지로의 변질은 우리시대 전체의 긍정적 모성성의 상실을 의미하는 것으로 읽혀진다.

그 곧은 정신
나라 위해 만세를 불렀으면
유관순이 되었을
그 타는 열정
시에 바쳤으면
황진이가 되었을
식구를 위한 밥 한 솥에

목숨을 건
그 평범한 순교는
아무 곳에도 이름자가 없다
어머니 우리나라 어머니

— 신달자, 「순교자」 전문

이 시에서 보여주고 있는 어머니의 순교, 즉 "식구를 위한 밥 한 솥에/
목숨을 건/그 평범한 순교"는 여성의 사회적 역할과 활동을 인정하지 않
았던 지난 시대의 어머니에게 오로지 허용되었던 가정적 역할, 즉 남녀
를 분리하는 가부장 사회의 역할 분리를 단적으로 보여준다.

여성에게는 사회와 국가보다는 가정이 중요하고, 추상적인 이념이나
학설, 보편적인 진리보다는 구체적인 개인의 감정이 중요하며, 또한 여
성의 의식은 극도로 '개인적'이다. 그것은 조용하고 산출력 있는 대지
와 같은 것이다[13]라고 말해지고 있지만 과연 그럴까? 원형이론이 보여
주고 있는 이런 이분법적 체계는 성차별주의의 영향이 아닐까? 사회를
위해 헌신하고 자아실현을 도모한 여성들의 이름자는 역사 속에서 빛나
지만 한 가족을 위해 순교한 어머니에게는 이름자가 없는 이유가 무엇
인가?

신달자의 시에서 우리는 어머니, 우리나라의 어머니 속에 작용하고 있
는 사회와 국가보다는 가정을, 개인적인 것을 더욱 소중하게 여기는 모
성 원형을 발견할 수 있다. 하지만 시의 어조에서는 사회적 역할과 자아
실현을 차단당한 채 사적인 가족에의 봉사만을 강요당했던 어머니의 평
범한 삶에 대한 찬양이 아니라 안타까움과 비판의식이 역력히 드러난다.

모성(여성) 원형이란 것은 오랜 역사와 민족과 문화를 뛰어넘어 가부
장제 사회가 여성의 무의식과 내적 인격에 영향을 미쳐온 결과로써 만

---

13 이부영, 『분석심리학』, 71면.

들어진 틀이라고 생각한다. 근원적 모성성(여성성)에까지 작용하고 있는 오랜 세월에 걸쳐서 형성된 가부장제의 보이지 않는 권력이라고나 할까?

원형은 누구의 정신에나 존재하는 인간 정신의 보편적이며 근원적인 핵이며, 시간과 공간의 차이, 지리적 조건의 차이, 인종의 차이를 넘어선 보편적인 인간성의 조건이다. 태고 적부터 현대에 이르는 긴 시간에 수없이 반복되었으며, 또한 반복되어 갈 인류의 근원적인 행동유형을 가능하게 하는 선험적 조건이 원형이지만 그 선험이란 결국 태초로부터의 인간 체험의 침전물이 아닌가? 그것은 한시적인 의미에서는 역사와 민족과 문화를 초월하지만 결국 오랜 역사와 민족과 문화의 잔영일 수밖에 없다. 융이 "원형이 어떻게 생겼는지는 아무도 모른다. 이러한 물음은 형이상학의 물음이어서 대답이 불가능하다."[14]라고 원형의 선험성을 강조했지만 그 선험성이란 것도 결국 개인을 초월하여 오랜 세월 동안 축적된 인간의 유전자에 기록된 DNA의 정보이며, 이 정보를 만들어 온 것은 결국 오랜 동안의 인간의 체험일 수밖에 없다는 생각이다. 따라서 남성원형과 여성원형이란 것도 개인적 경험과 당대성을 뛰어넘지만 결국은 오랜 세월 동안의 인간체험의 집적이고 침전물일 수밖에 없는 것이다.

크리스 위든(Chris Weedon)에 의하면 "궁극적으로 불변하는 여자다움, 남자다움 혹은 무의식 구조란 있을 수 없다고 보며, 이것들은 언제나 시대의 산물이며, 담론적 실천을 통하여 이루어지며 상징질서와 무의식은 둘 다 현상유지에 대한, 혹은 현 상황 변화에 대한 차이점, 반박과 압력에 의해 정해진다"[15]고 필자와 같은 생각을 밝힌 바 있다.

---

14 이부영, 『분석심리학』, 87면에서 재인용.
15 우리사회연구학회, 『현대사회와 여성』, 정림사, 1998, 347면에서 재인용.

우리는 원형으로서의 모성(여성)과 모성(여성)원리에 작용하고 있는 성차별주의자들의 생물학적 환원론과 원형이론가들의 논리가 거의 변별성을 보이고 있지 않음에 주목하지 않을 수 없다. 여기서 원형이론가와 페미니즘 이론가의 근본적 충돌이 일어나지 않을 수 없는데, 페미니즘에서는 남성과 여성이란 젠더(gender)는 생물학적으로 결정된 것이 아니라 사회문화적 구성물이다. 즉 남성원형, 여성원형이라는 것도 초문화적 초역사적인 항구불변의 것이 아니라 오랜 세월 동안 문화적 역사적으로 구성된 것으로 생각되는 것이다. 따라서 젠더는 사회적 차원인 집단의식뿐만 아니라 집단 무의식인 원형에도 영향을 미쳐온 것으로 보여진다. 솔직히 페미니스트인 필자는 본고를 쓰면서 최근 시 가운데서 모성 원형을 발견하려는 주제에 충실해보려 하지만 모성 원형에 작용하고 있는 가부장제의 권력이 더 먼저 눈에 들어오는 것을 어쩔 수 없다.

신달자의 시에서 모성의 여성으로서의 관능과 욕망은 욕망의 분출로서가 아니라 억압과 욕망의 결여로서 그 모습을 간접적으로 드러낸다. 「멍에」, 「긴긴 밤―아, 어머니 4」, 「달빛―아, 어머니 7」에서 드러내고 있는 어머니의 모습은 "외간 남자에/외눈 한번 더욱 준 적이 없이"(「멍에」에서) 이 사회의 페르조나가 요구하는 대로 정절 이데올로기에 갇힌 우리나라의 보편적 여성상을 보여준다.

> 아버지는 바람으로 떠다니시고
> 바람으로 어쩌다 스쳐 지나가면
> 어머닌 또 딸 하나 낳고
> 긴긴 밤을 홀로 울어 새우셨습니다.
>
> ― 신달자, 「긴긴 밤―아, 어머니 4」 전문

> 아직 그 가슴에 불길 남았던
> 어머니 사십대 그 중반 가을밤

오줌 마려워 일어나 바라본 어머니
달빛으로 온몸을 애무하고 계셨습니다

— 신달자, 「달빛―아, 어머니 7」 전문

인용한 시들이 보여주고 있는 어머니의 모습은 정절 이데올로기와 여성의 성적 욕망을 인정하지 않는 가부장 사회의 여성의 성적 욕망과 관능에 대한 억압을 드러내준다. 바람처럼 떠도는 아버지를 떠나보내고 고독한 밤을 홀로 보내는 어머니, 한밤중에도 잠들지 못하고 온몸에 달빛의 애무를 받고 있는, 즉 리비도적 욕망에 휩싸인 어머니의 모습은 관능적 존재로서의 모성을 표현하고 있다. 그리고 그런 어머니를 바라보는 딸인 화자의 시선에선 짙은 연민이 배어난다. 아무튼 인용한 시들은 여성의 성을 부정하고 억압해온 가부장제 사회의 억압 속에서도 사라지지 않는 모성(여성)의 성적 본능과 관능적 욕망의 원형을 보여주고 있다고 해석할 수 있을 것이다.

관능적 모성 원형을 드물게 찾아보았지만 우리 시에서 모성성의 부정적 원형을 찾는 일도 매우 어려워 보인다. 그만큼 희생의 모성 이데올로기가 견고한 집단의식으로 여성의 삶을 억압하고, 무의식까지 억압하기 때문일 것이다. 그리고 가부장제 사회는 모성을 극도로 신화화하고 찬양함으로써 여성=모성=현모양처라는 의식적이고 획일적인 인식 틀을 강요해왔기 때문일 것으로 생각된다.

노혜경의 「멀티미디어 베이비 자장가 1」, 「멀티미디어 베이비 자장가 2」[16]은 멀티미디어시대에 현대인의 종교이며 신전이 되어버린 텔레비전과 자본주의의 신화를 통렬히 비난한다. 하지만 필자가 여기서 발견하게 되는 것은 대모적 모성의 부정적 측면이다. 현대인의 새로운 대모로

---

16 노혜경, 『뜯어먹기 좋은 빵』, 세계사, 1999, 22~26면.

등장한 것은 텔레비전과 자본의 권력이다.

굉장히 오랜 세월에 걸쳐서 형성된 신화가 있다.

겨드랑이에 날개를 달고 태어난 아기가 있었다고 한다.

아기가 태어나자 TV는 흥분을 했다. 덕분에 엄마는 돈을 많이 벌었다. 엄마는 점점 더 많은 돈이 필요했다. 그래서 아이는 자라서는 안 되었고, 언제나 갓 태어난 것 같은 외양을 했으며, 날개는 반짝거리고 미소는 순진했으며 마침내 80살이 되었을 때 갑자기 죽었다.

(중략)

엄마는 투덜대었다 난 아무것도 번 게 없다고, 아기를 아기로 남아 있게 하려고 많은 돈이 들었다고, 아이의 날개는 너무 작아서 날이 갈수록 모델료가 떨어졌다고,

따지고 보면 내 돈이 더 든 셈이라고 신문기자가 손을 번쩍 들었다. 돈을 아래로 아래로 흐르는 것 아닙니까?

그래요, 라고 엄마가 대답한다. 날개 달린 아이는 내 아버지이고 내 엄마죠, 내가 먹고 사니까요. 기자 양반 책을 더 읽어야 되겠군요. 이것은 새로운 신화거든요.

— 노혜경, 「멀티미디어 베이비 자장가 1」에서

엄마는 정말 엄청난 기억을 전수해주셨지
하루 다섯 아니 여섯 편의 영화
엄마의 깊은 구석구석 전파를 타고

엄마는 자신을 창조주라 믿었지만
실은 잘 프로그램된 착한 소비자
엄마의 넘쳐나는 전파의 핏줄을 타고
나, 멀티미디어 베이비는 태어나면서부터 가상 천재

난 원해 아무도 내 꿈을 간섭하지 않는 곳
아마 나는 고독을 사랑하나봐

아가야 네 꿈의 채널을 돌려라
혼돈이 네 화면에 넘쳐흐르게 하라

— 노혜경, 「멀티미디어 베이비 자장가 2」에서

멀티미디어의 세계, 특히 텔레비전이라는 가상의 현란한 세계 속에 출현하고 있는 대모 원형, 이 새로운 모성에 혼을 다 빼앗겨버린 현대인의 개성과 주체의 상실, 창조성의 상실을 이 작품은 노래한다. 날개를 달고 태어났다가 80살까지 아기의 이미지를 유지하다가 죽어야 했던 아기는 상품적 가치를 상실하면 언제든지 추락하고 죽음을 맞이할 수밖에 없는 자본의 희생양인 천사이다. 자본과 결탁한 멀티미디어의 세계는 오로지 외양으로서의 이미지를 추구할 뿐이다. 현대인에게는 진짜 아기(천사)가 아니라 아기(천사)의 이미지가 필요하다. 멀티미디어 시대에 자본이 텔레비전을 통해서 판매하는 것은 결국 상품 그 자체가 아니라 유혹적인 이미지들이다. 하지만 대형의 멀티미디어의 세계인 텔레비전을 대모신처럼 숭배하는 현대인은 대모신의 지배적 권력 앞에 옴짝달싹 못하는 멀티미디어 베이비의 운명에서 자유로울 수 없다. 시인은 대모신의 부정적 파괴적 원형을 인격적 존재로서의 어머니가 아니라 현대의 텔레비전이란 비인격적 가상세계에서 발견하고 있는 것이다.

김정란은 모성성과 여성성을 통해서 새로운 세계를 열고자 한다. 김정란의 시세계는 여성해방주의의 세계가 아니라 여성주의의 세계이다. 그녀에겐 여성성이야말로 이 세상을 구원하는 영성을 가진 존재이다. 궤린이 분류했던 세 번째 유형에 해당될 만한 영혼의 동반자로서의 모성원형인 셈이다. 따라서 여성의 말은 남녀를 이분법적으로 구분하는 성차별적 의미에서의 연약한 타자의 언어가 아니라 내면의 순결성을 지닌 재생의 언어, 생명의 언어이다. 그것은 여성이 이제껏 받은 상처를 통해서 구원되는 새로운 여성주의의 세계이다.

사랑으로 나는 죽어가는 세계의 모든 생명들과 이제 막 태어나는 어린 생명
들과 하나가 되고 싶다, 될 것이라고 믿는다, 될 것이다. 사랑으로 나는 나이며
너이며 그들이다. 사랑으로 나는 중심이며 주변이다. 사랑으로 나는 나의 상처
의 노예이며 주인이다. 사랑으로 나는 나의 상처를 세계의 상처 위에 겸손하게
포개놓는다. 세계, 나의 아들이며 나의 지아비인 세계의 상처 위에. 나처럼 아
프고 불행한 세계의 상처 위에, 가만히, 다만 가만히.

— 김정란, 「사랑으로 나는」에서[17]

이 시의 화자인 상처받은 존재인 '나'는 사랑으로 죽음과 어린 생명
을 포용하며, 나와 너, 중심과 주변, 노예와 주인의 경계를 해체시키며,
나의 상처를 세계의 상처 위에, 아들과 지아비로 상징된 남성 세계의 상
처 위에 겸손히 포개놓는다. 이 시는 포스트모던 페미니스트들의 해체
주의적 발상법을 따르고 있다. 이제 여성, 모성, 타자성은 극복해야 될
열등성이 아니라 남성중심주의적인 이분법적 대립주의를 극복할 긍정
적 성향이며, 더 이상 상처받는 타자가 아니라 치유와 재생, 구원자로서
의 아니마요, 영혼의 동반자이다.

3. 남성 시인의 경우

황지우의 시집 『어느 날 나는 흐린 주점酒店에 앉아 있을 거다』
(1998)[18]에는 어머니에 관한 시가 여러 편 나온다. 치매에 걸린 어머니에
대한 연민, 어머니를 장지에 묻고 내려오던 날의 슬픔 등의 개인적 경험
적 어머니가 시화된다. 하지만 「살찐 소파에 대한 일기日記」, 「노스텔지
어」, 「나무숭배」 같은 시는 개인성을 벗어나는 모성 원형에 관한 무의식

---

17 장석남 외, 『7대문학상 수상시인대표작』, 작가정신, 1999, 108면.
18 황지우, 『어느 날 나는 흐린 주점酒店에 앉아 있을 거다』, 문학과지성사, 1998.

을 보다 잘 드러내준다.

> '소파' 하면 나는 '비누' 생각이 났다가 또 쓸데없이
> '부드러움' 이라는 형용사가 떠오르다가 '거품─의자' 가 보인다.
> 의자같이 생긴, 젖통이 무지무지하게 큰 구석기시대舊石器時代의
> 이 다산성多産性 여인상은 사실은 비닐로 된 가짜 가죽을 뒤집어쓰고 있는데
> "오우 소파, 나의 어머니!" 나는 속으로 이렇게
> 영어식으로 말하면서, 그리고 양놈들이 하듯 어깨를 으쓱해 보이면서 소파
> 에 앉았던 거디었다.
>
>   — 황지우, 「살찐 소파에 대한 일기日記」

> 나는 고향에 돌아왔지만
> 아직도 고향으로 가고 있는 중이다
> 그 고향⋯⋯⋯⋯⋯⋯⋯⋯⋯⋯무한한 지평선에
> 게으르게
> 가로눕고 싶다
> 인도印度, 인디아!
> 무능이 죄가 되지 않고
> 삶이 한번쯤 되물릴 수 있는 그곳
> 온갖 야한 체위로 성애를 조각한
> 사원; 초월을 기쁨으로 이끄는 계단 올라가면
> 영원한 바깥을 열어주는 문
> 이 있는 그곳
>
>   — 황지우, 「노스텔지어」 전문

> 비가 내리고, 나무가 있고, 초록빛이 있는
> 무한무궁無限無窮 가운데 단 하나뿐인 별이여
> 소생하소서
>
> 큰 나무 보면 발가벗고 그 속에 들어가

제물祭物되어 흡수되고 싶다

— 황지우, 「나무숭배崇拜」에서

융이 여성 원형상은 여러 가지 상징으로 나오는데, 인격적인 상(像, imago)뿐 아니라 모든 여성성의 원초적 상 속에서 여성 원형상을 발견할 수 있다는 것이다. 즉 나무와 바위와 물, 대지와 산이 생성상징으로서의 여성 원형상일 수 있다고 했듯이 황지우의 시에서 모성(여성) 원형은 인격적인 상보다는 소파나 인도, 그리고 나무와 같은 비인격적 대상 속에서 보다 더 잘 발견할 수 있다.

「살찐 소파에 대한 일기」, 「노스텔지어」, 「나무숭배」는 남성화자의 내면에 존재하는 아니마 원형을 드러낸다. 「살찐 소파에 대한 일기」에서 무기력하고 게으른 어린아이처럼 남성화자는 '소파'를 통해서 "부드러움"이라는 감정을 환기하고, "거품—의자"와 "구석기 시대의 다산형 여인상"을 연상하다가 마침내는 "오우 소파, 나의 어머니!"라고 속으로 말하면서 소파에 앉는다. 게으르고 무기력한 어린아이 같은 화자의 '소파'에 대한 감정은 또 다른 어머니인 아내에게 전이된다. "나는, 아내가 그를 일으켜주고 목욕시켜주고 나에게 밥도 떠먹여주고 똥도 받아주고, 했으면 좋겠다/나는 그의 남은 생을, 그녀에게 몽땅 떠맡기고 싶다./코로 숨만 쉴 뿐, 꼼짝도 않고 똥그란 눈으로 뭔가 간절히 바라고 있으면 그녀가 다 알아서 해주는 식물인간이고 싶다."에서 파악되는 '아내'는 화자의 어린아이 같은 맹목적 의존을 충족시켜주는 모성적 대상이다. 마치 이상의 소설 「날개」가 보여주는 남편의 태도처럼 그는 수동적이고 무기력하다. 그는 결혼한 남자이지만 영원히 성숙을 거부하고 어머니의 큰 비호를 기대하는 어린아이 같은 절대적 의존심에 사로잡혀 있다. 이것은 일종의 퇴행적이고 부정적인 모성 콤플렉스의 표현이라고 할 수 있을 것이다. 그의 아니마는 성숙한 자기실현의 세계로 통합되지 못하고 아직 미숙하고 미분화된 상태에 빠져 있다.

황지우의 퇴행적 모성 콤플렉스는 박서원의 「꿈으로 내려가는 길」과 비교될 만하다.

> 아빠, 따뜻한 눈꽃으로 나를 핥켜줘
> 나귀에 빨간 망토와 외투를 싣고
> 내가 그 집 앞을 지나면 종달새 우짖게 해줘
> 종일토록 비가 내리면
> 비옷과 장화로 물의 동그라미 속에서 놀게 해줘
> 나는 첫닭이 홰 치는 날 도토리 캐는 다람쥐
> 살랑살랑 엉덩이 흔드는 미풍
> 댓돌에 가지런히 놓여 있는 달빛 받는 작은 신발이야
> 내 키는 아빠 품에서 조금도 자라지 않았어
> 사람들이 돌과 화살로 내 영화를 망치지 않게
> 감독해줘
> 아빠, 여긴 떠날 수 없는 낙엽의 늪지대야
> 잠시라도 봄날 뜨락의 병아리떼 몰고 와
> 내 가녀린 몸뚱어리로 엄마 되게 해줘
>
> — 박서원, 「꿈으로 내려가는 길」에서[19]

이 시는 퇴행적이고 도착적인 부성 콤플렉스를 보여준다. '아버지'는 "시적 자아의 억압의 존재이며—여성적 자아는 아빠 품에서 성장을 멈춰버렸다—동시에 보호 감독을 해주는 후원자"이다.[20] 이 시의 화자가 꿈으로 내려가기 위해서는 끝없이 아버지의 배려와 보호가 필요하다. 뿐만 아니라 '엄마', 즉 여성으로 완성되기 위해서도 아버지란 존재가

---

19 박서원, 「꿈으로 가는 길」, 《문학과 사회》 1996년 봄호.
20 장석주, 「가부장제 이데올로기의 담론 위를 가로질러 오는 여성시들」, 《현대시》 1996년 7월호, 26~27면.

필요하다. 따라서 이때의 아버지는 현실적 아버지가 아니라 원형으로서의 아버지로 이해할 수 있다. 즉 자기실현이 완성되기 위해서는 여성화자는 자신의 내면 속에 있는 남성성인 아니무스와의 통합을 이루어야 한다. 그런데 그 통합은 "낙엽의 늪지대에 빠져 있고", "심해엔 가라앉은 섬이 가로막고 있어" 제대로 성취되지 못한다. 그래서 화자는 그녀의 영원한 후원자인 아버지를 "해줘" "해줘" 하며 애타게 부르는 것이다. 다분히 근친상간적 무의식을 보여주고 있는 이 시는 절대적 보호자로서의 부성에 대한 갈망을 보여주는 한편 성숙에 따른 고통을 거부하고 미성숙에 고착되고 도착된 아니무스를 보여준다. 이는 일종의 부성 콤플렉스의 표현이며, 그런 점에서 모성 콤플렉스를 표현한 황지우의 시와 비교될 만하다.

「노스텔지어」도 영원히 고향을 찾는 남성화자의 모성지향을 나타내고 있다. 그 고향은 실재하는 고향이 아니라 남성들의 무의식 속에 숨겨진 "게으르게/가로눕고 싶"은 곳이며, "무능이 죄가 되지 않고/삶이 한번쯤 되물릴 수 있는 그곳"이다. 화자는 인간의 모든 부정적인 것까지를 수용하는 모성적 고향을 인도에서 발견한다. 그 인도는 "온갖 야한 체위로 성애를 조각한/사원"이 있는 곳인데, 그곳은 리비도적 상상력을 자극하는 곳이기도 한다. 인도로 상징화된 장소는 지리적 의미에서 인도(인디아)를 의미하는 것이 아니라 바로 남성들이 모성을 향유할 장소이며, 정신적 고향이다. 고향은 사람에게 있어서 친숙하고 안정된 보금자리로서 삶의 근거지이다. 흔히 남성적 세계로 인식되는 노동의 세계, 외적 세계는 그들에게 사실은 낯설고 불안한 적대적 세계였음이 이들의 모성적 여성적 세계로의 도피의식, 회귀의식에서 드러났다고 해석되어진다. 그리고 그 모성적 세계에는 성애적 조각상이 암시하듯 성적 요소가 내포되어 있다.

황지우의 모성지향은 「나무숭배崇拜」에서 다시 한 번 반복된다. "큰

나무 보면 발가벗고 그 속에 들어가/제물祭物되어 흡수되고 싶다"에서
도 나타났듯 나무는 민간의 신앙이나 신화나 민담에 나오는 상으로 여
성적인 특징을 나타낸다.[21] 나무는 "빛으로 부은 범종梵鐘", "한 채의 거
대한 우주종루"이며, "무한무궁無限無窮 가운데 단 하나뿐인 별"로서 화
자에게 우주적 영감을 일깨우는 아니마이다. 남성화자는 나무와의 통
합, 즉 내면적 여성성인 아니마와의 절대적 통합을 지향한다. 화자 자신
을 '제물祭物'로 바치는 희생양 의식에서 절대적 통합에의 의지는 드러
난다. 아니마는 남성의 마음속에 있는 모든 여성적 심리경향을 의인화
한 것으로서, 그것은 막연한 느낌과 무드, 예감, 비합리적인 것에 대한
감수성, 개인적 사랑의 능력, 자연에 대한 감정, 그리고 마지막으로 결
코 그 중요성이 다른 것에 못지않은 무의식과의 관계이다.[22]

   융에 의하면 아니마의 발전에는 4단계가 있다. 제1단계는 이브의 상
으로 가장 잘 상징되고 있는데, 이것은 단순히 본능적이고 생물학적인
관계만을 대표한다. 제2단계는 파우스트의 헬렌에게서 볼 수 있는 것으
로, 그녀는 낭만적이고 미학적인 단계를 의인화하는 것인데, 그러나 그
것은 또한 특징이 성적 요소들이다. 제3단계는 성녀 마리아로 대표되는
데, 마리아는 사랑(에로스)을 영적 헌신의 높이까지 끌어올리는 인물이
다. 제4의 형은 사피엔치아로 상징된다. 그는 가장 성스럽고 가장 순수
한 것도 초월하는 지혜이다. 이것에 관해서는 또 하나의 상징이 있는데,
그것은 솔로몬의 「아가雅歌」에 나오는 슐람 여인이다(근대인의 심적 발
전이 이 단계까지 도달하는 일은 드물다. 모나리자가 예지의 아니마에
가장 가깝다).[23]

---

21 이부영, 『분석심리학』, 188면.
22 M. L. 폰 프란쯔, 「개성화의 과정」, C. G. 융 외, 조승국 역, 『인간과 상징』, 범조사, 1981,
   215면.
23 위의 글, 222면.

황지우는 모성지향 내지 모성 콤플렉스를 소파, 인도, 나무 등의 다양
한 상징을 통해서 나타냈지만 「나무숭배崇拜」에 와서는 ‘나무’란 상징을
통해 그의 아니마와의 관계가 융이 말한 제3단계까지 고양된 느낌을 받
는다.

　　왜 남자들은 자궁이 없을까?

　　어머니의 치마 밑으로 손을 집어넣어 만져 보면, 언제나 발전소는 따뜻했다.
　　용광로에 닿은 것처럼 손끝이 뜨거울 때도 있었다.

　　그러나, 내 스스로 발전소가 되고 싶지는 않았다는 것을 고백해야만 하겠다.
　　힘든 일이지만, 차라리 발전소 안으로 들어가 고압전류에 감전되는 것이 행복
　　하다고 생각하고 있다, 숯처럼.

　　　　　　　　　　　　　　　　　　　　— 하재봉, 「화두 : 발전소」에서[24]

　하재봉의 「화두 : 발전소」란 시도 자궁 속으로 회귀하고 싶은 남성의
모성지향의식을 나타내고 있다. “자궁 속으로 돌아가 웅크리고 잠을 자
고 싶었으니까”에서 보듯이 남성들에게 ‘자궁’이란 상징은 영원히 돌아
가 쉬고 싶은 휴식의 장소, 원초적인 모성의 공간이다. 이 시는 후기 프
로이트학파의 여성심리학자 캐런 호니(Karen Horney)가 프로이트가 내세
운 여자들의 ‘음경선망’을 비판하며 내세운 남자들의 여성에 대한 선
망, 즉 여자의 가슴과 젖을 먹이는 행위뿐만 아니라 임신, 분만, ‘모성에
대한 선망’[25], 특히 자궁선망의식을 반영한다고 할 수 있다. 남성들은

24　이승훈 외 편, 『1990~1995 탈냉전시대의 문학—시선집』, 고려원, 1996, 23면.
25　Chris Weedon, 이화영문학회 역, 『포스트구조주의와 페미니즘 비평』, 한신문화사, 1994,
　　76~77면.

'자궁'으로 상징되는 모성공간에서 충분히 휴식을 취하며, 발전소가 전기를 발전하듯 생의 에너지를 충전을 받고, 다시 적대적인 외적 세계로 나오는 것이다. 그리고 이러한 모성지향은 남성들에게 가장 보편적인 형태로 인식된다. 그런데 이 시는 스스로가 자궁이 되어 헌신하는 존재가 되고 싶지는 않다고 고백한다. 즉 남성들의 자궁선망은 대상으로서의 욕망일 뿐 그 자신이 자궁이 되고 싶지는 않다. 남성들은 쾌락원리의 차원에서 자궁을 욕망하지만 현실원리의 차원에서는 철저히 남성중심주의에 젖어 있는 것이다.

신경림의 「어머니와 할머니의 실루엣」은 생명의 원천이며, 동시에 영원회귀의 모성성을 표현하고 있다.

> 어려서 나는 램프불 밑에서 자랐다,
> 밤중에 눈을 뜨고 내가 보는 것은
> 재봉틀 돌리는 젊은 어머니와
> 실을 감는 주름진 할머니뿐이었다
> 나는 그것이 세상의 전부라고 믿었다
> (중략)
> 하지만 멀리 다닐수록, 많이 보고 들을수록
> 이상하게도 내 시야는 차츰 좁아져
> 내 망막에는 마침내
> 재봉틀 돌리는 젊은 어머니와
> 실을 감는 주름진 할머니의
> 실루엣만 남았다.
>
> 내게는 다시 이것이
> 세상의 전부가 되었다.
>
> — 신경림, 「어머니와 할머니의 실루엣」에서[26]

---

26 신경림, 『어머니와 할머니의 실루엣』, 창작과비평사, 1998, 24~25면.

어려서 램프불 밑에서 자라던 화자는 나이를 먹어가면서 '칸델라불', '전등불'이 상징하는 점차 더 넓고 밝은 세계로 나와서 많은 것을 보고 들을수록 이상하게 시야가 차츰 좁아져서 "재봉틀 돌리는 젊은 어머니와/실을 감는 주름진 할머니의/실루엣만 남"게 되고, 이것이 세상의 전부가 된다. 이 시는 성장하면서 점차 넓은 세계, 즉 남성적 세계, 적대적 세계를 떠돌지만 나이를 먹을수록 영원한 귀의처로서 모성적 세계, 유년의 세계를 그리워하고 회귀하고 싶은 모성에 대한 원초적 욕망이 강렬해짐을 표현하고 있다. 가장 희미하지만 가장 근원적인 구원의 불빛은 바로 어머니와 할머니로 표상되는 모성의 원형으로부터 흘러나온다. 남성적 자아인 페르조나(persona)는 아니마와의 통합을 통해서 보다 성숙한 자기실현을 도모하고자 욕망하는 것이다.

자크 라캉(Jacques Lacan)에 의하면, 태어난 아이는 '거울의 단계(mirror stage)' 즉 '상상계(the Imaginary)'에서 자신이 어머니의 부분이라는 것을 확신하면서 '존재의 통일'을 경험한다. 그러나 점차 성장하면서 자신과 어머니 사이에 아버지라는 존재가 있음을 깨닫게 되고, 여기서 부재와 박탈을 경험하게 된다. 그리고 아버지 세계를 형성하는 상징적 질서인 언어를 배움으로써 '상징계(the Symbolic)'에 편입되는 대신에 어머니와의 통일에 대한 욕망을 억압받게 된다.[27]

신경림의 시에서 램프불 밑의 어린아이 시절은 어머니와의 상상적 동일시가 가능했던 라캉이 말한 '거울의 단계'라고 할 수 있다. 이 상상계에서 화자는 어머니와 존재론적 통합을 이루었지만 성장하면서 그 램프 불빛을 떠나 더 밝은 세계, 이성의 세계, 아버지적 세계, 상징계로 편입된다. 하지만 그의 마음속에는 유년시절 이후 모성적 세계로의 회귀욕망이 억압된 채 잠재되어 있다. 나이가 먹을수록, 밖의 세계를 떠돌수록

---

27 자크 라캉, 권택영 외 편역, 『욕망 이론』, 문예출판사, 1994, 15~21면.

근원적 모성의 세계로 회귀하여 어머니와 통합되고 싶은 욕망은 강렬해진다. 신경림의 시는 유아기 이후 어머니와 분리된 남성들이 아버지의 세계, 상징적 질서의 세계로 완전히 편입된 듯하지만 어머니와의 원초적 통합을 욕망하는 오이디프스적 무의식은 여전히 그들의 잠재의식에 깊게 침잠되고 억압되어 있음을 보여주었다고 하겠다.

고재종의 시 「보름밤, 그 어둡고 환한 월광곡月光曲」은 리비도적 여성원리를 표현하고 있다.

> 앞산 위로 불끈 솟은 만월이거니! 그것의 애액을 칠한 댓잎들, 서로를 반짝여주네. 저 잎새들 서로이 베던 나날의 업을 씻는다는 말에, 너는 다만 꽃살을 연 달맞이꽃을 바라보고, 어디 먼 데서는 황소의 영각 쓰는 소리 절로 드높네.

> 중천 위에 둥실한 만월이거니! 그것의 흰 젖을 먹는 우듬지들, 문실문실 밀어 올리네. 그 은빛 요요함 속에서 무슨 일인들 못 벌일까. 저 들쾡이 숨을 죽이고 눈을 형형 빛내지만, 시방 포도밭의 포도알들은 단젖이 불고, 담장 너머 앞강물은 무장무장 차오르네.

— 고재종, 「보름밤, 그 어둡고 환한 월광곡」에서[28]

이 시에서 여성원리를 상징하는 심상인 '달', 그중에서도 보름달은 리비도의 창조성과 다산성과 풍요로움을 유감없이 환기하고 있다. 에로틱한 달의 이미지가 환기하는 생식성, 창조성, 풍요성, 다산성은 결국 생산적이고 창조적인 모성원리이다. 달은 공감각적 이미지를 통해서 만물의 우주적 교감과 조응을 표현하고 있다.

이밖에 김선규의 『어머니』(1997)는 희생적 모성 원형이 전편을 통해서 제시되고 있지만 여기서 상론하지는 않겠다.

---

28 고재종, 『그때 휘파람새가 울었다』, 시와시학사, 2001, 22~23면.

4. 나오며

여성시인과 남성시인들의 최근 시를 통해서 우리 시의 모성원형을 찾아보았다. 창조와 풍요와 다산과 양육의 상징으로서의 모성원리는 남녀 시인에게 공히 나타난다.

여성시인의 경우 대모적 모성성의 긍정적 측면이 강화된 희생적 모성 원형을 빈번히 발견하게 되는데, 이는 어머니를 '대상'으로서가 아니라 같은 운명을 지닌 존재로서 '동일시'하는 여성심리와 관련된다고 본다. 그리고 남성시인의 경우와는 달리 관능적 모성 원형을 찾기 어려웠다는 것도 한 특징으로 지적할 수 있을 것이다. 그리고 여성시인과 남성시인 모두에게서 부정적 대모신의 심상은 발견하기가 매우 어려웠다는 것도 지적할 수 있다.

그런데 남성시인의 경우에는 본능적 모태의식, 의존의식, 적대적인 남성적 세계에서 지친 영혼의 휴식과 창조적인 리비도를 충전받는 '대상'으로서 모성 통합을 지향하고 있음을 볼 수 있었다. 때로 이것이 지나쳐 퇴행적인 모성 콤플렉스로 나타나기도 한다. 특히 여성의 시에서는 찾아보기 어려운 관능적이고 리비도적 모성은 남성시인의 경우 보편적이었음도 살필 수 있었다. 이것은 남성의 무의식 속에서 모성 원형이 어떤 모습으로 자리 잡고 있는가를 알 수 있게 해준다.

본고를 통해서 무의식의 세계는 의식의 세계와 전혀 무관한 것이 아니라 의식과 무의식은 서로 짝을 이루면서 서로를 심리적으로 보상하며 인격 전체의 건전성을 향해 나아간다는 것을 알 수 있었다. 또한 원형과 무의식에까지 작용하고 있는 의식, 역사, 문화의 문제에 대해서도 생각해볼 기회가 되었다. 하지만 본고는 제한적인 시인들의 시를 대상으로 했다는 한계를 지니는 것도 사실이다.

(2001)

제7장

남성작가와 **여성 이미지**

김성종의 추리소설과 섹슈얼리티

1. 후기자본주의 시대의 대중문학

　많은 문학인들은 인쇄매체인 문학이 멀티미디어시대를 맞아 영상매체나 다른 문화텍스트들에 비하여 경쟁력이 사라져가고 있다고 깊은 우려를 나타낸다. 문학의 죽음을 말하는 담론에는 문학적 창조정신의 고갈에 대한 위기감과 함께 문학이 다른 문화상품, 즉 영상매체 등에 비하여 경쟁력이 떨어지고, 이러다가 아예 문학이라는 장르 자체가 말살될지도 모른다는 위기감이 동시에 작용하고 있다.

　이런 문학 위기의 시대에 작가들은 평론가들로부터 인정을 받아 문학사의 목록에 포함되는 작품성의 획득과 대중의 인기를 얻어 상업적으로도 성공을 거두는 두 가지 목표를 동시에 성취하고 싶어한다. 하지만 만약 한쪽만을 선택해야 한다면 평론가들로부터 예술성을 인정받기보다는 대중으로부터 인기를 얻어 상업적인 성공을 거두는 베스트셀러 작가가 되기를 희망할 것이다.

　후기자본주의 시대에 문학도 문화상품의 하나임에 분명할진대 대중의 취향을 고려한 글쓰기를 비난해야 할 필요는 없다. 예술가의 창작물이 상품이 되어 시장에서 팔리는 시대, 작가도 생활인으로서 자신과 가족을 부양해야 하는 시대를 살아가는 소설가에게 밀리언셀러를 기록하는 대중작가의 길은 어쩌면 당연히 지향해야 할 길일지도 모른다. 아니 보다 공격적인 자세로 이제 작가들은 대중들의 취향을 사전에 조사하여 작품을 써야 하는 시대에 접어들었다고도 보여진다. 기업에서 하는 방식으로 사전에 시장조사를 하여 상품을 개발하고, 마케팅 전략을 수립하고, 광고를 하고……. 이런 모든 일은 문학이 문화상품이 된 순간 당연히 가져야 할 태도일지 모른다. 즉 문학도 경영마인드를 갖고 창작해야 할 시대에 접어들었다.

에드워드 쉴즈(Edward Shils)는 문화를 고급문화(highbrow culture), 중급문화(middlebrow culture), 하급문화(lowbrow culture)의 세 수준으로 구분하고, 고급문화는 오래 남을 만한 예술작품과 진지한 태도로 말미암아 높게 평가되는 현대의 선구적 예술가들의 작품을 통칭하는 말로, 중급문화는 그저 보통 수준의 영화나 가정잡지, 혹은 잘 만들어진 텔레비전 프로그램 등, 하급문화는 성인만화나 버라이어티 쇼, 탐정소설이 이에 속한다고 분류한 바 있다.[1]

하지만 요즘은 포스트모더니즘과 해체주의, 탈식민주의의 영향을 받아서 고급문화와 대중문화의 이분법과 경계는 사라져가고 있다. 전문적인 문학연구자들도 대중문학에 관심을 기울이기 시작했고, 연구단체도 생겨났다. 이런 현상을 굳이 다수의 권력, 시장의 위력, 자본의 힘에 학자들이 굴복한 것으로 볼 필요는 없다.

대중과 대중사회, 대중문화와 대중문학에 대한 수많은 정의가 있지만 대중은 저급하다는 의미가 아니라 다중의 의미이며, 그것은 선택된 소

---

1 노먼 제이콥스, 강현두 역, 『대중시대의 문화와 예술』, 홍성사, 1986, 18면.

수의 엘리트주의와 중심의 지배문화를 해체하는 집단이란 의미로 받아들여도 무방할 것이다. 따라서 대중문화는 통속성이나 저급하다는 의미와는 구별되어져야 할 보편성의 의미로, 다수의 사람들이 폭넓게 공감하는 문화로 그 의미를 규정하는 것이 바람직할 것 같다. 문화가 소수엘리트의 전유물이던 모더니즘 시대는 지나갔다. 대중문화는 모더니즘적 귀족문화에 대한 반대개념이지 결코 저속한 통속문화가 아닌데 사람들은 흔히 대중문화를 통속문화와 동일시한다. 그렇지만 대중문화는 우리 모두가 속해 있는 중급문화를 의미한다고 했듯이[2] 대중문학 역시 질적인 문제이기보다는 양적으로 다수가 읽는 문학으로 해석하는 것이 가치중립적인 개념이 아닐까 싶다. 하지만 대중문학에 관한 정의가 본 연구의 목적은 아니기에 이 문제에 관한 논의는 여기서 그친다.

2. 한국의 대표적 추리작가 김성종

쉴즈는 하급문화의 한 장르로 추리소설을 꼽고 있는데, 추리소설은 소설의 오락적 기능을 강조한 대중소설의 대표적인 하위장르라고 할 수 있다. 우리나라에서 추리소설과 탐정소설은 뚜렷한 의미구분 없이 혼용되고 있다. 이상우는 추리소설이 그 나라의 법제도 및 국민성과 밀접한 관계를 가지고 있어서, 미국의 'Mystery story'는 범행의 주체와 방법이 미스터리이며, 그 불가사의를 추리하는 데 초점을 둔 것이고, 영국의 'Detective story'는 주인공인 탐정에 중점을 둔 명칭으로, 프랑스의 'Roman policier'는 경찰력에 초점을 맞춘 것이라는 견해를 보인 바 있다.[3] 이밖에 중국에서 사용하는 공안소설公案小說과 법정소설, 모험소설

---

2 김성곤, 「'문화의 시대'에 다시 보는 문학」, 『한국비교문학회 2000년 봄 학술발표회 기조연설문』, 한국비교문학회, 2000, 5면.
3 이상우, 『이상우의 추리소설탐험』, 한길사, 1991, 42~43면.

등이 추리소설과 유사개념으로 쓰이고 있으며, 본고에서는 추리소설이라는 용어를 사용하고자 한다.

누구에 의해 어떻게 그런 사건이 일어났는가라는, 스토리가 낯설게 만들어진 형식인 추리소설은 내용상 추리소설, 드릴러, 서스펜스소설로 나뉘어진다. 하지만 이것은 내용의 변화일 뿐 담론부분의 변화는 아니라고 토도로프는 말한다.[4]

현존하는 우리나라의 추리작가 중에서 가장 대표적인 작가는 김성종이다. 그는 한국을 대표하는 추리작가로서 그의 작품은 우리나라뿐만 아니라 중국과 일본 등 외국에서도 번역되어 잘 팔리고 있다. 그는 『여명의 눈동자』와 같은 우리나라 근현대사를 다룬 대하역사소설의 저자이기도 하지만 그를 대표하는 작가적 마스크는 역시 추리작가이다. 그는 연세대학교 정외과를 졸업한 후 1969년에 〈조선일보〉 신춘문예에 소설로 등단하여, 1971년에 《현대문학》으로 추천을 완료하고, 1974년에 〈한국일보〉 장편소설 공모에 『최후의 증인』으로 당선을 한다. 『최후의 증인』은 2001년 부산국제영화제의 개막작으로 상영되었던 〈흑수선〉의 원작소설이며, 그 이전에도 영화로 만들어진 적이 있다. 추리소설은 그가 전업작가로서 선택한 장르인 셈이며, 추리소설이란 부문에서 그는 확실한 성공을 거두었

---

4 T. 토도로프, 신동욱 역, 『산문의 시학』, 문예출판사, 1995, 47~60면의 탐정소설의 유형 참조, 권택영, 「카페트 위에 그려진 그림」, 『소설을 어떻게 볼 것인가』, 문예출판사, 1999, 163~164면에서 재인용. : **추리소설**이 누가 범인인가를 추적하는 얘기이며, 탐정도 하나, 범인도 하나, 희생자도 하나인 개인적인 이유에서 범죄가 저질러지고, 범인이 주요등장인물의 한 사람으로 나타나는 소설이라면, **드릴러**는 탐정이 수색하는 과정이 강조되며, 탐정도 범죄의 수도 하나 이상이다. 범인은 직업적으로 고용된 살인자이다. **서스펜스소설**은 위의 두 형을 합친 것으로 무슨 일이 누구에 의해 일어났는가를 밝히는 것도 중요하지만 그동안에 또 무슨 일이 얼마든지 일어나는 소설로서 범인 찾기는 목표이지만 새로운 모험의 일부에 지나지 않는다. 예를 들어 경찰로부터 의심을 받고 쫓기는 사람은 범인을 찾아내야 한다. 그는 탐정이며, 의심받는 범인이며, 동시에 희생자가 될 수 있다. 이처럼 추리소설이라는 보편구조하에서 다양한 변형이 나오는 이유는 상황에 맞지 않은 데 따른 적응력 때문이다.

다. 교보문고에는 그의 전문코너가 따로 만들어질 정도이며, 그는 지금까지 40여 종의 소설 90여 권을 써낸 역량을 과시해왔다. 뿐만 아니라 그는 1992년에 해운대 달맞이 언덕에 세계상에 유례가 없는 '추리문학관'(사설 전문도서관)을 열어 적자를 감수하며 운영해오고 있다.

3. 김성종의 소설과 섹슈얼리티

일상의 언어생활에서 섹스(sex)와 섹슈얼리티(sexuality)는 혼용되고 있다. 섹스는 생물학적 남녀구분이며, 섹슈얼리티는 성행위라는 협의의 의미로부터, 성적 욕망과 실천, 성정체성을 포함하여 성적 욕망을 창조하고 조직하고 표현하고 방향지우는 사회적 과정이란 의미까지 포함된 말로 구분된다. 하지만 일상의 언어세계에서 섹스가 성행위를 의미하는 협의의 섹슈얼리티의 의미로 오용되는 사례는 빈번하다. 이밖에 성性을 지칭하는 말로써는 젠더(gender)가 있는데, 이는 사회문화적 성차 및 성역할로서 섹스 또는 섹슈얼리티와도 변별된다.[5] 섹슈얼리티와 젠더 사이의 영향관계, 즉 사회적 성차별이 섹슈얼리티에 직접적 영향을 미친다고 보는 견해와 둘 사이의 상관성은 없다고 보는 견해가 있는데, 미셸 푸코는 섹슈얼리티와 권력의 연관성을 강조하는 구성주의 이론의 대표적 이론가이며, 페미니즘에서도 둘 사이의 상관성을 인정한다. 즉 젠더 억압과 섹슈얼리티 억압을 동일시하는 이론을 구성하고 있다. 따라서 사회적 지배·피지배의 성차별이 그대로 섹슈얼리티의 지배·피지배의 구조로 반복된다고 보는 입장으로, 젠더의 성차별이 사라질 때에 섹슈얼리티의 권력관계도 사라진다고 본다.[6]

---

5 송명희, 『섹슈얼리티 젠더 페미니즘』, 푸른사상, 2000, 60∼61면.
6 위의 책, 63∼64면.

본고의 주제를 이해하기 위한 전제로, 보수주의, 자유주의, 전통적 마르크스주의, 사회주의, 급진주의 등 다양한 성해방주의의 이론적 관점 가운데서 보수주의와 자유주의에 대해서만 살펴보겠다.

보수주의는 남녀의 생물학적 결정론을 토대로 하여 남성의 성적 능동성과 여성의 수동성을 바탕으로 한 이성애와 생식중심, 성기중심, 나아가 남성중심의 쾌락을 정상적인 것으로 간주하며, 성의 자유화, 레즈비언이즘, 호모섹슈얼리티를 비정상적이고 불건강한 것으로 거부하는 이론적 관점이다. 자유주의는 양성의 권리는 자기표현과 자기충족에 있음을 강조한다. 이들은 섹슈얼리티가 개인의 사생활로서 사회적 규범에 종속되어서는 안 된다는 입장을 취하며, 성적 욕구는 개인적 관심사로서 그것이 타인에게 피해를 주지 않는 한 어떤 방식으로 성적 충족을 추구한다고 하더라도 사회적으로 이를 간섭할 권리가 없다고 주장한다. 이들은 레즈비언이즘, 호모섹슈얼리티에 대해서도 관용적 입장을 취하며, 다양한 실험을 통한 개인적 충족, 양성의 역할에 구애됨이 없는 쾌락추구의 균등한 기회를 강조한다.[7]

김성종의 소설은 초기소설부터 범죄 구성에서 섹슈얼리티가 아주 중요한 본질적 기능을 하고 있다. 그의 소설에서 성범죄는 마약, 첩보와 같은 제재와 함께 가장 빈번히 다루어지고 있다. 초기 단편인 「어느 창녀의 죽음」(1974)에서부터 『최후의 증인』(1974), 『부랑의 강』(1979), 『일곱 개의 장미송이』(1980), 『백색인간』(1982), 『아름다운 밀회』(1984), 『제3의 정사』(1984), 『피아노살인』(1985), 『경부선특급살인사건』(1985), 『비련의 화인』(1988), 『불타는 여인』(1990), 『홍콩에서 온 여인』(1991), 『버림받은 여자』(1992), 『여자는 죽어야 한다』(1995) 등 일일이 예거하기 어려울 정도로 많다.

---

7 위의 책, 64면.

본고는 섹슈얼리티를 성행위라는 협의로서가 아니라 보다 넓은 의미로 사용할 것이며, 「어느 창녀의 죽음」, 『부랑의 강』, 『피아노살인』, 『백색인간』 등 섹슈얼리티가 범죄 구성의 본질적 기능을 하고 있는 작품들을 통해서 작가의 섹슈얼리티에 대한 태도 및 가치관을 규명해보고자 한다.

1) 근친상간의 금기 위반 - 「어느 창녀의 죽음」

「어느 창녀의 죽음」(1974)은 1969년 겨울을 배경으로 K경찰서에 접수된 신원을 알 수 없는 젊은 여인의 변사체의 범인을 추적하는 이야기이다. 범인을 추적하는 '오형사'는 김성종 추리소설에서 범죄 추적의 형사로 반복되어 출현하는 인물로서 김성종은 이 인물을 주인공으로 삼은 소설 『형사 오병호』(1987)란 작품을 써낼 정도로 오형사에 대해 각별한 애정을 갖고 있다. 말하자면 오형사는 '형사 콜롬보' 처럼 김성종 추리소설에 단골로 등장하여 범인을 추적하는 인물이다.

오형사는 나이 35세의 홀로 자취를 하는 홀아비로서 작년 봄에 아이를 낳다가 핏덩이와 함께 아내가 죽은 후에 재혼도 하지 않은 채 고적하고 불안정한 생활을 하고 있으며, 그의 동료로부터 경찰관이 아니라 학교선생이나 하면 딱 좋을 인물로 평가된다.

그는 변사체가 종로3가의 사창가의 창녀 '춘' 이라는 인물이며, 그녀가 소지하고 있던 명함을 통해서 그녀가 자살한 원인이 1·4후퇴 때 남하하다 헤어진 친오빠를 창녀와 고객으로 만나 근친상간이 이루어진 사실에 대한 죄책감 때문임을 밝혀낸다. 작품의 마지막 단락은 "그는 방파제를 두드리는 성난 바다의 물결이 썩어 가는 대지를 깨끗이 쓸어가 버리기를 실로 간절히 기원하면서, 그녀를 죽인 조국을 증오했다"로 종결된다. 결국 친남매 간의 근친상간의 비극과 그로 인한 자살사건이 일어나게 된 원인, 아니 그 이전에 춘이가 고아원을 전전하다가 창녀촌까지 흘러든 원인 모두가 6·25라는 동족상잔의 비극으로부터 발생된 사건이라는 결론이다.

이 작품에서 춘이의 자살사건은 근친상간이라는 금지된 성의 위반으로부터 발생했으며, 그로 인한 죄책감 때문임이 밝혀지지만 근친상간이란 금기의 위반은 개인의 일탈적인 성적 욕망 때문이 아니라 6·25라는 민족비극과 분단으로 인한 역사적 정치적 모순으로부터 비롯되었다는 시각이다. 이처럼 개인의 불행을 역사정치적 구조로부터 파악하는 사회학적 상상력에 의해서 쓰여진 작품에는 『최후의 증인』이 있다. 『최후의 증인』에 대해서 범인을 잡기 위한 추리가 아니라 삶을 위한 추리, 역사의 의미를 캐기 위한 추리[8]라는 평가는 「어느 창녀의 죽음」에도 어느 정도 적용된다고 할 수 있다.

그런데 김성종은 인간의 성적 욕망 그 자체에 대해서는 어떤 태도와 가치관을 가지고 있을까? 우선 긍정적 인물 오형사를 통해서 찾아볼 수 있는데, 오형사는 아내가 죽은 지 일 년이 지났지만 죽은 아내에 대해 미안한 생각에 재혼을 하지 않는 정신주의자로 설정되어 있다. 그는 아내가 있어도 자주 오입을 하는 동료형사와는 달리 성적 결벽증을 가지고 있으며, 그의 담당구역으로 아예 창녀촌인 종로3가의 출입 자체를 기피하는 인물이다. 그가 이런 태도를 갖게 된 데에는 경찰관이 된 직후의 미혼시절에 처음으로 종로3가의 사창가를 지나다가 창녀에게 끌려가서 관계를 맺은 후의 불쾌감과 성병으로 인한 고통 때문이다. 그때의 심정은 다음과 같이 묘사된다.

---

8 정희모, 「추리기법의 서사화와 그 가능성」, 《현대소설연구》 10호, 현대소설학회, 1996. 6, 429 ~430면.

창녀가 우왁스럽게 움켜쥐고 끌어당기는 바람에 방안에까지 멍청하게 끌려 들어간 그는 당당하게 체위를 갖춘 그녀가 손수 그를 끌어내려 배 위에 태울 때까지도 부끄럽고 죄스럽고 무서울 뿐이었다. 눈 깜짝할 사이에 일을 치르고 밖으로 헐레벌떡 뛰어나온 그에게 남은 것이라고는 구토와 허탈뿐이었다. 그는 창녀의 얼굴을 기억할 수가 없었다. 그 대신 그의 머리에는 머리 가죽이 드러나 보일 만큼 숱이 적은 머리칼과 나병 환자처럼 거칠고 반점이 있는 피부, 그리고 검게 썩은 늪 속으로 돌연 그의 남근을 집어삼키던 보랏빛의 혓바닥만이 생생하게 모습으로 남아 있었다. 그뿐이 아니었다. 그는 즉시 임질에 걸려 몇 달 동안 병원출입을 해야 했고, 그로 인한 고통은 치료 후에도 그를 괴롭혀 주었다.[9]

작가는 오형사를 통해서 성의 매매, 매매춘이 남성에게도 매우 불쾌하고 위험한 부정적 경험임을 나타내고 있다. 매매춘에 대한 부정적 시각은 '춘' 이를 고용했던 포주에 대한 외모의 부정적 묘사를 통해서 반복된다.

　반시간쯤 뒤에 포주는 잔뜩 찌푸린 얼굴로 나타났다. 그는 땅딸막한 키에 살이 몹시 찐 사내였는데, 머리까지 훌렁 벗겨져 첫인상부터가 흉물스러워 보였다.
　(중략)
　오 형사는, 여자들에게 매음을 시켜 그것으로 치부까지 하고 있는 자가 이렇게 버젓이 건재할 수 있다는 사실에 더욱 기분이 상했다.[10]

뿐만 아니라 춘이의 오빠로 추정되는 인물 백인탄을 인천으로 찾아갔을 때에 그에게 "지난 일요일 밤에 종3에 갔었지요?"라고 묻자 "의외의 공격에 상대는 확 얼굴을 붉혔다. 그는 사태가 심상치 않음을 느꼈는지 동석하고 있던 친구들을 모두 밖으로 내쫓았다"라는 당황하는 태도를 통해서 남성에게도 매춘이 부끄러운 일임을 암시하지만 다시 그가 "전 아직 총각입니다"라는 말을 통해서 미혼인 남성이 성욕을 해결할 출구

---

9 김성종, 『김교수의 죽음』, 남도, 1987, 46면.
10 위의 책, 60면.

로 매춘여성을 찾을 수도 있다는 태도, 즉 매매춘이 필요악임을 나타내기도 한다. 그리고 백인탄의 진술을 통해서 미혼남성의 분출하는 성욕의 고통스러움을 다음과 같이 묘사하기도 한다.

> 술에 얼큰히 취한 십장은 남근이 불끈 솟구치는 것을 느끼면서 종로를 걷고 있었다. 그는 여자가 그리워 견딜 수가 없을 지경이었다. 최근의 가장 심각한 고민은 성욕을 어떻게 처리하는가 하는 문제였다. 정 견딜 수가 없을 때 그는 사창가로 달려가는 수밖에 없었다. 사실 정력이 왕성한 노총각으로서 끓어오르는 열기를 그대로 눌러 버린다는 것은 너무도 고통스러운 일이었다. 그런데 한편으로는 자기 자신의 감정을 다스릴 수 없다는 데 대해서 화가 나기도 했다.[11]

위에서 나타나는 백인탄의 태도는 양가적이다. 분출하는 성욕을 매춘을 통해서라도 해결할 수밖에 없는 현실과 그런 자신에 대해서 화가 나는 비판적인 태도가 동시에 나타나고 있다. 즉 매매춘은 필요악이지만 정당한 것은 아니라는 시각이다.

백인탄은 종로3가를 지나다가 그의 취향에 맞는 마른 여자, '춘'이를 발견하는데, 성관계 자체에 대해서는 정작 다음과 같이 묘사하고 있다.

> 그녀의 육체는 조금씩 열려 나갔다. 그녀는 긴 팔과 다리를 허우적거리다가 아기를 품듯이 그를 껴안았다. 겉보기와는 달리 그녀에게는 힘과 열정이 있었고, 육체는 마른 듯하면서도 완숙된 풍만감을 느끼게 했다. 그는 완전히 기막힌 표정으로 그녀를 내려다보다가는 다시 달려들곤 했다. 숨이 가빠지고 그것이 더 참을 수 없게 되었을 때, 그녀는 높고 날카롭게 소리를 질렀다. 그러고는 길게 신음 소리를 끌면서 몸을 늘어뜨렸다.[12]

전지적 화자는 다분히 남성 백인탄의 느낌을 중심으로 섹슈얼리티를

---

11 위의 책, 72면.
12 위의 책, 75면.

묘사하고 있다. 여자의 모성적 포옹, 여성육체의 힘과 열정, 완숙된 풍만감, 오르가슴에 도달했다는 표지로서의 소리 등은 남성중심적 시각에서 묘사된 섹슈얼리티이다. 작가는 매춘여성과 남성고객 사이의 섹슈얼리티를 상호충족적인 것으로 묘사하지만 정작 거기에 여성의 의식과 감각은 소외되어 있다. 여기서의 섹슈얼리티가 정상적인 남녀관계가 아니라 매매춘인 점을 고려한다면 그것은 조금도 이상스러운 것이 아니라고 할 수도 있을 것이다.

아무튼 작가는 오르가슴 자체에 대한 묘사를 통해서 남성중심적인 성적 쾌락의 가치를 긍정하면서도 매매춘에 대해서 부정적 가치를 나타내고 있는 것으로 보인다. 즉 생존을 위해 매춘에 나선 여성들의 얼굴에서 '살벌하고 처참함'을 통해서 또한 그녀들이 "남성의 육체를 그리워하는" 존재가 아니라는 진술을 통해서, 또한 남성에게도 매춘이 불유쾌한 경험이라는 진술을 통해서, 그리고 포주에 대한 부정적 묘사를 통해서 거듭 매매춘이 미화될 수 없는 것이라는 작가의 태도를 반영하고 있다.

결론적으로, 작가는 한편에서 성의 쾌락적 가치를 인정하지만 매춘여성에 대해서는 연민과 동정을, 그를 찾는 미혼남성의 매춘에 대해서는 필요악이라는 태도를, 매춘여성을 고용한 포주에 대해서는 분노의 감정을 나타내고 있다. 하지만 성 묘사에서는 남성중심적 시각을 견지함으로써 남성중심성을 드러냈다고 할 수 있다. 또한 근친상간에 대해서도 여성을 자살시킴으로써 그 위반에 따른 책임을 여성에게 전가시켰다는 점에서 남성적 보수주의를 나타냈다고 할 수 있다.

2) 혼외의 성(extra-marital sex) - 『부랑浮浪의 강江』·『피아노살인』

① 『부랑浮浪의 강江』

『부랑浮浪의 강江』(1979)은 미모의 여대생 소희의 죽음을 둘러싼 미스터리를 풀어나가는 추리소설이다. 유부남인 조동일과 여대생 소희는 소위 불륜관계이며, 소희가 엽기적으로 살해당한 사건으로 인해 조동일은 범인으로 오인되는데, 아버지의 범죄를 믿지 않는 조동일의 딸 미혜와 그녀의 애인 최명호가 함께 미스터리를 풀어나가는 것이 이 작품의 스토리이다. 딸과 그녀의 애인 명호의 집요한 추적 끝에 드러난 범인은 의외로 어머니이다. 얼굴, 가슴, 복부를 예리한 흉기로 난자하고, 국부까지 도려낸 엽기적인 살인사건은 남편의 불륜에 대한 중년여성의 분노와 증오심이 빚어낸 범죄임이 드러난다. 그녀는 남편의 애인을 죽였을 뿐만 아니라 그 범죄를 남편에게 뒤집어씌움으로써 두 사람을 다 응징하고자 한다.

K여대의 불문과에 다니는 가정형편이 어려운 23세의 여대생 소희와 그녀를 경제적으로 지원하는 48세의 중년남성 R건설 상무이사 조동일은 일 년이 넘게 만나오고 있다. 조동일은 빈틈없는 성격과 노련한 제스처를 가진 남성으로, 지금까지 엘리트 코스를 거쳐 순풍에 돛을 단 듯 사회적으로 상승가도를 달려와 R건설 국제부장을 거쳐 불과 일 년 만에 이사에서 상무로 승진되었고, 머지않아 전무로 승진이 내정된 사회적으로 성공한 인물이다. 가정적으로도 고급주택에 자가용 그리고 운전사와 가정부까지 두어 아내에게 경제적 만족감을 안겨주고 있으며, 아내와 딸을 극진히 위하는 모범적인 가장이다.

이처럼 모범적이고 가정적 인물인 그가 젊은 여성과 바람을 피우는 데에는 아내에 대한 불만이 자리 잡고 있다. 즉 그의 아내는 철두철미하고 완전무결한 성격이다. 외모 또한 인형처럼 예쁜 데다 언제나 깨끗한 차림에 곱게 화장을 하고 결혼한 지 20여 년이 지났지만 항상 새색시처럼 몸을 꾸미고 있다. 그는 아내의 완벽한 성격과 개성미가 없는 단순한 미모에 싫증을 내고 있다. 그렇다고 아내와 이혼을 하고 소희와 결혼을 할 만큼 무모하지는 않다. 그는 어디까지나 가정에 금이 가지 않을 만큼만 바람을 피우고 싶은 것이다. 그의 파트너 소희가 순수한 열정으로 그를 사랑하는 데 비해 그는 이기적인 태도로 그녀를 만나고 있다. 즉 사회적으로 잘 나가는 중년남자가 일상화된 권태를 벗어나기 위해 젊은 여성과 바람을 피우는 것이라고 할 수 있다. 그는 자신의 체면 때문에 소희의 처참한 죽음에도 나서지 못하며, 사우디 공사현장으로 자청해 출장을 감으로써 사건 자체로부터 도피하고자 한다. 하지만 공항에서 체포된 그는 자신의 무죄가 받아들여지지 않자 진실을 밝히기를 거부한 채 사형언도를 받고 만다. 자신의 무죄를 밝히는 데 소극적인 남성은 『피아노살인』의 철학교수에게서도 발견된다.

도입부에서 조동일은 수잔 헤이워드 주연의 〈나는 살고 싶다〉란 흑인 영화를 보게 되는데, 이 영화의 내용은 앞으로 살인범의 누명을 쓰고 억울하게 사형당하는 조동일의 운명을 암시하는 복선 기능을 한다.

이 작품은 남편의 혼외의 성관계에 대해 법적으로 대응하는 것이 아니라 개인적으로 상대방을 응징함으로써 범죄가 구성되는 소설이다. 이 소설에서 우리 사회가 금기로 규정한 혼외정사라는 일탈적 성은 엽기적인 살인사건의 원인으로 작용한다.

조동일은 아내를 사랑하느냐는 소희의 질문에 대해서 "부부란 사랑이 있다고 해서 함께 살고 사랑이 없다고 해서 헤어지는 건 아니야"라는 대답을 통해서 결혼과 사랑을 분리시키는 태도를 나타내며, 또한 결혼과 성을 분리시킨다. 그는 자신의 혼외의 섹슈얼리티를 결혼 그리고 사랑과도 분리시킴으로써 죄책감 없이 자신의 일탈된 성을 정당화한다. 조동일의 성과 사랑 그리고 결혼을 분리시키는 태도는 대체로 우리나라의 외도하는 남성의 일반적 태도를 반영한다고 볼 수 있으며, 마광수 등 성자유주의자들의 성담론의 요체를 이루고 있다.[13] 그리고 일부일처제 가족을 유지하면서 동시에 혼외의 섹슈얼리티를 갖는 이중성은 바로 남성

---

13 송명희, 앞의 책, 30면.

중심의 일부일처제 가족제도의 그림자라고 할 수 있다. 따라서 급진주의 페미니즘은 바로 이러한 가부장적 가족과 남성중심의 성관계가 여성억압의 근원이 된다고 여기며 가부장적 가족을 폐기할 것과 레즈비언이즘을 대안으로 제시하게 된다.

조동일과는 달리 이 작품에서 진실한 사랑은 딸 미혜와 유학까지 보류하고 사건을 해결하는 데 앞장을 선 애인 명호를 통해 제시된다. 살인범으로 누명을 쓴 아버지에 대한 절망감에 빠져 있던 미혜가 거리에서 졸도하여 불량배에게 끌려가 윤간을 당했다는 사실에도 불구하고 그녀를 감싸 그녀 아버지의 무죄를 밝히기에 앞장을 선 명호야말로 진실한 사랑을 구현하는 헌신적인 남성으로 그려지고 있다.

이 작품에서 윤간이라는 성범죄는 미혜에게 일종의 통과의례적인 역할을 수행한다. 미혜는 폭력적으로 윤간을 당함으로써 순결 이데올로기에 사로잡힌 편협하고 미성숙한 여성에서 벗어나 아버지의 일탈된 성에 대해서 이해할 수 있는 인간적 폭이 생겼으며, 아버지의 무죄를 입증하기 위해서 노력하겠다는 결의도 다지게 되는데, 이는 작가가 순결 이데올로기로부터 한결 자유로워졌음을 보여준 것으로 해석된다.

하지만 이 작품에서 섹슈얼리티 자체의 묘사는 남성중심적이다. 전지적 작가는 남성중심의 시각에서 섹슈얼리티를 묘사한다.

> 동일은 숨을 죽인 채 눈부신 듯 그녀의 하체를 바라보는 동안 소희는 치마에서 발을 빼어 한 걸음 물러난 다음 셔츠를 머리 위로 뒤집어 뽑아 치마 위로 내던졌다. 그녀의 옷 벗는 스타일은 항상 똑같다. 그 똑같은 스타일을 동일은 언제나 신기한 듯 바라본다.
> 젖가슴이 풍만하기 때문에 그녀는 브래지어를 착용하지 않는다. 아니, 동일을 만나기 전까지는 브래지어를 사용했었다. 그런데 동일을 만난 후부터는 브래지어를 사용하지 않게 되었다. 동일이 브래지어 착용을 싫어했기 때문이다. 동일은 그녀의 젖가슴을 제일 좋아한다. 이렇게 탐스러운 젖가슴은 처음이야. 그는 항상 이렇게 말하곤 한다.

그녀가 허리를 굽히고 팬티를 벗는 동안 젖가슴이 흔들렸다. 알몸이 되자 그녀는 몸을 바로 하면서 부끄러운 듯 웃었다.

　　이번에는 그녀가 동일의 옷 벗는 모습을 지켜보기 시작했다. 동일은 차례대로 정확하게 옷을 하나씩 벗어 캐비닛 속에 걸어놓는다. 양말까지도 함부로 아무데나 던져놓는 법이 없다. 이렇게 빈틈없는 사나이가 가정생활만은 제대로 해내지 못하고 있는 것이다. 아니, 아내가 보기에는 빈틈없이 해내고 있는지도 모른다.[14]

　　인용문은 특히, 소희의 풍만한 젖가슴(여성육체에 대한 파편화된 환유)에 대한 남성의 관음증적 시선을 통해서 여성의 육체를 성적으로 대상화한다. 즉 존 버거(John Berger)가 지적했듯이 남성은 보고, 여성은 보여진다.[15] 이러한 묘사는 소희가 조동일의 성적 대상에 불과함을 드러내주고 있다. 반면에 남성의 벗은 몸은 전혀 묘사되지 않으며, 대신에 남자의 옷 벗는 태도는 그의 빈틈없는 성격을 드러내는 성격화의 한 방법이 되고 있다. 이렇듯이 남녀 간의 옷 벗는 과정의 차이가 나는 묘사는 다분히 독자(남성)의 관음증을 만족시키기 위한 전략이다. 동시에 여성=육체, 남성=인격으로 이분화한 작가의 남성중심적 태도를 반영하는 것이라고 읽을 수 있다. 존 버거의 지적대로 가부장제 사회는 여성을 남성 관객(spectator) 또는 남성관음자(voyeur)의 시선의 대상으로 위계화하며, 이런 대상화 과정과 남성의 이미지 통제과정을 통해 여성에 대한 남성의 소유권을 강화시킨다. 피터 부룩스(Peter Brooks)도 우리의 문화 이데올로기에는 남성의 시선이 새겨져 있으며, 가부장제는 지식과 권력의 토대가 되며, 시선은 남근적이라고 했다.[16] 남성의 섹슈얼리티에 호소하도록 묘사된 여성의 육체는 여성은 남성 욕망의 대상이라는 관점을 내

---

14 김성종, 『부랑의 강』, 남도, 1979, 19~20면.
15 존 버거, 『영상 커뮤니케이션과 현대사회』(원제 : Ways of Seeing), 나남, 1993, 79~80면.
16 피터 브룩스, 이봉지 · 한애경 역, 『육체와 예술』, 문학과지성사, 2000, 511~517면.

면화시키는 여성의 성적 정체성을 만들어내며[17], 동시에 남성은 성적 주체라는 차별적 정체성으로 남녀를 이분화시킨다.

이 작품에서 살인사건은 남편이 일부일처제의 규율을 깸으로써 야기되었으며, 이 규범을 깨뜨렸을 때에 엽기적 살인사건이 일어날 수 있다는 것을 보여주고 있다. 존 맥머트리(John McMurtry)가 지적했듯이 일부일처제는 심리적으로 불안, 소외, 질투, 파괴적 공격성, 음란성을 유발시키는 사유재산의 한 형태[18]라는 비판은 타당성을 얻게 되지만 작품의 의도가 여기에 있는 것은 아니다.

유부남과 혼외의 섹슈얼리티를 가진 미혼여성에 대해서는 엽기적인 살인으로, 불륜을 저지른 남성에 대해서는 사형으로(잘못된 판결이지만), 질투로 살인을 저지른 여성에 대해서는 끝내 자신이 진범임을 자백하며 자살로 생을 마감케 함으로써 작가는 혼전관계를 가진 미혼여성, 혼외정사를 가진 유부남과 이에 대한 여성의 질투 모두를 응징하는 태도를 나타냈다. 따라서 작가의 섹슈얼리티에 대한 태도는 다분히 결혼제도내의 성만을 정상적으로 취급한다는 점에서 보수주의적이라고 할 수 있다. 하지만 미혜와 명호의 관계에서 진실한 사랑은 육체적 순결보다는 정신적 신뢰로부터 우러난다는 것을 보여줌으로써 작가는 편협하고 성차별적인 순결 이데올로기로부터 벗어났음을 보여주었다.

② 『피아노살인』

『피아노살인』(1985)은 아파트의 위아래 층에 살고 있는 남녀의 혼외관계와 여기에 질투심을 느낀 남자의 아내에 의해서 저질러진 살인사건을 다루고 있다. 혼외의 성에 의한 살인사건이라는 점에서 이 작품은 『부랑

---

17 수잔나 D. 월터스, 김현미 외 역, 『이미지와 현실 사이의 여성들』, 또하나의문화, 1999, 74면.
18 R. 베이커 · F. 엘리스튼 편, 이일환 역, 『철학과 성』, 홍성사, 1982, 187~203면.

浮浪의 강江』과 유사하다. 피해자는 자궁암으로 시한부 삶을 살아가는 실패한 피아니스트이며, 범인은 남편과 피아니스트와의 불륜을 알아차린 아내이다. 아내는 살인을 통해서 일부일처제 결혼의 규범을 깨버린 이들의 불륜을 응징하고자 한다. 따라서 살인사건을 남편의 범죄로 위장하는데, 남편 또한 진실을 밝히지 않은 채 다만 피아노의 소음 때문에 살인을 했다는 어처구니없는 동기를 말하며, 자신의 사형언도를 받아들인다. 아내를 사랑하기 때문이거나 딸에 대한 책임감 때문이 아니라 아무 이유 없이 그는 자신의 살인죄를 수용하고 만다. 대학의 철학교수인 그가 피아니스트와 불륜에 빠져드는 데 별 이유가 없었듯이, 제자인 소희와의 일탈적 관계 맺기에 뚜렷한 이유가 없었듯이, 또한 사창가의 유미를 구출하여 갱생의 삶을 살게 한 데 특별한 이유가 없었듯이 그는 사는 것 그 자체에 권태를 느끼고 있었기 때문에 아내 대신 살인죄를 뒤집어쓴 데 대해서도 별 불만이 없다. 아내의 범행동기는 남편이 피아니스트와 불륜을 저지른 데 대한 분노 때문이지만 그에게는 그런 아내의 살인죄를 뒤집어 쓸 만한 동기가 없다. 작가는 『이방인』의 뫼르소가 "햇빛 때문에" 살인을 저질렀다는 말처럼 실제 일본에서 일어났던 '피아노살인사건'의 범인이 "피아노소리가 시끄러워 살인을 저질렀다"는 어처구니없는 살인동기처럼[19] 뚜렷한 동기가 없는 그의 죄 뒤집어쓰기에 대해 실존주의적 해석을 하고 싶었는지 모른다. 더욱이 범인으로 지목된 그는 교수직에 회의를 느끼고 있는 철학 교수가 아닌가? 백휴는 이 소설을 추리소설의 합리적 해결을 부정하는 일종의 포스트모던한 추리소설로 규정짓고, 삶은 욕망 그 자체라는 보편적 주제를 다룬 뛰어난 소설로 평가하기도 했다.[20]

---

19 김성종, 『피아노살인사건』, 작가후기, 295~296면.
20 백휴, 『김성종 읽기』, 남도, 1999, 32~39면.

아무튼 이 소설에서도 일부일처제의 금기를 깬 섹슈얼리티가 범죄의 동기가 되고 있다. 하지만 작품은 철학 교수 안동구가 의외에도 창녀 유미를 통해서 진실한 사랑을 깨닫고, 살아가는 의미를 발견하는 것으로 결말을 맺는다. 그는 유미와 옥중결혼을 올림으로써 "바퀴벌레에서 다시 인간으로 돌아왔다"고 고백하는가 하면 "그녀가 나를 살려냈던 것이다. 그녀의 사랑이 나를 살려낸 것이다"라고 감격한다. 이때 살려냈다는 의미는 단순히 그녀의 탄원서가 사형형을 무기형으로 감형시킴으로써 그를 구출해냈다는 의미가 아니다. 이 작품은 "나는 비로소 사랑의 힘이 얼마나 위대한가를 깨달았다"라고 끝맺는다. 그는 지금껏 사랑도 없이 책임감이나 욕망 때문에 가정을 유지하고, 피아니스트와 불륜관계를 맺었다. 하지만 하유미와는 사창가에서 우연히 만나게 되어 거의 충동적으로 아무 조건 없이 그녀를 창녀촌에서 구해낸 인연으로 인해 진실한 사랑을 찾고, 정신적으로 갱생의 삶을 사는 것으로 결론을 맺고 있다.

이러한 결말은 일부일처제의 규범을 깨는 데서 범죄가 구성되지만 진실한 사랑은 반드시 규범적인 결혼제도로부터 나오는 것이 아님을 두 사람의 계산되지 않은, 조건 없는 사랑을 통해 역설적으로 확인시켜 준다. 두 사람의 관계는 기든스가 말한 순수한 관계(pure relationship)[21], 즉 관계 외적인 다른 것에 의존하지 않고, 순수하게 관계 그 자체의 내적인 속성에 따라 형성되고 지속되는 관계라고 할 수 있을 것 같다. 이런 순수한 관계는 김성종의 소설에서 『최후의 증인』의 '황바우'와 '손지혜'의 관계에서도 반복된다. 기든스에 의하면 사랑은, 성적으로 '정상적인' 대부분의 사람들에게 있어, 결혼을 통해 섹슈얼리티와 연결되어 왔지만 사랑과 섹슈얼리티는 점점 더 순수한 관계를 통해 연결되고 있으

---

21 Anthony Giddens, 배은경·황정미 역, 『현대사회의 성·사랑·에로티시즘』, 새물결, 2001, 103~104면.

며, 결혼까지도 점점 더 순수한 관계의 형태로 되어간다고 했다. 작품은 안동구와 유미의 진실한 사랑의 지표로 옥중결혼을 올리는 것으로 설정하고 있는데, 이때의 결혼은 규범적인 제도로서의 결혼과는 거리가 있는 순수한 관계로서의 결혼으로 해석이 가능하다. 작가는 창녀와 철학 교수의 옥중결혼이란 의외성의 결말을 통해서 사랑과 성, 그리고 결혼까지도 순수한 관계가 되어야 함을 제시했고, 기존의 규범적이고 보수주의적 시각으로부터 한결 자유로워졌음을 보여주었다고 해석할 수 있다.

3) 혼전의 성(pre-marital sex) - 『백색인간』

『백색인간』(1981)에서는 신분상승의 욕망에 사로잡힌 여성 홍난미가 재벌과 결혼하기 위해 동거하던 남자를 배신하고, 낙태까지 함으로써 잭나이프에 의한 연쇄살인사건이 일어난다. 피해자는 그녀의 낙태수술을 맡은 산부인과 의사, 홍난미 대신에 호텔방에 범인을 만나러 갔던 의상디자이너인 친구, 그리고 그녀의 부탁으로 범인을 미행하던 이종사촌 오빠 주창기, 그리고 홍난미이다.

홍난미는 가난한 어부의 딸이라는 신분을 벗어나기 위해 자신의 육체를 교환가치로 사용하며, 마침내 상처한 재벌의 아내가 되기 직전에 이전의 자유분방한 성적 관계 때문에 희생된다. 이 작품에서 홍난미는 피해자이면서 동시에 가해자이다. 그녀의 신분상승에 대한 욕망은 성취되려는 마지막 순간에 도구화된 섹슈얼리티가 원인이 되어 좌절되며, 대신에 그녀는 자신의 죽음으로써 왕회장에 대한 진실한 사랑을 증명한다. 정신병력을 가진 연쇄살인범 서남표 역시 가해자이며, 피해자라는 묘한 입장에 서 있다. 그의 정신병은 모계의 가족력이기도 하지만 아버지의 무분별한 성적 관계로 인한 모친의 자살과 그로 인한 정신적 상처에서 기인되었으며, 그가 연쇄살인범이 된 것은 홍난미가 그를 배신했기 때문이다.

홍난미는 고등학교 시절 그녀의 순결을 앗아간 화가로부터 대학시절 이후 직장생활을 하면서 만난 성우 최동오와 서남표, 그리고 왕회장에 이르기까지 남성편력이 화려하다. 그녀는 자신의 육체를 생존의 도구로, 때로는 육체적 쾌락을 위해, 궁극적으로는 최고의 남성을 만나 신분상승이란 목적을 달성하기 위한 도구로 사용한다.

> 결혼하기 전까지는 실컷 연애하는 거다. 새로운 얼굴들과 말이다. 그것이 바로 내 젊음 내 아름다움의 특권이 아닌가. 그러다 보면 이상적인 사나이를 만나게 되겠지. 그녀는 침대와 직각을 이루며 벽면에 붙어 있는 큼직한 거울을 들여다보았다. 그것은 침대 위에서의 움직임을 적나라하게 볼 수 있게 하기 위해 그렇게 붙여놓은 것이었다. 그녀는 거울에 비친 자신의 육체를 황홀한 듯 바라보았다. 자신이 보기에도 그녀의 육체는 아름다웠다. 이 육체와 미모라면 무엇이든지 손에 넣을 수 있지 않을까. 이것을 무기로 이용한다고 해서 나쁠 것은 없는 것이다.
> 누구에게나 자기의 장점을 이용할 수 있는 권리는 있는 것이다. 이 육체와 미모로 최고의 남성에게 도전하는 거다. 최고의 남성, 그는 어디에 있을까.[22]

그녀는 자신의 육체에 대해 나르시시즘에 빠져 있다. 그녀는 소유적 남녀관계를 인정하지 않으며, 성에 너무 많은 것을 연관시키는 태도로부터 벗어나 있다. 그녀는 마치 바람둥이 남성처럼 성을 사랑 또는 결혼과 분리시킨다. 그녀는 최동오가 소유적 관념에 빠져 그녀를 함부로 대하자 그와 결별을 선언했으며, 동거에 들어갔던 서남표와의 관계도 진지한 인간적 관계나 사랑의 관계가 아닌 단순히 육체적 욕망의 추구일 뿐이었다.

하지만 성적으로 자유분방했던 그녀의 태도는 왕회장을 만나자 그녀

---

22 김성종, 『백색인간』 상권, 남도, 1992년 중판, 69면.

의 발목을 잡는 질곡으로 작용한다. 난미는 왕회장을 만난 이후 이전의 자유분방한 태도를 바꾸어 정숙한 여성이 되고자 했고, 이전의 사랑이 없이도 가능한 섹슈얼리티에서 사랑과 결혼과 성을 일치시키는 보수주의자로 변모하게 된다. 하지만 그녀는 가부장제 사회의 여성의 성 억압의 벽에 부딪혀 좌절하게 된다. 그녀의 뛰어난 미모는 왕회장의 사랑 획득과 신분상승을 가능하게 하지만 결국 그녀는 우리 사회를 지배하고 있는, 미혼여성에게 혼전의 성을 금지하는 금기를 위반함으로써 자신의 모든 것을 잃게 되고 결국 죽게 되는 아이러니한 상황에 빠진다. 그녀는 성 자유주의자로 살아왔지만 욕망을 성취하려는 목전에서 남성중심적 사회의 성 억압으로부터 전혀 자유롭지 못한 자신을 발견하고, 마침내 그 희생자가 되고 만 것이다.

> 과거의 분방했던 남자 교제, 동거생활, 그리고 낙태…… 이런 것들을 솔직히 털어놓으면 왕의 기분은 어떨까. 거기에다 살인사건까지 얽혀 있다는 것을 알게 되면 어떤 표정을 지을까. 보나마나 결과는 뻔하다. 그는 나를 버릴 것이다. 위자료조로 몇 푼 집어주고 나를 차버릴 것이다. 적당한 구실을 붙여—.[23]

즉 겉으로는 성의 자유를 누린 듯한 난미는 실제로는 여성들에 대한 가부장제 사회의 성 억압의 메커니즘으로부터 전혀 자유롭지 못했던 것이다. 이것은 왕회장과의 관계에서뿐만 아니라 남표와의 관계에서 가장 극명하게 드러난다. 둘이 동거에 들어가기 전에 언제든 서로 떠나고 싶을 때에 떠날 수 있다는 전제하에 시작했음에도 서남표는 난미에 대한 독점적 소유의식 때문에 결국 연쇄살인까지 저지르게 된 것이다. 작품에서 연쇄살인범이 된 서남표를 정신병자로 설정하고 있지만 이것은 근본적으로 여성을 성적 소유물로 생각하는 가부장제 사회의 남성의식과

---

23 위의 책 하권, 135면.

관련되어 있다.

또한 왕회장과 난미의 섹슈얼리티는 여성인 난미의 느낌을 통해 묘사되는 듯하지만 자세히 읽어보면 전지적 화자는 대체로 남성의 시선을 통해서 섹슈얼리티를 묘사한다.

> 그의 무쇠 같은 팔이 그녀의 가는 허리를 꼭 죄었다. 오른손이 밑으로 내려와 하복부를 어루만졌다. 그곳은 남자들이 잠들고 싶어하는 드넓고 포근한 잠자리였다. 발 밑으로 그녀의 잠옷이 미끄러져 내렸다. 그의 손이 가슴을 더듬었다. 입술이 포개지자 그녀는 눈을 감았다. 그가 턱을 비벼대는 바람에 얼굴이 따끔거렸다. 그러나 그것이 황홀한 기분을 해치지는 않았다. 감미로운 느낌을 놓치지 않으려고 그녀는 남자의 목에 매달렸다.
> 왕은 마침내 자기 옷도 모두 벗었다. 그리고 조금 떨어진 곳에 서서 달빛에 환히 드러난 난미의 나체를 한동안 황홀한 듯 바라보았다. 난미 역시 건장한 사나이의 육체를 뚫어지듯 응시하고 있었다. 파도소리가 쏴아 하고 들려왔다. 그녀는 마른침을 삼켰다. 그가 드디어 두 팔을 벌렸다. 그녀는 망설이다가 그의 품으로 뛰어들었다. 그들은 한 몸이 되기 위해 으스러지게 서로를 끌어안았다.[24]

인용문은 따끔거리는 촉감, 황홀한 기분, 감미로운 느낌 등 난미의 느낌을 기술하고 있지만 여성의 시선은 존재하지 않는다. 전지적 화자의 눈은 남성인 왕회장의 시각을 통해서 묘사하고 있다. 즉 여성의 몸은 남성의 시선의 대상이 된다. 왕회장이 모두 옷을 벗었다는 것, 건장한 육체와 같은 추상적 표현 외에 결코 남성의 육체는 대상화되지 않은 채 작품은 남성인 왕회장의 난미에 대한 애무와 시각과 느낌을 전달하고 있다. 다분히 남성의 관음증적 시선을 의식한 묘사이다. 즉 전지적인 화자는 남성의 육체는 구체적으로 나타나지 않은 공백상태로 구현하며, 오

---

24 위의 책, 179~180면.

로지 바라보는 눈의 기능만[25] 확대함으로써 독자(남성)의 관음증을 충족시키며, 이런 성별화된 묘사전략은 앞에서도 말했듯이 여성이 권력을 가진 남성의 욕망을 위한 성적 대상으로 존재함을 보여주는 것이다. 다시 말해서 섹슈얼리티에 미치는 젠더의 권력을 확인시켜준다.

4. 결론

이상에서 살펴본 김성종의 추리소설에서 섹슈얼리티는 범죄구성의 핵심적 요소로 기능하며, 근친상간, 혼외의 성(extra-marital sex)과 미혼남녀의 혼전의 성(pre-marital sex)이라는 사회적 금기를 위반함으로써 구성된다.

일부일처제에 있어 부부간의 정절은 부부 쌍방에게 요구되는 의무사항이며, 성을 결혼제도 내에 묶어 미혼남녀에게 성을 금지시키는 것이 사회적 규범이지만 오늘날의 성해방 풍조는 종종 이러한 약속과 규범의 이행을 불가능하게 만든다. 가부장제 사회에서 남성의 성은 일견 자유로운 듯하지만 김성종의 소설에서 결혼한 남자의 자유로운 성은 아내의 배신감과 분노를 유발시켜 살인사건을 구성한다. 또한 미혼여성의 성적 자유는 진지한 결혼관계의 성립에는 결정적 장애요인으로 작용하며, 살인사건을 초래한다. 이것은 작가의 보수적인 성의식의 구현으로 읽을 수 있다. 하지만 『피아노살인』에서는 이러한 관점에서 나아가 제도에 얽매인 사랑과 성 그리고 결혼에서 벗어난 순수한 관계를 대안으로 제시하는 새로움을 추구하기도 한다.

김성종의 소설에서 인간의 섹슈얼리티는 결코 결혼이라는 제도에 갇힐 수 없는 욕망임이 드러나는 한편 사회적 금기를 깬 섹슈얼리티는 상

---

25 장 클로그 코프만, 김정은 역, 『여자의 육체 남자의 시선』, 한국경제신문사, 1995, 47면.

대방의 배신감과 분노를 유발시켜 결국 살인으로 치닫는 형태로 제시되고 있다. 소유적 일부일처제 결혼제도의 음영을 보여주는 측면이다. 그런데 사회적 금기를 위반한 이들의 관계가 진지하고 순수한 인간관계로 설정되지 못하고, 단지 일탈적 관계로 설정되고 있으며, 섹슈얼리티를 정신성이 결여된 육체중심으로 묘사한 데서 대중소설의 한계를 느끼게도 된다.

하지만 이것은 김성종의 특징이기보다는 우리 사회에서 남성의 성의식이 성관계를 여성과의 인간관계에 기초한 사랑의 교섭이라기보다는 여성의 육체에 대한 소유관념을 확인하는 행위이며, 여성을 인격적이기보다는 남성보다 열등한 도구적 존재, 즉 성적 대상물로 비인간화하는 의식과 관련된다[26]고 볼 수 있다. 다시 말해서 남성은 성적 주체이며, 여성은 성적 대상이라는 차별적인 성적 정체성과 관련된 것으로 파악된다.

따라서 여성의 육체는 남성의 관음증적 시선으로 대상화되고 묘사되지만 남성의 육체는 대상화되지 않는 비대칭성을 통해 섹슈얼리티에 작용하는 젠더, 즉 남녀차별적인 우리 사회의 모습과 작가의 성의식을 반영한다. 남녀는 서로를 성적 대상으로 삼음으로써 성관계가 성립된다. 하지만 대상화는 남녀를 주객으로 분리시키며, 대상을 물신화시키고, 파편화시킨다는[27] 점에서 지양되어야 한다.

아무튼 김성종의 소설에서 근친상간, 혼외의 성과 혼전의 성이라는 성일탈을 다루고는 있지만 소위 도착적 성행위는 결코 묘사된 적이 없다. 실로 김성종 소설에서 이성애(heterosexuality) 이외에 동성애(homosexuality)

---

26 손장권, 「한국인의 성의식, 무엇이 문제인가」, 아산사회복지사업재단, 『현대사회와 성윤리』, 1997, 354면.
27 김주현, 「여자들의 몸과 눈」, 한국여성철학회 편, 『몸에 관한 철학적 성찰』, 철학과현실사, 2000, 210면.

를 그린 적은 없으며, 근친상간도 모르는 상태에서 일어났으며, 오럴섹스, 사도 마조히즘, 관음증, 노출증, 페티시즘(fetishism), 마스터베이션 등 도착적 성관계는 전혀 나타나지 않고 있다. 이 점에서 김성종은 성 자유주의자는 아니다.

추리작가이며, 김성종 연구가이기도 한 백휴는 김성종 소설에서 "섹스는 그 미적 효과를 통해 소설에서 부분과 부분, 소설의 안팎, 소설과 독자의 자연스런 흐름의 교감을 형성한다"[28]고 했지만 본고의 고찰을 통해서 볼 때에 이는 사실과 다르다. 실제 김성종의 추리소설에서 섹슈얼리티는 범죄를 구성하는 원인 및 본질적 요소이지만 백휴가 말한 장식적 기능의 성은 존재하지 않으며, 섹슈얼리티에 대한 묘사도 극히 절제되어 있다. 즉 김성종의 추리소설에서 섹슈얼리티는 범죄구성의 제재로서 빈번히 선택되고 있음에도 작가는 섹슈얼리티에 대한 과도한 묘사를 통해서 독자를 끌어들이기보다는 논리와 추론 그 자체의 흥미와 관심을 통해서 독자를 유도하는, 즉 추리소설의 문법에 철저한 작가라고 하겠다.

(2002)

---

28 백휴, 앞의 책, 158~163면.

이태준 소설의 여성 이미지 연구

— 『신혼일기』를 중심으로

1. 서론

납월북 작가에 대한 해금조치 이후 상허 이태준은 가장 연구가 많이 진척된 작가의 한 사람이다. 단편소설연구로 시작된 상허 연구는 장편소설과 월북 후 북한에서 발표한 소설에 이르기까지 많은 연구가 시도되고 있다. 박사학위논문도 다수 발표되었으며, 여러 연구서들이 단행본 형태로 출판되고 있다. 또한 연구방법론도 다양해져 텍스트연구, 민족주의연구, 서정성연구, 문체미학연구를 비롯하여 페미니즘 비평에 의한 연구 등 다각적인 조명이 이루어지고 있다. 특히, 페미니즘 비평은 여성연구자들에 의해서 시도되고 있는데, 등단작인 「오몽녀」에 대한 이명희의 연구[1]나 장편소설 『성모聖母』에 나타난 '모성'에 대한 이명희[2],

---

1 이명희, 「이태준 소설의 여성주의적 층위」, 상허학회, 『1920년대 동인지 문학과 근대성 연구』, 깊은샘, 2000.
2 이명희, 「이태준 장편소설 『성모』 연구」, 《현대소설연구》 1호, 한국현대소설연구회, 1994.

이정옥[3], 심진경[4]의 연구가 그것이다.

또한 이태준을 연구할 목적으로 '상허학회'가 1992년에 결성되어 학회지 《상허학보》를 발간해오고 있는데, 작가 한 사람을 연구할 목적으로 학회가 만들어진 예는 국문학계에서는 거의 최초가 아닌가 생각된다.

본고에서 분석하고자 하는 『신혼일기』는 처음 《조광》에 발표(1942.1~1943.1)할 당시에는 『행복에의 흰 손들』이라는 제목으로 발표되었다. 하지만 그 후 단행본으로 출판되면서 제목이 여러 차례 바뀌었다. 가령, 『행복에의 흰 손들』(박문서관, 1945)에서 『세 동무』(범우사, 1946)로, 다시 『신혼일기新婚日記』(광문서림, 1949)로 바뀌었다. 본고의 텍스트는 광문서림에서 출판한 『신혼일기』를 텍스트로 삼은 『이태준전집』제4권(깊은샘, 1988)에 의거하겠다.

본고는 『신혼일기』를 페미니즘 관점에서 분석하고자 한다. 남성 텍스트에 나타난 여성의 이미지 읽기는 1960년대 말 메리 엘만(Mary Ellman)과 케이트 밀레트(Kate Millett)로부터 비롯된 페미니즘 비평의 가장 고전적인 방법론이다. 그런데 우리나라의 페미니즘 비평은 그동안 여성 연구자나 비평가들에 의해 여성작가연구나 여성적 글쓰기라는 여성중심 비평에 집중되어 왔기 때문에 남성 텍스트에 대한 비판적 다시 읽기를 시도하는 여성 이미지 비평은 기대만큼의 성과를 이루어내지 못했다. 그간 페미니즘 비평은 학계나 문단의 권력을 갖지 못한 젊은 여성학자나 여성비평가들에 의해서 이루어져 왔기 때문에 이들은 학계와 문단의 공고한 가부장제에 대한 도전이 두려운 나머지 여성작가에 대한 연구라

---

3 이정옥, 「'성모聖母', 끝없이 이어지는 신화의 재생산」, 서강여성문학연구회 편, 『한국문학과 모성성』, 태학사, 1998.
　이정옥, 「모성신화, 여성의 또 다른 억압기제」, 《여성문학연구》 제3호, 한국여성문학학회, 2000.
4 심진경, 「이태준의 『성모』 연구」, 《상허학보》 8집, 상허학회, 2002.

는 영역으로 페미니즘 비평의 핵심적 과제를 옮겨갔는지도 모르겠다. 물론, 문학사에서 소외된 여성작가에 대한 복원과 여성중심의 정전 확립은 페미니즘 비평의 중요한 과제이다. 하지만 남성들이 만들어온 정전에 대한 해체와 남성들이 기술한 문학사와 문학제도에 대한 도전이 병행되지 않고서는 페미니즘 비평 역시 중심에서 배제된 채 소외된 비평의 한 형태로 남을 수밖에 없을 것이다.

팸 모리스(Pam Morris)는 여성 이미지 비평의 세 영역을 첫째, 남성이 만들어낸 여성 이미지 다시 읽기, 둘째, 서사적 관점에 저항하기, 셋째, 구조 : 여성의 운명을 다시 짜기라는 부분으로 정리한 바 있다.[5] 하지만 이 세 영역은 서로 분리할 수 없도록 얽혀 있기 때문에 따로따로 논의하기는 어렵다고 본다. 따라서 본고는 이 세 부분을 분리하지 않고 복합하여 이태준의 『신혼일기』를 다시 바라보며, 여성으로서의 읽기를 시도하겠다. 특히 남성이 만들어낸 여성의 이미지 다시 읽기에서 최근 영화를 비롯한 대중문화의 분석에 사용되는 '성별과 시선'의 관계에 초점을 두어 분석하고자 한다. 이 이론은 영화와 같은 대중문화분석뿐만 아니라 소설 속의 여성 이미지와 화자에 대한 분석에도 유용할 것으로 생각되기 때문이다.

2. 세 여성의 이미지 다시 읽기

1) 이미지와 권력

우리의 소설과 영화에서 친구관계에 있는 세 명의 여성을 등장시킴으로써 독자나 관객으로 하여금 다양한 각도에서 여성의 삶을 비교할 수

---

5 Pam Morris, 강희원 역, 『문학과 페미니즘』, 문예출판사, 1999, 31~68면.

있도록 만든 구성은 즐겨 사용해온 방법 중의 하나이다. 가령, 공지영의 소설『무소의 뿔처럼 혼자서 가라』나 영화 〈처녀들의 저녁식사〉도 친구 관계에 있는 세 명의 여성을 등장시켜 다양한 관점에서 여성의 젠더와 섹슈얼리티를 조명한다. 이태준의 장편소설『신혼일기』도 전문학교 동 창생인 세 명의 중산층 여성을 등장시킴으로써 일제 말 한국 신여성의 현실을 여러 각도에서 조명하고 있다.

『신혼일기』는 도시(서울)를 배경으로 고등교육을 받은 신여성의 삶을 그렸다는 점에서, 남편의 성적 방종에 이혼으로 대응하는 여성을 그렸 다는 점에서, 여성의 자아실현을 긍정적으로 그렸다는 점에서, 사회생 활에 성공하는 여성모델을 제시했다는 점에서, 고부간의 갈등에서 신여 성인 며느리의 승리를 보여주었다는 점에서, 가부장적 가족 및 여성의 가사노동에 대한 비판적 논의가 있다는 점에서 피상적으로 읽을 때에 일종의 페미니즘 소설로 파악할 수도 있다. 이정옥은 이 작품을 일종의 여성성장소설이며, 자아를 찾고자 하는 신여성들에게 모범적인 글을 제 시하는 계몽소설로 평가한 바 있다.[6]

그런데 과연 작중 여성인물의 이미지를 분석해볼 때에도 이 소설을 페미니즘 소설로 평가할 수 있을까?

『신혼일기』의 외적 플롯은 신여성의 가정적 사회적 성공담으로 읽혀 지며, 이 점에서 페미니즘 소설로 읽혀질 개연성을 크게 제공한다. 미혼 이었던 세 명의 여성은 유소춘, 민화옥, 차순남의 순서로 결혼에 진입하 게 된다. 작품의 모두冒頭에서 졸업 다섯 달 만에 만난 세 여성에 대한 인물묘사는 각기 달라질 이들의 운명을 예고하고 있다. 먼저 작가는 민 화옥을 다음과 같이 묘사한다.

---

6 이정옥,「'성모聖母', 끝없이 이어지는 신화의 재생산」, 앞의 책, 122~124면.

나온 중 키 작은 처녀가 가운데 앉았다. 동그란 얼굴 코가 낮지나 않은가 하리만큼 두 볼이 도독하다. 셋 중에는 제일 수줍고 얼굴이나 몸이나 고요한 때가 그의 가장 아름다운 때다. 이름은 민화옥閔華玉, 할아버지, 할머니, 저희 양친, 삼촌 내외분, 시집갔다 못 살고 온 고모 한 분, 두 오라버니 내외, 세 사내동생들, 두 계집애 동생들, 다시 세 조카들, 그런 대가족 속에서 딸로는 맏으로 자랐다. 졸업 후에 집에서만 이런 구식제도의 가정을 웅지하면서 그 속에서 자라온 자기 자신 역 남이었던 것처럼 가지가지의 새 인식 재인식을 얻었다.[7]

두 번째로 유소춘을 다음과 같이 묘사한다.

바른 편에 앉은 처녀는 유소춘柳小春, 사진사가 얼굴을 좀 쳐들라고 한다. 그러나 소춘은 자구 숙이려 한다. 그는 자세히 보면 코가 약간 들리었다. 입술이 얼굴 전체에서 먼저 두드러지게 두텁다. 그래 남에게 주는 첫인상에 늘 불리한 편이다. 그러나 이들 중에서 가장 책도 많이 읽거니와 심정이 총명해서 어떤 경우에나 제일 나은 의견은 그에게서 나왔고, 먼저 양보할 줄 아는 것도 그였다. 「사귀어 나갈수록 아름다움이 자꾸 드러나는 것이 소춘이라」고는 그의 모든 동무들의 일치되는 유소춘론이었다. 그는 졸업 후에 문학에 뜻을 두고 어떤 사숙하는 소설가를 가끔 찾으며 고요히 집에서 습작을 하고 있다.[8]

세 번째로 차순남을 다음과 같이 묘사한다.

이런 소춘이와 무엇으로나 대립된다고 할 수 있는 것이 왼편에 앉은 처녀다. 눈이 시원스런 것만 아니요, 콧날이 오똑한 것만도 아니요, 그의 얼굴은 무한한 가동可動의 곡선들로서 아무리 섬세한 감정이라도 이내 또렷또렷 물결이 일었다. 가장 현대적인 동적미의 주인공이었다. 「겸양이란 때로는 의욕의 빈혈이라」 하여 무엇으로나 결코 남의 뒷줄에 서려 하지 않는다. 더구나 고향이 경상북도 안동, 아직껏 양반타령이 가장 심한 곳인데다 아들 편애하는 가정의 딸이

---

7 이태준, 『이태준전집』 4, 깊은샘, 1988, 148면.
8 위의 책, 149면.

었다. 남녀평등에의 욕망이 어려서부터 그의 가슴 속엔 불붙고 있었다. 아버지께서는 완고하셨으나 일찍 돌아가신 뒤에 동경유학을 하고 온 큰오빠가 이해해 주어 졸업 뒤에도 그의 소원대로 C일보사 여기자가 되었다.[9]

최근 여성주의 문화 분석은 '성별과 시선'의 관계에 대한 문제를 매우 중요하게 제기하고 있다. '시선(looking)'이나 '시각(sight)'은 이미지 수용에서 매우 중요한 부분이기 때문에, 이미지 바라보기가 성별의 차이와 가부장적 권력 관계에 의해 어떻게 구성되는가를 살펴보는 것은 의미 있는 작업[10]으로 평가된다. 마르크스주의 문화비평가인 존 버거(John Berger)는 가부장제 사회가 여성을 남성관객, 혹은 남성 관음자의 '시선'의 대상으로 만들고 있다고 생각했다. 그리고 남녀의 권력이 불평등한 가부장적 문화 속에서 여성이 어떻게 남성 시선의 수동적 대상의 위치에 놓이고 어떻게 이러한 시선을 내면화하는지에 초점을 맞췄다. 또한 그는 비교적 중립적인 행위로 보일 수 있는 시선이 사실은 권력, 접근, 통제 관계를 수반한다고 주장한다.[11] 수잔나 D. 월터스는 미디어에서 재현된 여성 이미지는 남자의 타자로서 남성의 욕망을 구현하거나 남성의 결핍된 존재로서 만들어지며, 이렇게 재현된 여성은 현실을 왜곡하는 것이 아니라 적극적으로 성적 차이를 만들어낸다는 입장을 나타낸다.[12] 영화를 비롯한 대중문화분석에 사용되는 이 이론은 소설 속의 여성 이미지와 화자에 대한 분석에도 유용할 것으로 생각된다.

작품은 앞서 제시한 인용문처럼 화옥을 귀여운 여성으로, 소춘을 외모가 불리하지만 총명한 여성으로, 순남을 현대적인 미인에다 남녀평등

---

9 위의 책, 149면.
10 Susanna D. Walters, 김현미 외 공역, 『이미지와 현실 사이의 여성들』, 또하나의문화, 1999, 72면.
11 위의 책, 73면.
12 위의 책, 46~71면.

의 욕망이 강한 여성으로 묘사한다. 이때 이들을 바라보는 시선은 전지적 화자이지만 위에서 신처럼 군림하고 있는 전지적 화자의 젠더는 이들 여성을 향하고 있을 때에 분명 남성으로 인식된다. 결국 세 여성은 화자인 남성의 시선에 의해서 단지 보여지는 대상이며, 타자이다. 이러한 대상화 과정과 남성의 이미지 통제과정은 여성에 대한 남성의 '소유'권을 강화시키며, 여성은 남성 욕망의 대상이라는 관점을 내면화시키는 정체성을 만들어낸다.[13] 즉 여성은 바라보는 남성의 욕망에 따라 정체성이 결정되는 타자이다. 작중 세 여성은 바라보는 화자(남성)가 규정하는 대로 전업주부, 이혼여성(소설가), 사업가로 운명이 결정된다. 따라서 남성은 단지 바라보기만 하는 것이 아니다. 남성의 시선은 현실 속에서 사회적 권력의 지지를 받고 있기 때문에 여성의 응시에는 없는 행동력과 소유력을 수반한다.[14]

2) 전업주부로 성공하는 여성 – 화옥

민화옥은 "동그란 얼굴 코가 낮지나 않은가 하리만큼 두 볼이 도독하다. 셋 중에는 제일 수줍고 얼굴이나 몸이나 고요한 때가 그의 가장 아름다운" 여성으로 묘사된다. 가부장적 의식의 소유자 순필의 시선과 시각에 의하면 가장 귀엽고 여성스러운, 그래서 결혼하고 싶은 이상적 여성이다. 이러한 민화옥의 외면묘사는 그녀가 다른 친구들과 달리 사회활동보다는 전업주부로서 전형적인 여성의 삶을 추구하는 플롯과 유기적으로 연관된다.

화옥은 1920~30년대 이후 남성이 회사원, 은행원, 관리와 같은 근대

---

13 위의 책, 74면.
14 위의 책, 81면.

적 직업체제로 들어감에 따라 남성이 생계를 부양하는 사회적 활동을 하게 되고, 여성이 살림을 전담하는 근대적 성별분업이 나타나기 시작함으로써 전문적인 전업주부가 등장하게[15] 된 시대상을 반영하는 인물이다. 또한 1920년대 말의 경제공황과 1930년대 일본 군국주의의 강화로 인해 급속하게 세속화한 신여성들은 이상적 결혼의 기준을 사랑이 아니라 부와 능력에 두었고, 결혼도 중매결혼이 주류를 이루는 보수적 측면을 나타내게[16] 되는데, 화옥은 바로 이러한 시대적 분위기를 잘 반영하는 인물이다.

중매로 의사와 결혼한 화옥의 주요 관심사는 의식주의 개선과 가사노동의 합리화 같은 문제이다. "식모가 없어지자 화옥은 한결 손과 마음이 가뜬해졌다. 우선 부엌의 구조부터 뜯어 고쳤다. 한자리에 서서 여러 가지에 손이 자라도록 만들었고 적게 먹고 영양 가치는 많은 것을 택하였고 될 수 있는 대로 설거지에 많은 시간을 빼앗기지 않으려 그릇을 적게 동원시키도록 시험하였다"[17]에서 보듯 화옥은 과학적 합리적으로 살림을 수행하는 현모양처요, 전업주부이다. 친정에서부터 대가족제도의 억압을 목격하고 경험한 그녀는 결혼 초기에 신구의 생활양식의 차이로 인해 시어머니와 갈등을 겪는다. 하지만 남편의 현명한 처신과 의사개업으로 인해 이층집으로 집을 옮기게 되자 고부간의 갈등은 자연히 해소된다. "화옥은 귀여운 아내로, 신식주부로, 민활한 애국반장으로 이웃에 영명을 떨치기 시작했다"라는 해피엔드의 결말은 작품 모두冒頭의 외면묘사와 수미일관의 플롯이라 할 수 있다.

작가는 화옥을 성별분업에 기초한 새로운 가부장제에 부합되는 여성, 가사에 대한 과학적 지식을 활용하는 전업주부로 그려냈다. 도시에서 근

---

15 윤택림, 『한국의 모성母性』, 미래인력연구원, 2001, 44~45면.
16 위의 책, 43면.
17 이태준, 앞의 책, 276면.

대교육을 받고 결혼한 여성들의 근대적 지식수용은 주체로서의 해방에 기여하기보다는 여성을 자식을 낳은 출산자, 양육자로서의 역할을 강화시켰다는 연구[18]가 있듯이 화옥이 전통적인 생활양식을 타파하고 합리적으로 가사노동을 수행하며, 고부간의 갈등에서 승리를 거둔다고 하더라도 그것은 주체로서의 독립이나 자기실현과는 무관하다. 즉 화옥은 남편의 경제력에 의존되어 있으며, 성별분업에 기초한 전업주부일 뿐이다. 작품에서 재현하고 있는 귀여운 아내, 신식주부, 민활한 애국반장이란 이미지는 가부장적 남성과 일제하의 국가주의적 가부장제가 요구하는 여성상일 뿐 결코 페미니즘이 지향하는 주체적인 여성상은 아니다. 그럼에도 불구하고 작품은 전지적이지만 남성적인 화자의 시점과 가부장적인 남성 순필의 시각에 의해서 독자로 하여금 화옥이야말로 이상적인 신여성이라는 시선과 가치를 갖도록 독자들의 동조를 이끌어내고, 화옥을 도시 중산층의 이상적인 신여성 모델로 받아들이도록 정체성을 구성한다.

3) 결혼에는 실패하지만 소설가로 성공하는 여성 – 소춘

유소춘의 인물묘사에서 화자는 그녀의 외모가 여성으로서 코가 들리고, 입술이 두드러져서 첫인상에서 불리한, 즉 여성적인 예쁜 외모와는 거리가 멀며, 치장에도 무관심한 여성으로 묘사한다. 뿐만 아니라 남성인 순필의 관점에서 소춘의 외모와 성격에 대한 불만과 갈등이 길게 토로된다. 말하자면 못난 여성에 대한 혐오증이다. 팸 모리스에 의하면 육체적으로 매력적이지 못한 여성은 남성들의 두려움과 적의의 대상이 된다. 왜냐하면, 아름답지 않은 외모는 신이 여성들을 단지 남성의 요구를

---

18 윤택림, 앞의 책, 46면.

만족시키기 위한 목적으로 창조한 것이 아님을 암시하기 때문이다.[19] 작품은 소춘의 외모와 성격이 남성의 요구를 만족시키지 못함으로써 결혼생활에 실패한 것이라는 외모지상주의(lookism)를 작품 모두에서부터 교묘하게 독자에게 주입시킨다.

처음 찻집에서 본 화옥의 얼굴, 순필은 그렇게 귀여운 재롱스런 얼굴은 처음 보았다. 존경하고 싶은 얼굴은 차라리 소춘이 편이다. 미인이란 평판을 퍼뜨리기에는 훨씬 순남이 편이다. 그러나 얼른 가지고 싶은 얼굴, 그가 기다린다면 얼른 집에 돌아가고 싶은 얼굴은 화옥이라 느껴졌다.
「아내란 존경하기보단 귀애해야 할 것 아닐까?
아내란 차고 맑고 향기롭고 그 대신 까다롭기보다는 따스하고 뽀얗고 고소하고 아무렇게 다뤄도 재롱스럽기만 해야 좋고 편할 게 아닌가?
난 너머 아내란 지위에 놓을 여자란 어때야 쓴다는 걸 생각 못했다!
소춘은 확실히 존경할 여성이긴 하되 귀애할 여성은 아니다!
일생의 문제라면 좀 더 신중히 선택할 필요가 있는 거다!」
순필은 하루 이틀 지나갈수록 소춘은 사진이나 꺼내놓아야 생각이 나고 눈을 뜨나 감으나 무시로 눈앞에 사물거리는 것은 화옥이가 되어 버렸다.[20]

이 부분이야말로 황순필의 가부장적인 여성관이 뚜렷이 드러나는 대목이다. 전지적 화자는 남성인 순필의 눈을 통해서 화옥과 소춘과 순남을 바라보고 판단한다. 바라보는 주체인 순필은 외모상으로 귀엽고 재롱스런 얼굴, 미인보다도 얼른 가지고 싶은 얼굴을 선호하며, 성품면에서는 존경스럽고 차고 맑고 향기롭고 까다롭기보다는 뽀얗고 고소하고 아무렇게 다뤄도 재롱스럽기만 해야 좋고 편하다는 식으로 여성을 대상화하며, 소유적이고 지배적인 여성관을 노골적으로 드러낸다. 그가 선

---

19 팸 모리스, 앞의 책, 45~46면.
20 이태준, 앞의 책, 198~199면.

호하는 '귀여운 여성'은 남성을 파멸시키는 "매혹적이지만 위험한"[21] 필름 느와르(film noir)에서와 같은 팜므 파탈(femme fatale)이 아니라 남성이 아무렇게나 다뤄도 좋은 여성, 즉 남성의 지배와 통제의 범위 내에 존재하는 여성이다. 하지만 소춘은 여성적인 육체적 매력을 갖지 못함으로써 혐오스럽고 적의를 느끼게 할 뿐만 아니라 지성까지 갖춤으로써 남성으로 하여금 두 배로 적의를 불러일으키는 존재이다. 반면 작가는 소춘을 육체적으로 매력은 없지만 존경스런 여성, 즉 세 여성 가운데 가장 책도 많이 읽고 총명해서 사귀어 나갈수록 제일 나은 인물로 설정하는데, 소춘의 인간적 총명함과 지적인 능력은 남편 순필에게 오히려 적의를 불러일으킬 뿐이다. 왜냐하면, 여성의 지성은 남성들의 지배력과 통제력을 상실케 만드는 위협적 요소이기 때문이다.

화옥에게 감정을 고백하다 거절당한 순필은 주위의 분위기에 떠밀려 소춘과 결혼한다. 하지만 개성으로 전근을 간 이후에 공공연한 외박에다 폭력까지 사용하고, 소춘이 집을 비운 사이에 여자를 집으로 끌어들여 잠을 자는 등 방종한 행동을 일삼는다. 또한 "여자란 이론을 주장하고 남편을 인격을 걸어 따지고 하는 것보다는 그냥 믿고 따르고 그냥 남편을 즐겁게 만족하게 해야 쓴다"라고 성차별적 여성관을 소춘이 받아들이도록 강요하고, "여자는 자기 현실에서 만족하고 재롱스러움으로 전부라야지 사회 문제에 지나친 관심을 갖는 것이나 원고지에 펜이나 휘젓고 앉았는 것은 남편에게 귀여운 아내는 아니라"[22]는 등 소춘을 공격하고 비난함으로써 자신의 무책임한 일탈과 방종을 정당화하고 외도의 원인조차 소춘에게 전가시킨다.

뿐만 아니라 작가는 "남정네들 외도란 으레 하는 것이라우. 알구두 모

---

21 E. Ann Kaplan, *Women in Film Noir*, BFI Publishing, 1980, p.2.
22 이태준, 앞의 책, 235면.

른 체해야지 알은 척험 더 괄게 덤비는 거라우"[23]라고 남성은 잘못을 해도 그 잘못이 용인되어야 한다고 말하는 이웃집 노파를 등장시킴으로써 가부장적인 가치체계를 정당화시킨다. 노파는 가부장적 가치관을 내면화한 여성으로, 순필의 궤변에 가까운 자기 합리화 및 정당화에 독자들의 동조를 끌어내는 데 일조하는 인물이다.

순필의 지배적이고 폭력적이며 불성실한 생활태도에 실망한 소춘은 "사람으로 예우되지 못하는 상대자로부터 사랑을 기대할 수 없는 거다. 가정생활이란 주부에게서 반드시 지적 생활을 희생시켜야 그 자신이 유지되는 건 아닐 거다"[24]라고 자신의 결혼생활에 종지부를 찍을 결심을 하며, 친구 순남의 지지하에 이혼을 결행한다. 소춘은 사회환경이 여성에게 불리하지만 집에서 사람 아닌 대우를 받으며, 남편의 비행을 슬슬 덮어가며 비굴한 생존을 계속하는 한 결코 남자들은 반성하지 않을 것이며, 그런 남자들의 주장으로 건전한 사회, 명랑한 가정은 건설할 수 없다고 자신의 이혼에 단호한 신념을 표명한다. 그리고 자신의 결혼 결정이 사랑과 결혼을 지나치게 신비화함으로써 처음부터 잘못되었음을 다음과 같이 냉철하게 분석한다.

> 첫 한 포옹에 감격해 버린 것.
> 현실의 황을 내 꿈속의 황으로 이상화시켜 버린 것.
> 그래 황의 현실적 인간을 충분히 음미할 여유를 못 가진 것이 이것이 내 결혼을 실패한 원인이었다.[25]

그러나 이조차도 결혼의 실패 원인을 가해자인 남성이 아니라 피해자인 여성 자신의 판단의 오류로 치부하고 자책케 함으로써 독자로 하여

---

23 위의 책, 238면.
24 위의 책, 238면.
25 위의 책, 237면.

금 순필에 대한 비판적 거리를 가질 수 없도록 만들고 있다.

작가는 소춘이라는 인물에다 외모가 아름답지 못한 여성에 대한 남성들의 적대감과 함께 여성의 지성에 대한 남성들의 불안과 적대감을 투사하고 있다. 따라서 소춘이 가부장적인 남편과 원만한 결혼생활을 이루지 못하고 이혼에 이르게 되는 플롯은 거의 필연적이다. 소춘의 결혼 실패는 육체적 매력은 없는 데다 지적인 능력까지 갖춤으로써 남성의 지배력과 통제력을 상실케 만드는, 다시 말해서 두 배로 적의를 불러일으키고 위협적인 여성에 대한 남성의 처벌인 셈이다.

소춘의 외모에 대한 순필의 불만과 갈등, 그에 따른 반발 행동을 길게 묘사함으로써, 또한 순필이 소춘의 상냥스럽지 못한 성격과 지적인 측면에 대한 불만을 직접 토로하도록 제시함으로써 독자는 자신도 모르는 사이에 순필의 시선과 시각에서 소춘을 바라보게 된다. 남성적인 화자의 시선은 독자로 하여금 자신도 모르는 사이에 소춘을 대상화하게 되고, 남성의 시선과 판단에 동일시와 동조를 이끌어낸다. 소춘은 외모가 불리하고 자아가 뚜렷한 여성은 남성과의 결혼에서 성공할 수 없다는 가부장적 편견과 차별적인 외모지상주의의 피해자로 재현되었다. 그런데 소춘의 이혼 결행, 기자생활과 소설가로서의 자기실현에 성공하는 결말과 그에 따른 충만감 묘사 등은 이 작품을 페미니즘 소설로 오독케 만든다. 바로 여기에서 여성의 읽기가 남성적인 서사적 관점에 저항하지 않으면 안 되는 필연성이 나오게 되는 것이다.

4) 사회생활과 결혼에 모두 성공하는 여성-순남

차순남은 사회생활에도 성공하고, 결혼에도 성공하는 여성으로 설정된다. 관점 여하에 따라 순남의 성공이야말로 이 작품을 페미니즘 소설로 잘못 읽게 할 소지가 가장 크다. 차순남은 유소춘과는 달리 미인형의 현대적인 외모를 갖추고 있다. 그녀의 성격은 지극히 적극적이고 활달하며, 페미니스트 여성으로 그려진다. 사회생활을 기자로서 출발한 순남은 작품의 중반에서 신문사의 경영과 관련된 서무직에 자원하며, 작품의 결말에서는 여성문화사 사장으로 서울, 평양, 대구 세 도시에 정안소(미용실)와 양재점 그리고 서울 청량리에 대규모의 화장품 공장을 세워 사업가로서 성공한다. 그리고 이혼경력이 있지만 C일보사 전무인 조영진과 성공적으로 결혼생활을 영위하는 해피엔드로 플롯은 구성된다. 순남은 가장 페미니즘 의식이 뚜렷한 인물로 설정되지만 동시에 여성적 매력도 갖춘 인물이다.

> 조전무는 순남을 사랑한다. 그는 순남의 얼굴이나 몸에도 끌렸지만 그의 성격에 더 끌렸다. 얼른 보면 말괄량이 같으나 두고 보면 주책이 없이 덤비는 일은 하나도 없었다. 선선하나 야무진 데가 있고 철없어 보이나 교양의 근거가 있었다. 나중에는 순남이란 여자가 말괄량이가 아니라 총명한 여자, 명랑한 여자, 의지의 여자라는 것이 확실히 느껴질 때 조전무는 어떻게 해서나 순남으로 더불어 자기의 인생을 같이하고 싶은 욕망이 끓어올랐다.[26]

조전무의 시각에서 바라볼 때에, 순남은 얼굴이나 몸도 매력적이지마는 성격 역시 남자로부터 사랑받을 수 있는 매력적인 여성이다. 즉 말괄량이 같으면서도 총명한 여자, 명랑한 여자, 의지의 여자이다. 이런 순남을 조전무는 사랑하고, 그녀의 사회활동에 적극 찬성하며, 정신적 경제적 지원을 아끼지 않는다. 순남이 결혼과 사회활동을 병행할 작정이라고 하자,

> 「훌륭헌 생각이시군요. 사실 여기자를 써 봄 대개가 시집가기 전 시험적으루 해본다는 그런 투들이구 그러니까 일허는 게 태도부터 독립적이 못 되구 그

---

26 위의 책, 283면.

러니까 그저 가정이란 것이 있으니 명색으로 한 사람 앞혀 둔다는 그리게 여기 잔 화초 기자란 별명이 있죠. 그게 사루서도 유감이구 여성들의 사회적 향상에 두 좋지 못한 가풍인데 순남씨처럼 일에 진실헌 분이 나타났단 건 반가운 일입니다.」[27]

라고 적극 격려한다. 그는 결혼 전 잠시 시험적으로 직장생활을 하는 여성은 개인적으로도 바람직하지 않고, 사회적 향상에도 좋지 못한 것으로 평가한다. 그는 순남처럼 직업의식이 확고한 여성이야말로 훌륭한 여성이라고 추켜올리며, 청혼을 할 때에도 가정에 순남을 구속하지 않고 자유롭게 사회활동을 할 수 있도록 적극 후원하겠다고 약속한다.

「한두 달을 같이 있었다구 모르겠습니까? 저도 혼인해 주셔도 순남 씬 순남 씨대로 어떤 사업이든 자유로 진출하시게 도와드릴지언정 가정을 한계로 구속 하려군 않습니다. 그 점만은 염려 마십시오.」[28]

조전무야말로 신여성의 파트너가 될 만한 이상적인 신남성이다. 그런데 작품에서 조전무가 기회가 있을 때마다 순남을 어떻게 지원했는가는 여러 차례 그려지지만 순남 자신의 노력과 실력에 의해 일을 성공적으로 성취했다는 것은 간과되고 있다. 이것은 순남의 사회적 성공은 어디까지나 조전무와 같은 남성의 후원이 있었기에 가능했다는 생각을 독자로 하여금 갖게 한다. 결국 순남은 그녀의 절대적인 후원자인 조전무의 지원하에 사회생활을 성공적으로 영위하며, 결혼생활에도 성공하는 의존적 인물로 그려졌다.

세 여성 가운데 순남은 가장 페미니즘 의식이 뚜렷한 인물이다. 경북 안동의 보수적인 가정에 대한 반발로 일찍부터 남녀평등의식이 싹텄다

---

27 위의 책, 175면.
28 위의 책, 288면.

고 화자에 의해 설명되며, 순남이 철저한 페미니스트라는 점이 세 친구들의 대화에서 여러 차례 강조된다. 즉 세 친구들과의 대화에서 순남은 음주와 흡연에 남녀차별이 있을 수 없다고 주장하며, 설거지에 대한 논의에서도 남녀의 역할구분이 있을 수 없다는 입장이고, 모성애에 대해서도 비판적이다. 또한 "가정이 여성만을 위한 처소가 아니듯 사회두 남성만을 위한 처소가 아니란 거다"[29]라고 여성은 가정, 남성은 사회라는 성차별적인 성별분업에 반대하는 확고한 페미니스트이다. 그럼에도 작가는 그녀의 사회적 성공을 그녀 자신의 뛰어난 능력과 의지력의 결과로 그리지 않음으로써 순남을 적극적이지만 동시에 남성에게 의존적인 여성으로 형상화한다. 이정옥은 "작가의 계몽적 이념을 소설적 현실로 실현시키기 위해서 필요한 조력자 조영진은 현실성이 매우 결여되어 있는 인물"[30]이라 평가한다. 말하자면 조전무는 순남에게는 백마 타고 나타난 왕자와 같은 비현실적 인물로서 사회적으로 성공한 여성이 되기 위해서는 반드시 남성의 절대적인 후원이 있어야 한다는 것을 확신시키는 인물이다. 작가는 순남을 적극적인 신여성이지만 동시에 사랑스런 여성으로 묘사함으로써 여성의 사회적 성공은 남성의 지원에 의존하지 않고서는 불가능하다는 편견을 수긍하게 만들고 있다. 따라서 차순남은 표면적으로는 적극적인 페미니스트 신여성이지만 내면적으로는 남성에게 의존하는 수동적 여성이다.

차순남은 1937년 중일전쟁 시작 이후 전시체제로 돌입함에 따라 전쟁터에 징병된 남성을 대신할 여성인력을 동원할 필요성에 따라 창조된 인물로 읽혀진다. 즉 현모양처라는 기존의 삶의 방식을 전제하면서도 여성이 가정내의 역할에만 한정되지 않고 스스로의 능력을 사회적 국가

---

29 위의 책, 172면.
30 이정옥, 앞의 논문, 123면.

적으로 발휘할 수 있도록 여성의 사회활동을 고무하는 시대적 요청에 따라 창조된 인물이다. 당시 일제는 교육을 통해 여성의 공적 영역으로의 진출을 어느 정도 가능하게 하여 국가나 사회의 목적 수행에 이용하면서도 여성이 주체성을 가지고 체제를 뒤흔들 만큼의 힘을 지니게 되는 것을 엄격히 억제하여 최종적으로는 여성을 사적 영역, 즉 가정으로 제한하는 구조[31]를 유지했다. 순남이 사회적으로 성공하는 여성이면서도 그 성공이 남성의 지원하에 이루어진 것으로 묘사한 것은 바로 일제 말의 여성을 사회적으로 동원하면서도 여전히 가정에 제한하는 차별적 현실을 반영한 것으로 해석할 수 있을 것이다. 작품에서 순남은 "우리 여잔 남자들 사회에서 남자들보단 도리어 비약하기 쉬운 핸디캡이 있는 걸 이용허는 게 수라고 본다"[32]라고 여성으로서의 핸디캡을 오히려 장점으로 이용하는 영악한 인물로서 조전무의 사회적·경제적 영향력을 그의 성공에 적극 활용하는 여성이지만 정작 그 자신은 국가사회적 필요성에 의해서 동원되고 통제된 여성상의 범주를 벗어나지 못하고 있다. 특히, 순남의 사업체인 여성문화사가 사치스런 소비를 지양하고 내핍을 권장하는 일제 말의 시대적 요청을 적극 따름으로써 성공을 거두는 것으로 설정한 것은 그 좋은 예이다. 결국 여성문화사는 일제 말의 국가사회적 필요성에 의해 요구되는 "좋은 아내, 좋은 어머니, 좋은 국민 되도록" 만드는 목적을 수행하는 사업체인 것이다.

> 자유산업시대의 개인이익 본위를 떠나 여성 일면에 국한하여서나마 국가의 인류의 공동복리를 위한 산업 본연의 정신에서 일어난 상업이요 사업이라 당국에서도 기껏 보호하였고 지식층 여성들이 솔선하여 문화사의 모든 기관을

---

31 가와모토 아야, 「한국과 일본의 현모양처사상」, 심영희·정진성·윤정로 편, 『모성의 담론과 현실』, 나남출판, 1999, 221~241면.
32 이태준, 앞의 책, 176면.

이용하였다. 마침 통제경제가 자리잡히는 시기라 경쟁으로 나서는 상품이나 상인도 있을 리 없었다.[33]

또한 순남은 사랑을 신비화하기보다는 "사랑도 생활이요 사랑도 사업이요 사랑도 현실적으로 계획되는 것이어야 한다"라고 생각하는 지극히 현실주의적 사랑관으로 조전무와 결혼하는 인물이다. 이 점에서 사랑과 결혼을 신비화한 나머지 결혼에서 실패하는 소춘과는 구별된다고 할 수 있으며, 근대 초기 무조건적으로 자유연애를 지상과제로 여겼던 신여성과도 변별되는 매우 현실주의적인 여성이라고 하겠다.

3. 결론

『신혼일기』는 외모가 귀여운 화옥, 외모가 아름답지 못하지만 총명한 소춘, 현대적인 미인에다 남녀평등의 욕망이 강한 순남 등 친구관계에 있는 세 명의 신여성을 등장시킨다. 작가는 여성의 외모가 결혼의 성패나 운명을 결정짓는 잣대가 된다는 외모지상주의(lookism)와 차별적인 여성관에 의거해 화옥을 남성들이 욕망하는 귀여운 여성이자 결혼에 성공하는 전업주부로, 소춘을 아름답지 못한 외모와 여성적이지 않은 성격, 그리고 지성 때문에 결혼생활에는 실패하지만 소설가로서의 자기실현에는 성공하는 여성으로, 순남을 미인형의 외모에다 성격이 활달하고 적극적인 여성으로서 사회생활과 결혼생활에 두루 성공하는 여성으로 재현한다.

작품의 외적 플롯에서 작가는 중산층 신여성의 결혼과 사회적 성공담, 또한 이혼하는 신여성을 그림으로써 이 작품을 일종의 페미니즘 소

---

33 이태준, 앞의 책, 289면.

설로 오독케 한다. 하지만 정작 작품이 재현하고 있는 여성 이미지를 분석해볼 때에 평가는 전혀 달라진다. 작품은 여성이 외모적으로나 성격적으로 남성으로부터 사랑받을 수 있는 요소를 갖추고 있을 때에 결혼생활과 사회생활에서 성공할 수 있다는 차별적이고 의존적인 정체성을 독자가 수용하도록 여성의 이미지를 그리고 있다. 즉 남성으로 느껴지는 전지적 화자의 시각과 남성인물의 시선을 통해 여성을 묘사함으로써 가부장제가 요구하는 차별적이고 소유적인 여성관에 대한 독자들의 동일시와 동조를 이끌어냈다.

그리고 세 여성 중 가장 이상적으로 보여지는 순남을 남성의 지원에 의해 성공하는 여성, 나아가 일제 말기 식민체제가 요구하는 국가주의적 가부장제에 부합되는 여성으로 그려냄으로써 일제 말의 국가주의에 작가가 교묘하게 동조하고 있음을 보여주었다. 이러한 여성인물의 창조는 이태준이 일제말기에 일제의 정책에 순응하며 친일경향의 글을 발표했던[34] 전기적 사실과도 일치한다. 따라서 이 작품을 페미니즘 소설로 읽는 것은 치명적 오독이라고 하지 않을 수 없다.

(2004)

---

34 민충환, 『이태준연구』, 깊은샘, 1988, 34면.

변화 그리고 비가역성

— 김기덕의 〈시간〉을 중심으로

1. 새로움 그리고 돌아갈 수 없는 것

'비가역성' 이란 변화를 일으킨 물질이 본디의 상태로 돌아오지 아니하는 성질을 말한다. 본디의 상태로 돌아갈 수 없는 비가역성은 비단 가시적인 물질세계에서만 일어나는 일은 아니다. 시간, 사랑과 같은 인간의 감정, 그리고 인간관계와 같은 불가시적인 경우도 한 번 지나가거나 변화하면 돌이킬 수 없다. 김기덕의 열세 번째 영화 〈시간〉은 바로 몸과 시간과 관계의 비가역성을 다루고 있다.

새로움을 찾는 것은 본능이다
시간을 견디는 것이 인간이다.
반복 안에서 새로움을 찾는 것이 사랑이다.
…시간 속에서 영원한 것이 없다는 것을 깨닫는 것이 인생이다.

여기 죽도록 사랑하는 연인이 있다…
그러나 오랜 만남으로 사랑이 식은 것이 아니라

셀렘이 식었고 몸이 식었고 열정이 식었고 그리움이 식었다
나는 이 연인에게 한 가지 문제를 던진다
말도 안 되는…

— 김기덕, 〈시간〉

영화의 포스터에는 남자형상의 누워 있는 조각 옆에 여자(성현아)가 잠들어 있다. 그리고 "그대의 어디를 움켜쥐어 잠시 멈추어 있게 할 수 있을까"라는 글귀가 적혀 있다. 이 영화에서 김기덕 감독은 흘러가는 시간 속에서 변화하는 사랑의 감정을 영원히 붙잡아 두고 싶은 인간의 욕망을 표현한 것일까.

〈시간〉은 그러한 욕망을 달성하기 위해 얼굴을 바꾸는 끔찍한 성형수술까지 감행하며 남자로부터 완전히 잠적해버린 후 6개월 만에 새로운 얼굴, 그리고 새로운 이름으로 나타나는 여자의 이야기이다. 이 6개월은 성형수술이 완전히 정상으로 자리 잡는 데 필요한 시간이다.

새로워진 새희는 다시 남자친구 지우의 관심을 얻는 데 성공한다. 그들의 첫 번째 관계 후에 새희는 "어땠어요?"라고 묻고 남자는 "되게 새로웠어요. 이런 느낌 처음인 것 같아요"라고 대답한다. 하지만 '사랑하냐'는 질문에는 "아직 모르겠어요. 되게 좋아요"라고 대답을 유보한다. 남자는 잠들고, 여자는 "제 뜻대로 됐네요. 그런데 제가 행복해 보이나요? 그런데 이상하게 슬프네요. 가슴이 터질 것만 같아요"라며 자의식이 발동한다. 이때 그녀는 관객을 향해 앉은 자세로 질문을 던짐으로써

감독의 의도를 보다 직접적으로 전달하고 있다. 그녀가 성형수술까지 해가며 그토록 열망하던 것을 얻은 절정의 순간이 충만한 상태가 아니라 슬프고 공허한 상태라니……. 이 장면은 라캉(J. Lacan)이 말했듯이 환희와 향유(jouissance)가 있어야 할 곳이 텅 빈 자리로 남겨지고, 결핍과 부재로서만 확인되는 욕망의 본질을 유감없이 보여주고 있다.

여자는 남자가 사랑하는 여자가 과거의 세희인지 아니면 현재의 새희인지 궁금해져 세희의 이름으로 남자에게 편지를 쓴다. 새희의 울부짖는 만류에도 불구하고 남자는 세희를 만나러 가겠다고 선언한다. 여자는 새희가 되어 한순간 충만한 사랑을 소유하는 듯하지만 남자가 세희를 만나러 떠나감으로써 곧 사랑은 어긋나고 미끄러진다. 남자의 앞에 새희는 세희의 가면(사진)을 쓰고 나타난다. 경악하는 남자……. 결국 새로운 몸의 새희는 지우가 사랑했던 여자 세희의 대용품에 불과했던 것이다.

> 세희 : 나 지겹지! 2년 동안 계속 보니까…….
> 지우 : 말도 안 돼.
> 세희 : 키우던 강아지도 지겨워서 딴 사람 줬잖아!
> 지우 : 사람하고 개하고 똑같냐?

남자친구 지우는 키우던 강아지는 지겹다고 다른 사람에게 줘버리지만 뜻밖에도 과거의 여자 세희를 잊지 못하며, 성적 만족과 사랑을 구분하는 보수적(?) 인물이었던 것이다. 하지만 새희의 얼굴(몸)은 이전의 세희가 될 수 없고, 지우와의 사랑의 감정과 관계도 과거로 돌이킬 수 없다는 냉엄한 현실을 그녀는 너무 늦게 깨닫게 된다.

2. 성형, 몸에 대한 폭력

이 영화의 첫 시퀀스는 성형외과 수술실의 끔찍한 수술 장면으로부터 시작된다. 선이 그어지고, 째고, 잘리며, 삽입되고, 봉합되고, 주사되는 몸……. 영화 〈시간〉에서 보이는 피투성이의 수술실의 충격적 영상은 성형이 인간의 신체에 가하는 끔직한 폭력이라는 사실을 여러 차례 환기시킨다. 성형의 정체란 수술 전(before)－수술 후(after)의 모습이 대칭된 유혹적인 병원 문 너머 수술실에서 인간의 몸에 가해지는 폭력이라는 것을 감독은 영상언어로 분명히 말하고 있다.

그간 살인, 강간, 구타, 학대, 착취, 매춘, 원조교제, 아동의 약취유인 등의 갖가지 폭력적이고 일탈적인 코드들이 지배하는 영화 세계를 그려온 김기덕 감독은 〈시간〉에서 성형이란 폭력 항을 새롭게 추가하고 있다. 〈시간〉을 만든 감독의 문제의식은 자못 진지하고 무거워 보인다. 영화는 성형이 광범위하게 만연된 오늘의 세태를 비꼬며, 이 성형이라는 폭력의 이면에 작용하는 복잡한 의미작용을 통해서 현대인의 일그러진 자화상을 그려낸다.

전통적으로 우리는 "신체발부身體髮膚는 수지부모受之父母요 불감훼상不敢毁傷이 효지시야孝之始也"라는 공자님의 가르침을 금과옥조로 여기며 살아왔다. 몸은 부모님으로부터 물려받은 것으로, 이 주어진 몸을 훼손하는 것을 최대의 불효요, 악덕으로 여겼던 것이다.

그런데 영화 〈시간〉의 인물들은 가족들과 함께 살지 않는다. 그들은 가족들로부터 독립하여 원룸에서 혼자 살며, 이성의 파트너가 있고, 프리섹스를 즐긴다. 그들은 결혼 같은 것에도 그리 관심을 두지 않는다. 전통적인 가족관과 몸 개념이 이들에게 통용될 리 만무하다.

포스트모던 사회에서 사람의 몸은 더 이상 자연으로부터 주어지는 것, 생물학적 본질이 아니다. 몸은 다양한 사회적 힘과 연관되어 발달하는 사회적 구성체로서 미완의 실체이며, 사회적 불평등을 유지하는 데 필수적인 것으로 인식된다. 몸을 경제자본(돈, 재화, 용역), 문화자본(교육), 그리고 사회자본(사회구성원들의 재화와 용역을 상호 간에 연결해 주는 사회적 관계망)과 함께 자본의 한 형태로 인식한 브르디외(Bourdieu)는 육체자본이라는 개념으로 몸을 상품화시키는 현대사회의 다양한 방법들에 대해서 검토한 바 있다.

정말 현대사회에서 몸은 변화 가능한 것이 되었으며, 개인이 자신의 몸을 디자인하는 책임을 지게 되었다. 최근 우리나라는 몸짱, 얼짱이라는 신조어가 생겨났는가 하면 성형에 대한 사회적 인식도 과거와는 크게 달라지고 있다. 더 이상 성형은 소수의 유명배우나 탤런트, 모델, 부자들만의 전유물이 아니다. 또 감추고 숨겨야 할 부끄러운 일도 아니다. 이제 성형을 했다는 사실을 당당하게 드러내놓고 시인할 만큼 성형은 남녀노소를 불문하는 보편적 현상이 되었다. 우리나라는 미용성형이 세계 최대로 산업화된 나라가 되었고, 외신은 이를 빈정거린다. 하지만 이미 거대해진 성형산업은 젊음과 아름다움과 자신감을 심어준다는 이데올로기로 표준화되고 이상화된 몸으로의 완전한 변형을 유혹하며, 공격적인 마케팅을 시도한다. 실제로 결혼시장과 취업시장에서 보다 더 교환가치가 높은 상품으로 자신을 팔고자 하는 소비자들의 현실적 욕구와 부응함으로써 성형은 가속적으로 성행되어간다.

카페에서 무의식적으로 다른 여자들에게 자꾸만 눈길을 보내는 지우에게 신경질적으로 화를 내던 세희는 집으로 찾아온 지우에게 "지루하게 똑같은 모습이라서 미안해", "맨날 똑같은 몸이라서 미안해", "맨날 똑같은 얼굴이라서 미안해"를 연발한다. 그리고 지우와의 섹스가 그녀의 적극적 애무에도 여의치 않자 카페에서 만났던 여자를 떠올리며 하라고 말한다. 비로소 관계가 이루어진 다음 세희는 그 여자를 떠올렸느냐고 물으며 다시 화를 내고…….

지우와 사귄 지 2년이 된 세희는 자신의 똑같은 모습, 몸, 얼굴 때문에 둘 사이의 섹스가 지루해지고 감동이 없이 일상화되어진 것이라고 생각한다. 연인 사이의 관계에서 몸의 설렘은 시간이 경과함에 따라 감소한다. 즉 상대방으로 하여금 전혀 성적 자극을 못 느끼도록 육체적 매력이 줄어들어 무감동한 몸이 되고 마는 것이다. 이것은 남녀가 마찬가지이다. 남자만 여자의 몸에 대해서 무감동을 느끼는 것이 아니라 여자도 마찬가지인 것이다.

　그런데 영화 〈시간〉에서는 여자만이 변화 없는 모습, 몸, 얼굴이라서 미안하다고 남자에게 말한다. 왜 여자만이 미안해하며, 남자를 성적으로 자극하기 위해 노력을 기울여야 하는가? 그리고 성형수술을 통해서 일상화된 관계를 벗어나야 하고, 둘 사이의 관계가 변할지도 모른다는 불안감에 시달려야 하는가. 왜 여성만이 남성의 성적 쾌락과 만족을 위해서 봉사하는 존재로 묘사되어야 하는가.

　여기에서 영화 〈시간〉 역시 남성중심적 가치가 내재되어 있다는 혐의를 벗어날 길이 없어진다. 김기덕의 영화들이 표현하고 있는 남성중심적 가치와 시선은 늘 페미니스트들의 공격을 받아왔다. 이번 영화는 이 점을 피해 가는가 싶었는데, 이 대목에서 복병처럼 숨어 있다가 얼굴을 든다. 하지만 이 영화는 기존의 김기덕 영화가 보여주던 가학적 남성─피학적 여성이라는 인물의 공식과는 멀리 떨어져 있다는 점에서 차이를 나타낸다.

　세희가 찾아간 성형외과 의사(김성민)는 성형수술을 한다고 할지라고 지금보다 더 예뻐질 수 없다고 말하며, 성형수술과정을 담은 끔찍한 동영상을 보여준다. 그리고 한 번 수술을 하게 되면 "다시는 자신의 모습을 찾지 못해요"라고 확실하게 알려준다. 즉 성형수술이 얼마나 고통스러우며, 더 중요한 것은 수술 이전의 모습으로 결코 돌아갈 수 없다는 점을 분명히 한다.

성형수술이 인간에게 몸에 대한 스스로의 지배력을 부여한 것처럼 보이게 하지만 그것은 시간의 비가역성을 초월하여 얼마든지 원하는 대로 변화 가능한 무소불위의 영역은 아니다. 영화 속의 의사의 말대로 부모조차 알아볼 수 없도록 만들 수는 있지만 변형 이전의 상태로 되돌릴 수는 없는 것이다. 그럼에도 그녀는 "새로울 수 있다면 참아야죠"라고 말한다. 보통 성형수술을 하려는 여자들은 "아름다워질 수 있다면 참아야죠"라고 말했을 것이다. 이 차이에 주목할 필요가 있다.

그런데 정작 지우가 사랑한 것이 현재의 새로워진 새희가 아니라 과거의 세희였다니……. 사실 지우는 세희를 지겨워하며 변화된 세희를 욕망하지만 정작 세희가 사라지자 이제는 과거의 세희를 욕망한다. 하지만 새희는 세희로 되돌아갈 수 없다. 몸의 비가역성 때문이다. 이때 그녀가 할 수 있는 일은 세희라는 실체 대신에 세희의 사진(허상, 이미지)으로 만든 가면을 쓸 수밖에 없는 것이다. 그가 사랑한 세희가 더 이상 지상에 존재하지 않는다는 절망감에 뛰쳐나간 지우는 세상의 누구도 알아볼 수 없도록 자신도 성형수술을 해버린다. 성형수술로 자신의 사랑을 배반한 세희에 대한 처절한 복수인 것이다. 지우가 어떤 모습으로 바뀌었는지 알 수 없는 그녀는 계속 지우를 찾아 여러 남자들을 만나며 방황하다 지우로 생각되는 한 남자를 쫓아가지만 그는 교통사고로 즉사한다. 남자의 죽음으로 영원히 둘 사이의 관계는 복원할 길이 차단된 것이다.

미친 듯이 울부짖던 새희는 다시 성형외과를 찾아가서 이 세상의 누구도 자신을 알아볼 수 없도록 다시 성형수술을 해달라고 주문한다. 마치 성형만이 구원이라는 듯이…….

영화의 마지막 장면은 성형수술을 마친 여자가 자신의 엉망으로 흐트러진 이전 얼굴사진(성현아)을 들고 병원의 문을 열고 나오다가 세희(박지연)와 부딪치는 처음 장면이 반복된다. 선글라스와 마스크로 얼굴을 가리고 병원을 나오는 이 장면의 반복은 성형중독에 빠져 끊임없이 새로움이라는 욕망을 반복하는 주체성을 상실한(얼굴 없는) 존재를 드러낸 것으로 해석된다.

마치 사이보그의 부품을 갈아 끼우듯이 영화 속 인물들은 자신을 수선해야 할 존재로 물화시키며 성형을 반복한다. 그들은 사랑이 권태로울 때에도 성형을 시도하고, 사랑하는 대상을 잃고 절망하는 자신이 견딜 수 없어도 성형을 하고, 성형수술로 자신의 사랑을 배반한 상대방에게 복수하기 위해서도 성형을 한다. 이때 몸은 인격을 가진 실체가 아니라 끝없이 소비되는 이미지, 환영이다.

지우는 세희를 수술한 성형외과 의사를 찾아가 술을 마시며 왜 수술을 해주었느냐고 따지며 몸싸움을 벌이는데, 의사는 네 부모도 알아볼 수 없도록 너를 바꾸어버릴 수 있다고 으름장을 놓는다. 그렇다. 성형외과 의사야말로 성형을 원하는 사람에게는 그에게 몸을 주는 부모보다도 더한 권력을 행사할 수 있는 존재이다. 몸을 주문하는 대로 바꾸어줄 수 있는 신과 같은 권력자인 것이다. 영화에서 세희는 여기저기서 오려낸 눈, 코, 입술이 몽타주 된 사진을 들고 병원을 찾아간다. 의사는 주문된 얼굴대로 만들어내는 다름 아닌 창조자다.

의학기술이 신의 영역에 도전하는 시대에 인간은 더 이상 신의 피조물이거나 부모로부터 몸을 물려받은 자연적 존재가 아니다. 인간의 몸은 타고나는 것이 아니라 얼마든지 인위적으로 변형 가능한 것이 되었고, 몸에 대한 권리도 신이나 부모가 아니라 개인에게 주어졌다. 그리고 그 권리는 개인이 가진 경제적 능력에 비례하고 지배당하는 시대가 되었다. 그러나 자신의 몸을 다르게 변형시킬 수 있는 권리, 몸에 대한 지배가 개인에게 주어진다는 것이 과연 개인의 몸에 대한 권리의 진정한 신장인 것일까? 그것은 다름 아닌 몸의 물신화, 상품화, 대상화는 아닌가.

개인이 자신의 몸을 스스로 통제하게 됨으로써 소위 몸 프로젝트는 각종 스포츠, 헬스, 다이어트, 나아가 성형수술에 이르기까지 다양하게 이루어진다. 그리고 생물학적 복제, 유전공학, 스포츠과학, 성형수술과 같은 다양한 분야의 발전으로 인해 몸은 점점 취사선택적인 것이 되어간다. 과학기술의 눈부신 발전으로 인해 많은 사람들이 자신의 몸을 지배하게 되고, 다른 사람으로 하여금 자신의 몸을 지배하게 할 수 있는 가능성도 커지고 있다. 대중매체는 몸의 이미지, 성형수술, 육체를 젊고 섹시하고 아름답게 유지할 수 있는 각종의 방법에 대한 기사와 프로그램으로 가득하다. 과학과 기술에 의한 몸의 개조를 어느 정도까지 허용해야 하는가에 대한 사회적 합의나 도덕적 가치판단은 아직 도출되지 않았지만 성형의 현실은 이를 훨씬 앞질러 나가고 있다.

몸 프로젝트는 많은 경우에 자신의 건강과 미적 만족을 위한 프로젝트가 아니라 남에게 잘 보이기 위해 이루어진다. 즉 취업시장과 결혼시장에서 자신을 보다 더 잘 팔리는 상품, 매혹적인 존재가 되기 위해 수행된다. 육체가 자본이니, 그것의 교환가치를 극대화하기 위해 투자되는 프로젝트이다.

세희는 남자친구에게 새로운 성적 매력을 환기하기 위해 식이요법, 몸매 가꾸기 같은 차원이 아니라 성형수술로 완전 변형을 감행했다. 성형은 운동을 하고 다이어트를 하는 것과는 차원이 다른 프로젝트이다. 막대한 시간과 돈과 고통이 투자되어야 이루어지는 외모에 대한 완전한 변형인 것이다.

몸 프로젝트는 건강한 몸에서 아름다운 몸으로, 이제는 새롭게 변화된 몸으로 바뀌고 있다. 〈시간〉의 세희가 바로 그런 인물이다. 연인 사이의 권태를 벗어나게 하는 것은 새롭게 변화된 몸이라는 가치판단이 작용한 것이다. 하지만 그것이 정말 그녀 자신의 주체적 가치판단인 것일까? 그것은 어디까지나 남성의 설계나 시선, 그리고 환상을 내면화한 것일 뿐이다. 즉 남성권력이 지배하는 가부장사회의 가치와 질서에 자신도 모르게 길들여진 탓이다. 실제 영화에서도 세희의 성형 결정은 카페에서 다른 여자들을 힐끔거리는 남자의 태도 탓이며, 그녀의 몸에 반응하지 않는 남자의 몸 때문이지 않은가.

미용성형의 관행은 여성미를 둘러싼 문화적 강요를 강화한다. 성형의 이면에는 몸에 칼을 대고, 살을 에고, 뼈를 깎는 육체적 정신적 부담과 원하지 않는 결과에 대한 위험성과 불만, 심지어는 생명을 잃는 경우까지도 있다. 그리고 엄청난 경제적 부담을 안겨줌은 물론이다. 이처럼 육체적 정신적 경제적 대가를 치러가면서도 여성들이 성형에 빠져드는 것은 여성을 대상화, 상품화, 물신화하는 남성지배의 문화 속에서 여성들이 몸에 대한 강박 속에 놓여 있다는 것을 의미한다. 성형을 선택하는 것은 개인의 자유로운 의사인 듯 보이지만 개인은 문화적 강요와 강박으로부터 결코 자유롭지 못한 존재이다.

3. 정체성의 부정 또는 유목민적 주체

〈시간〉에는 세희가 몇 차례나 얼굴을 가리는 장면이 나온다. 얼굴을 가린다는 것은 자기정체성에 대한 부정이다. 자신의 얼굴이 싫어서 세희는 침대시트로 얼굴을 가리고, 수술한 세희는 새희가 되기 전까지 선글라스와 마스크로 얼굴을 가리고, 지우가 사랑한 여자가 새희가 아니라 세희라는 것을 깨달았기 때문에 그녀는 세희의 사진으로 새희의 얼굴을 가린다. 즉 세희를 부정하며 새희가 되었다가 다시 세희를 부정하며 세희가 되고자 한다.

새로워지기 위해서 첫 번째 수술을 한 세희는 새로운 세희(새희)가 되고, 두 번째 수술을 한 새희는 다시 또 다른 세희가 된다. 세희라는 정체성은 고정되어 있지 않고 변화한다. 영화는 성형외과 병원을 나서는 여자(성현아)에게 세희(박지연)가 부딪쳐서 여자가 들고 나오던 수술 전의 사진이 든 액자가 깨어지는 것으로 설정하고 있다. 그리고 여자는 사진을 돌려받지 않고 떠나간다. 수술 후 새로운 이미지로 새롭게 태어나기 위해서는 반드시 수술 이전의 과거의 이미지는 깨어지고 버려지고 부정되어야 한다. 깨어지고 버려진 것은 사진틀이 아니라 과거의 이미지이다. 이것이 사진틀의 깨어짐의 은유적 의미이고, 성형의 최종적인 목표이다.

성형은 기존의 자신의 모습, 얼굴, 몸을 부정하고 바꾸어버림으로써 고정된 주체가 아니라 유목민적 주체이자 복수의 주체를 표현한다. 끊임없는 정체성 재가공과 주체성 재구성이야말로 우리시대의 핵심적 과제이다. 들뢰즈가 말한 노마디즘(nomadism)은 기존의 가치와 삶의 방식을 부정하고 불모지로 옮겨 다니며 새로운 것을 창조하는 일체의 방식을 의미한다. 성형도 특정의 모습에 자신을 고정시키지 않고 끊임없이 자신을 부정하고 바꾸어간다는 의미에서는 노마디즘이라고 말할 수 있을 것인가.

영화 〈시간〉의 인물을 비롯하여 현대인들은 겉으로 보여지는 몸, 즉 이미지에 집착한다. 이미지가 본질을 압도할 뿐만 아니라 이미지 자체가 본질이 된다. 내면을 앞지르며 표면, 아니 표피적인 것이 승리를 거둔다. 멀티미디어 시대의 피할 수 없는 운명이다.

상품의 모델만을 바꾸어 상품판매를 극대화하는 전지구적 자본주의는 차이를 증폭시킴으로써 시장을 확대하고 끊없이 이윤을 창출한다. 끊임없이 새롭고 다르게 보이는 정체성(주체성)을 매혹적인 상품으로 가공하는 것이다. 소비자들은 새로움에 현혹되어 이 은폐된 기제에 조종당하는 줄도 모르고 소비를 반복한다. 끊임없이 다른 것이 되라는 강요된 욕망을 재발명 또는 재생산하는 상품의 논리가 사람에게도 그대로 적용되고 있다. 성형이 바로 그것이다.

성형시장에서 여성은 소비자가 되어 자신의 얼굴과 몸을 표준화되고 이상화된 미의 목표를 구현하는 대상으로 물화하고, 변신에 대한 끊임없는 집착과 노력을 강요받는다. 사람의 몸, 얼굴, 모습마저도 인위적으로 디자인(성형수술)되어 소비되는 시대, 몸이 개인의 정체성과 가치를 표현하는 수단으로 부각되는 시대가 되어버렸다. 당연히 육체는 자본화되고 외모지상주의(lookism)가 판을 친다. 젊고 잘 가꿔진 육감적인 육체에 전례 없는 선망과 찬사를 보내는 시대에 자아를 상징하는 것은 인간의 내면과 정신이 아니라 외적 영역, 즉 몸의 표면이다. 몸의 외면은 표준화에 맞춰 변형되고, 이것이 만들어내는 이미지의 소비는 반복된다. 그러니 낡은 이미지는 새로운 이미지로 새롭게 바뀌어야만 가치를 획득한다. 그래서 성형중독은 일어난다.

세희는 자신의 낡은 이미지를 버리고 새로운 정체성을 갖기 위해 성형수술을 감행했다. 성형수술로 세희의 얼굴과 몸은 변했지만 바뀐 것은 얼굴과 몸일 뿐 세희의 내면과 기억은 그대로 새희에게 이어지고 있는데도, 세희와 새희는 두 개의 자아로 분열되어 서로 다른 정체성을 구성하며, 현재의 새희는 과거의 세희를 질투한다.

성형수술은 새롭고 매력적인 외모를 선사했는지 모르지만 남자친구는 바뀐 그녀를 떠나가고, 남겨진 것은 두 개로 분열된 자아, 즉 정체성의 혼란뿐이다. 세희와 새희를 연출하는 복수의 주체는 창조적 노마디즘이 아니라 끝없이 차연을 헤매는 오로지 과정만이 있는 주체, 자신이 타자인 줄도 모르는 채 부유하는 꼭두각시에 불과하다.

4. 시간과 욕망

사랑은 변하지 말아야 하지만 몸은 변해야 한다는 딜레마에서 그녀가 선택하는 것이 성형수술이다. 사랑이라는 지속되어야 할 가치 속에서 시간이라는 변수는 몸의 설렘을 무디게 만들었고, 여자는 성형으로 이에 도전한다. 이 도전은 성공하는 듯이 보이지만 결국 실패한다. 남자친구가 과거 세희와의 사랑을 잊지 못했던 것이다.

라캉에 의하면 성적 파트너는 지속된 열정 이후에는 욕망의 대상이라기보다는 애정의 대상이 된다. 그래서 다른 대상을 찾아 옮아가고 순환은 반복된다. 따라서 완전한 사랑은 S이며, S', S'', S'''라는 대상을 찾아 끝없이 미끄러지는 재현불가능성을 보여준다는 점에서 욕망의 환유적 연쇄인 $\$ \diamond a$이다.

세희는 남자친구와의 충만한 사랑을 욕망하며 성형수술을 하지만 새로워진 그녀가 얻게 된 것은 일시적인 성적 욕구의 충족일 뿐 사랑이라는 욕망은 영원히 충족되지 못한 채 지연된다. 결국 라캉이 말한 대로 "사랑의 관계는 요구와 욕망 사이에서 해결될 수 없는 긴장관계를 내포"할 뿐이다. 인간은 그것이 사랑이든 무엇이든 결핍된 통일성과 전체성을 동경하면서도, 이를 영원히 달성할 수 없는 상실의 존재, 상실된 통일성을 회복하려는 끊임없는 욕망에 사로잡힌 결핍의 존재일 뿐인 것이다.

욕망이란 사다리를 타고 올라가 보아야 그것은 끝이 없다. 모도의 바다를 배경으로 한 조각공원에서 여자(세희 또는 새희)와 남자가 올라앉았던 손가락 모양의 사다리(층계)가 끝도 없이 허공을 향하고 있는 것과 마찬가지인 것이다. 욕망은 붙잡을 수 없고 허망한 것이다. 바닷물의 출렁임과 밀물과 썰물의 반복은 시간 속에서 끝없이 욕망하고 결핍에 시달리며, 욕망의 회로를 빠져나오지 못하는 사랑에 빠진 연인에 대한 상징이다.

(2007)

고재종, 『그때 휘파람새가 울었다』, 시와시학사, 2001.

구성애, 『구성애의 성교육』, 석탑, 1995.

김동일, 「성의 억압과 해방 : 사회과학적 인식」, 『현대사회와 성윤리』, 아산사회
　　　복지재단, 1997.

김미현, 『한국여성소설과 페미니즘』, 신구문화사, 1996.

김성곤, 「탈식민주의(Post-Colonialism) 시대의 문학」, 《외국문학》 1992년 여름호.

김성종, 『김교수의 죽음』, 남도, 1987.

＿＿＿, 『백색인간』 상권, 남도, 1992.

＿＿＿, 『부랑의 강』, 남도, 1979.

김용직, 『현대시인론』, 학연사, 1988.

김욱동, 『문학생태학을 위하여』, 민음사, 1998.

김종욱 편, 『라혜석 – 날아간 청조』, 신흥출판사, 1981.

김주현, 「여자들의 몸과 눈」, 한국여성철학회 편, 『몸에 관한 철학적 성찰』, 철
　　　학과 현실사, 2000.

김지룡, 『나는 솔직하게 살고 싶다』, 명진출판, 1999.

노혜경, 『뜯어먹기 좋은 빵』, 세계사, 1999.

민충환, 『이태준연구』, 깊은샘, 1988.

박서원, 「꿈으로 가는 길」, 《문학과 사회》 1996년 봄호.

박재환 외, 『술의 사회학』, 한울아카데미, 1999.

백휴, 『김성종 읽기』, 남도, 1999.

변화순, 「가족 해체와 재구성」, 여성한국사회연구회 편, 『한국가족문화의 오늘

과 내일』, 사회문화연구소, 1995.

부산여성사회교육원, 『지역여성학강의』, 자유인공동체, 1996.

서갑숙, 『나도 때론 포르노그라피의 주인공이고 싶다』, 중앙M&B, 1999.

서정자, 「김명순의 창작집 『애인의 선물』」, 《여성문학연구》 7, 한국여성문학학
　　　회, 2002.1.

손승영, 「한국사회의 변화와 가족」, 여성한국사회연구소 편, 『한국 가족문화의
　　　오늘과 내일』, 사회문화연구소, 1995.

송명희, 「『나는 소망한다…』와 징벌의 구성」, 『문학과 성의 이데올로기』, 새미,
　　　1994.

＿＿＿, 『문학과 성의 이데올로기』, 새미, 1994.

＿＿＿, 『섹슈얼리티 젠더 페미니즘』, 푸른사상, 2000.

＿＿＿, 『페미니즘과 우리시대의 성담론』, 새미, 1998.

신경림, 『어머니와 할머니의 실루엣』, 창작과비평사, 1998.

신달자, 『어머니 그 삐뚤삐뚤한 글씨』, 문학수첩, 2001.

신재훈 편, 『재미있는 애정심리』, 기린원, 1991.

신지연, 「1920년대 여성담론과 김명순의 글쓰기」, 《어문논집》 48, 민족어문학
　　　회, 2003. 1.

심진경, 「이태준의 『성모』 연구」, 《상허학보》 8집, 상허학회, 2002.

우리사회연구학회, 『현대사회와 여성』, 정림사, 1998.

유제분 외 편역, 『탈식민페미니즘과 탈식민페미니스트들』, 현대미학사, 2001.

윤택림, 『한국의 모성母性』, 미래인력연구원, 2001.

이명희, 「이태준 소설의 여성주의적 층위」, 상허학회, 『1920년대 동인지 문학과
　　　근대성 연구』, 깊은샘, 2000.

＿＿＿, 「이태준 장편소설 『성모』 연구」, 《현대소설연구》 1호, 한국현대소설연
　　　구회, 1994.

이부영, 「한국민담 속의 여성원형상」, 김열규 외, 『한국여성의 전통상』, 민음사,
　　　1985.

＿＿＿, 『그림자』, 한길사, 1999.

_____, 『분석심리학』, 일조각, 1979.

이상우, 『이상우의 추리소설탐험』, 한길사, 1991.

이승훈 외 편, 『1990~1995 탈냉전시대의 문학 ― 시선집』, 고려원, 1996.

이영자, 「성일탈과 여성」, 《한국여성학》 5집, 한국여성학회, 1989.

이정옥, 「'성모聖母', 끝없이 이어지는 신화의 재생산」, 서강여성문학연구회 편, 『한국문학과 모성성』, 태학사, 1998.

이정옥, 「모성신화, 여성의 또 다른 억압기제」, 《여성문학연구》 제3호, 한국여성문학학회, 2000.

이태준, 『이태준전집』 4, 깊은샘, 1988.

장석남 외, 『7대문학상 수상시인대표작』, 작가정신, 1999.

장석주, 「가부장제 이데올로기의 담론 위를 가로질러 오는 여성시들」, 《현대시》 1996년 7월호.

전미정, 「나혜석의 삶과 여성의식」, 안숙원 외, 『한국여성문학비평론』, 개문사, 1995.

정희모, 「추리기법의 서사화와 그 가능성」, 《현대소설연구》 10호, 현대소설학회, 1996. 6.

조정문, 「사랑과 성」, 부산여성사회교육원 편, 『지역여성학강의』, 자유인공동체, 1996.

조혜정, 『한국의 여성과 남성』, 문학과지성사, 1988.

최재석, 「가족 해체」, 김영모 편, 『현대사회문제론』, 한국복지정책연구소, 1981.

최혜실, 『신여성들은 무엇을 꿈꾸었는가』, 생각의 나무, 2000.

태혜숙, 『탈식민주의 페미니즘』, 여이연, 2004.

황지우, 『어느 날 나는 흐린 주점酒店에 앉아 있을 거다』, 문학과지성사, 1998.

황필호, 『철학적 여성학』, 종로서적, 1987.

Anthony Giddens, 배은경 · 황정미 역, 『현대사회의 성 · 사랑 · 에로티시즘』, 새 물결, 2001.

C. G. 융 외, 조승국 역, 『인간과 상징』, 범조사, 1981.

Chris Weedon, 이화영문학회 역, 『포스트구조주의와 페미니즘 비평』, 한신문화 사, 1994.

E. Ann Kaplan, *Women in Film Noir*, BFI Publishing, 1980.

에리히 프롬, 김진홍 역, 『소유냐 삶이냐』, 홍성사, 1979.

_____, 황문수 역, 『사랑의 기술』, 문예출판사, 2000.

엘리스 코즈, 안종설 역, 『남자의 위기』, 한송, 1997.

가와모토 아야, 「한국과 일본의 현모양처사상」, 심영희 · 정진성 · 윤정로 편, 『모성의 담론과 현실』, 나남출판, 1999.

조르쥬 바타이유, 조한경 역, 『에로티즘』, 민음사, 1997.

헤스터 아이젠슈타인, 한정자 역, 『현대여성해방사상』, 이대출판부, 1986.

자크 라캉, 권택영 외 편역, 『욕망 이론』, 문예출판사, 1994.

장 클로그 코프만, 김정은 역, 『여자의 육체 남자의 시선』, 한국경제신문사, 1995.

존 버거, 『영상 커뮤니케이션과 현대사회』(원제 : Ways of Seeing), 나남, 1993.

마리아 미스 · 반다나 시바, 손덕수 · 이난아 역, 『에코페미니즘』, 창작과 비평 사, 2000.

메기 험, 심정순 · 염경숙 역, 『페미니즘이론사전』, 삼신각, 1995.

Mircea Eliade, *The Myth of the Eternal Return*, tras., by Willard R. Trask, New York, Pantheon Books, 1954.

노먼 제이콥스, 강현두 역, 『대중시대의 문화와 예술』, 홍성사, 1986.

Otto Rank, *The Myth of the Birth of the Hero*, Philip Freund, ed., New York, 1953.

Pam Morris, 강희원 역, 『문학과 페미니즘』, 문예출판사, 1999.

피터 브룩스, 이봉지 · 한애경 역, 『육체와 예술』, 문학과지성사, 2000.

R. 베이커 · F. 엘리스튼 편, 이일환 역, 『철학과 성』, 홍성사, 1982.

리차드 하다드, 「남성해방운동」, 프란시스 바움리 편, 김영주 역, 『우리는 남성해방선언」, 기원전, 1992.

로즈마리 통, 이소영 역, 『페미니즘 사상』, 한신문화사, 1995.

Susanna D. Walters, 김현미 외 공역, 『이미지와 현실 사이의 여성들』, 또 하나의 문화, 1999.

수전주지, 『여성해방사상의 흐름을 찾아서』, 백산서당, 1983.

T. 토도로프, 신동욱 역, 『산문의 시학』, 문예출판사, 1995.

토릴 모이, 임옥희 · 이명호 · 정경심 공역, 『성과 텍스트의 정치학』, 한신문화사, 1994.

Wayne Weiten, 김시업 역, 『심리학』, 문음사, 1995.

Wilfred Guérin(et al), *A Handbook of Critical Approaches to Literature*, New York: Harper and Row, 1979.

이토 키미오, 정채기 역, 『남성학입문』, 교육과학사, 1997.

질라 R. 아이젠슈타인, 김경애 역, 『자유주의 여성해방론의 급진적 미래』, 이대 출판부, 1988.

ㄱ

여성과 남성에 대해 생각한다

1판 1쇄 2010년 9월 15일
1판 2쇄 2013년 9월 5일

지은이 · 송명희
펴낸이 · 한봉숙
펴낸곳 · 푸른사상사

등록   제2−2876호
주소   서울시 중구 충무로 29(초동) 아시아미디어타워 502호
대표전화   02) 2268−8706~7 | 팩시밀리 02) 2268−8708
이메일   prun21c@hanmail.net
홈페이지   www.prun21c.com

ISBN 978−89−5640−771−5 93810

 값 20,000원